普通高等教育“十一五”国家级规划教材

高等学校教材

信息管理与信息系统

电子商务安全与管理

洪国彬 范月娇 谭龙江 编著

清华大学出版社

北京

内容简介

本书以电子商务运作流程为主线，将技术、管理和法律知识结合起来，不仅介绍了电子商务的安全漏洞，而且介绍了控制安全漏洞及其所带来的风险的手段和方法。本教材分为3个部分：第一部分是电子商务安全与管理总论，主要讲述电子商务的流程、模式及安全管理的总体思路；第二部分是电子商务通信过程的安全风险与控制，主要讲述电子商务通信过程存在的安全风险及风险控制的方法；第三部分是电子商务站点的安全风险与控制，主要讲述网站的安全风险、安全控制、操作系统的安全与控制、数据库管理系统的安全与控制，并对典型网站的安全与风险进行了详细的介绍，同时对与安全风险保障密切相关的社会问题的协调进行了全面的讲述。

本书内容紧贴电子商务的风险和管理问题，每一章前面都有学习目标和关键术语，后面附有复习题和思考题。

本书可以作为高等院校经济管理类专业、尤其是电子商务专业，以及计算机、通信等相关专业高年级学生和研究生教材，也可以作为有关企事业单位管理人员的参考书。

图书在版编目(CIP)数据

电子商务安全与管理/洪国彬等编著. —北京：清华大学出版社，2008.12
(高等学校教材·信息管理与信息系统)
ISBN 978-7-302-18309-9

Ⅰ. 电… Ⅱ. 洪… Ⅲ. 电子商务—安全技术 Ⅳ. F713.36

中国版本图书馆CIP数据核字(2008)第117051号

责任编辑：丁 岭 李 晔
责任校对：时翠兰
责任印制：何 芊
出版发行：清华大学出版社
http://www.tup.com.cn
地 址：北京清华大学学研大厦A座
邮 编：100084
社 总 机：010-62770175
邮 购：010-62786544
投稿与读者服务：010-62776969，c-service@tup.tsinghua.edu.cn
质 量 反 馈：010-62772015，zhiliang@tup.tsinghua.edu.cn
印 刷 者：北京国马印刷厂
装 订 者：三河市溧源装订厂
经 销：全国新华书店
开 本：185×260 **印 张**：15 **字 数**：369千字
版 次：2008年12月第1版 **印 次**：2008年12月第1次印刷
印 数：1～3000
定 价：28.00元

本书如存在文字不清、漏印、缺页、倒页、脱页等印装质量问题，请与清华大学出版社出版部联系调换。联系电话：(010)62770177转3103 产品编号：029473-01

出版说明

改革开放以来，特别是党的十五大以来，我国教育事业取得了举世瞩目的辉煌成就，高等教育实现了历史性的跨越，已由精英教育阶段进入国际公认的大众化教育阶段。在质量不断提高的基础上，高等教育规模取得如此快速的发展，创造了世界教育发展史上的奇迹。当前，教育工作既面临着千载难逢的良好机遇，同时也面临着前所未有的严峻挑战。社会不断增长的高等教育需求同教育供给特别是优质教育供给不足的矛盾，是现阶段教育发展面临的基本矛盾。

教育部一直十分重视高等教育质量工作。2001 年 8 月，教育部下发了《关于加强高等学校本科教学工作，提高教学质量的若干意见》，提出了十二条加强本科教学工作提高教学质量的措施和意见。2003 年 6 月和 2004 年 2 月，教育部分别下发了《关于启动高等学校教学质量与教学改革工程精品课程建设工作的通知》和《教育部实施精品课程建设提高高校教学质量和人才培养质量》文件，指出"高等学校教学质量和教学改革工程"是教育部正在制定的《2003—2007 年教育振兴行动计划》的重要组成部分，精品课程建设是"质量工程"的重要内容之一。教育部计划用五年时间(2003—2007 年)建设 1500 门国家级精品课程，利用现代化的教育信息技术手段将精品课程的相关内容上网并免费开放，以实现优质教学资源共享，提高高等学校教学质量和人才培养质量。

为了深入贯彻落实教育部《关于加强高等学校本科教学工作，提高教学质量的若干意见》精神，紧密配合教育部已经启动的"高等学校教学质量与教学改革工程精品课程建设工作"，在有关专家、教授的倡议和有关部门的大力支持下，我们组织并成立了"清华大学出版社教材编审委员会"(以下简称"编委会")，旨在配合教育部制定精品课程教材的出版规划，讨论并实施精品课程教材的编写与出版工作。"编委会"成员皆来自全国各类高等学校教学与科研第一线的骨干教师，其中许多教师为各校相关院、系主管教学的院长或系主任。

按照教育部的要求，"编委会"一致认为，精品课程的建设工作从开始就要坚持高标准、严要求，处于一个比较高的起点上；精品课程教材应该能够反映各高校教学改革与课程建设的需要，要有特色风格、有创新性(新体系、新内容、新手段、新思路，教材的内容体系有较高的科学创新、技术创新和理念创新的含量)、先进性(对原有的学科体系有实质性的改革和发展、顺应并符合新世纪教学发展的规律、代表并引领课程发展的趋势和方向)、示范性(教材所体现的课程体系具有较广泛的辐射性和示范性)和一定的前瞻性。教材由个人申报或各校推荐(通过所在高校的"编委会"成员推荐),经"编委会"认真评审,最后由清华大学出版社审定出版。

目前,针对计算机类和电子信息类相关专业成立了两个"编委会",即"清华大学出版社计算机教材编审委员会"和"清华大学出版社电子信息教材编审委员会"。首批推出的特色精品教材包括:

(1) 高等学校教材·计算机应用——高等学校各类专业,特别是非计算机专业的计算机应用类教材。

(2) 高等学校教材·计算机科学与技术——高等学校计算机相关专业的教材。

(3) 高等学校教材·电子信息——高等学校电子信息相关专业的教材。

(4) 高等学校教材·软件工程——高等学校软件工程相关专业的教材。

(5) 高等学校教材·信息管理与信息系统。

(6) 高等学校教材·财经管理与计算机应用。

清华大学出版社经过20多年的努力,在教材尤其是计算机和电子信息类专业教材出版方面树立了权威品牌,为我国的高等教育事业做出了重要贡献。清华版教材形成了技术准确、内容严谨的独特风格,这种风格将延续并反映在特色精品教材的建设中。

清华大学出版社教材编审委员会
E-mail: dingl@tup.tsinghua.edu.cn

前 言

电子商务作为一种新的商业模式和生产方式,正在显示其巨大的现代经济管理和社会变革的影响力。随着互联网应用的日趋广泛,世界经济向全球化和信息化的发展成为新世纪鲜明的特征和趋势,人类社会开始跨入一个全新的网络经济时代,这是现代社会发展的必然。同时,网络经济时代的到来也标志着一个以互联网为基础的网络虚拟市场已经开始形成,这是一个具有全球化、数字化、跨时空性等特点的飞速增长且潜力巨大的市场。面对这样一个自身在不断变化着的全新的网络虚拟市场,安全问题一直是电子商务用户特别关注的主题。对于电子商务的应用而言,安全与风险一直伴随着商务运作的全过程,如何使电子商务运作过程的安全性和风险控制得到保证,是关系到电子商务能顺利发展的关键问题,也成为电子商务界越来越关注的问题。然而,电子商务的安全问题并不是仅靠技术就能解决的,这是一个涉及范围极其广泛的社会问题,需要各个方面的协调和配合。

2003 年 3 月,"全国电子商务专业协作组"在华侨大学举办了"电子商务专业核心课程和大纲建设"的专题研讨会,与会的专家、高校教师等曾经对"电子商务安全与管理"做了讨论,只是由于时间仓促,对于《电子商务安全与管理》课程的大纲没有得出满意的结论。因此,作者根据多次讲授该课程的讲义并结合当时的一些结论,编著了《电子商务安全与管理》教材,并于 2006 年 3 月出版。此教材一经出版备受欢迎,当年的 3 月到 9 月曾先后 3 次印刷出版以满足各高校的需要。然而在过去的两年教学实践中,在结合专业和安全问题的发展变化以及在讲授课程中深入认识的基础上,作者对该教材做了大量的修改,并予以重新出版。

该教材以电子商务运作流程为主线,将技术、管理和法律结合起来,不仅介绍了电子商务的安全漏洞,而且介绍了如何控制安全漏洞及其所带来的风险的手段和方法。本教材分为三个部分:第一部分是电子商务安全与管理总论,主要讲述电子商务的流程、模式及安全管理的总体思路;第二部分是电子商务通信过程的安全风险与控制,主要讲述电子商务通信过程存在的安全风险及风险控制的方法;第三部分是电子商务站点的安全风险与控制,主要讲述网站的安全风险、安全控制、操作系统的安全与控制、数据库管理系统的安全与控制,并对典型网站的安全与风险进行了详细的介绍,并考虑到以互联网为基础的电子商务是不安全网络商务行为,其安全和风险管理离不开社会相关问题上的协调,因此这也是本部分介绍的范畴。

本书的第1～4章由范月娇编写，第5、6、9章和第8章的第3小节及附录部分由洪国彬编写，第7章和第8章的第1、2小节由谭龙江编写。全书由洪国彬设置大纲和统一定稿。本书在编写的过程中，参考和借鉴了大量的国内外有关电子商务安全技术和安全管理方面的著作、教材、文章等，吸收了前人的研究成果，在此深表谢意。

由于编者水平有限，加之全球电子商务发展很快，新技术、新商业模式和新的安全问题不断出现，本书难免存在种种不妥之处，欢迎广大读者批评指正。

作　者

2008年5月

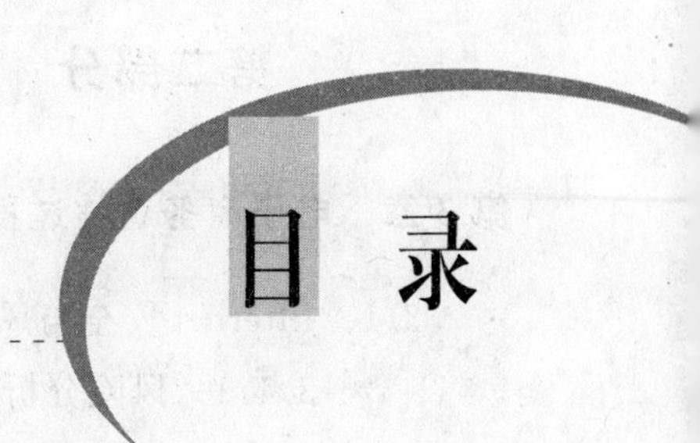

第一部分 电子商务安全与管理总论

第二部分 电子商务通信过程的安全风险与控制

第三部分 电子商务站点的安全风险与控制

第一部分

电子商务安全与管理总论

第1章

电子商务基础理论

本章教学目标

- 通过与传统商务活动的比较，了解电子商务的基本运作流程。
- 从参与的主体和实现商务活动方式的角度理解并掌握电子商务的运作模式。

本章关键术语

- 电子商务流程
- 电子商务运作模式

1.1 电子商务流程

一般地，电子商务是指各种具有商业活动能力的主体（如企业、个人、政府、银行等）利用网络和先进的数字化传媒技术开展的各项商业贸易活动。因此，从商务活动的角度看来，电子商务与传统商务的活动过程和目标是相同的，即交易前的准备、交易中的磋商与合同签订，以及履行、交易后的服务及相关事务处理。从商务活动的实现手段上来讲，电子商务在具体运作流程上有别于传统商务。

1.1.1 电子商务的基本交易过程

一般来说，电子商务的交易过程大致可以分为4个阶段，如图1.1所示。

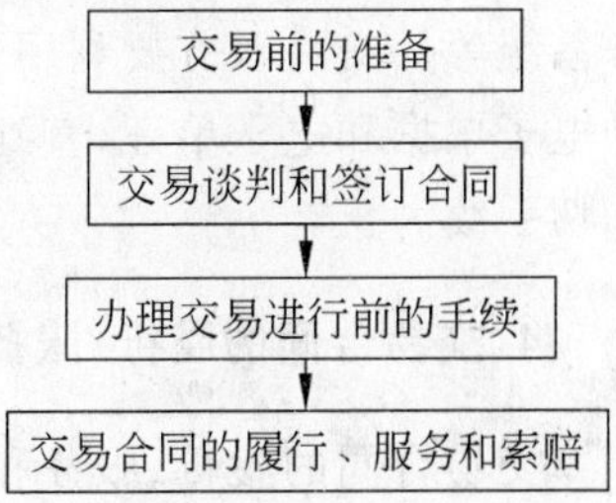

交易前的准备 → 交易谈判和签订合同 → 办理交易进行前的手续 → 交易合同的履行、服务和索赔

图1.1 电子商务的交易过程

1. 交易前的准备

交易前的准备主要是指买卖双方和参与交易的各方在签约前的准备活动。此阶段是交易双方在Internet上寻找交易机会和交易伙伴，进行商品信息、价格等成交条件的比较，了解双方国家或地区的贸易政策、政治和文化背景等。

对于买方，根据自己要买的商品，准备购货款，制定购货计划。买方主要利用Internet进行货源市场的调查和分析，了解卖方国家的贸易政策，根据自己的资金和需求等反复修改购货计划和进货计划，包括购买商品的种类、数量、规格、价格、购货地点和交易方式等的确定。

对于卖方，应根据自己所销售的商品，全面进行市场调查和市场分析，制定各种销售策略。卖方利用 Internet 发布商品广告，积极上网推出自己的商品信息资源，寻找贸易伙伴和交易机会，扩大贸易范围和商品所占市场份额。买方则随时上网查询自己所需要的商品信息资源，买卖双方推拉互动，共同完成商品信息的供需实现过程。

对于其他参与交易的各方，即中介方，如银行、物流公司、海关系统、商检系统、保险公司、税务系统等也都应该为进行电子商务交易做好准备。

2. 交易谈判和签订合同

交易谈判和签订合同主要是指交易双方对所有交易细节进行谈判，将双方磋商的结果以电子文件形式签订电子合同。

在电子商务环境下，交易磋商不同于传统的磋商方式。原来交易磋商中的单证交换过程，在电子商务环境下演变为记录、文件和报文在网络中的传递过程；各类商务单证、文件，如价目表、报价单、询盘、发盘、还盘、订单、订购单应答、订购单变更请求、运输说明、发货通知、付款通知等，在电子商务中都是标准的报文形式，所以整个磋商过程都在网上完成。其交易磋商程序如图 1.2 所示。在磋商中明确了交易双方的权利、义务、标的的商品种类、数量、价格、交货地点、交货期、交货方式和运输方式、违约和索赔等合同条款后，双方就可以通过 Internet 采用数字签名的方式签订电子合同。

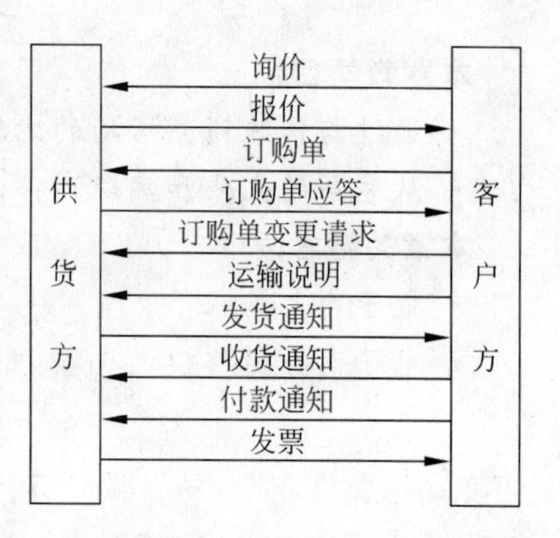

图 1.2　交易磋商程序

3. 办理交易进行前的手续

办理交易进行前的手续是指交易双方从签订电子合同后到开始履行合同要办理的各种手续。交易涉及的有关各交易中介方如银行、物流公司、海关系统、商检系统、保险公司、税务系统等。交易双方要利用 Internet 或增值网与相关中介交换电子商务运作的有关各方面的电子票据和电子单证，直到办理完可以将所购商品从卖方按合同规定开始向买方发货的一切手续为止。

4. 交易合同的履行、服务和索赔

交易合同的履行、服务和索赔是从交易双方办完所有手续之后开始，卖方要备货、组货，同时进行报关、保险、取证、调查资信等，然后卖方将所卖商品交付给物流公司包装、起运、发货，交易双方可以通过电子商务服务器跟踪发出的货物，银行和金融机构也按照合同处理双方收付款、进行结算，出具相应的银行单据等，直到买方收到所购商品，就完成了整个交易过程。索赔是在交易双方交易过程中出现违约时，需要进行违约处理工作，由受损方向违约方索赔。

1.1.2　网上商品交易流程

电子商务交易虽然都包括上述基本过程，对于通过 Internet 实现的电子商务交易来讲，

基本可以归纳为两种：网上商品直销和网上商品中介交易。不同的电子商务交易类型其流程有所不同。

1. 网上商品直销流程

网上商品直销是指消费者和生产者（或需求方和供应方）直接利用 Internet 进行交易，其交易流程如图 1.3 所示。

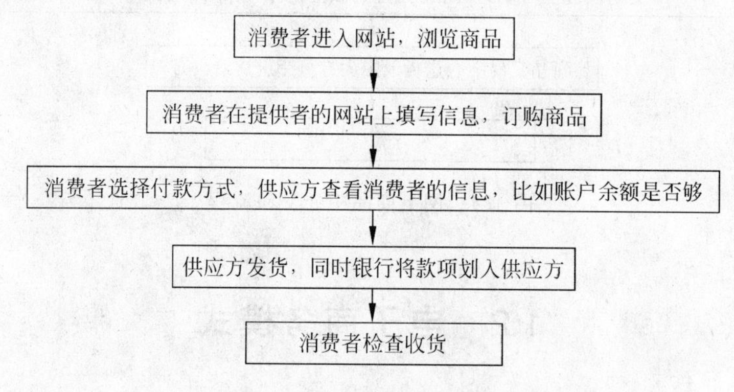

图 1.3　网上商品直销流程

网上商品直销方式的优点是供应方和需求方直接“见面”，这样能够有效减少交易环节，大幅度降低交易成本，从而降低消费者所得到的商品的最终价格，同时网上直销能够有效减少售后服务的技术支持费用。这种模式也存在一些不足，首先是消费者能不能仅仅从网络的广告上鉴别商品的优劣，对实物没有直接接触，这样有时会产生错误的判断；其次消费者是在线利用信用卡等电子手段完成的网上支付，不可避免地要将自己的账号、密码等信息输入计算机，由于技术和各种管理手段不完善，往往不能完全确保消费者的个人信息安全，这也是造成当前网上交易的一大障碍。

2. 网上商品中介交易流程

网上商品中介交易是通过网上商品交易中心及虚拟网络市场进行的商品交易。这种交易方式是通过一种虚拟市场进行的。通过先进的网络技术、软件技术，实现将供应商、采购商和银行紧密的联系起来，形成一个供应链，为客户提供市场信息、商品交易、仓储配送、付款结算等全方位服务。其交易流程如图 1.4 所示。

网上商品中介交易方式具有如下优势：首先这个虚拟的交易中心是由中介商建立的，商品的生产商和供应商可以遍及全国乃至全球各地，如阿里巴巴（www.alibaba.com），交易市场大，交易机会多，而且交易双方都不用付出太多；其次网上商品交易中心可以解决交易中的相互抵赖问题，如“拿钱不给货”或“拿货不给钱”等，因为在交易双方签订合同前，网上商品交易中心可以协助买方检验商品，只有符合条件的商品才可以入网，这在一定程度上解决了商品的“假、冒、伪、劣”，而且交易中心会协助交易双方正常的交易，确保双方的利益；再者，网上商品中介交易目前基本都提供第三方支付方式，如淘宝网（www.taobao.com）的支付宝，第三方支付的利用一方面保证了资金流的正常流通，另一方面保证了买卖双方的安全交易。但是，网上商品交易中心也存在一些问题，如电子合同的实现问题、安全交易问题等亟待解决。

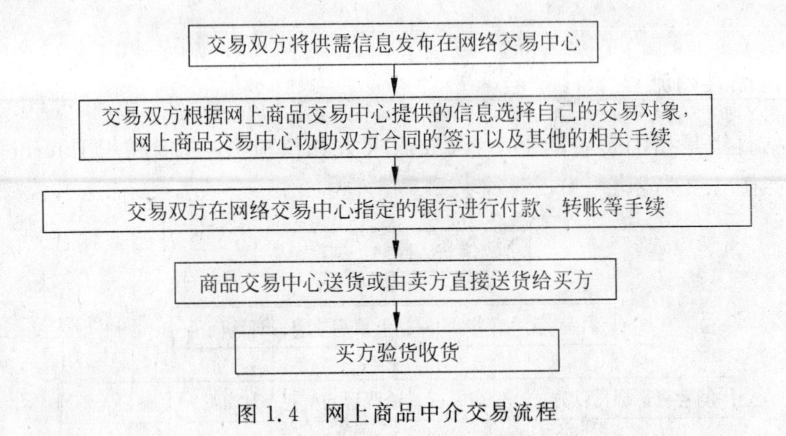

图 1.4　网上商品中介交易流程

1.2　电子商务模式

基于 Internet 的电子商务十多年来获得了巨大的发展，并且形成了一种全新的商务模式，被许多经济专家认为是新的经济增长点。作为企业要充分利用 Internet 达到最佳的商业效果，不同的企业应根据自身的经营业务特点，选择适合企业发展的电子商务模式。

从参与的主体和实现商务活动的方式的角度考虑，基于 Internet 电子商务模式可以概括为网上直销型电子商务模式和网上中介型电子商务模式两种。

1.2.1　网上直销型电子商务模式

网上直销型电子商务模式是指直接提供产品和服务的企业改变传统的营销渠道，将 Internet 作为新兴的销售渠道实现买卖双方间的交易。也就是作为提供产品服务者，卖方企业通过建立网上直销电子商务站点可以为其顾客提供网上直销渠道；作为产品服务的使用者，买方从供应商建立的网上直销电子商务站点中进行直接购买。

1. 企业与企业间网上直销型电子商务模式

企业与企业间网上直销型电子商务模式是指直接提供产品和服务的企业改变传统的营销渠道，将 Internet 作为新兴的销售渠道实现企业间的交易，也就是企业绕过中介商而实现的卖方企业对买方企业的业务，即 BtoB 电子商务模式。对于卖方企业来说，通过建立网上直销电子商务站点可以为其顾客提供网上直销渠道；对于买方企业来说，从供应商建立的网上直销电子商务站点中进行直接购买。此模式的关键是企业要积极面对如何通过网上直销渠道实现与客户之间的网上交易。这类模式是电子商务的主流，也是企业面临激烈的市场竞争时，改善竞争条件、建立竞争优势的主要模式。

网上直销型企业间电子商务模式有如下几种主要的运作模式。

1）买方集中模式

买方集中也就是卖方的集中销售，是指一个卖家与多个买家之间的交易模式。卖方发布欲售的商品信息，如商品名称、规格、种类、数量、交货期及参考价格等，吸引多家买方前来订购商品。这是BtoB电子商务模式中一种最普遍的模式。

买方集中模式的特点是实现企业加快产品的销售过程，特别是新产品的推广，降低销售成本、扩展卖方渠道（包括数量、区域）等目的。这种模式比较偏向于为卖家提供服务，而不会更多兼顾到买家的利益。

买方集中模式中也可以是几家大型的卖家联合建立交易平台面向多个买家的运作方式；目前也出现了将传统的拍卖形式运用到此种模式中的尝试。

2）卖方集中模式

卖方集中也就是买方的集中采购，是指一个买家与多个卖家之间的交易模式。买方发布需求信息，如需求的商品名称、规格、种类、数量、交货期等，吸引供应商来报价、洽谈、交易。如中国信息技术商务网（www. itecn. com）就是采用卖方集中模式通过网上招标来购买商品或服务的。

卖方集中模式的特点是为买方提供更好的服务，汇总了卖方企业及其产品信息，让买家能综合比价，绕过分销商和代理商等中间环节，从而加速买方的业务开展。此外还具有价格透明，非歧视交易的特点，由于卖家不降低价格（明码标价销售，非拍卖），所以，一般以买家与报价最低的卖家成交而告终，如果一个卖家在数量上不能满足，则依次递补。

卖方集中模式也可以由几家大买方共同构建进行联合采购，因为通过联合可以实现批量采购，在采购商品价格上可得到更大的优惠。如美国的三大汽车巨头通用、克莱斯勒、福特联合建立的汽车零部件采购平台。

3）专业服务模式

专业服务模式是指网上机构通过标准化的网上服务为企业内部管理提供专业化的解决方案，使企业能够减少不必要的开支，降低运营成本，提高客户对企业的信任度和忠诚度。面对日益加剧的全球化竞争，开展电子商务已经成为企业适应新的商务模式、为未来争取生存空间的必由之路。一些大型企业都投入巨资和人力兴建企业的电子商务系统，然而，对于众多的中小企业，开展电子商务不仅缺少资金，而且更重要的是缺乏IT建设的专门人才和维护经验。于是应用服务外包的应用服务提供商（Application Services Provider，ASP）逐渐兴起。ASP是通过Internet提供企业所需要的各种应用软件服务，如人事、薪资、财会、ERP，甚至是Intranet、E-mail服务等。ASP实际上是一种应用服务外包的概念，所不同的是，ASP强调以Internet为核心，替企业部署主机服务及管理、维护企业应用软件。一个企业要使用这些服务，只需有计算机及浏览器，通过Internet连到ASP服务网站，输入公司、姓名及密码，即可使用各种应用软件和存取各种资源。如国内第一家大规模、高标准的ASP企业——世纪互联（www. a-1. com或www. 21vianet. com）就是专门为中小型企业提供专业服务的提供商。

2. 网上零售模式

一般而言，网上销售的商品包括无形商品（服务）与实物商品两大类，相应地，网上零售模式（也叫BtoC模式）存在无形商品电子商务模式与实物电子商务模式。

1）实物商品电子商务模式

实物商品指的是传统的有形商品和劳务，这种商品和劳务的交付不是通过计算机的信息载体，而仍然通过传统的方式来实现。实物商品电子商务模式主要表现形式为网上商店模式。

消费者通过网上商店购买商品就是典型的BtoC电子商务模式之一。通过网上商店，消费者可以浏览、选购自己喜欢的商品，安全地完成网上支付，享受安全便捷的购物过程。对于企业则可以通过网络将商品销售出去。这种方式不但可减少店面的开销、销售人员的薪资，更重要的是可以实现"零库存"销售。网上商店模式以销售有形产品和服务为主，产品和服务的成交是在Internet上进行的，而实际产品和服务的交接仍然通过传统的方式，而不能够通过计算机的信息载体来实现。

网上商店与传统门市商店在部门结构和功能上没有本质的区别，即都是为消费者提供购买商品的环境和场所，可以是专卖店，也可以是综合性商店。不同之处在于实现这些功能的方法手段以及商务运作模式发生了巨大的变化。

一般而言，网上商店主要包括4个方面的内容：商品目录（含商品搜索引擎，使顾客通过最简单的方式找到所需要的商品，提供文字说明、图像、客户评价甚至包含音频、视频的多媒体信息，便于消费者对相近的商品进行对比分析，做出购买决策）、购物车（用来衔接商店和消费者的工具，顾客可将其所需商品放入或取出购物车，直到最后付款确认）、付款台（顾客网上购物的最后环节，消费者通过进入付款台选择付款方式，输入其账号和密码，即可完成网上支付）和后台管理系统（用来处理顾客订单、组织货源、安排发货、监控库存、处理客户投诉、开展销售预测与分析等）。

目前从事网上商店服务的企业类型有：虚拟零售商，如当当网（www.dangdang.com）、卓越网（www.ebay.cn）；商业企业，如西单（www.igo5.com）、三联家电（www.shop365.com）；生产企业，如海尔（www.ehaier.com）、Dell（www.dell.com）等。

2）无形商品电子商务模式

无形商品的**电子商务**模式包括网上订阅模式、付费浏览模式、广告支持模式、网上赠与模式4种。

（1）网上订阅模式。

网上订阅模式指的是企业通过网页向消费者提供网上直接订阅、直接信息浏览服务的电子商务模式。网上订阅模式有3种主要方式：在线服务、在线出版和在线娱乐。

- **在线服务**。在线服务是指在线经营商通过每月向消费者收取固定的费用而提供各种形式的在线信息服务。在线服务商以固定费用的方式提供无限制的网络接入和各种增值服务。在线服务商一般都有自己服务的客户群体。
- **在线出版**。在线出版指的是出版商通过计算机互联网络向消费者提供除传统纸面出版之外的电子刊物。在线出版一般仅在网上发布电子刊物，消费者可以通过订阅来下载刊物阅读。目前，大多数的类似网站开始尝试双轨制，即免费和订阅相结合。
- **在线娱乐**。在线娱乐是无形产品和劳务在线销售中令人注目的一个领域。一些网站向消费者提供在线游戏，并收取一定的订阅费。

（2）付费浏览模式。

付费浏览模式指的是企业通过网页安排向消费者提供计次收费性网上信息浏览和信息下载的电子商务模式。付费浏览模式让消费者根据自己的需要，在网站上有选择地购买一篇文章、一章书的内容或者参考书的一页，数据库里的内容也可付费获取。另外，一次性付费游戏娱乐将会是很流行的付费浏览方式之一。

付费浏览模式是目前电子商务中发展较快的模式之一。该模式的成功要具备如下条件：首先，消费者必须事先知道要购买的信息，并且该信息值得付费获取；其次，信息出售者必须有一套有效的交易方法，而且该方法可以处理较低的交易金额，例如，对于只是获取一页信息的小额交易，目前广泛使用的信用卡付款方式就需改进，因为信用卡付款手续费可能比实际支付的信息费要高。随着小额支付方式的出现，付费浏览模式将会进一步发展。

(3) 广告支持模式。

广告支持模式是指在线服务商免费向消费者或用户提供信息在线服务，而营业活动全部用广告收入支持。此模式是目前最成功的电子商务模式之一。例如，像 Yahoo 等在线搜索服务网站就是依靠广告收入来维持经营活动的。信息搜索对于上网人员在信息浩瀚的互联网上找寻相关信息是最基础的服务。企业也最愿意在信息搜索网站上设置广告，特别是通过付费方式在网上设置广告图标，使有兴趣的上网人员通过点击图标就可直接连接到企业的网站。

由于广告支持模式需要上网企业的广告收入来维持，因此该企业网页能否吸引大量的广告就成为该模式能否成功的关键；而能否吸引网上广告又主要靠网站的知名度，知名度的提高又靠该网站被访问的次数。网站广告必须对广告效果提供客观的评价和测度方法，以便公平地确定广告费用的计费方法和计费额。

(4) 网上赠与模式。

网上赠与模式是一种非传统的商业运作模式，是企业借助于 Internet 用户遍及全球的优势，向用户赠送软件产品，以扩大企业的知名度和市场份额。通过让消费者使用该产品，让消费者下载新版本的软件或购买另外一个相关的软件。由于所赠送的是无形的计算机软件产品，而用户是通过 Internet 上自行下载，因而企业所投入的成本很低。因此，如果软件确有其实用特点，是很容易让消费者接受的。

网上赠与模式的实质就是"先试用后购买"。用户可以从互联网站上免费下载喜欢的软件，在真正购买前对该软件进行全面的评测。以往人们在选择和购买软件时是靠介绍和说明，以及人们的口碑，而现在可以免费自选下载，试用 60 天或 90 天后，再决定是否购买。

采用网上赠与模式的企业主要有两类：一类是软件公司，另一类是出版商。计算机软件公司在发布新产品或新版本时通常在网上免费提供测试版。网上用户可以免费下载试用。这样，软件公司不仅可以取得一定的市场份额，而且也扩大了测试群体，保证了软件测试的效果。当最后版本公布时，测试用户可能购买该产品，或许因为参与了测试版的试用可以享受到一定的折扣。有的出版商也采取网上赠与模式，先让用户试用，然后购买。例如《华尔街日报》对绝大多数在线服务商以及其他出版社一般都提供免费试用期，大部分试用者都成为了后来的付费订阅客户。

1.2.2 网上中介型电子商务模式

1. 企业与企业间网上中介型电子商务模式

企业与企业间网上中介型电子商务模式是指企业利用第三方（中介方）提供的电子商务

服务平台实现企业与客户或者供应商之间的交易。它与直销型企业间电子商务的根本区别在于：直销型的电子商务服务平台是由参与交易的一方提供，一般是产品服务的销售方；而中介型则是交易双方都参与由第三方提供的服务平台进行交易，交易过程中交纳一定的佣金费用即可。网上中介型电子商务模式一般适合于中小型企业，或者在大企业建设自己的电子商务站点不合算的情况下才采用的模式。由于企业与企业间网上中介型电子商务模式服务的对象无论是买方还是卖方没有限制，因此这种模式形成的交易平台也称为网上交易市场。

网上中介型企业与企业间电子商务模式的优势表现为：它为买方和卖方提供了一个快速寻找机会、快速匹配业务和快速交易的电子商务社区。供需双方能够快速建立联系，从而使订购和销售能够快速履行。在网上交易市场中，由于所有的商家都能得到相同质量的服务，并遵照工业标准的协议进行交易处理，所以商家之间的信息沟通更加便利，而且，加入的商家越多，信息沟通越有效。

根据提供服务的层次不同，可以将网上中介型企业间电子商务区分为简单信息服务提供型和全方位服务提供型。前者一般主要是提供买卖双方的信息，通过中介服务买卖双方可以在全球范围内选择成交对象，选定交易对象后并不直接在网上交易，而是另外接触并签订合同。这种方式中介无法全面深入参与交易，提供的只是简单的信息服务，如全球最大的网上贸易市场——阿里巴巴(www. alibaba. com)。后者即全方位服务提供型是指在网上不但提供信息服务，而且还提供全面配合交易的服务，如网上信息和配送服务，如专门针对中国商品出口的网站——“相约中国”(www. meetchina. com)等。

2. 消费者与消费者间的网上中介型电子商务模式

消费者与消费者间的网上中介型电子商务模式是指通过提供网上中介服务电子商务网站，由卖方消费者与买方消费者通过 Internet 达成协议并进行交易，通常也称 CtoC 电子商务模式。在 CtoC 电子商务模式下，网站只为交易双方提供一个平台，自身并不储备商品，所有商品均由卖方负责存储和运输。

目前，实现网上中介型消费者与消费者间的电子商务的中介商主要有两种形式：一种是提供一个虚拟开放的网上中介市场，通过网上中介市场消费者可以直接发布买卖信息，由买卖双方消费者自己达成交易，这种电子中介商主要提供一个信息交互平台；另一种是通过网上拍卖实现交易，交易双方达成价格通过拍卖竞价确定，即为目前发展较好的模式之一——网上拍卖模式。拍卖时，消费者通过 Internet 轮流公开竞价，在规定时间内价高者赢得购买权。国外有名的拍卖站点——电子港湾 eBay(www. ebay. com)允许商品公开在网上拍卖，拍卖竞价者只需要在网上进行登记即可，拍卖方只需将拍卖品的相关信息提交给 eBay 公司，经公司审查合格后即可上网拍卖。与 eBay 类似，国内最有名的拍卖中介公司是 1999 年 8 月建站、规模最大的中文网上拍卖网站之一易趣(www. eachnet. com)和 2003 年 5 月建站、阿里巴巴旗下的淘宝网(www. taobao. com)。

3. 网上商城模式

网上商城模式是指由商城的拥有者建立一个服务于企业、专卖店或个人开设网上门市的网上交易平台，也可以称为 BtoBtoC 模式。这里提到的网上商城可以这样去理解，网上商城其实只是一个平台，和传统商城非常相似。可以这样比喻：传统商城是盖一座大楼，然后将里面装备好，让许多商家入住进来，收取租金就可以了。而网上商城就是建立一个可以网上交易的平台，通过租赁的方式为企业、专卖店或个人提供网上交易场所。

商城与商店或超市从严格意义上讲是不同的，二者最大的不同是其基本赢利模式：商店或超市主要是靠销售产品赚钱的，而商城是靠出租店铺赚钱的。

网上商城模式的优势是：其一是商城的拥有者自己不去参与商品销售、库存、物流等在电子商务环境下比较难以实现的工作；其二是网上商城的建设成本相对较低，只要建好商城，保证商城正常运作，就可以轻松收租金、广告费、服务费等。

电子商务随着网络技术的发展，以及传统商务的不断网络化，将会有更多的电子商务模式出现。作为一种全新的商务模式具有很大的发展前景，同时，这种新型的商务模式对企业的管理水平、信息传递技术、运作环境等方面都提出了很高的要求，其中安全体系的构建又显得尤为重要。如何建立一个安全、便捷的电子商务应用环境，对信息交流与传递提供足够的保护，是商家和用户都十分关注的方面。

复习题

1. 简述电子商务流程。
2. 概括电子商务模式的类型。

思考题

结合自己的亲身经历，思考在电子商务交易中会涉及哪些安全问题。

第 2 章

电子商务安全与管理总论

本章教学目标

- 通过与传统商务活动的比较,了解电子商务的基本运作流程。
- 从参与的主体和实现商务活动方式的角度理解并掌握电子商务的运作模式。
- 通过从不同层面和角度了解安全问题对电子商务活动的影响,熟悉电子商务面临的主要安全问题。
- 正确理解电子商务安全管理的思路,熟悉电子商务安全管理的方法。

本章关键术语

- 电子商务安全问题
- 电子商务安全管理

2.1 电子商务面临的安全问题

电子商务作为一种全新的商务运作模式,为全球客户提供了丰富的商务信息、简捷而快速的交易过程和低廉的交易成本。但是电子商务在给人们带来方便的同时,也带来了种种安全问题。

CNNIC 于 2006 年发布的中国互联网的 19 次报告显示,有 62.1%的用户质疑网络安全性问题。在 Internet 上进行的电子商务交易过程中,最核心和关键的问题就是交易的安全性,由于 Internet 本身的开放性,使网上交易面临着各种安全问题,如使用者担心在网络上传输信用卡及个人资料被截取;商场也担心收到的是被盗用的信用卡号码或是交易不认账等;还有可能因网络不稳定、应用软件设计不良,导致被黑客侵入所引发的损失;在消费者、商场甚至金融单位之间的权责如何界定等。

电子商务的一个重要特征是利用 IT 技术通过网络(主要是指 Internet)来传输和处理商业信息。所以,电子商务安全从整体上可分为两大部分:计算机网络安全和商务交易安全。

计算机网络安全的内容包括计算机网络设备安全、计算机网络系统安全、数据库安全等。其特征是针对计算机网络本身可能存在的安全问题,实施网络安全增强方案,以保证计算机网络自身的安全性为目标。

商务交易安全则紧紧围绕传统商务在互联网络上应用时产生的各种安全问题,在计算机网络安全的基础上，如何保障电子商务过程的顺利进行，即实现电子商务的保密性、完整性、真实性和不可否认性。

计算机网络安全与商务交易安全实际上是密不可分的，两者相辅相成，缺一不可。没有计算机网络安全作为基础，商务交易安全就犹如空中楼阁，无从谈起。没有商务交易安全保障，即使计算机网络本身再安全，仍然无法达到电子商务所特有的安全要求。

具体来说，电子商务涉及的安全问题包括网络系统自身的安全问题、电子商务交易信息传输过程中的安全问题、电子商务企业内部安全管理问题、电子商务安全法律保障问题、电子商务的信用安全问题和电子商务安全支付问题6个方面。

2.1.1 电子商务网络系统自身的安全问题

电子商务是在Internet上实现的商务活动。在开放的Internet上进行电子商务活动时，必然会涉及一般计算机网络系统普遍面临的一些安全问题，主要表现在以下几个方面。

1. 物理实体的安全问题

物理实体的安全问题主要包括以下5种。

1）设备的机能失常

任何一种设备都不是十全十美、万无一失的，或多或少都存在着这样或那样的缺陷。设备会出现一些比较简单的故障，而有些则是灾难性的。部分简单故障，特别是周期性故障，往往比那些大的故障更难于查找与修复。有些故障是当它们已经破坏了系统数据或其他设备时才被发现，而这时往往为时已晚，后果也是非常严重的。

2）电源故障

由于各种意外的原因，网络设备的供电电源可能会突然中断或者产生较大的波动，这可能会突然中断计算机系统的工作。如果这时正在进行某些数据操作，那么很可能会出错或丢失这些数据。另外，突然断电对系统硬件设备也会产生不良后果。

3）由于电磁泄漏引起的信息失密

计算机和其他一些网络设备大多数都是电子设备，当它工作时会产生电磁泄漏，一台计算机就像一部电台，带有信息的电磁波向外辐射，尤其视频显示装置辐射的信息量最强，用先进的电子设备在1km之外的地方就能接收下来。另外，电子通信线路同样也有辐射，这样，非法侵入者就可以利用先进的接收设备窃取网络机密信息。

4）搭线窃听

搭线窃听是非法者常用的一种手段，即将导线搭到无人值守的网络传输线路上进行监听，通过解调和正确的协议分析可以完全掌握通信的全部内容。

5）自然灾害

计算机网络设备大多是一种“易碎品”，不能受重压或强烈的震动，更不能受强力冲击。所以，各种自然灾害，如地震、风暴、泥石流、建筑物破坏等，对计算机网络系统也构成了严重的威胁。

另外，计算机设备对环境的要求也很高，如温度、湿度、各种污染物的浓度等，因此要特别注意火灾、水灾、空气污染等对计算机网络系统所构成的威胁。

2. 计算机软件系统潜在的安全问题

不论采用什么操作系统，在默认安装的条件下都会存在一些安全问题。只有专门针对操作系统安全性进行相关的和严格的安全配置，才能达到一定的安全程度。一定不要以为操作系统默认安装后，再配上很强的密码系统就是安全的。

网络软件的漏洞和“后门”是进行网络攻击的首选目标。随着现代软件系统越来越复杂，对于一个软件，特别是较大的系统或应用软件来讲，要想进行全面彻底的测试已经变得越来越不可能了。虽然在设计与开发一个大型软件的过程中可以进行某些测试，但总是会多多少少留下某些缺陷或漏洞。这些缺陷可能长时间也发现不了，而只有当被利用或某种条件得到满足时，才会显现出来。目前最常用的一些大型的软件系统，例如 Windows 98、Windows 2000 和一些 UNIX 系统软件，以及 Microsoft Internet Explorer 和 Netscape Communicator 等大型应用软件，都不断被用户发现有这样或那样的安全漏洞。另外，对于网站或软件供应商专门开发的一些 CGI 程序，很多都存在着严重的漏洞，对于电子商务站点来说，可能会由此导致恶意攻击者冒用他人账号进行网上购物等严重后果。

3. 网络协议的安全漏洞

网络服务一般都是通过各种各样的协议完成的，因此网络协议的安全性是网络安全的一个重要方面。如果网络通信协议存在安全上的缺陷，那么攻击者就有可能不必攻破密码体制即可获得所需要的信息或服务。值得注意的是，网络协议的安全性是很难得到绝对保证的。目前协议安全性的保证通常有两种方法：一种是用形式化方法来证明一个协议是安全的，另一种是设计者用经验来分析协议的安全性。形式化证明的方法是人们所希望的，但一般的协议安全性也是不可判定的，所以，对复杂的通信协议的安全性，现在主要采用找漏洞分析的方法。无疑，这种方法有很大的局限性。实践证明，目前 Internet 提供的一些常用服务所使用的协议，例如，Telnet、FTP 和 HTTP 协议在安全方面都存在一定的缺陷。当今，许多黑客攻击都是利用了这些协议的安全漏洞才得逞的。实际上，网络协议的漏洞是当今 Internet 面临的一个严重安全问题。

4. 黑客的恶意攻击

随着电子商务的兴起，对网站的实时性要求越来越高，2001 年年初，全世界的传媒都在关注美国著名网站被袭事件。在这次事件中，包括 Yahoo、Amazon、eBay、ZDNet、CNN 在内的美国主要网站接连遭到黑客的攻击，这些网站被迫中断服务数小时。据估算，造成的损失达到 12 亿美元以上。这次袭击事件不仅使著名商业网站受到安全重创，更使公众对网络安全的信心受到重创。以网络瘫痪为目标的袭击效果比任何传统的恐怖主义和战争方式都来得更强烈，破坏性更大，造成危害的速度更快，范围也更广；而袭击者本身的风险却非常小，袭击者甚至可以在袭击开始前就已经消失得无影无踪，使对方没有实施反击的可能。

所谓黑客，现在一般泛指计算机信息系统的非法入侵者。黑客的出现可以说是当今信息社会，尤其是在 Internet 全球互联的过程中，网络用户有目共睹、不容忽视的一个独特现象。黑客们在世界各地四处出击，寻找机会袭击网络，几乎到了无孔不入的地步。黑客攻击，目前已成为计算机网络所面临的重大威胁，无论是个人、企业还是政府机构，只要进入计算机网络，都会感受到黑客带来的网络安全威胁。大至国家机密，小到个人隐私，还有商业秘密，都随时可能被黑客发现并窃取或公布。

黑客的攻击手段和方法多种多样，一般可以粗略分为以下两种：一种是主动攻击，它以各种方式有选择地破坏信息的有效性和完整性；另一种是被动攻击，它是在不影响网络正常工作的情况下，进行截获、窃取、破译以获得重要机密信息，这两种攻击均可对计算机网络造成极大的危害，并导致机密数据泄漏。

5. 计算机病毒攻击

计算机病毒(Computer Virus)在《中华人民共和国计算机信息系统安全保护条例》中被明确定义为："指编制或者在计算机程序中插入的破坏计算机功能或者毁坏数据、影响计算机使用，并且能自我复制的一组计算机指令或者程序代码。"

计算机病毒作为一种具有破坏性的程序，往往想尽办法将自身隐藏起来，保护自己，但是病毒最根本的目的还是进行破坏。在某些特定条件被满足的前提下，病毒就会发作，这也就是病毒的破坏性。有些病毒只是显示一些图片、放一段音乐或者开个玩笑，这类病毒属于良性病毒；而有些病毒则含有明确的目的性，像破坏数据、删除文件、格式化硬盘等，这类病毒属于恶性病毒。计算机病毒的破坏行为体现了病毒的杀伤能力，病毒破坏行为的激烈程度取决于病毒作者的主观愿望及其所具有的技术能力。

6. 安全产品使用不当

虽然不少网站采用了一些网络安全设备，但由于安全产品本身的问题或使用问题，这些产品并没有起到应有的作用。很多厂商的安全产品对配置人员的技术背景要求很高，超出对普通网管人员的技术要求，就算是厂商在最初给用户做了正确的安装、配置，但一旦系统改动，需要改动相关安全产品的设置时，很容易产生许多安全问题。

2.1.2 电子商务交易信息传输过程中的安全问题

1. 信息机密性面临的威胁

信息机密性面临的威胁主要指信息在传输过程中被窃取。如果没有采用加密措施或加密强度不够，攻击者可能通过互联网、公共电话网、搭线、电磁波辐射范围内安装截收装置等方式，截获传输的机密或通过对信息流量和流向、通信频度和长度等参数的分析，推断出如消费者的银行账号、密码以及企业的商业机密等有用信息。

2. 信息完整性面临的威胁

信息完整性面临的威胁主要指信息在传输过程中被篡改、删除或插入。当攻击者熟悉了网络信息格式以后，通过各种技术方法和手段对网络传输的信息进行选中修改，并发往目的地，从而破坏信息的完整性。这种破坏手段主要有 3 个方面：

(1) 篡改——改变信息流的次序，更改信息的内容，如购买商品的出货地址、交货日期等。

(2) 删除——删除某个消息或消息的某些部分,如买方的联系方式等。

(3) 插入——在消息中插入一些信息,让接收方读不懂或接收错误的信息,如商品的价格等。

3. 交易信息的可认证性面临的威胁

交易信息的可认证性面临的威胁主要指交易双方抵赖已经做过的交易或传输的信息。交易抵赖包括多个方面,如发送者事后否认曾经发送过某条信息或内容、接收者事后否认曾经收到过某条消息或内容、购买者提交了订货单但不承认、商家卖出的商品因价格差而不承认原有的交易等。

4. 交易双方身份真实性面临的威胁

交易双方身份真实性面临的威胁主要是指攻击者假冒交易者的身份进行交易。当攻击者掌握了网络信息数据规律或解密了商务信息以后,可以假冒合法用户或发送假信息来欺骗其他用户,主要有两种方式:一种是伪造,即伪造电子邮件,虚开网站和商店,给用户发电子邮件,收订货单;伪造大量用户,发电子邮件,耗尽商家资源,使合法用户不能正常访问网络资源,对有严格时间要求的服务不能及时得到响应;伪造用户,发大量的电子邮件,窃取商家的商品信息和用户信用等信息。另外一种为假冒,如冒充领导发布命令调阅密件;冒充他人消费、栽赃;冒充主机欺骗合法主机及合法用户;冒充网络控制程序,套取或修改使用权限、通行字、密钥等信息;接管合法用户,欺骗系统,使用合法用户的资源。

2.1.3 电子商务企业内部安全管理问题

即使不断追求和更新安全技术,把防火墙做得很安全,但如果黑客并不去窃取信息或数据,而只是去阻塞网站,那么对于这种原始而野蛮的攻击方式靠单纯的技术是很难解决的,只有靠管理或其他的方法去防范。美国电子商务网站遭受过大规模的攻击,虽然有技术方面的原因,但总的看来还是一个管理问题。这里的管理包括网站的经营者如何防止自己的网站被攻击,上网的用户如何保证自己的机器不会被别人利用等。现在网上的安全补丁很多,但很少有人真正用它或者干脆就不知道怎么用。所以,在信息化发展的初期,管理比技术显得更为重要。

1. 网络安全管理制度问题

安全管理制度就是明确规定企业内部人员的权限与职责。内部系统必须明确规定哪些人员可以进入和使用系统,以及具有何种权限,内部人员可以使用哪些 Internet 服务,建立详细的安全审计日志,以便检测并跟踪入侵攻击等。不仅在管理上制定严格规范,还要在技术手段上实行全面保障。

2. 硬件资源的安全管理问题

系统应采取有效措施,保证硬件资源的可用性,例如硬盘或网络连接设备不会在遭受来自本地或网上破坏时处于瘫痪状态，要具备抵御破坏及发生灾难使其迅速恢复的能力。要加强主机本身的安全，做好安全配置，即安装安全补丁程序，减少漏洞，要用各种系统漏洞检测软件，定期对网络系统进行扫描分析，找出可能存在的安全隐患，并及时加以修补，从路由器到用户各级建立完善的访问控制措施。

3. 软件和数据的维护与备份安全管理问题

对于重要的软件系统和数据库，首先应建立备份，其次应该保证软件和数据资源不被滥用和破坏，不会受到病毒的侵袭。采用数据备份和数据恢复措施，对重要的数据要建立必要的物理或逻辑隔离措施，对在公共网络上传输的重要信息要进行强度的数据加密。安装防病毒软件，加强内部网络整体防病毒措施。

2.1.4　电子商务安全法律保障问题

安全的电子商务仅靠单一的手段(如技术或管理手段)来保证是不会奏效的，必须依靠法律手段、管理手段和技术手段的相结合来最终保护参与电子商务各方的利益。法律法规的建设成为当前电子商务安全、顺利发展的必要条件。

开展电子商务需要在企业和企业之间、政府和企业之间、企业和消费者之间明确各自需要遵守的法律义务和责任。其主要涉及的法律主要有国际加密问题、网络链接问题、网络隐私问题、域名侵权纠纷问题、电子商务的税收问题，还有电子商务交易中提供参与方合法身份认证的CA中心涉及的法律问题、电子合同签订涉及的法律问题、交易后电子记录的证据力问题及网络知识产权涉及的法律问题等。

2.1.5　电子商务的信用安全问题

信用基于买卖双方的信义。在传统贸易中，由纸介质合同来约束，因此是否有效执行合同，就是信用安全的具体体现。在虚拟的电子商务交易中，在利益的驱动下，伪造、抵赖、逃债等问题时有发生。

不论是企业间交易还是个人消费者与企业之间的交易，电子商务就其发展过程来看，它必然经历一个从简单的商情查询到网上购物和实现交易的阶段。据调查，1997年消费者用于购买网上服务和产品的总价值为32亿美元，但上网寻找产品信息后再进行离线购物的达42亿美元，这说明建立通畅快速的购物网络并不困难，但建立成熟可靠的消费体系和互相信任的市场运作方式，绝不是一蹴而就的事。当传统的购物方式引发的各种纠纷还在“3·15”消费者权益日频频曝光的环境下，消费者如何信任互不见面的网上交易？在这方面我国与国外还存在着一定的差距。我国电子商务在交易过程中除了继续完善信用体系外，还需要从技术手段和法律、政策等方面的共同约束来提高参与各方的信用程度。

2.1.6　电子商务安全支付问题

传统支付系统的安全问题是人所共知的，如可以伪造现金、可以伪造签名、可以拒付支

票。在电子商务环境下的网上支付过程中,同样会出现诸多安全问题。表现为:

(1) 在通信线路上进行窃听,并滥用收集的数据(如信用卡号等)。

(2) 向经过授权的支付系统参与方发送伪造的消息,以破坏系统的正常运作来盗用交换的财产(如商品、现金等)。

(3) 不诚实的支付系统参与方,试图获取并滥用自己无权读取或使用的支付交易数据。

由于银行信用卡在全球的普及,早期的 Internet 上的付费系统也自然地选择了各类卡(信用卡、借记卡等)支付。但是支付卡也为商家带来一个问题,即支付卡号作为不可变更的钥匙号码可以在交易活动中被反复使用。因此,支付卡号必须严防窃用或被猜中。

近些年来,商家一般用 3 种不同的方法使用支付卡号码,并将它用于 Internet 上的交易。

(1) 离线式。客户在网上订货后,就通过电话提供信用卡号码,这种的安全性与电话订购或函寄订购相同。如果电话被窃听,那么信用卡号码就失窃了。所以一般商家、消费者和银行都不愿意冒这个险。

(2) 加密式。在 Internet 上客户用隐蔽的方式将信用卡号码告诉商家。这种方式是在商家守信用的前提下才能使用。

(3) 非加密式。在 Internet 上客户通过 E-mail 或 http 协议的传送命令发出信用卡号。这种方式容易造成卡号被窃听。

上述 3 种支付方法都存在很大的安全问题,因此正确设计的网上支付系统,建立健全的交易协议和标准,完善安全技术则是顺利开展电子商务所必需的。在没有附加安全措施的情况下,不可能广泛顺利地推行电子商务。

2.2 电子商务安全管理

2.2.1 电子商务安全管理的思路

所谓电子商务的安全管理,就是通过一个完整的综合保障体系,来规避电子商务交易过程的风险(包括信息传输风险、信用风险、管理风险、法律风险、网上支付风险等),以保证网上交易的顺利进行。

电子商务安全性问题是虚拟的电子商务市场环境中的首要问题。

(1) 电子商务交易与传统商务交易一样都需要遵循市场竞争规则——它保证电子商务交易的公平、公正和公开。但如果无法保证电子商务市场交易的安全,则可能导致非法的交易或者损害合法交易者的利益,使虚拟的市场规则无法贯彻执行,所以电子商务安全问题是保证市场游戏规则顺利实施的前提。

(2) 实施电子商务交易的目的是降低交易成本。但如果电子商务交易安全性无法得到保证,造成合法交易双方利益的损失,即意味着交易成本更高或者可能导致交易双方为规避风险选择传统的更安全的交易方式,这样势必会制约电子商务市场的发展。

所以电子商务安全问题是保证电子商务交易市场顺利发展的前提。确保电子商务交易安全是电子商务市场要解决的首要问题和基本问题,这需要各方配合加强对网上交易安全性的监管。

电子商务交易的安全管理，不应当只从单纯的技术角度考虑如何解决问题，而是应该从综合的安全管理思路来考虑，因为从电子商务的运行环境来看，技术环境是一个重要方面，但是良好的法律法规、政策环境和科学的管理环境也是电子商务顺利运行不可或缺的两个方面。安全的电子商务环境包括精心规划的管理体系、严密的技术措施和完善的法律体系，所以电子商务的安全管理应该从技术、管理、法律等方面综合考虑，建立一个完整的电子商务交易安全体系。

2.2.2 电子商务安全管理方法

从上述分析来看，解决电子商务安全问题需要从技术、管理和法律等方面综合考虑。虽然解决安全问题的手段、方法和制度还没有形成完善的体系，但其随着电子商务的发展已日益成熟起来。

下面分别从安全技术、安全管理制度和法律制度3个方面介绍电子商务安全管理方法。

1. 电子商务安全技术

从总体上看，电子商务安全技术涉及几个方面，即电子商务交易方自身网络安全保障技术、电子商务信息传输安全保障技术、身份和交易信息认证技术及电子商务安全支付技术等几个方面。

1) 电子商务交易方自身网络安全保障技术

为了维护电子商务交易者内部网络的安全性可以采取以下4种不同的技术。

(1) 用户账号管理和网络杀毒技术。

用户账号是计算机网络安全的弱点之一，获取合法的账号和密码是“黑客”攻击网络系统最常使用的方法。因此，用户账号的安全管理措施不仅包括技术层面上的安全支持，即针对用户账号完整性的技术，包括用户分组管理(对不同的成员赋予不同的权限)、单一登录密码制(用户在企业计算机网络里任何地方都使用同一个用户名和密码)、用户认证(结合多种手段如电话号码、IP地址、用户使用的时间等精确地确认用户)；还需要在企业信息管理的政策方面有相应的措施，即划分不同的用户级别、制定密码政策(如密码的长度、密码定期更换、密码的组成等)对职员的流动采取必要的措施，以及对职员进行计算机安全的教育。二者相互作用才能在一定程度上真正有效地保障用户的账号的保密性。

在网络环境下，计算机病毒具有更大的威胁和破坏力，它破坏的往往不是单独的计算机和系统，而可能是整个网络系统。有效地防止网络病毒的破坏对网络系统安全及电子商务的安全运作具有十分重要的意义。因此必须采取多方面的防治措施，网络防病毒技术主要包括预防病毒、检测病毒、消除病毒等。

(2) 防火墙技术。

防火墙是由软件和硬件设备(一般是计算机或路由器)组合而成的，处于企业内部网和外部网之间，用于加强内外之间安全防范的一个或一组系统。在Internet上可利用防火墙来完成进出企业内部网和外部网检查的功能，防火墙迫使所有的连接都必须通过它来完成，通过对来往数据来源或目的地，数据的格式或内容进行审查来决定是否允许该数据进出，也可以以代理人的形式避免内外网之间直接的联系，即限制非法用户进入企业内部网络，过滤掉不符合规定的数据或限制提供/接收的服务类型，可以对网络威胁状况进行分析，从而达到保护内部网络安全的目的。

(3) 虚拟专网技术。

与使用专用线路相比，普通线路接入 Internet 具有危险的原因是在进行路由时不知道数据报文通往何处，且在各路由器上要对数据包进行复制，这使看到数据包的内容成为可能。尽管可以采用加密技术作为有效的防御手段，但加密只能是针对数据部分进行。因此，保存在 IP 地址数据报头的信息还是可以被看到的。这样，通过 IP 地址数据报头就可以知道 IP 地址以及在 IP 地址之间执行了哪些应用等信息，而一旦了解了这些信息，就可以对自己想要知道的数据进行窃听。将作为窃听对象的加密后的数据复制下来之后，再用一定的时间对其解密，就有可能达到窃听的真正目的。

所谓虚拟专网技术是利用设计在两个防火墙之间的直通隧道，采用从外面看不到的方式进行数据传输的方法，也称为 IP 隧道。具体地说，就是将 IP 数据包连同数据报头一起加密，在外侧附加上含有发送方防火墙和接收方防火墙信息的数据报头后，再发送到 Internet 上。通过防火墙之间的验证，再将相互间加密所使用的密钥在前一个密钥有效期间内进行周期性的交换，就可以完全隔离来自外部的窃听。因此，即使黑客将数据复制后进行高速解析并拿到了密钥，但此时传输数据所使用的密钥已经更换了，黑客还是得不到自己想要的信息。

(4) 入侵检测技术。

目前网络入侵的特点是没有地域和时间的限制，通过网络的攻击往往混杂在人员正常的网络活动之间，隐蔽性强，而入侵手段更加隐蔽和复杂。

入侵是指任何试图破坏资源完整性、机密性和可用性的行为，也包括用户对于系统资源的误用。入侵检测技术就是指对于面向计算资源和网络资源的恶意行为的识别和响应(包括安全审计、监视、识别和响应)。它是防火墙之后的第二道安全闸门，在不影响网络性能的情况下能对网络进行监测，从而提供对内部攻击、外部攻击和误操作的实时保护。具体是通过执行监视、分析用户及系统活动；系统构造和弱点的审计；识别反映已知进攻的活动模式并向相关人士报警；异常行为模式的统计分析，评估重要系统和数据文件的完整性，操作系统的审计跟踪管理，并识别用户违反安全策略的行为等任务来实现的。

入侵检测系统(IDS)作为重要的网络安全工具，可以对系统或网络资源进行实时检测，及时发现闯入系统或网络的入侵者，也可预防合法用户对资源的误操作。入侵检测系统通过对系统或网络日志分析，获得系统或网络目前的安全状况，发现可疑或非法的行为。因此它是对防火墙的必要补充。

2) 电子商务信息传输安全保障技术

要保证电子商务信息传输过程中的机密性和完整性，一般采用加密技术和数字摘要技术来实现。

(1) 加密技术。

加密技术是最基本的安全技术，是实现信息保密的一种重要手段，目的是为了防止合法接收者之外的人获取信息系统中的机密信息。

数据加密技术是对信息进行重新编码，从而达到隐藏信息内容，使非法用户无法获得信息真实内容的一种技术手段。网络中的数据加密则是通过对网络中传输的信息进行加密，满足网络安全中的信息传输的保密性、防止信息泄露的要求，可见，数据加密技术是实现网络安全的关键技术。

（2）数字摘要技术。

加密技术只能解决信息的保密性问题，对于信息的完整性则无法保障，即可以防止信息传输过程中不被泄露，但不能防止加密信息（即"密文"）在传输过程中被增、删、改等操作后再发给信息的接收者。因此，要解决此问题需要用数字摘要技术。

数字摘要又称 Hash 算法，是由 Ron Rivest 发明的一种单向加密算法，其加密结果是不能解密的。所谓数字摘要是指从原文中通过 Hash 算法而得到的一个有固定长度（通常为 128 位）的散列值，即信息鉴别码（Message Authenticator Code，MAC）。不同的原文所产生的数字摘要一定不相同，相同的原文产生的数字摘要一定相同。这样，信息在传输前对原文使用 Hash 算法得到数字摘要，将摘要与原文一起发送给接收者，接收者对接收到的原文应用 Hash 算法产生一个摘要，用接收者产生的摘要与发送者发来摘要进行对比，若二者相同则表明原文在传输中没有被修改，否则就说明原文被修改过。因此，数字摘要技术就是单向 Hash 函数技术，由于其摘要类似于人类的"指纹"，可以通过"指纹"去鉴别原文的真伪，故也称作数字指纹。它除了用于信息的完整性检验之外，还可以用于数字签名、各种协议的设计以及科学计算等。

3）身份和信息认证技术。

安全认证技术是保证电子商务交易安全的一项重要技术。安全认证主要包括身份认证和交易信息认证。前者用于鉴别用户身份，保证交易双方身份的真实性，后者用于保证通信双方的不可否认性和交易信息的完整性。在某些情况下，信息认证显得比信息保密更为重要。例如，买卖双方进行普通商品（如日用品等）交易时，可能交易的具体内容并不需要保密，但是交易双方应当能够确认是对方发送或接收了这些信息，同时接收方还能确认接收的信息是完整的，信息在通信过程中没有被修改或替换。因此，在这些情况下，信息认证将处于首要的地位。

（1）身份认证。

身份认证就是在交易过程中判明和确认贸易双方的真实身份，这是目前网上交易过程中最薄弱的环节。某些非法用户常采用窃取口令、修改或伪造、阻断服务等方式对网上交易系统进行攻击，阻止系统资源的合法管理和使用。

用户身份认证可通过 3 种基本方式或其组合方式来实现：

① 用户所知道的某个秘密信息，例如用户知道自己的口令。

② 用户所持有的某个秘密信息（硬件），即用户必须持有合法的随身携带的物理介质，例如智能卡中存储用户的数字证书等。

③ 用户所具有的某些生物学特征，如指纹、声音、DNA 图案、视网膜扫描等，这种认证方案一般造价较高，大多适用于保密程度很高的场合。

（2）信息认证。

随着网络技术的发展，通过网络进行购物交易等商业活动日益增多。这些商业活动往往通过公开网络进行数据传输，这对网络传输过程中信息的保密性提出了更高的要求。

通常采用对称密钥加密技术、公开密钥加密技术或者两者相结合的方式，以保证信息的安全及认证。对于加密后的文件，即使他人截取了信息，由于得到的是加密后信息，因此无法知道信息原始含义；同时加密后，他人也无法增加或删除信息，因为加密后信息被改变后就无法得到原始信息。为保证信息来源的确定性(即确认信息的真实所有者)，可以采用加密的数字签名方式来实现，因为数字签名是唯一的而且是安全的。

(3) CA。

买卖双方在网上交易时，必须鉴别对方是否是可信的。因此，必须设立专门机构从事认证服务，通过认证机构来认证买卖双方的身份，在一定程度上保证网上交易的安全性。

CA(Certified Authentication)是所有合法注册用户所信赖的具有权威性、信赖性及公正性的第三方机构，负责为电子商务环境中各个实体颁发数字证书，以证明各实体身份的真实性，并负责在交易中检验和管理证书；使用户拥有自己的公钥/私钥对。

通过CA提供认证服务的基本原理和流程是：进行交易时，应向对方提交一个由CA签发的数字证书，以使对方相信自己的身份。顾客向CA申请证书时，可提交自己的驾驶执照、身份证或护照，经验证后，颁发证书，证书包含了顾客的名字及其公钥，以此作为网上证明自己身份的依据。

4) 电子商务安全支付技术

在电子商务中如何才能进行安全的网上支付，是用户、商家及金融机构(银行与发卡机构)最为关注的问题之一。为了解决这一难题，众多的IT公司和金融机构一起开发了安全在线支付协议，目前的电子商务交易中有两种支付协议已经在一定程度上被广泛采纳和应用：一种是由Netscape Communication公司设计开发的一种安全技术规范——安全套接层(Secure Sockets Layer，SSL)协议，另一种是Visa和MasterCard两大信用卡组织联合开发的电子商务安全协议——安全电子交换协议(Secure Electronic Transaction，SET)。这两种协议的原理将在第4章具体阐述。

2. 电子商务安全管理制度

电子商务是利用计算机网络进行的。所以电子商务的安全管理制度也可以看作计算机信息安全管理制度。

计算机信息安全的基本要求如下：

- **认同用户和鉴别**。要求用户在使用计算机以前首先向计算机输入自己的用户名和身份鉴别信息(如口令、识别卡、指纹等)，以便计算机系统确认该用户的真实身份，防止冒名顶替和非法利用。
- **控制存取**。当用户已被计算机接受并注册登录上机后，要求调用程序或数据时，计算机对该用户的权限，根据用户对该项资源被授予的权限控制其对资源的存取。
- **保障完整性**。保护计算机体系的配置参数不被非法更改、数据不被非法修改和删除。
- **审计**。系统能记录用户所要求进行的操作及其相关的数据，能记录操作的结果，能判断违反安全的事件是否发生，如果发生，则记录备查。审计能力的强弱对于防止计算机犯罪比获得法定证据尤其重要。
- **容错**。当计算机的元器件突然发生故障，或计算机系统工作环境设备突发故障时，计算机系统能继续工作或迅速修复。

信息安全管理制度是用文字形式对各项安全要求的规定，它是保证企业电子商务取得成功的重要基础工作，也是企业人员安全工作的规范和准则。企业开始开展电子商务时就应当形成一套完整的、适应网络缓急的电子商务安全管理制度。这些制度应当包括人员管理制度、保密制度、跟踪审计制度、系统维护制度、数据备份制度、病毒定期清理制度等。是否健全及实施安全管理制度关系到网上交易能否安全地、顺利地运作。

1）人员管理制度

参与网上交易的经营管理人员在很大程度上支配着企业的命运，他们面临着防范严重的网络犯罪的任务。而计算机网络犯罪同一般犯罪不同的是，他们具有智能型、隐蔽性、连续性、快速性等特点，因而，加强对有关人员的管理显得十分重要。一般的措施包括：

（1）对有关人员进行上岗培训，包括两个方面的内容，即技术培训和职业道德教育。

（2）落实工作责任制，对违反网上交易安全规定的行为应坚决进行打击，对有关人员要进行及时的处理。

（3）贯彻网上交易安全运作基本原则，包括双人负责原则，重要业务不要安排一个人单独管理，实行两人或多人相互制约的机制；任期有限原则，任何人不得长期担任与交易安全有关的职务；最小权限原则，明确规定只有网络管理员才可进行物理访问，只有网络管理员才可进行软件安装工作。

2）保密制度

网上交易时涉及企业的市场、生产、财务、供应等多方面的机密，必须实行严格的保密制度。保密制度需要很好地划分信息的安全级别，确定安全防范重点，并提出相应的保密措施。信息的安全级别一般可分为3级：

（1）绝密级。如公司战略计划、公司内部财务报表等。此部分网址、密码不在Internet上公开，只限于公司高层管理人员掌握。

（2）机密级。如公司的日常管理情况、会议通知等。此部分网址、密码不在Internet上公开，只限于公司中层管理者以上人员使用。

（3）秘密级。如公司简介、新产品介绍及订货方式等。此部分网址、密码在Internet上公开，供消费者浏览，但必须有保护程序，防止“黑客”入侵。

保密工作的另一个重要的问题是对密钥的管理。大量的交易必然使用大量的密钥，密钥管理贯穿于密钥的产生、传递和销毁的全过程。密钥需要定期更换，否则可能使“黑客”通过积累密文增加破译机会。

3）跟踪、审计、稽核制度

跟踪制度是要求企业建立网络交易系统日志机制，用来记录系统运行的全过程。系统日志文件是自动生成的，其内容包括操作日期、操作方式、登录次数、运行时间、交易内容等。它对系统的运行进行监督、维护分析、故障恢复，这对于防止案件的发生或在案件发生后，为侦破工作提供监督数据，起着非常重要的作用。

审计制度包括经常对系统日志的检查、审核，及时发现对系统故意入侵行为的记录和对系统安全功能违反的记录，监控和捕捉各种安全事件，保存、维护和管理系统日志。

稽核制度是指工商管理、银行、税务人员利用计算机及网络系统，借助于稽核业务应用软件调阅、查询、审核、判断辖区内各电子商务参与单位业务经营活动的合理性、安全性，堵塞漏洞，保证网上交易安全，发出相应的警示或做出处理或处罚的有关决定的一系列步骤及措施。

4）网络系统的日常维护制度

对于企业的电子商务系统来说，企业网络系统的日常维护就是针对内部网的日常管理和维护。它是一件非常繁重的工作，因为计算机主机机型和其他网络设备多。对网络系统的日常维护可以从几个方面进行：

(1) 对于可管设备，通过安装网管软件进行系统故障诊断、显示及通告，网络流量与状态的监控、统计与分析，以及网络性能调优、负载平衡等。

(2) 对于不可管设备，应通过手工操作来检查状态，做到定期检查与随机抽查相结合，以便及时准确地掌握网络的运行状况，一旦有故障发生能及时处理。

(3) 定期进行数据备份，数据备份与恢复主要是利用多种介质，如磁介质、纸介质、光碟、微缩载体等，对信息系统数据进行存储、备份和恢复。这种保护措施还包括对系统设备的备份。

5）病毒防范制度

病毒防范是保证网上交易很重要的一个方面。如果网上信息及交易活动遭到病毒袭击，将阻碍和破坏网上交易的顺利开展，因此必须建立病毒防范措施。目前主要通过采用防病毒软件进行防毒。应用于网络的防病毒软件有两种：一种是单机版防病毒产品，另一种是联机版防病毒产品。前者是以事后消毒为原理的，当系统被病毒感染之后才能发挥这种软件的作用，适合于个人用户。后者属于事前的防范，其原理是在网络端口设置一个病毒过滤器。即事前在系统上安装一个防病毒的网络软件，它能够在病毒入侵到系统之前，将其挡在系统外边。由于许多病毒都有一个潜伏期，因此有必要实行病毒定期清理制度，清除处于潜伏期的病毒，防止病毒的突然爆发，使计算机始终处于良好的工作状态，从而保证网上交易的正常进行。

3. 电子商务安全法律制度

市场经济是法治经济，电子商务的发展需要建设和完善相关的法律体系。虽然技术专家已从技术角度开发了许多保证电子商务交易安全顺利进行的技术保障措施，但仍难以完全保障网上交易的安全性，因此使许多企业和消费者对网络上交易的安全心存疑虑。他们担心在合同的执行、赔偿、个人隐私、资金安全、知识产权保护和税收等诸问题难以解决，从而妨碍他们积极参与网上交易。因此，研究与制定网上法律，采取相应的法律保障措施势在必行。目前，各国政府正在加大法律调整的研究力度，纷纷出台各种法律法规，规范网上交易行为。

1）国内外电子商务的立法现状

(1) 国外电子商务的立法现状。

20 世纪 90 年代初，互联网商业化和社会化的发展，从根本上改变了传统的产业结构和市场的运作方式，电子商务出现了前所未有的增长势头。联合国贸法会在 EDI 规则研究与发展的基础上，于 1996 年 6 月通过了《联合国国际贸易法委员会电子商务示范法》(以下简称《电子商务示范法》)，这个示范法为各国立法人员提供了一整套国际上能够接受的电子商务规则。例如，如何消除以无纸方式交流重要法律信息的一系列法律障碍，其中包括这些信息的法律效力或合法性的不确定性；如何为电子商务创造一个更加安全的运作环境等。示范法也可用来解释妨碍电子商务的现有国际公约和其他国际机制。示范法的颁布为逐步解决电子商务的法律问题奠定了基础，为各国制订本国电子商务法规提供了框架和示范文本。

自 1996 年以来，在联合国《电子商务示范法》制定之后，一些国际组织与国家纷纷合作，制订各种法律规范，形成了国际电子商务立法的高速发展期，其成果主要体现在 4 个方面：WTO 的《全球基础电信协议》、《信息技术协议(ITA)》、《开放全球金融服务市场协议》3 大突破性协议，国际性组织加快制定电子商务指导性交易规则，地区性组织积极制定各项电子商务的政策，世界各国积极制订电子商务的法律法规。相关详细内容可参阅有关法律书籍，本书不再赘述。

(2) 我国电子商务立法现状。

我国政府高度重视电子商务的立法工作。1998 年 11 月 18 日，原国家主席江泽民在吉隆坡举行的亚太经合组织领导人非正式会议上指出，电子商务代表着未来贸易方式的发展方向，其应用推广将给各成员带来更多的贸易机会。在发展电子商务方面，我们不仅要重视私营、工商部门的推动作用，同时也应加强政府部门对发展电子商务的宏观规划和指导，并为电子商务的发展提供良好的法律法规环境。如 1999 年 3 月我国颁布了新的《合同法》，其中，涉及电子商务合同的有 3 点：将传统的书面合同形式扩大到数据电文形式、确定电子商务合同的到达时间、确定电子商务合同的成立地点；2003 年 2 月 1 日国内首部电子商务地方立法——《广东省电子交易条例》正式实施；2005 年 4 月 1 日我国电子商务领域第一个国家级的法律条文——《中华人民共和国电子签名法》颁布实施。

2) 目前电子商务安全交易中涉及的主要法律问题

(1) 加密技术的相关政策与法律问题。

加密技术是一种数学加密手段，用以将信息转换成不可解读的格式对数据进行保密。第 4 章列出了各种加密方法。此处主要需要理解的是，加密过程使得明文变成了一种被称为密文的不可判读的格式。使明文转换成密文及其反过程需要加密密钥和解密密钥。加密的力度在很大程度上取决于加密密钥的长度。加密密钥越长，加密的力度就越大。因为无法破解加密程度很深的信息，政府机构和执法部门对于密钥的长度问题非常关注。由密钥引出了几个非常有争议的法律问题：政府能允许多长的密钥出口到国外？执法部门能被授予什么样的获得解密钥的优先权？如果它享有这种优先权的话，解密钥是否必须由第三者保存？这些有争议的法律问题目前在欧美国家随着电子商务的不断发展也逐渐得到了解决。

(2) 网络隐私问题

隐私是一项基本的价值观，不论是在信息时代还是在其他任何时代，隐私必须得到保护。在电子时代，我们需要一项电子权力法案。因为从 Internet 能够搜集到大量的信息，同时也因为 Internet 的全球性、世界各国的人们对于自己的隐私权都表示了担忧。现实商城中的购物者在某个特定的柜台前停下来看一眼某种特定的商品，用不着担心自己的每一个举动都会被记录下来，而当前在电子商务网站上使用的技术却使得在电子商城浏览或访问某个站点的使用者每一次点击的内容的数据都完全有可能被记录下来。因此网络环境下的隐私权的保护已经非常必要，这也引起国内外相关部门将网络隐私权的保护问题提上日程。

(3) 网络链接的法律问题。

Internet 能够迅速发展、普及，链接发挥了很大的作用，正是网络链接在网站的不同页面之间以及亿万个不同网站之间建立了联系，使它们相互联接起来，形成了 Internet 网络

(当然这是建立在物理连接基础之上的)。因此,可以说链接是 Internet 的根本特征之一,没有了链接,Internet 也就失去了生命力。然而,随着链接的诞生,相关的知识产权法律问题也随之产生,但往往法律是滞后的,至今尚无关于链接的法律规定。

(4) 域名侵权纠纷问题。

自从 Internet 对商业使用开放以来,网络已成为对人类社会影响最大、最快的新兴技术。全球网络人口的迅猛扩张、各种网站的大量涌现,电子商务的蓬勃发展,给相对稳定的传统法律制度提出了极大的挑战。为了吸引社会公众查找,定位网站资源,开展网上贸易,许多企业将自己的企业名称或商品名称作为企业的域名进行注册。域名作为知识产权的一项重要内容越来越引起人们的重视,甚至有人认为,要想在 Internet 上创业,有一个好域名就已经成功了一半。由于域名巨大的商业价值,关于域名注册和使用引发的纠纷大量出现,并成为学术界、司法界关注的热点。然而迄今为止,关于域名的研究与探讨仍多囿于传统的法律框架,运用现有的法律来规范和解决域名纠纷。

(5) 电子商务税收问题。

电子商务的产生对于传统的税收原则和税种产生了很大的冲击。首先,对于税收原则的冲击主要体现在:由于网络贸易与服务经营往往比较隐蔽,只要经营者自身不主动进行申报,一般税务机关因读不到交易信息,难以对大量的网上交易进行稽查,这样出于经济人的理性考虑,从事电子商务的企业和个人可以轻易地逃避税收,导致传统贸易主体与电子商务主体之间税负不公,从而对税收公平原则造成冲击;在电子商务交易中,产品或服务的提供者可以免去中间人(如代理人、批发商、零售商等),而直接将产品提供给消费者,实现 BtoC,减少了流通环节,但同时也会导致税收成本的增加,因为中间人消失的结果,将会使税收征管复杂化。其次,对于各税种的冲击如增值税课税、所得税课税都因网络的虚拟性交易而带来了较大的影响,从而对税收征管提出了新的挑战。

复 习 题

1. 电子商务交易信息传输的过程中面临哪些安全问题?
2. 电子商务安全管理的制度体现在哪些方面?

思 考 题

1. 结合自己的亲身经历,谈谈你对电子商务安全问题的认识。
2. 分析技术、管理与法律在保障电子商务安全运作中的作用。
3. 你认为中介型电子商务模式的安全隐患在哪里?
4. 思考管理在电子商务安全运作中的作用。

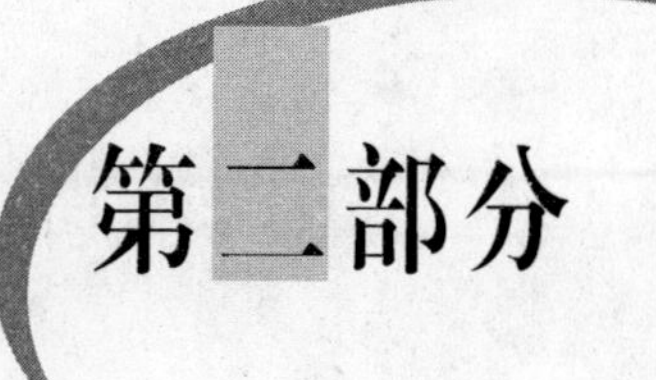

电子商务通信过程的安全风险与控制

第3章

电子商务通信过程的安全风险

本章教学目标

- 了解风险及风险分析的相关理论。
- 熟悉 Internet 上存在的风险及其对风险的分析。
- 了解 Internet 上的通信协议。
- 熟悉作为 Internet 上有效传输机制的组成部分,各种协议在通信过程中存在的风险。
- 熟悉 Internet 提供的各种服务,并掌握这些服务在应用过程中存在的风险。

本章关键术语

- Internet 安全与风险
- Internet 通信协议中的安全风险
- Internet 应用风险

3.1 Internet 安全与风险

越来越多的商家、消费者通过 Internet 进行商务活动,电子商务有着良好的发展前景。但随着电子商务活动的深入开展,其安全问题也变得越来越突出。如何充分进行风险分析,建立一个安全、便捷的电子商务应用环境,对信息提供足够的保护,已经成为商家和消费者都十分关心的话题。

3.1.1 风险分析理论

1. 风险概述

1) 风险的概念

人类认识到风险的存在已经有了很长时间,但直到近代才开始了科学、系统的研究。一些学者提出了风险的概念,比如美国学者 Haynes 认为"风险意味着损害的可能性";DIN VDE 标准(德国工业标准)将风险定义为"如果事故发生,预计损失的程度,预测事故发生的概率";我国学者杨梅英在其《风险管理与保险原理》中提出"风险是人们对未来行为的决策及客观条件的不确定性而导致的实际结果与预期结果之间偏离的程度"。

总地来说，风险就是指危险发生的意外性和不确定性，包括损失发生与否及损失程度大小的不确定性。近几年来，随着计算机系统的不断普及，上述风险已经极大增加。人们大量利用信息资源，由于访问违背授权的内部资料与通信系统而引发的破坏显著上升。Internet安全事件的数量与破坏发生的概率今后将增加得更快。

2）风险的特征

风险是由于人们没有能力预见未来所产生的，它还能指出那些很重要足以引起注意的不确定性的程度。这个模糊的定义可以通过风险的几个重要的特征，使发生的风险变得更形象化。

首先，风险既是客观的，又是主观的。例如抛硬币是客观的风险，因为它的几率是众所周知的。即使结果是不确定的，客观的风险还是能在理论、试验或尝试的基础上精确描述的，每个人都同意对客观风险的描述。而对于一个网络，下星期一要被攻击几率的描述不是非常清楚的判定，这就表现出主观风险。

其次，决定某事是有风险的需要个人的判断，甚至对于客观的风险也如此。例如，想象一下扔硬币，正面朝上就赢1元，背面朝上就输1元。在1元和－1元的范围内，对于大多数人并不是很重要的。但是如果赌金额是数百万或千万元，大多数人会认为这种情况是相当有风险的。通常，这种发生“风险”的大小，各个行为是不一样的。重要的是，每个行为发生的风险结果都有一定范围。

再次，有风险的行为和因此产生的风险，通常是能选择或避免的。个人在他们能自愿承受风险的量是不同的。例如，两个有相等资本净值的人，对赌注为100万元的抛硬币的赌博的反应是完全不同的，或许一个人可以接受它，而另一个人则会拒绝。他们个人对风险的承受程度是不同的。

2. 风险分析概述

1）风险分析的基本概念

风险分析就是要对风险的辨识、估计和评价做出全面的、综合的分析，其主要组成包括两方面：其一是风险的辨识，也就是哪里有风险，后果如何，参数变化；其二是风险评估，也就是概率大小及分布，后果大小。

2）风险分析的目的

风险分析的最终目的是彻底消除风险，保障风险主体安全。具体包括以下几个方面：

（1）透彻了解风险主体、查明风险客体以及识别和评估风险因素。

（2）根据风险因素的性质，选择、优化风险管理的方法，制定可行的风险管理方案，以备决策。

（3）总结从风险分析实践中得出的经验，丰富风险分析理论。

3）风险分析的原则

风险分析的原则是分析人员在进行风险分析时辨识和评估各种风险因素所持的态度，以及在分析中采用各种技术的原则，它是独立于风险分析的对象（风险主体、风险客体和风险因素等）之外的认知系统遵循的原则。

4）风险分析的步骤

风险分析划分为确定分析的范围、找出风险、评估风险、风险控制等4个阶段。

(1) **确定范围**——划分风险分析所覆盖的区域。由于风险分析复杂,不能在整个数据处理系统上进行,而只能在单个区域内。因此,只能在单个分析区域间确定界面。

(2) **找出风险**——详细地描绘所有现行的风险,并调查风险的影响结果,分析风险采用风险情况分析和模拟研究两种方法。若用风险情况分析,就需将引起安全事件的假设事件集中在一起(处在同一界面上)。通过对主要情况的研究,较快地得到原始结果;若用模拟研究,通过如实反映所分析区域的情况,模拟潜在风险所带来的影响,最后查出风险所在。上述两种分析方法都较昂贵且费时,并且还涉及特殊软件。

(3) **风险评估**——对风险发生的概率及潜在损失的分析和确定基础上进行的基本的风险评估,就是安全事件带来的损失值乘以一年内事件发生的概率。例如,将基本风险评估应用于假设全部数据丢失引起网络崩溃的事件中。

- 数据丢失带来的直接与间接损失值为:25 000 000 元。
- 概率:1/10(10 年一次)。
- 基本的风险评估为:25 000 000×0.1=2 500 000 元/年。

基本的风险评估系统常采用统计表格和范畴分类来帮助确定风险事件。结果表明精确度并没有太偏离现实生活。该项评估主要用在美国,可以利用许多适合的风险分析软件包(比如 BDSS、Bayesian 判决辅助系统,OP&S)。

(4) **风险控制**——根据风险评估的结果,采取一定的措施或方案将风险限定在一个合理的、可接受的水平上,即根据影响风险的因素,经过识别、选择、优化和采用正确的安全和意外事件的控制措施或寻求最佳的风险解决方案,使风险降低到可以接受的等级,最终达到风险与利益的平衡。

常规的风险分析借助于列表和矩阵,首先将信息系统分解为可确定风险的客体。与基本分析方法相反,对风险不做精确计算而是按范畴分类。比如划分为可接受的风险、不可接受的风险、非常小、不可能及非常可能发生的风险等。

3.1.2 Internet 上的安全风险分析

近几年来,随着利用 Internet 从事商业活动的力度加大,犯罪活动与滥用现象日益增多,当企业考虑是否要与 Internet 联网以及如何联网时,需考虑的主要问题就是涉及其中的风险因素。如果没有适当的安全保护措施,一旦与 Internet 相连,将会带来意想不到的风险。

1. DP(数据处理)基础设施中的基本风险

探讨 Internet 安全风险时,常被忽视的事实是,企业的计算机系统面临的严重风险并不仅仅在 Internet 上。事实上,大多数网络安全专家都认为,大部分网络攻击都是由存在漏洞的企业的内部员工所发起的。例如,数据没有备份、由移动存储器设备带进了病毒、出于恶作剧、恶意或者好奇心、误操作等。一旦企业出现上述任何一种情况,其计算机系统不论是否与外部通信网络连接,都会极大地增加被蓄意袭击的机会。

2. Internet 上存在的安全风险

Internet 是一个全球互联网,它包容着众多的异种网络和协议、不同的操作系统、不同类型和厂商的硬件平台，是一个非常复杂的环境，因而它的安全问题也非常复杂，主要有以下 9 个方面。

- 身份截取：指用户的身份在通信时被他人非法截取。
- 中继攻击：指非法用户截取通信网络中的数据。
- 数据操作：指对通信中的数据进行非法的替换、修改、插入和排序等操作。
- 服务拒绝：指通信被中止或实时操作被延迟。
- 交通分析：指分析通信线路中的信息流向、流量和流速等，从中得到有用的信息。
- 路由攻击：指改变信息的流动路线。
- 非授权存取：指非法使用资源。
- 伪装：指假冒合法用户以获取有用资源的行为。
- 否认：指通信双方有一方事后否认曾参与某次活动的行为。

日益普及的 Internet 给人们提供了方便、快捷的信息获取和沟通渠道，同时，也正是全球互联的 Internet 引发了各种重大安全问题的主要原因。因此，要安全使用 Internet 就需要具备防止信息泄漏以及防止被篡改等网络安全问题的能力。为了预防这些网络上的不正当行为，特别需要了解 Internet 上存在的基本安全风险。

3. Internet 上风险等级划分

从上述内容可以看出，Internet 存在风险表现在多个层面，风险的损害程度也有差异。因此，这里采用美国著名网络安全厂商（Internet Security System，ISS）提出的 Internet 风险等级划分标准——AlertCon 对 Internet 上存在风险进行风险程度的划分，以利于防范与管理。

AlertCon 为 ISS 所提供用来判定 Internet 目前存在的风险而产生的威胁状态的一个标准。这个判定标准来自于 ISS Global Threat Operations Center，根据过去 24 小时 Internet 所发生的任何危安事件，进而预测未来 48 小时可能发生的危安事件。经由 ISS Global Threat Operations Center 所发布的判定标准，称为 AlertCon 或 Alert Condition。具体等级及标识见表 3.1。

表 3.1　Internet 风险等级划分

名　称	图　标	等　级
AlertCon 1		一般警戒（Regular Vigilance）：为 AlertCon 的一个基准点，一般状况均定义为 AlertCon 1
AlertCon 2		增进警戒（Increased Vigilance）：发现新的弱点，且确定会影响到主机或网络的隐秘性、完整性、可用性；必须对主机或网络设备进行弱点评估，建议进行修补，ISS 将此状况定义为 AlertCon 2

续表

名　称	图　标	等　级
AlertCon 3		焦点攻击(Focused Attacked)：确定经由特定的弱点或系统内部所存在的弱点，进行攻击时必须立即进行防御措施，ISS将此状况定义为AlertCon 3
AlertCon 4		灾难性威胁(Catastrophic Threat)：将或可能发生的严重危害事件，可能发生在某一个区域或蔓延至全球，必须立即进行防御措施；这状况可能是即将发生或已经发生，ISS将此状况定义为AlertCon 4

4. Internet上风险发生的概率分析

经由Internet越权侵袭计算机系统的事件逐年增加，基本上与计算机数量的快速增长同步。1988年，ARPA(高级研究项目署)成立了Internet安全组织CERT(计算机紧急情况处理小组)。根据CERT的报道，1989年仅有132起计算机安全事件，到1995年安全事件的数量已多达2412起，共有12 000多个网络受到影响。2004年，公安部公共信息网络安全监察局与中国计算机学会计算机安全专业委员会共同举办了全国首次信息网络安全状况调查活动。调查时间为2003年5月至2004年5月，在7072家被调查单位中有4057家单位发生过信息网络安全事件，占被调查总数的58%。其中，发生过1次的占总数的22%，2次的占13%，3次及以上的占23%，此外，有7%的调查对象不清楚是否发生过网络安全事件。从发生安全事件的类型分析，遭受计算机病毒、蠕虫和木马程序破坏的情况最为突出，占安全事件总数的79%，其次是垃圾邮件占36%，拒绝服务、端口扫描和篡改网页等网络攻击情况也比较突出，共占到总数的43%。

调查结果表明，造成网络安全事件发生的主要原因是安全管理制度不落实和安全防范意识薄弱。其中，由于未修补或防范软件漏洞导致发生安全事件的占安全事件总数的66%，登录密码过于简单或未修改密码导致发生安全事件的占19%。

下面是Internet上风险袭击难度与破坏程度的概率分析，如图3.1所示。

5. 风险的详细分析

利用风险矩阵可以进行详细的风险分析，这使得具体评估安全风险给企业带来损害的程度成为可能。潜在的安全事故可看作是损害程度和所发生事故的概率的函数。每种闯入事件的概率都与所用的计算机和网络系统、现有的基础设施(外部数据线、联网情况、拨号网等)以及现有的安全保护措施(防火墙、拨号应答等)有关。影响基本安全风险的其他因素有：

- 企业的运作情况是潜在指标(产品、竞争者等)。
- 企业所处的位置。
- 企业规模和员工数量。

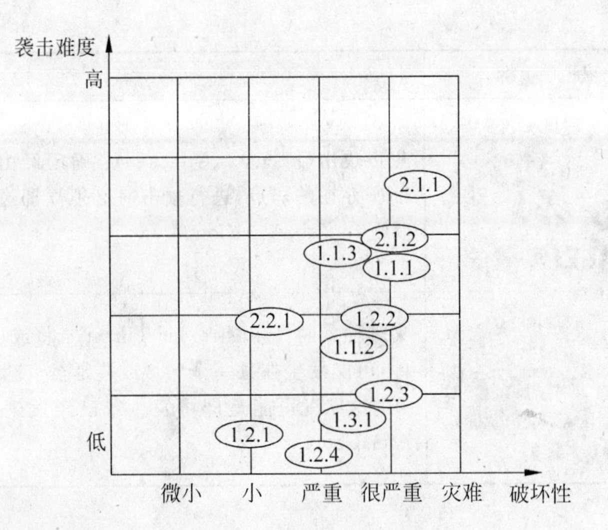

1. 内部袭击

 1.1 未授权访问企业数据(插入、删除、破坏数据等)

  1.1.1 通过认证系统破坏

  1.1.2 NFS 袭击

  1.1.3 X-windows 袭击

  1.1.4 ……

 1.2 网络基础结构的破坏

  1.2.1 网络过载的发生

  1.2.2 对网络部件的袭击

  1.2.3 对物理网络基础结构的破坏

  1.2.4 病毒感染

 1.3 机密信息的丢失

  1.3.1 网络嗅探器

2. 外部袭击

 2.1 未授权访问企业数据

  2.1.1 TCP 序号袭击

  2.1.2 路由袭击

 2.2 网络基础结构破坏

  2.2.1 网络过载的发生

图 3.1 数据网络的风险概率分析

风险分析的第一步就是将所有不同的潜在威胁(通过 DP 基础设施)进行列表,然后测算每种威胁发生的概率。

利用上面确定的风险因素,可根据风险矩阵中各种潜在威胁及风险发生的概率,推导出安全事故的公式。面对潜在的袭击者,措施越全面,被侵袭的可能性就越小。对所有潜在的威胁,基本安全风险值越高,就意味着通过操纵台的风险权限越大。借助于图 3.2,就可以对结果进行分析,并利用这些结果,决定应采取的措施。

潜在袭击的损失值

很高	2	2	1	1	1
高	2	2	2	1	1
中等	3	2	2	2	1
小	3	3	3	2	2
很小	3	3	3	2	2
	很小	小	中等	高	很高

袭击的可能性

注：1、2、3由高到低分别为操纵台的优先权或风险权

图3.2 潜在袭击的概率与损失价值关系

3.1.3 Internet中最容易受到侵袭的薄弱环节

1. Internet中潜在的安全隐患——固有的风险

Internet由大量的硬件和软件构成，体系结构极其复杂，整个网络系统基本上充满了各种各样的编程和误操作。例如要编译1万条语句的程序，并保证在所有情况下都工作正常，没有一定的规则是无法实现的，这也意味着任何商用软件都会碰上潜在的安全故障。有些故障是人为利用编程错误制造的，一旦有关部件通过网络接入到大量用户系统上，那么薄弱环节的风险将大大提高。

2. Internet的隐患——不完善的软件设计

Internet中存在如此多的安全问题的原因之一在于TCP/IP协议和UDP协议的基本体系结构。这几种协议在开始制定时都没有重点考虑路径的安全性，例如，当用TCP/IP协议通过Internet传送数据时，无法知道传输了哪些节点，如果攻击者成功地在一个或多个节点上装上了嗅探器，那么以原文传送的口令就会泄漏，信息就会被截获。

被成功侵袭的另一个原因是计算机系统配置的安全性很薄弱。Internet访问系统都很少或根本没有配置安全保护。从纯技术角度上来看，存在着5个领域的薄弱性，即缺乏安全防护设备(没有安全防火墙)、不足的安全配置与管理系统、通信协议上的基本安全问题、基于WWW和FTP上的应用软件问题及不完善的服务程序。

3. 侵袭的命中率清单

根据CERT(计算机紧急事故处理小组)协调中心在匹兹堡Carnegie Mellon大学所列出的侵袭法的命中率清单中，嗅探器袭击是最能成功侵袭网络的方法，列在第一位。袭击者采用“看不见”的微型程序，偷偷连到Internet主机上，监控数据流并捕获口令和系统ID(标识符)。

排在第二位的是IP欺骗，即袭击者输入自己的数据地址。这一地址属于目标网络的地址范围，因此看起来像是由哪个网络上的用户产生的，所以称为欺骗。该侵袭方式主要能突破信息包过滤器和防火墙系统，因为这种信息包过滤器或防火墙的认证机理是基于Internet地址的。

第三位是发送邮件,它利用邮件服务器应用软件中的不完善来袭击网络。

第四位和第五位分别是 NFS(网络文件系统)和 NIS(网络信息服务器)的侵袭。

3.2 Internet 通信协议中的安全风险

作为 Internet 上有效传输机制的组成部分,通信协议 IP(网际协议)、TCP(传输控制协议)和 UDP(用户数据报文协议),都明显成为了潜在攻击者的袭击目标。利用协议或系统中的安全隐患来侵袭的手段多种多样,这些安全隐患有的是协议本身固有的,有的是由于系统的配置不合理造成的。

3.2.1 Internet 通信协议简介

1. 网际协议(Internet Protocol,IP)

1) IP 协议的体系结构

所谓"协议"是关于通信过程的规则或条约,它规定了如何传输信号,如何在宿主计算机上将数据包重新组成计算机信息等。IP 协议的结构模型与 ISO 的 OSI 模型略有不同,IP 对 OSI 模型进行了更进一步的简化,它采用 4 层结构模型,如图 3.3 所示。图 3.3 中也画出了对应的 OSI 层次,这里需说明的是,IP 协议分层并不严格对应 OSI 模型的相关协议层次。最上面第四层为应用层,它支持用户,提供通信工具和相关服务(如 FTP、E-mail 等); 往下第三层为传输层,负责传输控制,保证端对端数据传输的完整性(TCP); 第二层为网络层,负责数据传输,将数据发往目的地; 最底层为网络接口层,负责访问具体网络(如以太网、令牌网等)。

<table>
<tr><td>应用层</td><td rowspan="3">应用层</td><td rowspan="3" colspan="6">FTP HTTP Telnet SMTP POP3 SNMP DNS</td></tr>
<tr><td>表示层</td></tr>
<tr><td>会话层</td></tr>
<tr><td>传输层</td><td>传输层</td><td colspan="6">TCP UDP</td></tr>
<tr><td>网络层</td><td>网络层</td><td colspan="6">IP ICMP ARP IGMP</td></tr>
<tr><td>数据链路层</td><td rowspan="2">网络接口层</td><td rowspan="2">以太网</td><td rowspan="2">FDDI</td><td rowspan="2">ATM</td><td rowspan="2">FR</td><td rowspan="2">X. 25</td><td rowspan="2">ISDN</td></tr>
<tr><td>物理层</td></tr>
</table>

图 3.3 TCP/IP 和 OSI 网络体系结构

2) IP 协议

IP 协议对应于 OSI 模型的第三层,即网络层,提供了一种不可靠、无连接的投递机制。IP 提供了 3 个重要的定义: 第一,IP 定义了在整个计算机网络上数据传输所用的基本单元,它规定了 Internet 上传输数据的确切格式; 第二,IP 完成路由选择的功能,选择一个数据发送的路径; 第三,除了数据格式和路由选择的精确而正式的定义外,IP 还包括了一组嵌入了不可靠分组投递思想的规则,这些规则指明了主机和路由器应该如何处理分组,何时、如何发出错误信息以及在什么情况下可以放弃数据包。

(1) IPv4。

现在所用的以及所指的 IP 协议版本为 1981 年定义的第四版，即 IPv4，其数据报文格式如图 3.4 所示。在传输过程中从左到右，从上到下，图 3.4 中各字段的说明如下：

位 0	4	8	16	19 24 31
版本号	报头长度	服务类型	总长度	
标识符			标志	字段偏移量
生存期		协议	报头校验和	
源地址				
目的地址				
IP 选项				填充位
数据				
数据				

图 3.4 IP 数据报文格式

- 版本号——4 位，指出当前使用的 IP 版本。
- 报头长度——4 位，用来给出以 32 位字长为单位的报头长度。
- 服务类型——8 位，指出上层协议对处理当前数据报文所期望的服务质量，并对数据报文按照重要性级别进行分配。这些 8 位字段用于分配优先级、延迟、吞吐量以及可靠性。
- 总长度——16 位，指定整个 IP 数据报文以 8 位分组为单位的总长度，IP 数据报文的最大长度为 2^{16} 即 65 535 个 8 位组。
- 标识符——16 位，包含一个整数，用于识别当前的数据报文。该字段由发送端分配帮助接收端集中数据报文分片。
- 标志——3 位，其中低 2 位(最不重要)控制分片。低位指出数据报文是否可进行分片。中间位指出在一系列分片数据包中数据包是否是最后的分片。第三位即最高位不使用。
- 字段偏移量——13 位，指出与源数据报文的起始端相关的分片数据位置，支持目标 IP 适当重建源数据报文。
- 生存期(TTL)——8 位，用来设置该数据在 Internet 中允许存在的以秒为单位的时间，其目的是避免数据报文在网络中出现无限循环。
- 协议——8 位，类似于网络帧中的类型字段，它说明数据报文的数据字段中的数据是用哪种高层协议产生的。
- 报头校验和——16 位，帮助确保 IP 协议头的完整性。由于某些协议头字段的改变，如生存期(Time to Live)，这就需要对每个点重新计算和检验。
- 源地址和目的地址——均为 32 位，用来标明数据报文的源地址和目的地址，在 IPv4 中将地址分为 4 类地址。
- IP 选项——字段是任选的，主要用于网络测试或调试。
- 填充位——为使报头长度是 4 个字节(32 比特)的整数倍，而调整添加的 0 的字段。
- 数据——用来传送需要传送的数据，可以为 0～65 535 个字节。

(2) IPv6。

现在的IPv4的地址长度是32位，理论上可以支持多达1600万个网络，容纳40多亿台主机(2^{32}=4 294 967 296)，但由于IP对地址进行了分类，分成A、B、C等类地址，实际可用的网络数和地址数远小于这个数目。随着IP业务的爆炸式增长，Internet上的IP地址已经不能满足实际的需要，此外现有IP网络协议还存在安全等问题，随着IP在下一代通信网络中标准地位的确立，迫切需要有新的IP协议来代替现有的IP协议。RFC 1883定义的IPv6就是在这种情况下产生的下一代IP协议。

① IPv6的特点。

与现有的IPv4相比，IPv6具有以下特点：

第一，扩大了地址空间。这是IPv6的最大特点，IPv6将地址长度从IPv4的32位扩展到128位，可以提供约3.4×10^{38}个地址，IPv6的地址是由8组16位组成。其表示方法与IPv4不同，IPv4是十进制数加"."，IPv6是十六进制数加"："。IPv4的地址可以在IPv6中表示，采用X：X：X：X：X：X：d.d.d.d格式，其中X是十六进制数，d是十进制数。例如，IPv4的地址"202.13.181.100"，表示成IPv6的地址为"0：0：0：0：0：0：202.13.181.100"，称为IPv4兼容IPv6地址；表示成IPv6的地址为"0：0：0：0：0：FFFF：202.13.181.100"，则称为IPv4映射IPv6地址。IPv6支持多级地址，IPv6的地址中有单级地址(Unicast Address)、多级地址(Multicast Address)。

第二，简化了数据报头格式。IPv6的数据报头由标准报头和扩张报头两部分组成。IPv6的标准数据报头从IPv4的数据报头中去除了不需要的域(field)，标准数据报头的前4位是版本号"域"，IPv6的"6"就在此域表示，该域处于与IPv4相同的位置，所以可区别IPv4和IPv6。这样，在同一网络中，IPv4和IPv6可以通用。

第三，易于扩充。由于IPv6包含扩展数据报头，增加了选择设定的灵活性，能很好地适应新增功能。

第四，内置安全特性。IPv6通过对数据报头认证和安全包头封装，提高了信息传输的安全和保密性。

此外，IPv6的特点还包括IPv6采用名为"可聚集全球统一计算地址"的构造，使地址构造与网络拓扑相一致，因而能使Internet的路由表缩小，高效地决定路由；互联网地址的自动分配和设置是IPv6的默认标准功能，极大地减少了网络管理的负担。IPv6的具体细节可参阅RFC1883。

② IPv4向IPv6的过渡。

从IPv4向IPv6的过渡将逐渐进行，两者会有一定的共存期。把IPv4的地址纳入到IPv6地址，作为IPv6的一部分来使用，有两种方法：一是映射IPv4而得到的IPv6地址(IPv4-mapped IPv6 Address)；另一种是与IPv4兼容的IPv6地址(IPv4-compatible IPv6 Address)。前者只用于支持IPv4的节点，后者是用于支持IPv6的节点。实现IPv4向IPv6转移的技术包括双堆栈系统(Dual Stack System)、隧道技术(Tunneling)和数据报头翻译(Header Translation)。

③ IPv6的应用。

作为下一代Internet基础的IPv6经过多年的开发，已经开始从试验阶段向实用阶段过渡。在1995年决定主要规格后，IPv6便成为决定在Internet上传输的数据地址及格式的下一代 IP 的规范。在有关标准化的讨论告一段落后，便开始作为通信用的软件安装于路由器和 UNIX 工作站上。1996 年 2 月美国新罕布什尔大学的 IOL(相互操作性实验室)进行了第一个相互连接实验，随后美国和日本的一些厂商也参加了这类实验。1997 年，以验证 IPv6 为主要目的的实验网络 6-Bone 的规模从 1996 年 7 月的 3 个国家(丹麦、芬兰和日本)迅速扩大到 29 个国家。包括 IBM、HP、Sun、DEC、SGI、富士通、日立等在内的 20 多家厂商参加了对应于 IPv6 的操作系统和路由器的开发。在美国，IPv6 也已经开始在 vBNS(超高带宽网络服务)上运行。目前多数核心路由器均支持 IPv6。

2. 传输控制协议(Transfer Control Protocol，TCP)

由于在最底层的计算机通信网络提供的服务是不可靠的分组传送，当传送过程中出现错误时，在网络硬件失效或网络负载太重时，数据报文可能丢失，数据可能被破坏。TCP 协议的目的是提供可靠的传输服务，TCP 是 Internet 上的第二个最重要的协议，也可以说是基于 IP 上的 TCP。TCP 与 IP 之间的主要差别是 TCP 通过虚拟连接能“保证”数据传输质量，提高传输的可靠性，也就是 TCP 增加了检测分组是否真正到达目标节点的机制。如果数据分组丢失，系统将发出请求，发送端再重新发送所丢失的数据分组。TCP 报文的格式如图 3.5 所示。

位0　4　10			16　24　31
源端口			目的端口
发送序号			
确认序号			
报头长度	保留域	代码位	
校验和			窗口长度
TCP 选项			填充位
数据			
数据			

图 3.5　TCP 数据报文格式

- 源端口和目的端口——均为 16 位，包含了连接两端对应用程序进行标识的 TCP 端口号。其中源端口识别上层源处理器接收 TCP 服务的点，目的端口识别上层目标处理器接收 TCP 服务的点。
- 发送序号——32 位，通常指定分配到当前信息中的数据首字节的序号。在连接建立阶段，该字段用于设置传输中的初始序列号。
- 确认序号——32 位，包含数据报文发送端期望接收的数据下一字节的序列号，一旦连接成功，该值会一直被发送。
- 报头长度——4 位，TCP 协议头中的 32 位字序号表示数据开始位置。
- 保留域——6 位，是为将来的应用而保留的，必须设置为 0。
- 代码位——6 位，用来指出报文段的目的和内容。
- 窗口长度——16 位，指定发送端接收窗口的大小，也就是数据可用的 8 位缓存区大小。
- TCP 选项——指定各种 TCP 选项。可选项有两种可能形式：单个 8 位可选类型和

8 位可选类型,8 位可选长度和实际可选数据 8 位位组。

- 校验和——16 位,指出协议头在传输中是否遭到破坏。
- 填充位——16 位,指向数据报文中的第一个重要数据字节。
- 数据——用来传送需要传送的数据。

3. 用户数据报文协议(User Datagram Protocol,UDP)

UDP 协议即用户数据报文协议,主要用来支持那些需要在计算机之间传输数据的网络应用。UDP 是 ISO 参考模型中一种无连接的传输层协议,可提供面向操作的简单不可靠信息传送服务。UDP 协议直接工作于 IP 协议的顶层,UDP 协议端口不同于多路应用程序,其运行是从一个单个设备到另一个单个设备。

大多数网络应用程序都是在相同的机器上运行。计算机上必须能确保目的地的正确软件应用程序从源地址处获得数据报文,以及从源计算机上的正确应用程序的回复获得选择路径。这一过程是通过使用 UDP 的"端口号"完成的,例如,如果一个工作站希望在站 128.1.123.1 上使用域名系统,它就要对欲连接的站 128.1.123.1 的包进行寻址操作,并在 UDP 头插入目标端口号 53。源端口号确定被请求域名服务的本地机的应用程序,同时需要对所有由目的站生成的响应包进行寻址。有关 UDP 端口的详细介绍可以参照相关资料。

与 TCP 不同,UDP 并不提供数据传送的可靠机制、流控制以及错误恢复功能等。由于 UDP 比较简单,UDP 头包含很少的字节,所以比 TCP 消耗的资源少。UDP 报文的格式如图 3.6 所示。

<table>
<tr><td colspan="2">位0　　4　　10　　16　　24　　31</td></tr>
<tr><td>源端口</td><td>目的端口</td></tr>
<tr><td>报文长度</td><td>校验和</td></tr>
<tr><td colspan="2">数据</td></tr>
<tr><td colspan="2">数据</td></tr>
</table>

图 3.6　UDP 数据报文格式

- 源端口——16 位,源端口是可选字段。当使用时,它表示发送程序的端口,同时它还被认为是没有其他信息的情况下需要被寻址的答复端口。如果不使用,设置值为 0。
- 目的端口——16 位,目标端口在特殊 Internet 目标地址的情况下具有意义。
- 报文长度——16 位,该用户数据报文的 8 位长度,包括协议头和数据。长度最小值为 8 位。
- 校验和——16 位,IP 协议头、UDP 协议头和数据位,最后用 0 填补的信息加协议头总和。如果必要的话,可以由两个 8 位复合而成。
- 数据——用来传送需要传送的数据。

3.2.2 Internet 协议中的安全风险

Internet 使用 TCP/IP 协议进行互联,因而 TCP/IP 模型已成为网络互联的事实标准。在物理层和数据链路层上涉及物理传输介质的存取和保密。在网络层(IP 层),目前 IP 协议使用的版本为 IPv4,该协议面临着截取、信息中继、信息更改、访问拒绝、认证、非授权存取、路由攻击等危险。传输层包括 TCP 和 UDP 两种协议，因为它们都利用 IP 数据报文提供的服务，因而也面临与 IP 层同样的安全风险。

Internet 技术屏蔽了底层网络的硬件细节，使得异种网络之间可以互相通信。TCP/IP 协议组是目前使用最广泛的网络互联协议，但 TCP/IP 协议组本身存在着一些安全性问题。这就给“黑客”们攻击网络以可乘之机。由于大量重要的应用程序都以 TCP 作为其传输层协议，因此 TCP 的安全性问题会给网络带来严重的后果。

1. TCP 序号袭击

IP 用于发送数据报文，并且保证它的完整性。如果不能收到完整的 IP 数据报文，那么 IP 会向源地址发送一个 ICMP 错误信息，希望重新处理。然而，这个 ICMP 包也可能被丢失。由于 IP 是无连接的，所以不保持任何连接状态的信息。每个 IP 数据报文被发送出去，不会去关心前一个和后一个数据报文的情况。由此看出，可以对 IP 堆栈进行修改，在源地址和目的地址中放入任意满足要求的 IP 地址，也就是说，提供虚假的 IP 地址。

TCP 提供可靠传输。可靠性是由数据报文中的多位控制字来提供的，其中最重要的是数据序列和数据确认，分别用 SYN(Synchronize Sequence Numbers)和 ACK(Acknowledgment Field Significant)来表示。TCP 向每一个数据字节分配一个序列号，并且可以向已成功接收的、源地址所发送的数据报文表示确认(目的地址 ACK 所确认的数据报文序列是源地址的数据报文序列，而不是自己发送的数据报文序列)。由于 TCP 基于可靠性的连接，所以它能够处理数据报文丢失、重复或顺序紊乱数据报文等不良情况。实际上，通过向所传送出的所有字节分配序列编号，并且期待接收端对发送端所发出的数据提供收讫确认，TCP 能保证可靠的传送。接收端利用序列号确保数据的先后顺序，除去重复的数据报文。TCP 序列编号可以看作是 32 位的计数器，从 $0\sim(2^{32}-1)$排列。每一个 TCP 连接交换的数据是顺序编号的。确认位(ACK)对所接收的数据进行确认，并且指出下一个期待接收的数据序列号。

TCP 通过滑动窗口的概念来进行流量控制。设想在发送端，发送数据的速度很快而接收端接收速度却很慢的情况下，为了保证数据不丢失，显然需要进行流量控制，协调通信双方的工作节奏。所谓滑动窗口，可以理解成接收端所能提供的缓冲区大小。TCP 利用一个滑动的窗口来告诉发送端对它所发送的数据能提供多大的缓冲区。由于窗口由 16 位所定义，所以接收端 TCP 能最大提供 65 535 个字节的缓冲。因此，可以利用窗口大小和第一个数据的序列号计算出最大可接收的数据序列号。

其他 TCP 标识位有 RST(连接复位，Reset the Connection)、PSH(压入功能，Push Function)和 FIN(发送者无数据，Finish)。如果接收到 RST，那么 TCP 连接将立即断开。RST 通常在接收端接收到一个与当前连接不相关的数据报文时被发送。一个高层的进程将会触发在 TCP 头部的 PSH 标识，并且告诉 TCP 模块立即将所有排列好的数据发给数据接收端。FIN 表示一个应用连接结束。当接收端收到 FIN 并确认后，将断开连接，并接收不到任何数据。

TCP 序列号预测的漏洞最早由 Morris(1985 年 2 月，贝尔实验室的 F・T・Morris 曾在计算机科技报告 No.116 中描述过)提出。他使用 TCP 序列号预测，即使是没有从服务器得到任何响应，也能够产生一个 TCP 包序列。使用这种方法能够欺骗在本地网络上的主机。

通常 TCP 连接建立一个包括 3 次握手的序列。客户选择和传输一个初始的序列号(SEQ 标志)ISN C,并设置标志位 SYN=1,告诉服务器它需要建立连接。服务器确认这个传输,并发送它本身的序列号 ISN S,并设置标志位 ACK,同时告知下一个期待获得的数据序列号是 ISN=1。客户再确认它。经过 3 次确认后,双方开始传输数据,整个过程如下:

```
C * S: SYN(ISN C)
S * C: SYN(ISN S),ACK(ISN C)
C * S: ACK(ISN S)
```

3 次握手后,双方进行数据传送。也就是说,对一个会话,C 必须得到 ISN S 确认,ISN S 可能是一个随机数。

了解序列编号、如何选择初始序列号和如何根据时间变化是很重要的。考虑下列这种情况:当主机启动后序列编号初始化为 1,但实际上并非如此。初始序列号是由 tcp_init 函数确定的。ISN 每秒增加 128 000,如果有连接出现,每次连接将把计数器的数值增加 64 000。很显然,这使得用于表示 ISN 的 32 位计数器在没有连接的情况下每 9.32h 复位一次,从而最大限度地减少原有连接的信息干扰当前连接的机会。如果初始序列号是随意选择的,那么不能保证现有序列号不同于先前的序列号。假设有这样一种情况:在一个路由回路中的数据报文最终跳出了循环,回到了"原有"的连接,显然会发生对现有连接的干扰。

假设一个入侵者 X 有一种方法,能预测 ISN S,入侵者可能将下列序号送给主机 T 来模拟客户真正的 ISN S:

```
X * S: SYN(ISN X),SRC = T
S * T: SYN(ISN S),ACK(ISN X)
X * S: ACK(ISN S),SRC = T
X * S: ACK(ISN S),SRC = T,无用数据
```

尽管 S * T 并不到 X,但是 X 能知道它的内容,因此能发送数据,而 X 能对一个连接实施攻击。

那么怎样产生随机的 ISN? 在 Berkeley 系统中,最初的序列号变量由一个常数每秒加 1 产生,等到达这个常数的一半时,就开始一次连接。这样,如果开始了一个合法连接,并观察到一个 ISN S 在使用,便可以计算,得到 ISN。ISN S * 用于下一个连接企图。

Morris 指出,回复消息:

```
S * T: SYN(ISN S),ACK(ISN X)
```

而该消息事实上并未消失,真正的主机将收到它,并试图重新连接。通过模仿一个在 T 上的端口,并向那个端口请求一个连接,就能产生序列溢出,从而使 S * T 消息看上去好像丢失了。

2. IP 地址欺骗

在分析 IP 地址欺骗的过程之前,首先定义如下:

- A——目标主机。
- B——对于 A 来说,是可信任的主机。

- X——不能到达的主机。
- Z——进攻主机。
- 1(2)——主机1伪装成主机2。

IP地址欺骗由若干步骤组成，首先假定：

(1) 目标主机已经选定。

(2) 信任模式已被发现，并找到了一个被目标主机信任的主机。

攻击者为了进行IP欺骗，采取如下步骤：

(1) 使得被信任的主机丧失工作能力，同时采样目标主机发出的TCP序列号，猜测出它的数据序列号。

(2) 伪装成被信任的主机，同时建立起与目标主机基于地址验证的应用连接。如果连接成功，那么攻击者可以使用一种简单的命令放置一个系统后门，以进行非授权操作。

一旦发现被信任的主机，为了伪装成它，往往需要使其丧失工作能力。攻击者若要代替真正的被信任主机，必须确保真正被信任的主机不能接收到任何有效的网络数据，否则将会被发现。有许多方法可以做到这些。

这里以"TCP SYN淹没"为例。

建立TCP连接的第一步就是客户端向服务器发送SYN请求。通常，服务器将向客户端发送SYN/ACK信号。客户端随后向服务器发送ACK，然后就可以进行数据传输。然而，TCP处理模块有一个处理并行SYN请求的最上限，它可以看作是存放多条连接的队列长度。其中，连接数目包括了那些3步握手法没有最终完成的连接，也包括了那些已成功完成握手，但还没有被应用程序所调用的连接。如果达到队列的最上限，那么TCP将拒绝所有其后的连接请求，直至处理了部分连接请求，因此，在这里是有机可乘的。

攻击者往往向被进攻目标的TCP端口发送大量SYN请求，这些请求的源地址是使用一个合法的但是虚假的IP地址(假设使用该合法IP地址的主机没有开机或者已经被攻击而瘫痪)。受攻击的主机向该IP地址发送响应，但可惜杳无音信。与此同时，IP包会通知受攻击主机的TCP，该主机不可到达。但不幸的是，TCP会认为这是一种暂时的错误，并继续尝试连接(如继续对该IP地址进行路由选择，发出SYN/ACK数据报文等)，直至在TimeOut时间内确信无法连接。值得注意的是，攻击者是不会使用那些正在工作的IP地址的，因为这样一来，真正IP持有者会收到SYN/ACK响应，而随之发送RST给受攻击主机，从而断开连接。可以表示为如下模式：

```
时刻1  Z (X)  ---SYN--->B
       Z (X)  ---SYN--->B
       Z (X)  ---SYN--->B
时刻2  X<---SYN/ACK--B
       X<---SYN/ACK--B
时刻3  X<---RST---B
```

在时刻1时，攻击者的主机把大批SYN请求发送到被信任的主机，使其TCP队列充满。在时刻2时，被信任的主机向它所相信的IP地址(虚假的IP)做出SYN/ACK反应。在这个期间，被信任主机的TCP模块会对所有新的请求予以忽视，被信任主机失去处理新连接的能力，攻击者利用这段时间空隙，冒充被信任的主机，向目标主机发起攻击。

下一步进行序列号取样和猜测。

前文已经提到，要对目标主机进行攻击，必须知道目标主机使用的数据报文序列号。现在讨论攻击者是如何进行预测的。攻击者先与被攻击主机的一个端口(如SMTP端口)建立起正常的连接。通常，这个过程要重复若干次，并将目标主机最后所发送的ISN存储起来。攻击者还需要估计他的主机与被信任主机之间的RTT时间(往返时间)，这个RTT时间是通过多次统计平均求出的。RTT对于估计下一个ISN非常重要。前面已经提到，每秒钟ISN增加128 000，每次连接增加64 000。现在就不难估计出ISN的大小了，它是128 000乘以RTT的一半，如果此时目标主机刚刚建立过一个连接，那么再加上一个64 000。估计出ISN大小后，立即就开始进行攻击。当攻击者虚假的TCP数据报文进入目标主机时，根据估计的准确度不同，会发生不同的情况：

(1) 如果估计的序列号是准确的，进入的数据将被放置在接收缓冲区以供使用。

(2) 如果估计的序列号小于期待的数字，那么将被放弃。

(3) 如果估计的序列号大于期待的数字，并且在滑动窗口之内，那么，该数据被认为是一个未来的数据，TCP模块将等待后继的数据。

(4) 如果估计的序列号大于期待的数字并且不在滑动窗口之内，那么，TCP将会放弃该数据并返回一个期望获得的数据序列号。

但是，攻击者的主机并不能收到返回的数据序列号，这是因为：

时刻1　Z(B)---SYN---►A

时刻2　B◄---SYN/ACK---A

时刻3　Z(B)---ACK---►A

时刻4　Z(B)---PSH---►A

攻击者伪装成被信任主机的IP地址(此时，该主机仍然处在停顿状态)，向目标主机的513端口(rlogin的端口号)发送连接请求，如时刻1所示。在时刻2，目标主机对连接请求作出反应，发送SYN/ACK数据报文给被信任主机(如果被信任主机处于正常工作状态，那么会认为是错误并立即向目标主机返回RST数据报文，不幸的是此时它处于停顿状态)。按照计划，被信任主机会抛弃该SYN/ACK数据报文。然后在时刻3，攻击者向目标主机发送ACK数据报文，该ACK使用前面估计的序列号加1(因为是在确认)。如果攻击者估计正确的话，目标主机将会接收该ACK。至此，攻击者主机和被攻击者主机就建立了一条TCP连接。在时刻4，双方开始数据传输。一般地，攻击者将在系统中放置一个后门，为下一次侵入铺平道路。

3. ICMP袭击

ICMP的全称是Internet Control and Message Protocol，即Internet控制报文协议，它是IP不可分割的一部分，用来提供错误报告。一旦发现各种错误类型就将其返回原主机，平时常见的ping命令就是基于ICMP的。这种机制就是通常所用的ping命令来检测目标主机是否可以ping到。ICMP的统计信息包含收发的各种类型的ICMP报文的计数以及收发错误报文的计数，利用show statistics ICMP可以查看各个统计信息。

1) ICMP报文格式

由于ICMP报文是压缩在IP数据分组中发送的，所以它们不能与高级协议(如TCP或

UDP)相比，ICMP是IP中的一部分，不可能使它无效。

ICMP数据分组中给定的发送地址是检测到错误的工作站地址。接收者是原先的发送者，其发送的数据分组出现故障或可诱发错误，所以检测到错误的工作站就发出错误信息的ICMP报文。仅传送给发送者而不是它们之间的其他路由系统。ICMP报文格式如图3.7所示。

<table>
<tr><td colspan="4">位0 4 10 16 24 31</td></tr>
<tr><td>类型(8应答,0请求)</td><td>编码</td><td colspan="2">校验和</td></tr>
<tr><td colspan="2">标示符</td><td colspan="2">序号</td></tr>
<tr><td colspan="4">数据</td></tr>
<tr><td colspan="4">数据</td></tr>
</table>

图3.7 ICMP报文格式

类型域用于识别各种不同的ICMP报文，如表3.2所示。

表3.2 ICMP报文类型表

报文类型	描 述	报文类型	描 述
0	Echo响应	3	目的地不可达
4	源抑制	5	更改地址
8	Echo请求	11	超时
12	参数问题	13	时间戳请求
14	时间戳应答	15	信息请求
16	信息应答	17	地址掩码请求
18	地址掩码响应		

对ICMP侵袭主要利用ICMP类型3(到达不了目的地)、类型4(源抑制)和类型5(更改地址)报文。

2) 滥用ICMP“到达不了目的地”报文

如果数据分组不能被发送到期望的目标地址，那么最后一个有效的路由系统就会将ICMP“到达不了目的地”报文的信息返回给发送者。

除了数据分组报头之外，相关数据分组中前面64个数据字节也随同ICMP报文一起发送，这使得发送站能决定中断哪个连接(Internet和两个地址之间常有许多种连接，每一种都是用不同的端口地址)。但有些ICMP工具不能分析ICMP数据分组的端口信息，就会中断Internet两个相关主机间的一切连接，这样攻击者就能在很短时间内毫不费劲地破坏大量的Internet连接。攻击者通过不断地发出报文“需要分段和DF(Don't Fragment)设置”扰乱网络。这一报文使相关系统在发送数据前不停地将数据分割成更小的数据分组，增加了网络的负荷。

面对上述袭击还没有可立即采取的措施，这也是因为ICMP是IP不可缺少的组成部分。可采取的一种方法是配置路由器系统，以便在给定的单位时间内，仅让给定最大数量的ICMP报文在内部网络上发送。正常使用时，ICMP报文的数量应是相对少的。许多网络管理系统都能监控发送的ICMP报文数量，如果出现突然的波动，就会发出警报。

3）滥用 ICMP“源抑制”报文

网关系统通常利用源抑制报文来减小发送站的传输速率，以防止或终止超载现象。相关接收站也减小它的传输速率，直到接收不到进一步的源抑制报文为止。发送过量伪造的源抑制报文将会引起严重的数据流通问题。

4）滥用 ICMP“更改地址”报文

路由器利用 ICMP“更改地址”报文将主机首先连接到网络上，通过最小的路由选择信息（即仅知道一个路由器的地址）来使用更理想的路径。另一方面，路由器本身应被配置得免受 ICMP 更改地址报文的干扰，并仅通过路由选择表中的路由来建立连接。攻击者会利用 IP 地址欺骗和正确的 ICMP“更改地址”报文侵入网络和路由器，改变他们所用的路径。如果攻击者企图自由地建立路径连接，那么顷刻之间就会导致整个网络的崩溃。

4. IP 碎片袭击

每个 IP 分片由各自的路由传输，到达目的主机后在 IP 层重组。IP 报头中的数据能完成分片的重组，那么，碎片攻击是如何产生的呢？IP 报头有 2 个字节表示整个 IP 数据报文的长度，所以 IP 数据报文最长只能为 65 535 字节，如果有意发送总长度超过 65 535 的 IP 碎片，一些老的系统内核在处理的时候就会出现问题，最终导致崩溃或者拒绝服务。

除了 IP 报头，数据分组包括的所有内容就是 ID 号和分段偏移量。分段偏移量明确表明了碎片和碎片序号。碎片的数据分组对基于信息包过滤器的防火墙系统构成威胁，而这种信息包过滤器是依据 TCP 端口编号来决定路径选择的，因为只有第一个碎片带有 TCP 端口号能按路径通过，而随后的碎片没有 TCP 端口号就将被滤掉。如果第一个数据分组没有分解成碎片序列，目标站就会拒绝接收后续到来的数据分组。用改进的 TCP 工具能分析不完整的碎片序列，并让其通过防火墙系统。

5. ARP 欺骗攻击

ARP(Address Resolution Protocol)协议，即地址解析协议，ARP 协议是将 IP 地址与网络物理地址一一对应的协议。负责 IP 地址和网卡实体地址（MAC）之间的动态映射。也就是将网络层（IP 层）地址解析为数据链路层（MAC 层）的 MAC 地址。以太网交换机中维护的 ARP 表用来支持 MAC 地址和 IP 地址之间的一一对应关系，它可提供两者的相互解析。

当人们熟悉了 ARP 的工作原理后，便可以利用 TCP/IP 的脆弱性来进行 ARP 欺骗，因为 ARP 在发送数据包的时候并未对分组格式中的数据的真实性做出有效的判断，因为 TCP/IP 协议栈在层次结构上是一种信任关系，下层并不对上层数据的合法性和真实性做检查，这样就给人们提供了伪造数据的机会。如果 ARP 的分组格式是人们自己精心构造一些特殊的数据时，就可以进行 ARP 欺骗，从而达到他们的目的。

1）利用 ARP 欺骗导致 IP 冲突、死机

如果向被攻击主机发送大量可造成 IP 冲突的数据报文，可使对方系统的运行速度明显变慢，甚至死机。

2）利用 ARP 欺骗网关，而造成被攻击主机出不了网关

用应答包去刷新网关的 ARP 高速缓存，使被攻击主机的数据出不了网关。

3）利用ARP欺骗交换机，可监听到交换机另一端的机器

交换机是具有记忆MAC地址功能的，它维护一张MAC地址和它的端口号表。所以可以先进行ARP欺骗，然后就可以监听了。不过需要指出，欺骗以后，同一个MAC地址就有两个端口号，这里存在一个竞争问题。既然是竞争，所以监听也只能监听一部分。而这种监听对被监听者可能会有影响，因为它的一部分数据报文会丢失。

6. UDP欺骗

通常认为基于UDP的连接是不安全的，因为该协议及其容易被伪造。由于协议上既没有使用序列号，又没有认证报文分组的机制，因此基于协议之上的任何应用软件在任何情况下都以主机网络地址作为认证手续。那么潜在的攻击者通过冒充内部用户的网络地址，再用适当的应用软件就很容易伪造UDP报文分组。利用UDP袭击时，甚至不需要信号交换过程。比起TCP序号的攻击，利用UDP的攻击更加容易。

攻击者还能窃取现存的UDP连接而不让服务器应用软件察觉（利用有效的UDP嗅探），所以在外露系统中无论如何都应避免使用UDP协议。

3.3　Internet应用风险

以通信协议IP协议、TCP协议、UDP协议为基础传输机制的Internet应用提供如下基础服务：文件传输服务、远程登录服务、WWW服务、电子邮件服务、Usenet新闻服务、DNS服务、网络管理服务、网络文件系统服务等。如果管理不当，Internet实现的上述服务，也会带来许多风险。

3.3.1　文件传输（FTP）的安全问题

文件传输协议（File Transfer Protocol，FTP）是一个被广泛应用的协议，它使得用户能够在网络上方便地传输文件。早期FTP并没有涉及安全问题，随着Internet应用的快速发展，安全问题时有发生，因此，熟悉FTP的安全风险及防范措施是必须的。

1. 反弹攻击问题

FTP规范定义了“代理FTP”机制，即服务器间的交互模型。支持客户建立一个FTP控制连接，然后在两个服务器间传送文件。同时FTP规范中对使用TCP的端口号没有任何限制，而0～1023的TCP端口号则保留用于众所周知的网络服务。所以，通过“代理FTP”，客户可以命令FTP服务器攻击任何一台机器上的众所周知的服务。客户发送一个包含被攻击的机器和服务的网络地址和端口号的FTP“PORT”命令。这时客户要求FTP服务器向被攻击的服务器发送一个文件，这个文件中应包含与被攻击的服务相关的命令，例如：SMTP（Simple Message Transfer Protocol）等。由于是命令第三方去连接服务，而不是直接连接，这样不仅使追踪攻击者变得困难，还能避开基于网络地址的访问限制。

2. 访问控制问题

对一些 FTP 服务器来说,基于网络地址的访问控制是非常必要的。例如,服务器可能希望限制来自某些地点的、对某些文件的访问(如为了某些文件不被传送到组织以外)。另外,客户也需要知道连接是由所期望的服务器建立的,攻击者可以利用这样的情况,控制连接是在可信任的主机之上,而数据连接却不是。

3. 密码保护问题

在 FTP 标准【PR85】中,FTP 服务器允许无限次输入密码;另一方面,PASS 命令以明文传送密码。常见的强力攻击有两种表现:在同一连接上直接强力攻击和服务器建立多个、并行的连接进行强力攻击。

4. 用户名保护问题

当 USER 命令中的用户名被拒绝时,在 FTP 标准中【PR85】定义了相应的返回码 530。当用户名是有效的但却需要密码时,FTP 将使用返回码 331,攻击者可以通过利用 USER 操作返回的码确定一个用户名是否有效。

5. 端口盗用问题

当使用操作系统相关的方法分配端口号时,通常都是按增序分配。攻击者可以通过规律,根据当前端口的分配情况,确定要分配的端口。攻击者可能做手脚,预先占领端口,让合法用户无法分配并窃听信息和伪造信息。

3.3.2 远程登录(Telnet)的安全问题

Telnet 程序让使用者借助一台 PC 连上网络服务器,并且从远程遥控,执行另一台机器上的命令。

Telnet 是一个简单的远程登录协议。当 Telnet 远程登录系统时,要输入用户名和口令。若口令正确,则用户远程登录成功,远程用户可以像本地用户那样使用主机上的资源。但这个过程也存在一些安全问题。

(1) 没有口令保护。利用 Telnet 登录时,远程用户传送的账号和密码都是明文,因此很容易被黑客用嗅探器捕获。若用 root 账号远程登录,则危险性更大。

(2) 没有强有效的认证过程,完全依赖口令验证。因此黑客只要获取合法用户的口令就可以假冒合法用户进入系统。

(3) 没有完整性检查。无法确定传送的数据是完整的还是被入侵者篡改过的数据。

(4) 传送的数据都未加密。用户口令、用户的所有操作及其回答都是透明的。由于这些问题的存在,只要黑客在局域网内或路由上进行监听,就可以获取大量口令,从而很容易进入该网络服务器。

3.3.3　WWW的安全问题

WWW是Internet上交流信息的一个系统,它由Web服务器构成。正是由于WWW的普及才使得Internet能够飞速发展,Internet的飞速发展又使得诸如网上拍卖、网上商场、网上炒股、信息管理、数据库操作等基于WWW的应用层出不穷。与此同时,关于Web页面被非法篡改、信用卡号被盗、Web服务器上机密信息泄漏、客户端被恶意攻击等Web安全问题也越来越受到人们的关注。在某种程度上安全问题已经限制了某些Web应用。

Web服务器是Internet上的信息泄漏源,它可接收来自Internet上未经鉴定过的主机发出的匿名申请并迅速回传所申请的消息。因此,它提供了通向用户计算机的入口,这一点常为攻击者所利用。攻击者把Web服务器作为其攻击行为的起点,通过Telnet、Rlogin(RmoteLogin)或FTP再跳转到网络上的其他点。因此,分析WWW存在的安全威胁以及可能实施的解除威胁的安全措施,不仅有助于WWW的安全,还将有助于整个Internet的安全。

WWW的安全威胁归纳起来主要来自以下两个方面:

(1) 攻击者利用Web服务器或CGI程序中的缺陷访问系统中未经许可的文件,甚至窃取系统控制权。

(2) 攻击者利用Web浏览器中的缺陷,窃听或截获Web浏览器和Web服务器之间的机密信息。

1. CGI程序的安全威胁

CGI(Common Gateway Interface)即通用网关接口,是独立于语言的接口,可在服务器上使用任何可访问环境变量和产生输出的语言编写,能通过HTML表单的请求所提供的数据产生动态文档,例如,网页上的统计访问人数的计数器。CGI程序能给Web服务器增添新的功能,也带来了安全问题。CGI程序在运行时容易受到攻击,攻击者可通过篡改CGI程序内容获得系统控制权,访问、删除或存储服务器上的信息,甚至还可利用输入数据的不安全这一安全漏洞,将口令文件等重要的、含有敏感信息的文件传输给攻击者本人。

2. Java程序的安全威胁

Java语言可动态装入与体系结构无关的代码,并在异构网络上运行。它改变了WWW的被动性,但也带来了巨大的安全威胁。Java允许在Internet上下载可执行程序,并立即在系统中运行,这就为攻击者创造了极好的机会。

下载Java程序可能带来的安全问题来自两种情况:

- 第一种情况是由恶意的攻击者故意破坏所致。
- 第二种情况是由于Java程序中不为程序员所觉察的小错误而引发的。

3. Cookie的安全威胁

Cookie是在Web服务器和浏览器之间传送的文本文件。在线时,它存储于用户的RAM中；离线时,它存储于用户的硬盘中。它是Web服务器放置于用户机器上,并可重新获取用户档案的唯一标识符。它记录了用户的每一次点击操作信息和被连接站点的URL，还可包括用户注册口令、用户名、信用卡号、E-mail地址等重要信息。这些Cookie内嵌于HTML信息中，在用户机和Web服务器之间传送，并以文件的形式存在。服务器利用Cookie可长久保存该类信息，而攻击者也可利用Cookie跟踪用户访问的站点或窃取用户的私人信息，所以Cookie的存在对用户隐私是一种潜在的安全威胁。

4. Web欺骗连接

Web欺骗连接是指攻击者将伪造的Web服务器在逻辑上置于用户与目的Web服务器之间，使用户的所有信息都在攻击者的监视之下。一般Web欺骗连接同时使用两种技术：URL地址重写技术和相关信息掩盖技术。

利用URL地址重写技术，攻击者重写某些重要的Web站点上的所有URL地址，使这些地址均指向攻击者的Web服务器，即攻击者可以将自己的Web站点的URL地址加到所有URL地址的前面。当用户与站点进行连接时，则会毫无防备地进入攻击者服务器。攻击者服务器则向真正的目标服务器请求访问，目标服务器向攻击者服务器传回相关信息，攻击者服务器重写传回页面后再传给用户。用户向真正的目标服务器所提交的信息和真正的目标服务器传给用户的所有信息均要经过攻击者的服务器，并受制于它。攻击者可以对所有信息进行记录和修改。

与此同时，利用相关信息掩盖技术即一般用JavaScript程序来重写用户浏览器地址栏和状态栏信息，隐藏用户连接时真正的Web站点地址，以掩盖其欺骗目的。

3.3.4 E-mail的安全问题

E-mail的功能强大，它不仅能够传输文字、图像，还能够传输计算机程序并且配合专用的软件运用语言和动态图像，使邮件有声有色；同时它传输速度快、价格低。因此，E-mail已成为Internet上最通用的一种通信方式。在Web上，应用E-mail可以方便地访问一个Web网页，并向Web管理员或管理服务和信息人发送E-mail，给人们的生活和工作带来了许多方便。

然而，E-mail也十分脆弱，其中一个重要的缺陷就是它的安全性很差。从浏览器向Internet上的另一个人发送E-mail时，信件像明信片一样是公开的，即用户的标志信息如E-mail的源地址和目的地址等涉及传输的信息都暴露无遗，而且无法知道邮件在到达目的地之前经历了多少机器。E-mail是一种非常个性化，并且没有任何防范措施的一种信息交流工具。因此，对E-mail及其邮箱进行干扰、破坏是一件很容易实现的事情。

任何人只要访问Internet上的邮件服务器，或访问E-mail经过的路径，就可以阅读这些邮件。邮件服务器中有一个路由表，列出了其他电子邮件服务器和目的地址。当E-mail服务器读完信件头，意识到邮件不是发给自己时，会迅速将E-mail送到目的服务器或离目的地最近的服务器。因为这些服务器面向全球开放，可以接收任意一点的数据，很容易遭受“黑客”的攻击或计算机病毒破坏。一些网络黑客就是利用E-mail的这一缺陷，对E-mail进行疯狂的攻击。Internet对E-mail的用户名保护强度不够，只要掌握一定的计算机知识，就可以掌握大量的E-mail用户名，向用户发送“E-mail炸弹”或“邮件垃圾”，占有用户的电子邮箱和破坏邮件的内容。E-mail 发件箱和收件箱是两个非常危险的地方，好奇者或别有用心的人可以很容易地看到它的内容，从而进行破坏或恶意修改，以达到不可告人的目的。近两年来，随着计算机“宏病毒”的出现，E-mail 就成为传输计算机病毒的重要途径，给计算机系统带来了新的威胁和破坏。当然，非法攻击者也可以利用 E-mail 或 Internet 上的一些其他应用程序对用户进行攻击，例如，在系统中安放“特洛伊木马”等有害程序。

1. 利用 E-mail 诈骗

E-mail 诈骗是 Internet 上应该特别注意的风险。这些行为不是新花样，而是以前那种普通邮信、赠券之类的诈骗伎俩在 Internet 上的翻版。Web 强大的功能和它在整个世界市场上的传播力，在为人们创造利益的同时，也会引起一些不法分子的青睐。有的发布广告，鼓励消费者向通信技术投资，许诺高回报和低风险；有的在 Web 上散布假金融服务，制造高科技投资机会；有的甚至散发信用维护服务广告，骗取钱财等。Internet 是一个开放的系统，接纳好人也接纳坏人，真伪并存。浏览器或 Web 服务器都面临着欺诈的风险。认识到这一事实，我们必须慎重对待所有潜在客户在网页上的广告和可能发送的 E-mail。

2. 利用 E-mail 欺骗

E-mail 欺骗行为，表现形式各异，但原理基本相同。它通常是骗用户进行一个毁坏性的操作或者暴露敏感信息，如口令等。欺骗性 E-mail 会制造安全漏洞，E-mail 欺骗行为的表现如下：

(1) E-mail 宣称来自系统安全管理员，要求用户将其口令改变为特定的字符，并威胁如果用户不照此办理，将关闭用户账号。

(2) E-mail 宣称来自上级管理员，要求用户提供口令或其他敏感信息。

由于简单邮件传输协议(SMTP)没有验证系统，伪造 E-mail 十分方便。如果站点允许任何人都可以与 SMTP 端口联系，并可以用虚构某人的名义发出 E-mail。黑客在发出欺骗性的 E-mail 的同时，还可能修改相应的 Web 浏览器界面，所以应花一些时间查看 E-mail 的错误信息，其中经常会有闯入者的线索。应该查看 E-mail 信息的标题，如果 E-mail 阅读器不允许用户查看这些抬头，则查看包含原始信息的 ACSII 文件。要小心这些标题，这些标题经常被伪造。

3. E-mail 轰炸

E-mail 轰炸可以描述为不停地接到大量的、同一内容的电子邮件。一条信息可能被传给成千上万的不断扩大的用户，主要风险来自电子邮件服务器，如果服务器很多，服务器会脱网，甚至导致系统崩溃。系统不能服务的原因很多，可能由于网络连接超载，也可能由于缺少系统资源。对付电子邮件轰炸可以借助防火墙，阻止恶意信息产生，或者过滤掉跃跃欲试的电子邮件，以确保所有的外部的 SMTP 只连接到电子邮件服务器上，而不连接到站点的其他系统，从而将电子邮件轰炸的损失减小到最小。如果发现站点正遭受侵袭，则应试着找出轰炸的来源，再用防火墙进行过滤。

3.3.5 DNS服务的安全问题

1. DNS服务简介

攻击者常常侵入的另一种应用为域名服务器系统(Domain Name Service,DNS)。正常情况下,该服务器用于为域名分配数字化的Internet地址(如193.12.23.4<>alex.esc.com)。连接到Internet的每个网络不仅具有Internet地址或地址范围,而且具有域名供网络操作者与其他子域名一起使用。

提供给某组织的域名辖区称为区域。为保证域名的可用性,所有Internet子网都应具有域名服务器。Internet的所有DNS服务器根据域名按照层次结构连接在一起,当域名服务器收到请求时,首先检查所请求的地址是否在其负责的子域区中;倘若不在,则将该请求传给所谓的根服务器,而根服务器通常能找到包含该请求地址的DNS服务器。每个域名服务器均具有如下4种区域数据库:

- 正向区域。
- 反向区域。
- 本地主机。
- 反向本地主机。

正向区域数据库为域名分配Internet地址,反向区域数据库的作用相反,根据其包含的反向表查找给定Internet地址对应的区域名称。为此,定义了独立的Internet地址域(inaddr.arpa)。若给出Internet地址aaa.bbb.ccc.ddd,可采用如下的DNS请求:

ddd.ccc.bbb.aaa.in-addr.arpa

找到相应的域名。该方式主要用于根据Internet地址查找其域名的无硬盘系统,而Internet地址是系统启动时由硬件地址与RARP(反向地址转换,Reverse Address Resolution Protocol)协议共同提供的。两个本地主机的区域文件用于支持回绕式接口(网络127.0.0.0)。

为避免每次连接需依靠域名服务器或DNS查询过程中无用数据的传输,每个DNS服务器应建立本地缓冲存储器(高速缓存),且选择另一服务器作为“二级服务器”。

高速缓存保存着本地客户以前申请的域名与分配的Internet地址。在一定时间内,大部分DNS呼叫由本地高速缓存应答。

二级DNS服务器(Internet供应商的DNS通常采用如此做法)用于减轻本地服务器的负荷并作为出现故障时的备份。为此,本地DNS服务器的区域文件应定期复制到二级服务器中。

2. 对DNS的侵袭

大部分情况下,对DNS的侵袭是为其他采用远程服务进行袭击作准备的。如果攻击者设法修改相关DNS的inaddr.arpa表,使自己实际的Internet地址分配给其试图进入的可信主机做域名,该攻击者便可利用rlogin与rsh侵袭该系统。若相关的远程应用能检测到相反方向的Internet地址,并用DNS请求为数字地址找回分配的域名,上述欺诈行为即可及时被发现。现行许多版本软件均能做到这一点。

为绕过上述障碍,富有经验的攻击者也去访问 DNS 高速缓存。即使通过正确的输入,认证攻击者的 Internet 地址也要等到第二次安全检查才能完成,故该期间攻击者仍能继续进行窃取。

由此可见,认证过程应当依据 Internet 地址而不是域名,即使不能保证绝对安全,但却能使潜在的攻击者生存更加困难。

对 DNS 侵袭的第二个目标便是区域文件。由于该文件能为攻击者提供建立、构造及寻址 Internet 有用的信息,因此除二级 DNS 服务器或规定的服务器外,对区域文件(TCP 端口 53)的访问应予严格限制。

3.3.6 网络文件系统(NFS)的安全问题

1. NFS 简介

NFS 是由 Sun 公司开发的协议,目的在于可访问分布于网络中的任何文件。对用户而言,本地文件或网络中其他系统上的文件毫无区别。需访问文件时,首先检查本地有无该文件。若无,NFS 协议再与网络相应的节点联系,建立路径,进行文件访问。

为使 NFS 能被灵活地应用到其他应用中,NFS 采用模块化设计。传输机制为集成了 RPC(远程过程调用)与 XDR(交换数据代理)模块的 UDP(TCP3 以上版本)。RPC 不仅负责与远程服务器的通信,即发送或接收消息,而且提供 NFS 的接口。XDR 的工作是用于保证数据表示独立于硬件,避免由于整数值等内部表示法不同的原因造成错误。在大多数 UNIX 计算机上,NFS 均可实现且得到了广泛传播。

2. NFS 存在的危险

NFS 应设置为文件仅面向本地主机的模式。默认配置时,NFS 常允许任何主机至少可读文件。该方式能使任何节点访问整个文件系统,从而严重破坏了系统的安全。为杜绝高级用户读/写文件系统权力的泄露,NFS 采用所谓的"文件处理器"来完成客户与服务器的认证。

该文件处理器针对每个目录文件由随机产生器生成字符串,如果客户欲通过 NFS 访问一个新目录,则需检查其主机名称以确定该客户是否有权访问。若有权,则客户会收到文件处理器的正确确认,即能访问所需目录。对根目录的访问权限专门由根文件处理器管理。具有根文件处理器就等于拥有对根目录访问的永久权,如果由标准 RPC 来管理 NFC,那么将存在文件处理器被窃取的危险。

攻击者假借内部 NFS 客户的 Internet 地址,即可进入文件系统。解决的办法便是采用加密机制的安全 RPC 版本,值得注意的是,并不是所有平台系统均能获得该版本。

复 习 题

1. 什么是风险,它具备哪些特征?
2. 简述风险分析的作用。

3. 简述 Internet 上存在的安全风险。

思 考 题

1. IPv6 对 IPv4 做了哪些重要改进？为什么目前 IPv6 还不能完全取代 IPv4？
2. 在 WWW 应用中你是否遇到过安全威胁，谈谈你对 WWW 安全问题的认识。
3. 如何看待 E-mail 诈骗问题？
4. 思考在电子商务交易过程中，信息在 Internet 安全传输中的重要性。

第 4 章

电子商务通信过程的安全控制

本章教学目标

- 熟悉密码学的相关理论。
- 掌握对称密码加密技术与公钥加密技术的原理与算法。
- 熟悉数字签名的体制及原理。
- 熟悉电子商务应用安全协议 SSL 与 SET 的功能,并掌握其运作原理。
- 掌握数字证书的概念、原理,了解数字证书的申请及工作流程,明确 CA 的功能。
- 熟悉 PKI 标准及体系结构,掌握 PKI 的应用。

本章关键术语

- 加密技术
- 电子商务应用安全协议
- 数字证书与 CA
- 公钥基础设施 PKI

4.1 保证非安全网络安全通信的加密技术

在计算机通信过程信息的安全保密问题中,采用信息保密变换或采用密码技术是对计算机通信过程中信息进行保护的最实用和最可靠的方法,本节就对加密技术进行介绍。

4.1.1 密码学的理论基础

1. 密码学的基本概念

密码学是一门古老而深奥的学科,它对一般人来说是陌生的,因为长期以来,它只在很少的范围内,如军事、外交、情报等部门使用。计算机密码学是研究计算机信息加密、解密及其变换的科学,是数学和计算机的交叉学科,也是一门新兴的学科。随着计算机网络和计算机通信技术的发展,计算机密码学得到前所未有的重视并迅速普及和发展起来。在国外,它已成为计算机安全的主要研究方向,也是计算机安全课程教学中的主要内容。

密码学是研究密码系统和通信安全的一门学科,分为密码编码学和密码分析学。密码编码是对信息进行保密的学科,密码分析学(或称密码破译学)是研究加密信息的破译的学科。

2. 密码学的发展

密码学的发展经历了 3 个阶段:

第一阶段(1948 年前的几千年间),这一时期可以看作是科学密码学的萌芽。这段时期的密码技术既是一种科学,又是一门艺术。密码学专家常常是凭着自己的直觉和信念来进行密码设计,而对密码的分析也大多凭借密码分析者的直觉和经验。

第二阶段(1949—1975 年),1949 年 Shannon 发表的《保密系统的信息理论》一文,标志着密码学阶段的开始。在这篇文章中诞生的信息论为对称密钥密码系统建立了一定的理论基础,从此密码学便成为了一门科学。

第三阶段(1976 年至今),1976 年迪菲和赫尔曼(Diffie 和 Hellman)发表了《密码学新方向》一文,导致了密码学史上的一场革命。他们首次证明了在发送端和接收端之间不需要传输密钥进行保密通信的可能性,从而开创了公钥密码学的新纪元。从此,密码才开始充分发挥它的商用价值和社会价值,普通人才开始接触密码学。

如今,密码学已发展成为集代数、数论、信息论、概率论等理论于一身,并与通信、计算机网络和微电子等技术紧密结合的一门综合性学科。

3. 密码学的基本概念

密码是实现秘密通信的主要手段,是隐蔽语言、文字、图像的特种符号。凡是用特种符号按照通信双方约定的方法把电文的原形隐蔽起来,不为第三者所识别的通信方式称为密码通信。在计算机通信中,采用密码技术将信息隐蔽起来,再将隐蔽后的信息传输出去,这样信息在传输过程中即使被窃取或截获,窃取者也不能了解信息的内容,从而保证了信息传输的安全。密码学中涉及如下 7 类概念。

(1) 明文与密文。采用密码方法可以隐蔽和保护需要保密的消息,使未授权者不能提取信息。被隐蔽的消息称作明文(Plaintext),密码可将明文变换成另一种隐蔽形式,称为密文(Ciphertext)。

(2) 加密与解密。将明文变换成另一种隐蔽形式,这种变换称为加密(Encryption);其逆过程,即从密文恢复出明文的过程称为解密(Decryption)。

(3) 密钥。密钥是一串字符(在计算机处理过程中是一定长度的二进制数),分为加密密钥和解密密钥。

(4) 加密与解密算法。作用于明文(密文)和密钥的一个数学函数,即将明文(密文)和密钥数字结合起来进行加密运算后形成密文(明文),分别称为加密算法和解密算法。

(5) 密码体制。若采用的加密密钥和解密密钥相同,或者实际上等同,即从一个易于得出另一个,则称为单钥或对称密码体制(One-Key or Symmetric Cryptosystem)。若加密钥和解密密钥不相同,从一个难以推出另一个,则称双钥或公开密码体制(Two-Key or Public Key Cryptosystem)。对明文消息的加密方式有两种方式:一种是对明文消息按字符逐位地加密,称为流密码或序列密码;另一种是将明文消息分组(含有多个字符),逐组地进行加密,称为分组密码。密钥是密码体制安全保密的关键,它的产生和管理是密码学中重要的研究课题。

（6）密码分析。在信息的传输和处理系统中，除了指定的接收者外，还有非授权接收者，他们通过各种办法（如搭线窃听、电磁窃听、声音窃听等）来窃取信息。他们虽然不知道系统所用的密钥，但通过分析可能从截获的密文中推断出原来的明文，这一过程称为密码分析。对一个保密系统采取截获密文进行分析的这类攻击称为被动攻击（Passive Attack）。密码系统还可能遭受的另一类攻击是主动攻击（Active Attack），即非法入侵者主动向系统干扰，采用删除、更改、增添、重放、伪造等方法向系统加入假消息，这是通信系统中棘手的问题。

（7）消息认证与认证系统。为了防止消息被篡改、删除、重放和伪造的一种有效方法是使发送的消息具有被验证能力，使接收者或第三者能够识别和确认消息的真伪，实现这类功能的密码系统被称为认证系统（Authentication System）。消息认证即要保证消息在被篡改、删除、重放或伪造时能够被发现，它主要用来保证消息的真实性。消息的认证性和消息的保密性不同，保密性是使截获者在不知道密钥的情况下不能解读密文的内容，是保证消息的保密性；而认证性是用来验证消息的真实性。一个安全的认证系统应满足下述条件：

① 合法的接收者能够检验和证实消息的合法性和真实性。

② 消息的发送者对所发的消息不能抵赖。

③ 除了合法的消息发送者之外，其他人不能伪造合法的消息，而且在已知合法密文和相应的消息下，要确定加密密钥和系统地伪造合法密文在计算上是不可能的。

④ 必要时可由第三方进行仲裁。

4. 密码的分类

从不同的角度根据不同的标准，可以把密码分成若干类。

1）按应用技术或历史发展阶段划分

（1）手工密码。以手工完成加密作业，或者以简单器具辅助操作的密码，称为手工密码。第一次世界大战前主要是这种作业形式。

（2）机械密码。以机械密码机或电动密码机来完成加解密作业的密码，称为机械密码。这种密码从第一次世界大战出现到第二次世界大战中得到普遍应用。

（3）电子机内乱密码。通过电子电路，以严格的程序进行逻辑运算，以少量制乱元素生产大量的加密乱数，因为其制乱是在加解密过程中完成的而不需预先制作，所以称为电子机内乱密码。从20世纪50年代末期出现到70年代广泛应用。

（4）计算机密码。是以计算机软件编程进行算法加密为特点，适用于计算机数据保护和网络通信等广泛用途的密码。

2）按保密程度划分

（1）理论上保密的密码。不管获取多少密文和有多大的计算能力，对明文始终不能得到唯一解的密码，称为理论上保密的密码，也称为理论不可破的密码。如客观随机一次加密的密码就属于这种。

（2）实际上保密的密码。在理论上可破译，但在现有客观条件下，无法通过计算来确定唯一解的密码，称为实际上保密的密码。

（3）不保密的密码。在获取一定数量的密文后可以得到唯一解的密码，称为不保密密码。

3）按密钥方式划分

（1）对称式密码。收发双方使用相同密钥的密码，称为对称式密码。传统的密码都属此类。传统的密码都属此类,又称单钥密码或私钥密码,现代密码中的分组码和序列密码也属于这一类。

(2) 非对称式密码。收发双方使用不同密钥的密码,称为非对称式密码。如现代密码中的公共密钥密码就属此类。

4.1.2 网络加密方式

如何保证在通信过程中,即网络上传输数据的安全性,措施之一就是加密。因此,数据加密技术是网络通信安全所依赖的基本技术。目前,在通信过程中具体的数据加密主要有两种方法:软件加密和硬件加密。

软件加密一般是指用户在发送信息前,先调用信息安全模块对信息进行加密,然后发送;到达接收方后,由用户用相应的解密软件进行解密,还原成明文。采用软件加密方式有以下优点:已有标准的安全信息安全应用程序接口(API)产品,实现方便,兼容性好。但是软件加密方式也存在一些安全隐患:密钥的管理很复杂;软件加密在用户的计算机内部进行,容易给攻击者采用程序跟踪、反编译等手段进行攻击造成机会;目前国内还没有自己的安全产品;软件加密速度相对较慢。

硬件加密对密钥的管理比较方便,而且可以对加密设备进行物理加固,使得攻击者无法对其进行直接攻击,速度快。加密可以在 OSI 通信模型的任何一层进行。目前对网络加密一般在最底层(第一或第二层)或较高层,主要有 3 种方式:链路加密方式、节点对节点加密方式和端对端加密方式。

1. 链路加密方式

1) 链路加密原理

在 ISO/OSI 的七层模型中,物理层是最底层,它定义了与传输介质的接口,物理层将比特流送到传输介质,因此,最容易连接硬件加密设备,是最容易加密的地方。链路加密方式就是在物理层进行的,它要求通过特定数据连接的任何数据都要被加密。按照网络分层的思想,不管上层是哪种格式的报文,到达物理层之后都是比特流的方式,链路加密就是对物理层的每一个位进行加密。目前,一般网络安全系统都主要采用这种方式。加密设备不但对数据报文正文加密,而且把路由信息、协议信息等全部加密。所以,当数据报文传输到某个中间节点时,必须被解密以获得路由信息并获得该报文的校验和,进行路由选择,差错检测,然后再被加密,发送给下一个节点,直到数据报文到达目的节点为止。显然,链路加密方式只对通信链路中的数据加密,而不对网络节点内的数据加密。因此在中间节点上的数据报文是以明文出现的,而要求网络中的每一个中间节点都要配置安全单元(即信道加密机)。相邻两节点的安全单元使用相同的密钥。链路加密方式如图 4.1 所示。

2) 链路加密的主要优点

(1) 可以实现流量保密,即密码分析者不仅不能存取消息,而且得不到任何关于消息结构的信息,他们不知道谁正跟谁通话,发送消息多长,哪天进行的通信等。

(2) 系统安全性不依赖于任何传输管理技术。任何路由信息都被加密,能够提供安全的通信流,加密是在线的。

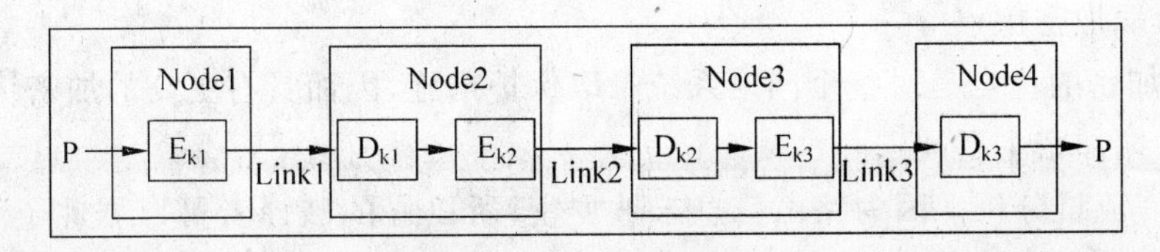

图 4.1　链路加密方式

(3) 密钥管理简单，对用户透明。仅链路的两点间需要共同的密钥，不受网络其他部分的影响，容易被采用。

3）链路加密的主要缺点

(1) 网络中每个物理链路都必须加密，如果有一处没有加密就会危及整个网络的安全，当网络很大时，开销也会很大，从而限制了其实施。

(2) 需要公共网络提供者的配合。

(3) 网络节点中的数据是明文。如果网络中每个用户都相互信任，并且每个节点都很安全，或许还可以接受，但实际上这是不可能的，即使在一个公司内，信息也可能必须在某个部门里保密（如有关人员工资的信息只有人力资源部的有关人员才能了解）。

2. 节点对节点加密方式

为了解决链路加密方式下节点中数据是明文的缺点，在中间节点里加装用于加、解密的保护装置，由这个装置来完成一个密钥向另一个密钥的变换。因而，除了在保护装置里，即使在节点内也不会出现明文。但是这种方式和链路加密方式一样，有一个共同的缺点，需要目前的公共网络提供者配合，修改其交换节点，增加安全单元或保护装置。

3. 端对端加密方式

1）端对端加密原理

为了解决链路加密方式和节点对节点加密方式的不足，人们提出了端对端加密方式（也称面向协议加密方式）。可以看出，这时加密的层次较高。在网络体系结构中，端对端的通信一般是指传输层实体之间的通信，亦即主机-主机的通信。在这种通信方式下，主机之间建立一条通信链路，至于链路是如何建立的？经过哪些路由器？采用何种路由选择算法？这些是网络层的功能，与传输层无关。因此，在这种方式中，加密设备放在网络层和传输层之间，并且只加密传输层的数据单元。这些加密的数据单元与未加密的路由信息重新结合，然后送到下一层进行传输。由发送方加密的数据在没有到达最终目的地接收节点之前是不被解密的。加解密只是在源、目的节点进行（如图 4.2 所示）。因此，这种方式可以实现按各通信对象的要求改变加密密钥以及按应用程序进行密钥管理等。

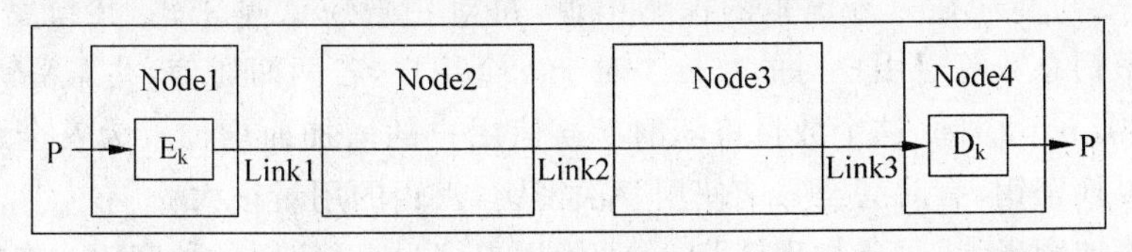

图 4.2　端对端加密

2）端对端加密优点

端对端加密的优点是对整个网络系统采取保护措施，因而具有更高的加密级别。

3）端对端加密主要缺点

（1）允许流量分析。因为路由信息未被加密，所以好的破译者可以据此了解数据从哪里来、到哪里去，传送多长时间，什么时候发送，发送频繁程度等大量的有用信息。

（2）密钥管理困难。每个用户必须确保与其他人有共同的密钥。

（3）制造端对端加密设备是困难的。每一个特殊的通信系统都有其自身的协议，有时在这些层的接口没有很好的定义也使加密任务更加难以完成。因此，端对端加密一般采用软件方法来实现。

4. 数据加密传输方式的比较

链路加密与端对端加密的比较如表 4.1 所示。

表 4.1 链路加密与端对端加密的比较

	链路加密	端对端加密
交换节点的安全性	交换节点数据暴露	交换节点数据被加密
使用规则	发送主机使用 对用户不可见 主机保持加密 对所有用户便利 可以硬件完成 所有消息都被加密或都不加密	发送过程使用 用户实现加密 用户必须挑选算法 用户选择加密 一般用软件实现 对每一条消息用户可选择加密或者不加密
实现内容	每一主机对需要一个密钥 每一台主机需要加密硬件或软件 提供节点验证	每一用户对需要一个密钥 在每一个节点需要加密硬件或软件 提供用户验证

数据保密变换使数据通信更安全，但不能保证在传输过程中绝对不会泄密。因为在传输过程中，还有泄密的隐患。

采用链路加密方式，从起点到终点，要经过许多中间节点，在每个节点处均要暴露明文（节点加密方法除外），如果链路上的某一节点安全防护比较薄弱，那么按照木桶原理（木桶存水量是由最短的一块木板决定），虽然采取了加密措施，但整个链路的安全只相当于最薄弱的节点处的安全状况。

采用端对端加密方式，只是发送方加密报文，接收方解密报文，中间节点不必加、解密，也就不需要密码装置。此外，加密可采用软件实现，使用起来很方便。在端对端加密方式下，每对用户之间都存在一条虚拟的保密信道，每对用户应共享密钥（传统密码保密体制下），所需的密钥总数等于用户对的数目。对于 n 个用户，若两两通信，共需密钥 $n(n-1)/2$ 种，每个用户需 $n-1$ 种。这个数目将随网上通信用户的增加而增加。为安全起见，每隔一段时间还要更换密钥，有时甚至只能使用一次密钥，密钥的用量很大。

对于链路加密来说，每条物理链路上，不管用户多少，可使用一种密钥。在极端情况下，每个节点都与另外一个单独的节点相连，密钥的数目也只是 $n(n-1)/2$ 种。这里 n 是节点数而非用户数,一个节点一般有多个用户。

从身份认证的角度看,链路加密只能认证节点,而不是用户。使用节点A密钥的报文仅保证它来自节点A。报文可能来自A的任何用户,也可能来自另一个路过节点A的用户。因此链路加密不能提供用户鉴别。端对端加密对用户是可见的,可以看到加密后的结果,起点、终点很明确,可以进行用户认证。

总之,链路加密对用户来说比较容易,使用的密钥较少,而端对端加密比较灵活,用户可见。对链路加密中各节点安全状况不放心的用户也可使用端对端加密方式。

4.1.3 对称密码加密技术

1. 对称密码加密技术的原理

根据所用密钥形式的不同,可将加密技术分为对称密码加密技术和公钥加密技术两类。

对称密码加密技术使用同一个密钥对报文进行加密和解密,也称为单钥加密技术或传统加密技术。因此,报文的发送者和接收者必须预先共享一个秘密密钥(Secret Key)。其加密、解密原理如图4.3所示。

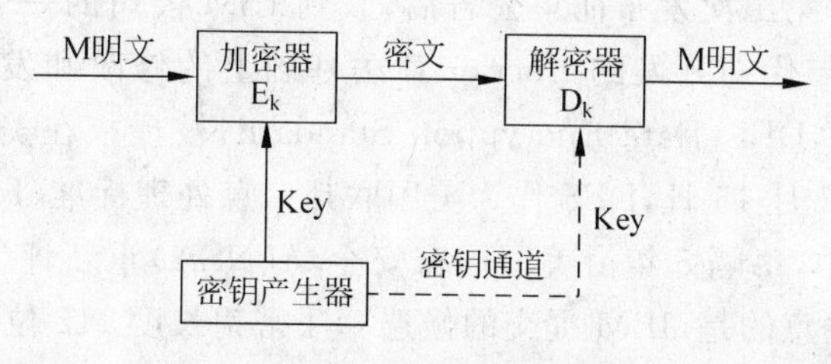

图4.3 对称加密原理

在对称加密体制中,根据对明文消息加密方式的不同可分为分组密码和流密码两大类。

在分组密码体制中,先将明文划分为固定长度的数据组,然后以组为单位进行加密。简单地讲,分组密码是用一个固定的变换对一个比较大的明文数组进行操作,分组密码一次变换一组数据。若明文分组相同,那么密文分组也相同。设计分组密码算法的核心技术是建立在一定的数学规则下的复杂函数,该函数可以通过简单函数迭代若干次后得到。利用简单函数和非线形函数等运算,可产生比较复杂的变换。分组密码的优点是不需要同步,因而在分组交换网中有着广泛的应用。

流密码体制是将明文M看成连续的比特流或字符流($m_1m_2m_3\cdots$),并用密钥序列$K(k_1k_2k_3\cdots)$中的第i个元素k_i对明文中m_i进行逐位加密,即

$$E_k(M)=Ek_1(m_1)Ek_2(m_2)\cdots$$

流密码体制保密性完全取决于密钥的随机性。如果密钥是真正的随机数,那么这种体制在理论上就是不可破译的。这种方式所需的密钥量大得惊人,在实际中是不可行的。因此,目前一般采用伪随机序列来代替随机序列作为密钥序列,也就是序列存在着一定的循环周期。这样,序列周期的长短就成为保密性的关键;如果周期足够长,就会有比较好的保密性。现在周期小于10^{10}的序列很少被采用,周期长达10^{50}的序列并不少见。

2. 对称加密算法

1) 数据加密标准(Data Encryption Standard,DES)

(1) DES的发展演变。

1972年美国国家标准局(NBS,现在的NIST——美国国家标准与技术研究所)拟订了一个保护计算机和通信数据安全的计划。作为该计划的组成部分,将包括一个实现容易、便于测试和研制的密码算法。1973年5月,NBS公开征集标准密码算法,其设计准则包括:

- 算法应该具有较高的安全性。
- 算法完全确定且易于理解。
- 算法的安全性必须依赖于密码而不是算法。
- 算法必须能够验证。
- 算法必须适于各种应用,对所有用户有效。
- 算法可以经济地用硬件实现。
- 算法必须能够出口。

1974年8月,NBS第二次发布征集公告后,收到IBM公司的一个候选算法,该算法是在IBM于20世纪70年代初开发的Lucifer算法基础上的修改和发展。经过两年多的评估、讨论,1976年11月,DES(Data Encryption Standard)被授权在美国政府的非密级政府通信中使用。1977年7月15日,DES作为美国联邦信息处理标准(FIPS-6)正式生效。

DES在实施过程中,每隔5年由美国国家安全局(NSA)重新评估一次,最后一次评估是1994年1月,值得注意的是,IBM提交的候选算法密钥长度112位,但是公布的用于出口的DES算法的密钥长度为56位。因此人们曾经怀疑DES的安全强度,NSA是否在其中设置了陷门。无论如何,DES得到了包括金融业在内的广泛应用,同时对DES安全性的研究也在不断继续。

1997年一个研究小组经过4个月的努力,在Internet上搜索了3×10^{16}个密钥,找出了DES的密钥。同年NIST宣布1998年12月以后美国政府不再使用DES,并且发出征集AES(高级加密标准)的通知。1998年5月美国研究机构EFF(Electronic Frontier Fundation)宣布用一台价值20万美元的计算机改装的专用解密系统,花费56小时破译了56位密钥的DES。2000年10月2日,NIST公布了新的AES,DES作为标准的生涯正式结束。尽管如此,自从1977年ANSI(美国国家标准化组织)发布数据加密标准以来,DES作为一个在世界范围内应用最广泛的分组数据加密标准存在了20余年。DES在很长一个时期抵抗了密码分析,目前在Internet上的个人通信和一般商业数据交换中仍使用广泛。因此,学习DES对于掌握分组密码的基本理论和设计思想仍然有重要的参考价值。

(2) DES算法框架。

DES算法处理的数据对象是一组64位的明文串。设该明文串为$m=m_1m_2\cdots m_{64}$($m_i=0$或1)。明文串经过64位的密钥K来加密,最后生成长度为64位的密文M′。其加密过程如图4.4所示。

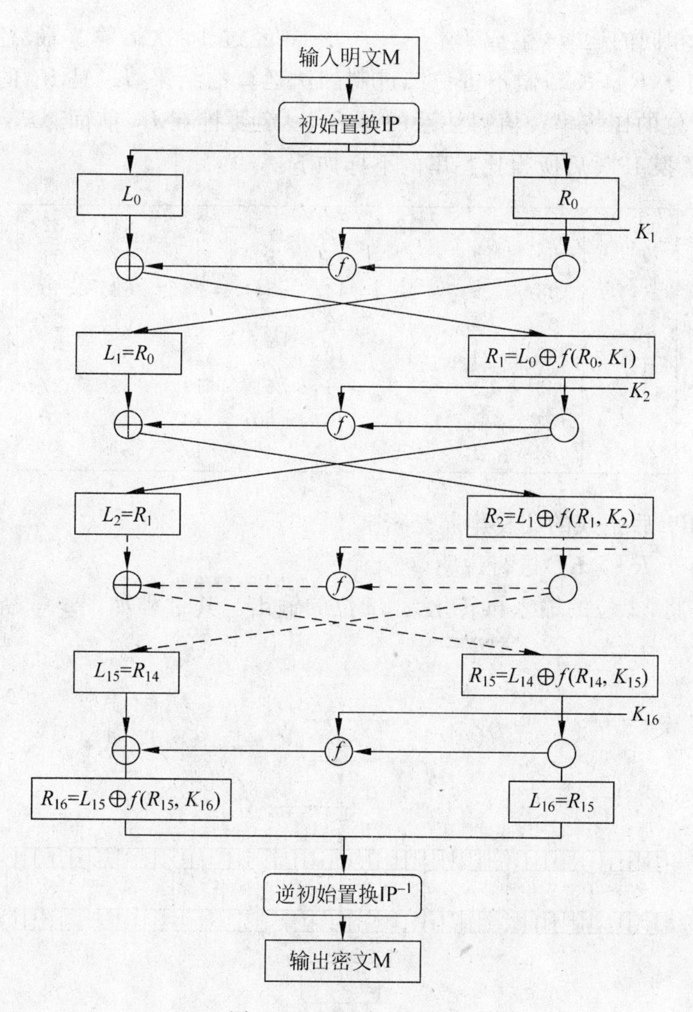

图 4.4　DES 加密过程

对 DES 算法加密过程的说明如下，待加密的 64 位明文串 M，经过 IP 置换后，得到的比特串的下标如下：

IP	58	50	42	34	26	18	10	2
	60	52	44	36	28	20	12	4
	62	54	46	38	30	22	14	6
	64	56	48	40	32	24	16	8
	57	49	41	33	25	17	9	1
	59	51	43	35	27	19	11	3
	61	53	45	37	29	21	13	5
	63	55	47	39	31	23	15	7

该比特串被分为 32 位的 L_0 和 32 位的 R_0 两部分。R_0 子密钥 K_1 经过变换 $f(R_0, K_1)$（f 变换将在下面讲）输出 32 位的比特串 f_1，f_1 与 L_0 做不进位的二进制加法运算。运算规则为：

$$1\oplus 0=0\oplus 1=1,\quad 0\oplus 0=1\oplus 1=0$$

f_1 与 L_0 做不进位的二进制加法运算后的结果赋给 R_1，R_0 则原封不动地赋给 L_1。L_1 与 R_0

又做与以上完全相同的运算，生成 L_2、R_2…… 一共经过 16 次运算。最后生成 R_{16} 和 L_{16}。其中 R_{16} 为 L_{15} 与 $f(R_{15},K_{16})$ 做不进位二进制加法运算的结果，L_{16} 是 R_{15} 的直接赋值。R_{16} 与 L_{16} 合并成 64 位的比特串。值得注意的是 R_{16} 一定要排在 L_{16} 前面。R_{16} 与 L_{16} 合并后成的比特串，经过置换 IP^{-1} 后所得比特串的下标如下：

IP^{-1}	40	8	48	16	56	24	64	32
	39	7	47	15	55	23	63	31
	38	6	46	14	54	22	62	30
	37	5	45	13	53	21	61	29
	36	4	44	12	52	20	60	28
	35	3	43	11	51	19	59	27
	34	2	42	10	50	18	58	26
	33	1	41	9	49	17	57	25

经过置换 IP^{-1} 后生成的比特串就是密文 M′。

下面对变换 $f(R_{i-1},K_i)$ 进行说明。

它的功能是将 32 位的输入再转化为 32 位的输出。其过程如图 4.5 所示，该过程分为 3 个阶段：

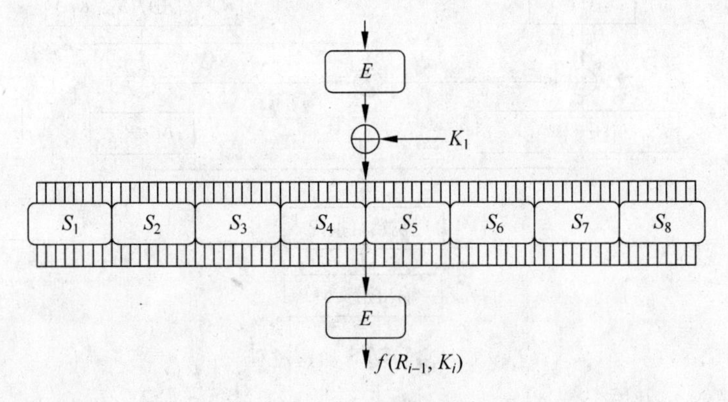

图 4.5 f 函数变换

对 f 变换说明如下：输入 R_{i-1}（32 位）经过变换 E 后，膨胀为 48 位。膨胀后的比特串的下标如下：

E	32	1	2	3	4	5
	4	5	6	7	8	9
	8	9	10	11	12	13
	12	13	14	15	16	17
	16	17	18	19	20	21
	20	21	22	23	24	25
	24	25	26	27	28	29
	28	29	30	31	32	31

膨胀后的比特串分为 8 组，每组 6 位。各组经过各自的 S 盒后，又变为 4 位，合并后又成为 32 位。该 32 位经过 P 变换后，其下标如下：

P	16	7	20	21
	29	12	28	17
	1	15	23	26
	5	18	31	10
	2	8	24	14
	32	27	3	9
	19	13	30	6
	22	11	4	25

经过 P 变换后输出的比特串才是 32 位的 $f(R_{i-1},K_i)$。

再分析 S 盒的变换过程。任取一 S 盒，如图 4.6 所示。

在其输入 b_1、b_2、b_3、b_4、b_5、b_6 中，计算出 $x=b_1*2+b_6$，$y=b_5+b_4*2+b_3*4+b_2*8$，再从 S_i 表中查出 x 行、y 列的值 S_{xy}。将 S_{xy} 化为二进制，即得 S_i 盒的输出（S 表如表 4.2 所示）。

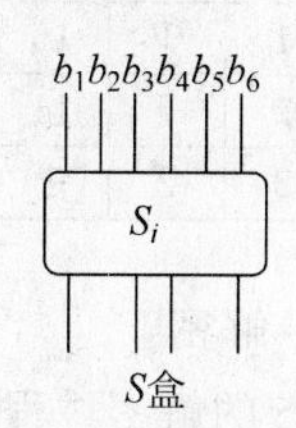

图 4.6　S 盒的变换过程

表 4.2　S 表

		0	**1**	**2**	**3**	**4**	**5**	**6**	**7**	**8**	**9**	**10**	**11**	**12**	**13**	**14**	**15**
S_1	**0**	14	4	13	1	2	15	11	8	3	10	6	12	5	9	0	7
	1	0	15	7	4	14	2	13	1	10	6	12	11	9	5	3	8
	2	4	1	14	8	13	6	2	11	15	12	9	7	3	10	5	0
	3	15	12	8	2	4	9	1	7	5	11	3	14	10	0	6	13
S_2	**0**	15	1	8	14	6	11	3	4	9	7	2	13	12	0	5	10
	1	3	13	4	7	15	2	8	14	12	0	1	10	6	9	11	5
	2	0	14	7	11	10	4	13	1	5	8	12	6	9	3	2	15
	3	13	8	10	1	3	15	4	2	11	6	7	12	0	5	14	9
S_3	**0**	10	0	9	14	6	3	15	5	1	13	12	7	11	4	2	8
	1	13	7	0	9	3	4	6	10	2	8	5	14	12	11	15	1
	2	13	6	4	9	8	15	3	0	11	1	2	12	5	10	14	7
	3	1	10	13	0	6	9	8	7	4	15	14	3	11	5	2	12
S_4	**0**	7	13	14	3	0	6	9	10	1	2	8	5	11	12	4	15
	1	13	8	11	5	6	15	0	3	4	7	2	12	1	10	14	9
	2	10	6	9	0	12	11	7	13	15	1	3	14	5	2	8	4
	3	3	15	0	6	10	1	13	8	9	4	5	11	12	7	2	14
S_5	**0**	2	12	4	1	7	10	11	6	8	5	3	15	13	0	14	9
	1	14	11	2	12	4	7	13	1	5	0	15	10	3	9	8	6
	2	4	2	1	11	10	13	7	8	15	9	12	5	6	3	0	14
	3	11	8	12	7	1	14	2	13	6	15	0	9	10	4	5	3
S_6	**0**	12	1	10	15	9	2	6	8	0	13	3	4	14	7	5	11
	1	10	15	4	2	7	12	9	5	6	1	13	14	0	11	3	8
	2	9	14	15	5	2	8	12	3	7	0	4	10	1	13	11	6
	3	4	3	2	12	9	5	15	10	11	14	1	7	6	0	8	13

续表

		0	1	2	3	4	5	6	7	8	9	10	11	12	13	14	15
S_7	0	4	11	2	14	15	0	8	13	3	12	9	7	5	10	6	1
	1	13	0	11	7	4	9	1	10	14	3	5	12	2	15	8	6
	2	1	4	11	13	15	3	7	14	10	15	6	8	0	5	9	2
	3	6	11	13	8	1	4	10	7	9	5	0	15	14	2	3	12
S_8	0	13	2	8	4	6	15	11	1	10	9	3	14	5	0	12	7
	1	1	15	13	8	10	3	7	4	12	5	6	11	0	14	9	2
	2	7	11	4	1	9	12	14	2	0	6	10	13	15	3	5	8
	3	2	1	14	7	4	10	8	13	15	12	9	0	3	5	6	11

(3) 解密。

DES 的解密过程和 DES 的加密过程完全类似，只不过将 16 轮的子密钥序列 K_1、K_2、… K_{16} 的顺序倒过来。即第一轮用第 16 个子密钥 K_{16}，第二轮用 K_{15}，以此类推，如图 4.7 所示。

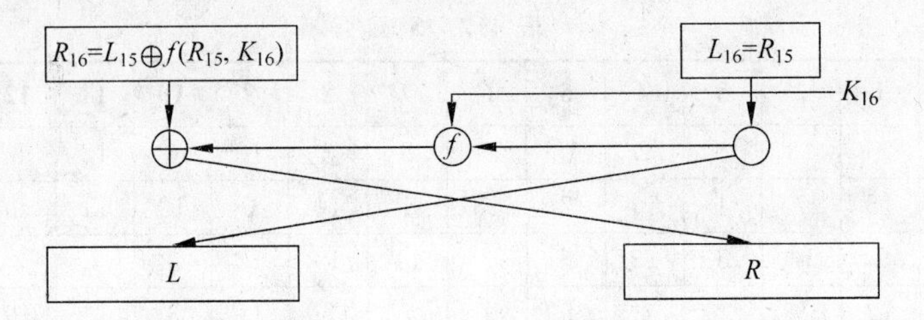

图 4.7 DES 的解密过程

第一轮：

$L=R_{15}, R=L_{15} \oplus f(R_{15}, K_{16}) \oplus f(R_{15}, K_{16})=L_{15}$

同理 $R_{15}=L_{14} \oplus f(R_{14}, K_{15}), L_{15}=R_{14}$。

同理得 $L=R_0, R=L_0$。

(4) DES 算法的使用方式。

第一种电子密本方式(ECB)：将明文分成 n 个 64 位分组，如果明文长度不是 64 位的倍数，则在明文末尾填充适当数目的规定符号。对明文组用给定的密钥分别进行加密，行密文 $C=(C_0, C_1, \cdots, C_{n-1})$ 其中 $C_i=\text{DES}(K, x_i), i=0,1,\cdots,n-1$。

第二种密文分组链接方式(CBC)：在 CBC 方式下，每个明文组 x_i 在加密前与前一组密文按位模 2 加后，再送到 DES 加密，CBC 方式克服了 ECB 方式报内组重的缺点，但由于明文组加密前与一组密文有关，因此前一组密文的错误会传播到下一组。

第三种密文反馈方式(CFB)：可用于序列密码。明文 $X=(x_0, x_1, \cdots, x_{n-1})$，其中 x_i 由 t 个位组成 $0<t\leqslant 64$。CFB 实际上将 DES 作为一个密钥流发生器，在 t 位密文的反馈下，每次输出 t 位乱数对 t 位明文进行加密。由于 CFB 是密文反馈，它对密文错误较敏感，t 位密文中只要有一个位错误，就会导致连续数个 t 位出错。

第四种输出反馈方式(OFB)：可用于序列密码。与 CFB 唯一不同的是 OFB 是直接取 DES 输出的 t 个位，而不是取密文的 t 个位，其余都与 CFB 相同。但它取的是 DES 的输出，所以它克服了 CFB 的密文错误传播的缺点。

2) IDEA 算法

(1) 简介。

IDEA 是 International Data Encryption Algorithm 的缩写，是 1990 年由瑞士联邦技术学院来学嘉(X. J. Lai)和 Massey 提出的建议标准算法，称作 PES(Proposed Encryption Standard)。Lai 和 Massey 在 1992 年进行了改进强化了抗差分分析的能力，改称为 IDEA。它也是对 64 位大小的数据块加密的，分组加密算法密钥长度为 128 位，它基于"相异代数群上的混合运算"设计思想算法用硬件和软件实现都很容易，且比 DES 在实现上快得多。IDEA 自问世以来，已经经历了大量的详细审查，对密码分析具有很强的抵抗能力，在多种商业产品中得到了使用。

(2) 算法框架。

输入的 64 位数据分组被分成 4 个 16 位子分组：x_1、x_2、x_3 和 x_4。这 4 个子分组成为算法的第一轮的输入，总共有 8 轮。在每一轮中，这 4 个子分组相互相异或、相加、相乘，且与 6 个 16 位子密钥相异或、相加、相乘。在轮与轮间，第二和第三个子分组交换。最后在输出变换中 4 个子分组与 4 个子密钥进行运算。

在每一轮中，执行的顺序如下：

① x_1 和第一个子密钥相乘。

② x_2 和第二个子密钥相加。

③ x_3 和第三个子密钥相加。

④ x_4 和第四个子密钥相乘。

⑤ 将第①步和第③步的结果相异或。

⑥ 将第②步和第④步的结果相异或。

⑦ 将第⑤步的结果与第五个子密钥相乘。

⑧ 将第⑥步和第⑦步的结果相加。

⑨ 将第⑧步的结果与第六个子密钥相乘。

⑩ 将第⑦步和第⑨步的结果相加。

⑪ 将第①步和第⑨步的结果相异或。

⑫ 将第③步和第⑨步的结果相异或。

⑬ 将第②步和第⑩步的结果相异或。

⑭ 将第④步和第⑩步的结果相异或。

每一轮的输出是第⑪、⑫、⑬和⑭步的结果形成的 4 个子分组。将中间两个分组交换(最后一轮除外)后，即为下一轮的输入。

经过 8 轮运算之后，有一个最终的输出变换：

① x_1 和第一个子密钥相乘。

② x_2 和第二个子密钥相加。

③ x_3 和第三个子密钥相加。

④ x_4 和第四个子密钥相乘。

最后，这 4 个子分组重新连接到一起产生密文。

(3) 评价。

IDEA 算法的密钥长度为 128 位，设计者尽最大努力使该算法不受差分密码分析的影响，数学家已证明IDEA算法在其8圈迭代的第4圈之后便不受差分密码分析的影响了。假定穷举法攻击有效的话，那么即使设计一种每秒钟可以试验10亿个密钥的专用芯片，并将10亿片这样的芯片用于此项工作，仍需1013年才能解决问题；另一方面，若用1024片这样的芯片，有可能在一天内找到密钥，不过人们还无法找到足够的硅原子来制造这样一台机器。目前，尚无一片公开发表的试图对IDEA进行密码分析的文章。因此，就现在来看应当说IDEA是非常安全的。

3. 对称密码加密技术的优缺点

1）优点

对称密码加密技术的优点是效率高，算法简单，系统开销小，速度比公钥加密技术快得多，适合加密大量的数据，应用广泛。DES算法是目前世界上应用最广泛的加密算法。

2）缺点

对称密码加密技术的主要问题是发送方和接收方必须预先共享秘密密钥，而不能让其他任何人知道，通常必须通过安全信道私下商定。

需要使用大量的密钥，所需的密钥总数为$M(n,2)$，其中n为用户数。网络上若有n个用户，则需要$M(n,2)=n/2(n-1)$个密钥，这么多密钥的发布、共享和管理是一个十分困难的问题。此外，每个用户必须记下与其他$n-1$个用户通信所用的密钥，这么多密钥的管理对于普通用户来说是非常困难的，也容易造成安全问题。

无法满足互不相识的人进行私人谈话的保密要求，难以解决数字签名验证的问题。

4.1.4 公钥加密技术

1. 公钥加密技术原理

公钥加密技术要求密钥成对使用，即加密和解密分别由两个密钥来实现。每个用户都有一对选定的密钥，一个可以公开，即公共密钥（K_U），用于加密。另一个由用户安全拥有，即私钥（K_R），用于解密。也就是当发送方A给接收方B发信息（M）时，用对方的（K_{UB}）进行加密，而在接收方收到数据后，用自己的（K_{RB}）进行解密。因此，公钥加密技术又常常称为双钥密码技术或非对称钥密码技术。

公钥加密技术的加密、解密原理如图4.8所示。

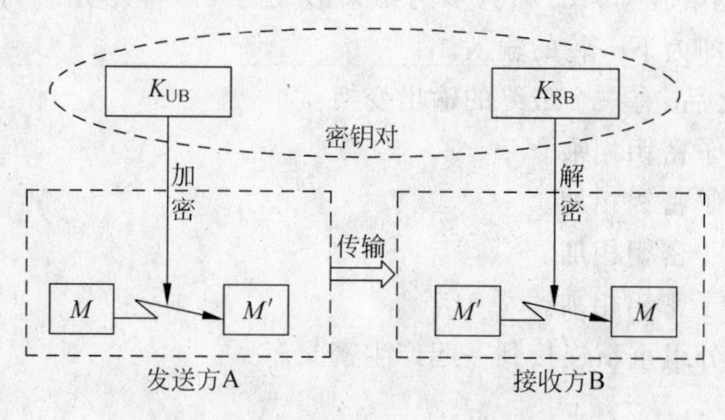

图4.8 公钥加密技术的加密、解密原理

K_U 和 K_R 之间是数学相关的，用 B 用户的公钥 K_{UB} 加密的数据只能用 B 用户的私钥 K_{RB} 才能解密，因而要求用户的私钥不能透露给自己不信任的任何人。通常情况下，公开密钥用于对加密信息的加密，私有密钥则用于对加密信息的解密。

由于公钥加密技术使用一个密钥加密，另一个相关但不同的密钥解密，所以公钥加密技术具有以下特点：

(1) 仅知道密码算法和加密密钥，要确定解密密钥，这在计算上是不可能的。

(2) 公钥 K_U 加密后，使用公钥 K_U 本身无法解密。

(3) 公钥 K_U 加密后可用私钥 K_R 解密，K_R 加密后可用 K_U 解密，并验证 K_R 的加密，即数字签名与验证。

2. 公钥加密算法

1) RSA 算法

(1) RSA 算法的产生。

Diffie 和 Hellman 提出了公钥密码系统的设想，并给出了其算法的必要条件：

① 与通信的双方 A 和 B 能容易地通过计算得到一对密钥。A 的公钥 K_{UA} 和私钥 K_{RA}，B 的公钥 K_{UB} 和私钥 K_{RB}。

② A 与 B 的公钥公开，待加密报文(明文或信息)为 M，加密算法为 E，解密算法为 D。发送方 A 可以很容易计算产生相应的密文 C：

$$C=E_{KUB}(M)$$

③ 接收方 B 用私钥很容易通过计算解密以恢复明文：

$$M=D_{KRB}(C)=D_{KRB}[E_{KUB}(M)]$$

④ 攻击者即使知道公钥 K_{UB}，要确定私钥 K_{RB} 在计算上也是不可行的。

⑤ 攻击者即使知道公钥 K_{UB} 并获得了密文 C，要恢复明文 M 在计算上也是不可行的。

一般地，“容易”是指一个问题可以在多项式函数(输入长度的函数)时间内解决，即如果长度是 n 位，则计算该函数的时间与 na 成正比，其中 a 为固定常数。反之，如果一个问题随输入长度增加，其函数计算量的增加超过多项式时间，就认为这个问题是不可行的。

这些都是很难达到的要求。因此，从公钥密码系统提出以来的几十年中，只有一个算法得到了广泛的应用，这个算法就是 RSA，它的发展依赖于找到了一个符合上述要求的陷门单向函数。

麻省理工学院的 Ron Rivest、Adi Shamir 和 Len Adleman 是公钥加密技术的最早响应者。1977 年，他们发表了 RSA 算法，并以 3 位发明者的名字的第一个字母命名。RSA 也是迄今为止理论上最为成熟完善的一种公钥密码体制。

(2) RSA 算法。

RSA 算法是建立在“大数分解和素数检测”的理论基础上的。两个大素数相乘在计算机上是容易实现的，但将该乘积分解成两个素数因子的计算量却相当巨大，大到甚至在计算机上不可能实现。素数检测就是判定一个给定的正整数是否为素数。

RSA 的安全性依赖于大数分解。公钥和私钥都是两个大素数(大于 100 位十进制位)的函数。从一个密钥和密文推断出明文的难度等同于分解两个大素数的积。

密钥对的产生，选择两个大素数 p 和 q，计算：

$$n = pq$$

然后随机选择加密密钥e,要求e和$(p-1)(q-1)$互质。最后,利用Euclid算法计算解密密钥d,满足

$$ed = 1(\bmod(p-1)(q-1))$$

其中n和d也要互质。数e和n是公钥,d是私钥。两个素数p和q不再需要,应该丢弃,不要让任何人知道。

加密信息m(二进制表示)时,首先把m分成等长数据块m_1、m_2、…、m_i,块长s,其中$2^s <= n$,s尽可能大。对应的密文是:

$$C = M^e(\bmod n) \tag{1}$$

解密时做如下计算:

$$M = C^d(\bmod n) \tag{2}$$

RSA可用于数字签名,方案是用(1)式签名,(2)式验证。具体操作时考虑到安全性和m信息量较大等因素,一般是先作Hash运算。

2) DSA算法

Digital Signature Algorithm(DSA)是Schnorr和ElGamal签名算法的变种,被美国NIST作为DSS(Digital Signature Standard)数字签名标准。DSA是由美国国家标准化研究院和国家安全局共同开发的。由于它是由美国政府颁布实施的,主要用于与美国政府做生意的公司,其他公司则较少使用,它只是一个签名系统,而且美国政府不提倡使用任何削弱政府窃听能力的加密软件,认为这才符合美国的国家利益。算法中应用了下述参数:

(1) p是L位长的素数,L是64的倍数,其范围是在512~1024取值。

(2) q是$p-1$的160位长的素因子。

(3) $g=h^{(p-1)/q} \bmod p$,h满足$h<p-1$,且能使$g>1$的任意数。

(4) 任选一个正整数x,$0<x<q$,作为签字时的秘密密钥使用。

(5) $y=g^x \bmod p$,作为验证签字时的公钥使用。

(6) k为随机数,$0<k<q$。

(7) 选择一个单向散列函数$H(m)$,DSS标准指定了安全三列算法(SHA)。

前面的3个参数p、q和g是公开的,且可以被网络中所有的用户公有。私人密钥是x,公开密钥是y。

3. 公钥加密技术的优缺点

1) 优点

(1) 密钥分配简单。

(2) 密钥的保存量少。

(3) 可以满足互不相识的人之间进行私人谈话时的保密性要求。

(4) 可以完成数字签名和数字鉴别。

2) 缺点

(1) 产生密钥很麻烦,受到素数产生技术的限制,因而难以做到一次一密。

(2) 安全性。RSA的安全性依赖于大数的因子分解,但并没有从理论上证明破译RSA的难度与大数分解难度等价。目前,人们已能分解140多个十进制位的大素数,这就要求使

用更长的密钥，速度更慢；另外，目前人们正在积极寻找攻击RSA的方法，如选择密文攻击，一般攻击者是将某一信息作伪装(Blind)，让拥有私钥的实体签署。然后，经过计算就可得到它所想要的信息。

(3) 速度太慢。由于RSA的分组长度太大，为保证安全性，n至少也要在600位以上，使运算代价很高，尤其是速度较慢，较对称密码算法慢几个数量级；且随着大数分解技术的发展，这个长度还在增加，不利于数据格式的标准化。目前，SET(Secure Electronic Transaction)协议中要求CA采用2048位长的密钥，其他实体使用1024位的密钥。因为速度问题，目前人们广泛使用单、公钥结合使用的方法，优缺点互补，单钥密码加密速度快，人们用它来加密较长的文件，然后用RSA来给文件密钥加密，极好地解决了单钥密码的密钥分发问题。

4. 数字签名技术

利用公钥加密体制的一个最大的用处就是可以有效地解决数据通信中的保密问题。但是接收者收到密文后还需要进一步确定发送者的身份，即验证是否是真正的发送者。这就要求发送者标识自己的身份，数字签名就是解决这样的一个问题。

数字签名(Digital Signature)是指用户用自己的私钥对原始数据的数字摘要进行加密所得的数据。信息接收者使用信息发送者的公钥，对附在原始信息后的数字签名进行解密后获得数字摘要，并通过与自己收到的原始数据产生的数字摘要对照，便可确信原始信息是否被篡改，这样可保证消息来源的真实性和数据传输的完整性。

1) 数字签名的基本要求

(1) 签名是可信的。签名使文件的接收者相信签名者是慎重地在文件上签名的。

(2) 签名是不可伪造的。签名证明是签字者而不是其他的人在文件上签字。

(3) 签名不可重用。签名是文件的一部分，不可能将签名移动到不同的文件上。

(4) 签名后的文件是不可变的。在文件签名以后，文件就不能改变。

(5) 签名是不可否认的。签名和文件是不可分离的，签名者事后不能声称他没有签过这个文件。

2) 数字签名体制

数字签名体制由两个算法组成：签名算法和验证算法。

签名者使用一个(秘密)签名算法$\mathrm{Sig}(M)$得到对消息的签名$y=\mathrm{Sig}(x)$，x的签名y是否真实可通过一个公式的验证算法$\mathrm{Ver}(M,S)$来回答。目前最著名、使用最广泛的公开密钥密码体制是RSA体制，它既可以进行邮件加密，也可以进行数字签名，从而保障数据在网络通信中的完整性、机密性、不可否认性和身份认证4个方面的安全服务。

3) RSA数字签名体制

RSA数字签名体制使用了RSA公开密钥密码算法进行数字签名，其基本算法表述如下：

(1) 体制参数。

假设用户A使用如下的参数：

① 大合数$n=pq$，其中p和q是大素数，$u=L=Zn$。

② 私钥d和公钥e按照如下方式产生：随机选取一个与$\phi(n)$互素的整数e作为公钥；

由 e 求出私钥 d，满足 $de\equiv 1[\bmod\phi(n)]$。用户 A 将公开模数 n 和公钥 e，而将 p、q 与私钥 d 严格保密。

③ $k=(n,p,q,e,d)$

(2) 签名算法。

假设用户 A 信息 $M\in Zn$ 进行签名，计算

$$S=\mathrm{Sig_k}(M)=M^d \bmod n$$

并将 S 作为用户 A 对信息 M 的数字签名附在信息 M 后。

(3) 验证算法。

假设用户 B 需要验证用户 A 对信息 M 的签名 S，用户 B 计算：

$$\mathrm{Ver_k}(M,S)=(M=S^e \bmod n)?\mathrm{true}:\mathrm{false}$$

即判断 $\mathrm{Ver_k}(M,S)$ 是否为真，如果为真，则说明签名 S 确实是用户 A 所产生的，否则，签名 S 可能是由攻击者伪造生成的。

(4) RSA 数字签名的安全性。

RSA 数字签名的安全性决定于 RSA 公开密钥密码算法的安全性。从 RSA 体制可知，由于只有签名者才知道用于签名的私钥，虽然其他用户可以很容易地对信息 M(明文)的签名 S(密文)进行验证，但他们无法伪造签名者的签名。

另外，任何人都能够通过对某一签名来伪造用户 A 对随机信息 M 的签名，这也不能构成实际的安全威胁，因为攻击者没有办法对事先选定的信息伪造签名。

4.2 电子商务应用安全协议

4.2.1 安全套接层(SSL)协议

1. SSL 协议的起源

随着计算机网络技术向整个经济社会各层次的延伸，整个社会表现对 Internet、Intranet、Extranet 等使用的更大的依赖性。随着企业间信息交互的不断增加，任何一种网络应用和增值服务的使用程度将取决于所使用网络的信息安全有无保障，网络安全已成为现代计算机网络应用的最大障碍，也是急需解决的难题之一。

由于 Web 上有时要传输重要或敏感的数据，因此 Netscape 公司在推出 Web 浏览器第一版的同时，就提出了安全通信协议 SSL(Secure Socket Layer)，目前已有 2.0 和 3.0 版本。SSL 采用公开密钥技术，其目标是保证两个应用间通信的保密性和可靠性，可在服务器和客户机两端同时实现支持。目前，利用公开密钥技术的 SSL 协议，并已成为 Internet 上保密通信的工业标准。现行 Web 浏览器普遍将 HTTP 和 SSL 相结合，从而实现安全通信。

SSL 协议是目前电子商务中应用最广的安全协议之一：一方面，凡是构建在 TCP/IP 协议上的客户机/服务器模式需要进行安全通信时，都可以使用 SSL 协议；另一个方面，SSL 被大部分 Web 浏览器和 Web 服务器所内置，比较容易应用。

目前使用的是 SSL 协议的 3.0 版本，该版本是在 1996 年发布的。

2. SSL 协议的功能

SSL 是在 Internet 基础上提供的一种保证私密性的安全协议。它能使客户/服务器应用之间的通信不被攻击者窃听，并且始终对服务器进行认证，还可选择对客户进行认证。SSL 协议要求建立在可靠的传输层协议（如 TCP）之上。SSL 协议的优势在于它是与应用层协议独立无关的。高层的应用层协议（如 HTTP、FTP、TELNET）能透明地建立于 SSL 协议之上。SSL 协议在应用层协议通信之前就已经完成加密算法、通信密钥的协商以及服务器认证工作。在此之后应用层协议所传送的数据都会被加密，从而保证通信的私密性。

SSL 安全协议具有如下 3 个方面的功能：

1）用户和服务器的合法性认证

认证用户和服务器的合法性，使得它们能够确信数据将被发送到正确的客户机和服务器上。客户机和服务器都有各自的识别号，这些识别号由公开密钥进行编号，为了验证用户是否合法，安全套接层协议要求再握手交换数据进行数字认证，以此来确保用户的合法性。

2）加密数据以隐藏被传送的数据

SSL 所采用的加密技术既有对称密钥技术，也有公开密钥技术。在客户机与服务器进行数据交换之前，交换 SSL 初始握手信息，在 SSL 握手信息中采用了各种加密技术对其加密，以保证其机密性和数据的完整性，并且用数字证书进行鉴别。这样就可以防止非法用户进行破译。

3）保护数据的完整性

SSL 采用 Hash 函数和机密共享的方法来提供信息的完整性服务，建立客户机与服务器之间的安全通道，使所有经过 SSL 处理的业务在传输过程中能全部准确无误地到达目的地。

3. SSL 安全协议的体系结构

设计 SSL 安全协议的目的是利用 TCP 提供可靠的端到端的安全传输。SSL 协议的实现属于套接字 Socket 层，处于应用层与传输层之间，由 SSL 记录协议和在记录协议之上的 3 个子协议组成，其中最主要的两个 SSL 子协议是记录协议和握手协议。其体系结构如图 4.9 所示。

<table>
<tr><td colspan="3">应用层</td></tr>
<tr><td>SSL 握手协议</td><td>SSL 更改密码规程协议</td><td>SSL 报警协议</td></tr>
<tr><td colspan="3">SSL 记录协议</td></tr>
<tr><td colspan="3">TCP</td></tr>
<tr><td colspan="3">IP</td></tr>
</table>

图 4.9　SSL 协议的体系结构

SSL 握手协议是用来在客户端和服务器端传输应用数据而建立的安全通信机制。包括：

（1）算法协商。首次通信时，双方通过握手协议协商密钥加密算法、数据加密算法和文摘算法。

（2）身份验证。在密钥协商完成后，客户端与服务器端通过证书互相验证对方的身份。

（3）确定密钥。最后使用协商好的密钥交换算法产生一个只有双方知道的秘密信息，客户端和服务器端各自根据这个秘密信息确定数据加密算法的参数(一般是密钥)。由此可见,SSL 协议是端对端的通信安全协议。

SSL 记录协议定义了数据传送的格式,上层数据报文包括 SSL 握手协议建立安全连接时所需传送的数据都通过 SSL 记录协议再往下传送。这样,应用层通过 SSL 协议把数据传给传输层时,已经是被加密后的数据,此时,TCP/IP 协议只需负责将其可靠地传送到目的地,从而弥补了 TCP/IP 协议安全性较差的弱点。

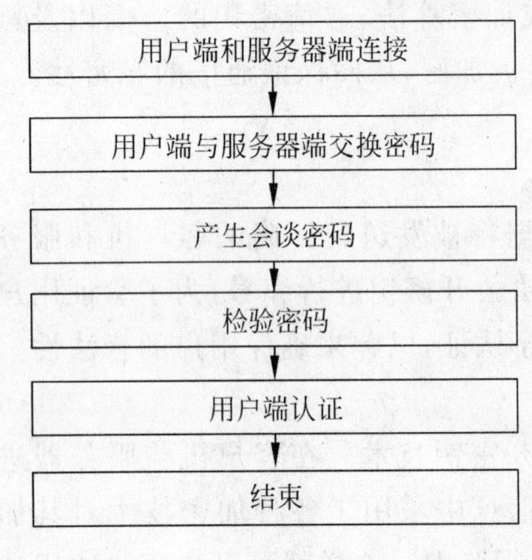

图 4.10 SSL 安全协议的运行步骤

4. SSL 安全协议的运行步骤

SSL 安全协议的运行步骤如图 4.10 所示。

(1) 接通阶段。客户通过网络向服务商打招呼,服务商回应。

(2) 密码交换阶段。客户与服务商之间交换双方认可的密码。一般选用 RSA 密码算法,也有的选用 Diffie-Hellman 和 Fortezza-KEA 密码算法。

(3) 会谈密码阶段。客户与服务商间产生彼此交谈的会谈密码。

(4) 检验阶段。检验服务商取得的密码。

(5) 客户认证阶段。验证客户的可信度。

(6) 结束阶段。客户与服务之间相互交换结束的信息。

当上述动作完成之后,两者间的资料传送就会加上密码,等到另外一端收到资料后,再将编码后的资料还原。即使盗窃者在网络上取得编码后的资料,如果没有原先编制的密码算法,也不能获得可读的有用资料。

在电子商务交易过程中,在银行的参与下,按照 SSL 协议,客户购买的信息首先发往商家,商家再将信息转发银行;银行验证客户信息的合法性后,通知商家付款成功;商家再通知客户购买成功,将商品寄送客户。

5. SSL 安全协议的应用

SSL 安全协议也是国际上最早应用于电子商务的一种网络安全协议,至今仍有许多网上商店在使用。然而,在使用时,SSL 协议根据邮购的原理进行了部分改进。在传统的邮购活动中,客户首先寻找商品信息,然后汇款给商家,商家再把商品寄给客户。这里,商家是可以信赖的,所以,客户须先付款给商家。在电子商务的开始阶段,商家也是担心客户购买后不付款,或使用过期作废的信用卡,因而希望银行给予认证。SSL 安全协议正是在这种背景下应用于电子商务的。

基于 SSL 协议的网上交易过程如图 4.11 所示。

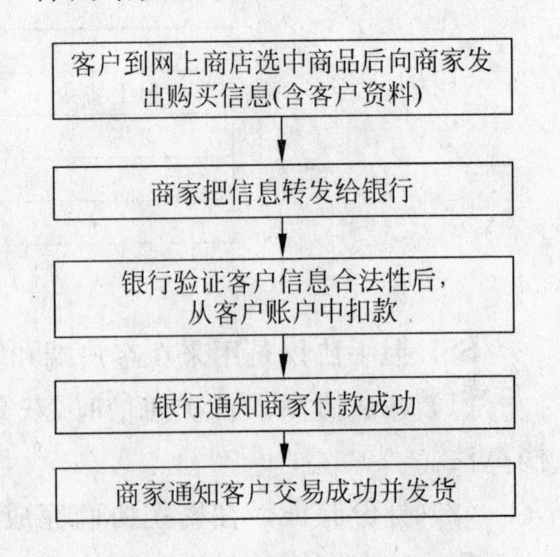

图 4.11 基于 SSL 协议的网上交易过程

基于 SSL 协议的网上交易的基点是商家对客户信息保密的承诺。如美国著名的亚马逊(Amazon)在它的购买说明中明确表示:“当你在亚马逊公司购书时,受到‘亚马逊公司安全购买保证’保护,所以,你永远不用为你的信用卡安全担心”。但在上述流程中可以注意到,SSL协议有利于商家而不利于客户。客户的信息首先是必要的,但整个过程中缺少了客户对商家的认证。在电子商务的开始阶段,由于参与电子商务的公司大都是一些大公司,信誉较高,这个问题没有引起人们的重视。随着电子商务参与的厂商迅速增加,对厂商的认证问题越来越突出。SSL协议的缺点完全暴露出来,SSL协议逐渐被新的安全协议(如SET)所取代。

目前我国开发的电子支付系统,诸如中国银行的长城卡电子支付系统等均没有采用SSL协议,主要原因就是无法保证客户资金的安全性。

4.2.2 安全电子交易(SET)协议

1. SET协议的产生

在开放的Internet上处理电子商务,如何保证买卖双方传输数据的安全,成为决定电子商务能否普及的最重要的问题。为了克服SSL安全协议的缺点,1995年信用卡国际组织、信息业者及网络安全专业团体等开始组成策略联盟,共同研究开发电子商务的安全交易系统。1996年6月由IBM、Master Card International、Visa International、Microsoft、Netscape、GTE、Verisign、SAIC和Terisa共同制定的SET(Secure Electronic Transaction)标准正式公布,它涵盖了信用卡在电子商务交易中的交易协定、信息保密、信息完整性、数字认证、数字签名等。这一标准被公认为全球网际网络的标准,其交易形态将成为未来电子商务的规范。

2. SET协议概述

SET协议主要是为了完成用户、商家和银行之间通过信用卡支付的交易而设计的,要保证支付信息的机密、支付过程的完整、商家及持卡人的合法身份以及可操作性。SET的核心技术主要有公开密钥加密、数字签名、数字信封、数字安全证书等。SET能在电子交易环节上提供更大的信任度、更完整的交易信息、更高的安全性和更少受欺诈的可能性。SET协议支持BtoC类型的电子商务模式,即消费者持卡在网上购物与交易的模式。SET交易分3个阶段进行:

第一阶段,在购买请求阶段,用户与商家确定所用支付方式的细节。

第二阶段,在支付的认定阶段,商家会与银行核实,随着交易的进展,商家将得到付款。

第三阶段,在收款阶段,商家向银行出示所有交易的细节,然后银行以适当方式转移货款。

如果不用借记卡,而直接支付现金,那么商家在第二阶段完成以后的任何时间即可以供货支付,第三阶段将紧接着第二阶段进行。用户只和第一阶段交易有关,银行与第二、三阶段有关,而商家与3个阶段都要发生关系。每个阶段都涉及RSA对数据加密,以及RSA数字签名。使用SET协议,在一次交易中,要完成多次加密与解密操作,故要求商家的服务器有很高的处理能力。

3. SET安全协议运行的目标

(1) 保证信息在Internet上安全传输,防止数据被黑客或被内部人员窃取。

(2) 保证电子商务参与者信息的相互隔离,客户的资料加密或打包后通过商家到达银行,但是商家不能看到客户的账户和密码信息。

(3) 解决双方认证问题,不仅要对消费者的信用卡认证,而且要对在线商店的信誉程度认证,同时还有消费者、在线商店与银行间的认证。

(4) 保证网上交易的实时性,使所有的支付过程都是在线的。

(5) 效仿EDI贸易的形式,规范协议和消息格式,促使不同厂家开发的软件具有兼容性和互操作功能,并且可以运行在不同的硬件和操作系统平台上。

4. SET安全协议的功能

在整个商务活动流程中,从持卡人到商家,到支付网关,再到认证中心以及信用卡结算中心之间的信息流和必须采用的加密、认证都制定了严格的标准,从而最大限度地保证了商务活动的安全性。具体来讲,SET安全协议提供如下安全服务:

(1) 确保在支付系统中支付信息和订购信息的安全性。

(2) 确保数据在传输过程中的完整性,即数据不被篡改。

(3) 对持卡者身份合法性进行验证。

(4) 对商家的身份合法性进行验证。

(5) 提供最优的安全系统,以保护在电子交易中的合法用户。

(6) 确保该标准不依赖于传输安全技术,也不限定任何安全技术的使用,使通过网络和相应的软件所进行的交互作业简便易行。

5. SET安全协议的对象

(1) 消费者。包括个人消费者和团体消费者,按照在线商店的要求填写订货单,通过发卡银行选择信用卡进行付款。

(2) 在线商店。提供商品或服务,具备相应电子货币使用的条件。

(3) 收单银行。通过支付网关处理消费者和在线商店之间的交易付款问题。

(4) 发卡行。电子货币(如智能卡、电子现金、电子钱包)发行公司,以及某些兼有电子货币发行的银行,负责处理智能卡的审核和支付工作。

(5) 认证中心(CA)。负责对交易对方的身份确认,对厂商信誉度和消费者的支付手段进行认证。

(6) 支付网关。是由收单行或指定的第三方操作专用系统,用于处理支付授权和支付。

6. SET安全协议的工作原理及应用

SET协议的工作原理如图4.12所示。

根据SET协议的工作原理,SET安全协议应用于网上购物过程如下:

(1) 消费者利用自己的PC通过Internet选定所要购买的物品,并在计算机在上输入订货信息。订货信息包括在线商店、购买物品名称及数量、交货时间及地点等相关信息。

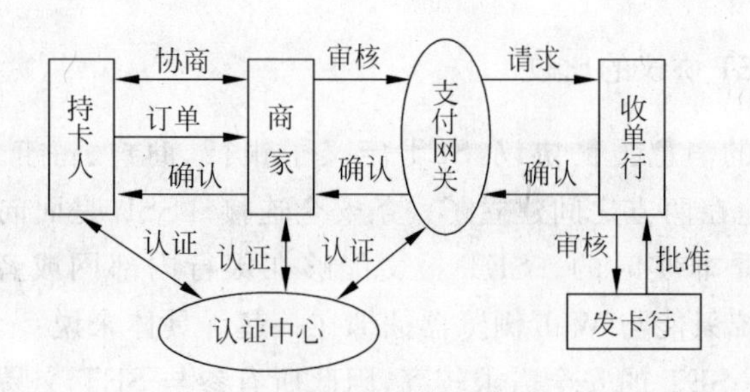

图 4.12　SET 协议的工作原理

(2) 通过电子商务服务器与有关在线商店联系，在线商店做出应答，告诉消费者所填订货单的货物单价、应付款数、交货方式等信息是否准确，是否有变化等。

(3) 消费者选择付款方式，确认订单后，签发付款指令。此时 SET 开始介入。

(4) 在 SET 中，消费者必须对订单和付款指令进行数字签名，同时利用双重签名技术保证商家看不到消费者的账号信息。

(5) 在线商店接受订单后，向消费者所在银行请求支付认可。信息通过支付网关到收单银行，再到电子货币发行公司确认。批准交易后，返回确认信息给在线商店。

(6) 在线商店发送订单信息给消费者。消费者端软件可记录交易日志，以备将来查询。

(7) 在线商店发送货物或提供服务，并通知收单银行将钱从消费者的账号转移到商店账号，或通知发卡银行请求支付。

在认证操作和支付操作中间一般会有一个时间间隔，例如，在每天的下班前请求银行结算一天的账目。前两步与 SET 无关，从第(3)步开始 SET 起作用，一直到第(7)步。在处理过程中，通信协议、请求信息格式、数据类型的定义等，SET 都有明确的规定。在操作的每一步，消费者、在线商店、支付网关都通过 CA 来验证通信主体的身份，以确保通信和对方不是冒名顶替的。所以，也可以简单地认为，SET 规格充分发挥了认证中心的作用，以维护在任何开放网络上的电子商务参与者提供信息的真实性和保密性。

7. SET 安全协议的缺陷

从 1996 年 4 月 SET 安全协议 1.0 版面世以来，大量的现场实验和实施效果获得了商业界的支持，使 SET 具有良好的发展趋势。但细心的观察家也发现了一些问题。这些问题包括：

(1) 协议没有说明收单银行给在线商店付款前，是否必须收到消费者的货物接受证书。否则，在线商品提供的货物不符合质量标准，消费者提出疑义，责任由谁承担？

(2) 协议没有担保“非拒绝行为”，这意味在线商店没有办法证明订购不是由签署证书的消费者发出的。

(3) SET 技术规范没有提及在事务处理完成后，如何安全地保存或销毁此类数据，是否应当将数据保存在消费者、在线商店或收单银行的计算机里。这种漏洞可能使这些数据以后受到潜在的攻击。

SET 存在的缺陷促使人们设法改进它。例如，中国商品交易中心、中国银行和上海长途电信局都曾提出过自己的设计方案。

8. SSL 协议与 SET 协议的比较

SET 是一个多方的消息报文协议，SET 定义了银行、商户、持卡人之间必需的报文规范，而 SSL 只是简单地在两方之间建立了一条安全连接。SSL 是面向连接的，而 SET 允许各方之间的报文交换是非实时的。SET 报文能够在银行内部网或者其他网络上传输，而 SSL 之上的卡支付系统只能与 Web 浏览器捆绑在一起。具体来说：

(1) 在认证方面。SET 的安全需求较高，因此所有参与 SET 交易的成员都必须先申请数字证书来识别身份；而在 SSL 中，只有商户端的服务器需要认证，客户认证则是有选择性的。

(2) 对消费者而言。SET 保证了商家的合法性，并且用户的信用卡号不会被窃取，SET 替消费者保守了更多的秘密使其在线购物更加轻松。

(3) 在安全性方面。一般公认 SET 的安全性较 SSL 高，主要原因是在整个交易过程中，包括持卡人到商家、商家到支付网关再到银行网络，都受到严密的保护。而 SSL 的安全范围只限于持卡人到商家的信息交流。

(4) 在参与交易者定义方面。SET 对于参与交易的各方定义了互操作接口，一个系统可以由不同厂商的产品构筑。

(5) 在采用比率方面。由于 SET 的设置成本较 SSL 高很多，并且进入国内市场的时间尚短，因此目前还是 SSL 的普及率高。但是，由于网上交易的安全性需求不断提高，SET 的市场占有率将会增加。

SET 协议的缺陷在于：SET 要求在银行网络、商家服务器、顾客的 PC 上安装相应的软件。这给顾客、商家和银行增加了许多附加的费用，成了 SET 被广泛接受的阻碍。另外，SET 还要求必须向各方发放证书，这也成为了阻碍之一。所有这些使得使用 SET 要比使用 SSL 的成本要高得多。

SET 的优点在于：它可以用在系统的一部分或者全部。例如，一些商户正在考虑在与银行连接中使用 SET，而与顾客连接时仍然使用 SSL。这种方案既回避了在客户机上安装相关软件，同时又利用了 SET 提供的诸多优点。

4.2.3 其他安全协议

1. 安全超文本传输协议(S-HTTP)

安全超文本传输协议(S-HTTP)是致力于促进以 Internet 为基础的电子商务技术发展的国际财团 CommerceNet 协会提出的安全传输协议，主要是利用密钥对进行加密，通常只用于 Web 业务，保障 Web 站点间的交易信息传输的安全性。

2. 安全交易技术协议(STT)

安全交易技术协议(Secure Transaction Technology，STT)是由 Microsoft 公司提出的，安全交易技术协议将认证和解密在浏览器中分离开来，用于提高安全控制能力。Microsoft 在 Internet Explorer 中采用了这种技术。

3. 安全电子邮件管理协议(S/MIME)

1995年,以RSA公司为首的几家大公司联合推出了S/MIME(Secure/Multipurpose Internet Mail Extension)标准,希望用它来解决邮件发送者身份的真实性、邮件的不可否认性、邮件的完整性、邮件的保密性等有关电子邮件的安全问题。

4.3 数字证书

一般地,在传统的交易业务中,交易双方在现场进行交易,可以面对面地确认购买双方的身份,即对于交易双方无须担心对方假冒。由于有商场开具的发票和客户现场支付商品费用,因此,无须担心发生纠纷和无凭证可查的问题。在网上进行电子交易时,由于交易双方是端对端的交易,因此,无法确认交易双方的合法身份,同时,交易信息又都是交易双方的商业机密,在网上传输时必须安全,防止信息被窃取,因为网上交易不是现场交易。因此,一旦发生纠纷,必须能够提供仲裁功能的数字证书(Digital Certificate,DC)作为凭证,因此也称为电子凭证、数字凭证或认证证书等。

4.3.1 数字证书

1. 数字证书的概念与类型

1) 什么是数字证书

数字证书就是Internet通信中标志通信各方身份信息的一系列数据,提供了一种在Internet上验证用户身份的方式,其作用类似于司机的驾驶执照或日常生活中的身份证。它是由一个权威机构——CA(Certificate Authority)机构,又称为证书授权中心发行的,人们可以在网上通过它来识别对方的身份。数字证书是一个经证书授权中心数字签名的包含公开密钥拥有者信息以及公开密钥的文件。证书的格式遵循ITU X.509 V3国际标准。

2) 数字证书的类型

数字证书类型主要有以下4种:

(1) 客户证书。这种证书证实客户(如一个使用浏览器的个人)身份和密钥所有权。在某些情况下,服务器可能在建立SSL连接时要求提供客户证书来证实客户身份。为了取得个人证书,用户可向某一信任的CA申请,CA经过审查后决定是否向用户颁发证书。

(2) 服务器证书(站点证书)。这种证书证实服务器的身份和公钥。当与客户建立SSL连接时,服务器将它的证书传送给客户。当客户收到证书后,客户检查证书是由哪家CA发行以及这家CA是否被客户所信任。如果客户不信任这家CA,浏览器会提示用户拒绝这个证书。

(3) 安全邮件证书。这种证书证实电子邮件用户的身份和公钥。有些传送安全电子邮件的应用程序使用证书来验证用户身份和加密解密信息。

(4) CA机构证书。这种证书证实认证中心身份和认证中心的签名密钥(签名密钥被用来签署它所发行的证书)。

2. 数字证书的原理

数字证书采用公钥体制，即利用一对互相匹配的密钥进行加密、解密。每个用户自己设定一把特定的仅为本人所知的私有密钥(私钥)，用它进行解密和签名；同时设定一把公共密钥(公钥)并由本人公开，为一组用户所共享，用于加密和验证签名。当发送一份保密文件时，发送方使用接收方的公钥对数据加密，而接收方则使用自己的私钥解密，这样信息就可以安全无误地到达目的地了。通过数学的手段保证加密过程是一个不可逆过程，即只有用私有密钥才能解密。

3. 数字证书的内容

数字证书包括证书申请者的信息和 CA 的信息，CA 所颁发的数字证书均遵循 X. 509 V3 标准。数字证书的格式在 ITU 标准和 X. 509 V3 中进行了定义。根据这项标准，数字证书包括证书申请者的信息和发放证书 CA 的信息。X. 509 数字证书内容如图 4. 13 所示。

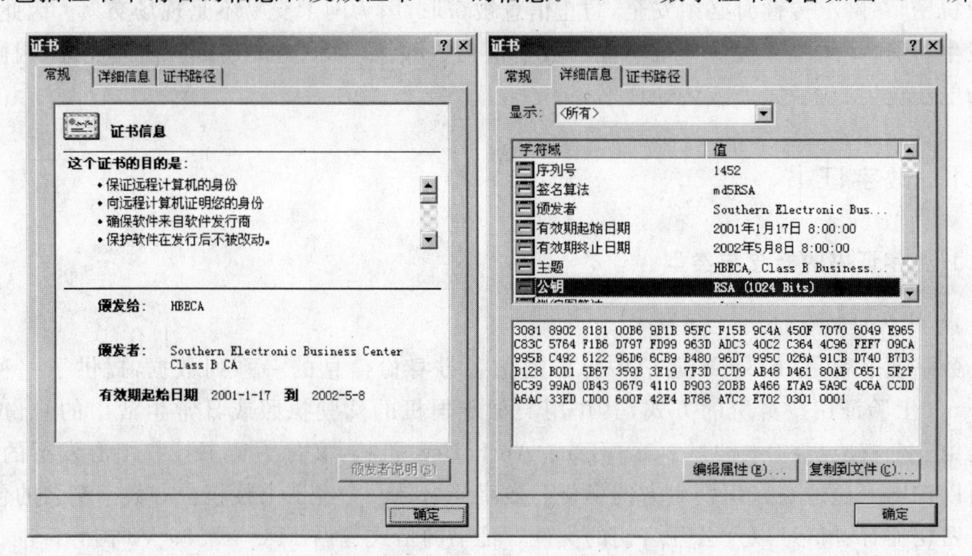

图 4. 13　数字证书的内容

1) 证书数据

(1) 版本信息，证书版本号，不同版本的证书格式不同。

(2) 证书序列号，每一个由 CA 发行的证书必须有一个唯一的序列号。

(3) CA 所使用的签名算法，包括必要的参数。

(4) 发行证书 CA 的名称。

(5) 证书的有效期限。

(6) 证书主题名称。

(7) 被证明的公钥信息，包括公钥算法、公钥的位字符串表示。

(8) 包含额外信息的特别扩展。

2) 颁发证书的 CA 的信息

颁发数字证书的 CA 的信息，包含 CA 的数字签名和用来生成数字签名的签名算法。

任何数字证书申请者在收到数字证书后，都能使用数字签名的算法来认证这个数字证书是否是由发行本数字证书的认证中心的签名密钥签发的。证书第二部分包括发行证书的CA签名和用来生成数字签名的签名算法。任何人收到证书后都能使用签名算法来验证证书是由CA的签名密钥签发的。

4. 数字证书的认证

1）证书路径和通信认证

当持认证证书人A想与持认证证书人B通信时，A首先查找数据库并得到一个从A到B的认证证书路径和B的公开密钥。这时A既可以使用单向认证证书，也可以使用双向认证证书。

(1) 单向认证证书。

单向认证证书用于从A到B的单向通信。它建立了A和B双方身份的证明，并且可以保证从A到B的任何通信信息的完整性。利用单向认证证书进行单向认证还可以防止在通信过程中受到任何攻击。

(2) 双向认证证书。

双向认证证书用于对A和B的双向通信进行双向认证。双向认证与单向认证类似，但它增加了来自B的应答。利用双向认证证书进行双向认证能保证是B而不是冒名者发送来的应答。它还保证双方通信的机密性并可防止任何攻击。

单向和双向认证都使用了时间标记。

2）单向认证过程

(1) A产生一个随机数Ra。

(2) A构造一条信息M=(Ta,Ra,Ib,d)，其中Ta是A的时间标记，Ib是B的身份证明，d为任意的一条数据信息。为了保证安全，数据可用B的公开密钥加密。

(3) A将自己的证书Ca和签了名的信息Da(M)发送给B，其中Da为A的私钥。

(4) B确认Ca并得到A的公开密钥Ea，以便确认这些密钥是否过期。

(5) B用Ea去解密Da(M)，这样证明了A的签名，也证明了所签发信息的完整性。

(6) 为了保证准确，B检查M中的Ib。

(7) B检查M中的Ta以证实消息发送的时间。

(8) M中的Ra是一个可选项，B对照旧随机数数据库检查M中的Ra以确保消息不是旧消息的重放。

3）双向认证过程

双向认证过程包括一个单向认证过程和一个从B到A的类似的单向认证过程。除了完成单向认证过程的第(1)～(8)步骤外，双向认证过程还包括：

(1) 产生另一个随机数Rb。

(2) B构造一条信息Mm=(Tb,Rb,Ia,Ra,d)，其中Tb是B的时间标记，Ia是A的身份，d为任意一段信息。为确保安全，可以用A的Ea对数据加密。

(3) B将Db(Mm)发送给A。

(4) A用Ea加密Db(Mm)，以确认B的签名和信息的完整性。

(5) 为了确保准确，A检查Mm中的Ia。

(6) A 检查 Mm 中的 Tb 以证实消息发送的时间。

(7) Mm 中的 Rb 是一个可选项，A 可以检查 Mm 中的 Rb 以确保信息不是旧消息的重放。

5. 数字证书的申请

以在中国数字认证中心申请个人免费数字证书为例，其申请步骤如下：

1) 下载并安装根证书

为了建立数字证书的申请人与 CA 的信任关系，保证申请证书时信息传输的安全性，在申请数字证书之前，客户端计算机需要下载并安装 CA 的根证书(如图 4.14 和图 4.15 所示)。

图 4.14　下载根证书

图 4.15　安装根证书

2) 申请证书与安装(如图 4.16～图 4.19 所示)

3) 审核

将个人身份信息连同证书序列号一并邮寄到中国数字认证网，进行个人真实身份的审核。

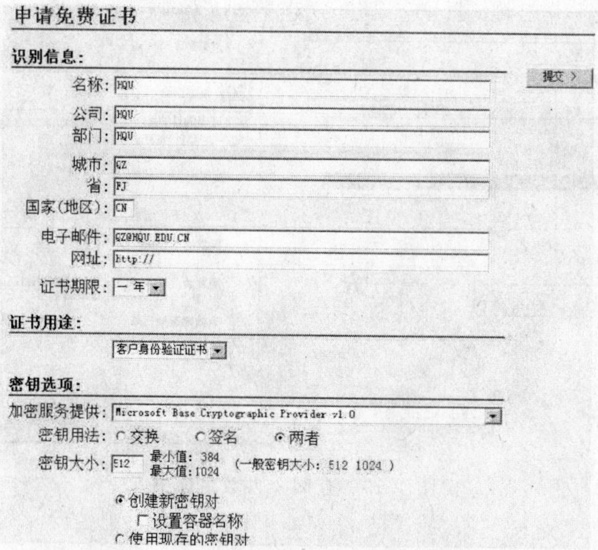

图 4.16 申请免费个人身份验证证书(1)

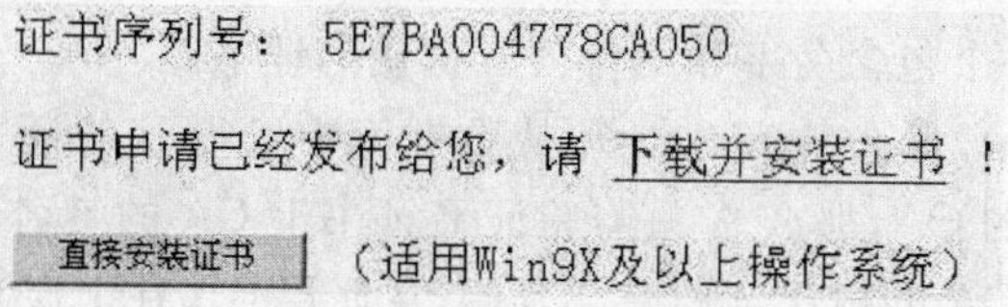

图 4.17 申请免费个人身份验证证书(2)

图 4.18 安装个人数字证书

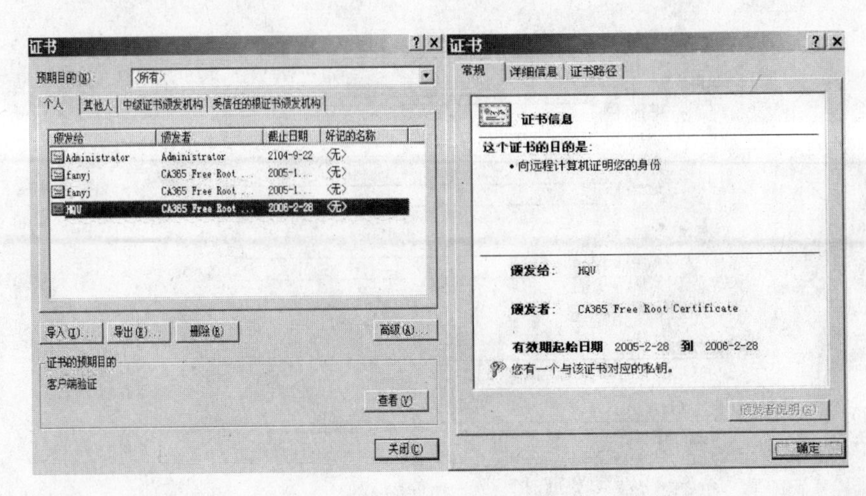

图 4.19 查阅个人数字证书

6. 数字证书的工作过程

每一个用户有一个各不相同的名字,一个可信的证书认证中心(CA)给每个用户分配一个唯一的名字并签发一个包含名字和用户公开密钥的证书。

如果 A 想和 B 通信,那么 A 首先必须从数据库中取得 B 的证书,然后对它进行验证。如果 A 和 B 使用相同的 CA,那么 A 只需验证 B 证书上 CA 的签名;如果 A 和 B 使用不同的 CA,那么 A 必须从 CA 的树状结构底部开始,从底层 CA 往上层 CA 查询,一直追踪到同一个 CA 为止,找出共同的信任 CA。

证书可以存储在网络中的数据库中,用户可以利用网络彼此交换证书。当证书撤销后,它将从证书目录中删除,而签发此证书的 CA 仍保留此证书的副本,以备日后解决可能引起的纠纷。

如果用户的密钥或 CA 的密钥被破坏,从而导致证书的撤销。每一个 CA 必须保留一个已经撤销但还没有过期的证书废止列表(CRL)。当 A 收到一个新证书时,首先应该从证书废止列表(CRL)中检查证书是否已经被撤销。

现有持证人 A 向持证人 B 传送信息,为了保证信息传送的真实性、完整性和不可否认性,需要对要传送的信息进行加密和数字签名,其传送过程如下:

(1) A 准备好要传送的信息(明文)。

(2) A 对信息进行 Hash 运算,得到一个数字摘要。

(3) A 用自己的私钥对数字摘要进行加密得到 A 的数字签名,并将其附在数字信息上面。

(4) A 随机产生一个加密密钥(DES 密钥),并用此密钥对要发送的信息进行加密,形成密文。

(5) A 用 B 的公钥对刚才随机产生的加密密钥进行加密,将加密后的 DES 密钥连同密文一起传送给 B。

(6) B 收到 A 传送过来的密文和加过密的 DES 密钥,先用自己的私钥对加密的 DES 密钥进行解密,得到 DES 密钥。

(7) B然后用DES密钥对收到的密文进行解密，得到明文的信息，然后将DES密钥抛弃(即DES密钥作废)。

(8) B用A的公钥对A的数字签名进行解密，得到数字摘要。B用相同的Hash算法对收到的明文再进行一次Hash运算，得到一个新的数字摘要。

(9) B将收到的数字摘要和新产生的数字摘要进行比较，如果一致，则说明收到的信息没有被修改过。

7. 数字证书的存放方式

数字证书可以存放在计算机的硬盘、随身软盘、IC卡或USB卡中。

(1) 用户数字证书在计算机硬盘中存放时，使用方便，但存放证书的PC必须得到安全保护，否则一旦被攻击，证书就有可能被盗用。

(2) 使用软盘保存证书，被窃取的可能性有所降低，但软盘容易损坏。一旦损坏，证书将无法使用。

(3) IC卡中存放证书是一种较为广泛的使用方式。因为IC卡的成本较低，本身不易被损坏。

(4) 使用USB卡存放证书时，用户的证书等安全信息被加密存放在USB卡中，无法被盗用。在进行加密的过程中，密钥不出卡，安全级别高，成本较低，携带和使用方便，适用于个人业务。

为了确保网上银行的安全，华夏银行网上银行目前采用IC卡和USB卡存放数字证书。

4.3.2　认证中心(CA)

在网上电子交易过程中，商家需要确认持卡人是信用卡或借记卡的合法持有者，同时持卡人也必须能够鉴别商家是否是合法商家，是否被授权接受某种品牌的信用卡或借记卡支付。为处理这些关键问题，必须有一个大家都信赖的机构来发放数字证书。数字证书就是参与网上交易活动的各方(如持卡人、商家、支付网关)身份的代表，每次交易时，都要通过数字安全证书对各方的身份进行验证。数字证书是由权威性的、公正的认证机构来颁发和管理，这个权威性的证书管理机构就是认证中心(Certificate Authority)，简称CA。

1. CA的基本概念

CA也称为认证授权机构、认证授权中心、认证权威中心、证书管理机构、CA中心或CA认证等。

CA承担电子商务交易的认证服务，CA作为电子交易中受信任的第三方，负责为电子商务环境中的各个实体颁发数字证书，以证明各实体身份的真实性。CA通常是一个服务性机构，主要任务是受理数字证书的申请、签发及管理数字证书。证书中包含有证书主体的身份信息、公钥数据、发证机构名称等，发证机构验证证书主体为合法注册实体后，就对上述信息进行数字签名，形成证书。在公钥证书体系中，如果某公钥用户需要任何其他已向CA注册的用户的公钥，那么可直接向该用户索取证书，而后用CA的公钥解密即可得到认证的公钥；由于证书中已有CA的签名来实现认证，攻击者不具有CA的签名密钥，很难伪造出合法的证书,从而实现了公钥的认证性。CA是整个电子交易安全的关键环节,是电子交易中信赖的基础,它必须是所有合法注册用户所信赖的具有权威性、信赖性及公正性的第三方机构。

2. CA的体系结构

CA是分层分级负责发放和管理认证证书的权威机构,CA在大型网络环境下,采用树状分级结构,分层分级进行CA的认证服务和认证证书的业务管理。CA的不同等级的认证中心负责发放不同的证书。上级CA负责签发和管理下级CA的证书,最下一级的CA直接面向最终用户。这些证书包括:持卡人证书、商户证书、支付网关证书,分别由持卡人认证中心、商户认证中心、支付网关认证中心颁发,而持卡人认证中心证书、商户认证中心证书和支付网关认证中心证书则由品牌认证中心或区域性认证中心颁发。品牌认证中心或区域性认证中心的证书由根认证中心颁发。根据SET协议的要求,CA体系结构如图4.20所示。

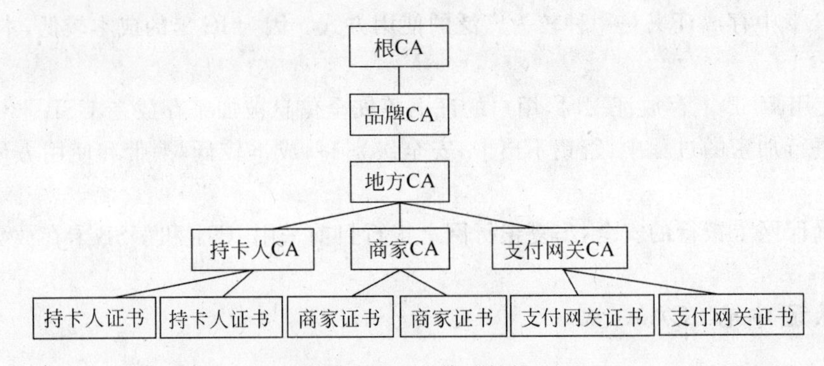

图4.20 CA体系结构

第一层为根CA,即Root CA,简称RCA,它负责制定和审批CA的总政策,签发并管理下级CA证书,与其他的RCA进行交叉认证。

第二层为品牌CA,即Brand CA,简称BCA。它的职责是根据RCA的各种规定和总政策、管理制度和运行规范。安全RCA为其签发的证书,并为下一级CA签发证书、管理证书及管理证书撤销列表。

第三层为终端用户CA,即End user CA,简称ECA。为电子商务的参与者支付网关(Payment Gateway)、持卡人(Cardholder)和商家(Merchant)签发证书,分别简称为PCA、CCA、MCA。

3. CA的功能

1) CA的功能

具体来讲,CA具有如下几个功能:

(1) 证书发放。可以有多种方法向申请者发放证书,可以发放给最终用户签名的或加密的证书。向持卡人只能发放签名的证书,向商户和支付网关可以发放签名和加密的证书。

(2) 证书更新。持卡人证书、商户和支付网关证书应定期更新,更新过程与证书发放过程是一样的。

(3) 证书撤销。证书的撤销有多方面的原因,如私钥被泄密,身份信息的更新或终止使用等。对用户而言,需要确认其账户信息不会发往一个未被授权的支付网关,因此被撤销的支付网关证书需包含在撤销清单中并散发给用户;由于用户不会将任何敏感的支付信息发给商家,所以用户只需验证商家证书的有效性即可。对商家而言,被撤销的支付网关证书需散发给商家;对支付网关而言,需检查用户不在撤销清单中,并需与发卡银行验证信息的合法性;同样,支付网关需检查商家证书不在撤销清单中,并需与收单行验证信息的合法性。

(4) 证书验证。在进行交易时,通过出示由某个CA签发的证书来证明自己的身份,如果对签发证书的CA本身不信任,可逐级验证CA的身份,一直到公认的权威CA处,就可确信证书的有效性。认证证书是通过信任分级体系来验证的,每一种证书与签发它的单位相联系,沿着该信任树直接到一个认可信赖的组织,就可以确定证书的有效性。例如C的证书是由名称为B的CA签发的,而B的证书又是由名称为A的CA签发的,A是权威机构,通常称为根认证。验证到了根认证处,就可确信C的证书是合法的。

2) CA功能实现的基础设施

(1) 注册服务器。通过Web Server建立的站点,可为客户提供7×24不间断的服务。客户在网上提出证书申请和填写相应的证书申请表。

(2) 证书申请受理和审核机构。负责证书的申请和审核。它的主要功能是接受客户证书申请并进行审核。

(3) 认证中心服务器。是数字证书生成、发放的运行实体,同时提供发放证书的管理、证书废止列表(CRL)的生成和处理等服务。

3) CA功能实现的基本要求

在具体实施时,CA必须做到以下几点:

(1) 验证并标识证书申请者的身份。

(2) 确保CA用于签名证书的公钥的质量。

(3) 确保整个签证过程的安全性,确保签名私钥的安全性。

(4) 证书资料信息(包括公钥证书序列号、CA标识等)的管理。

(5) 确定并检查证书的有效期限。

(6) 确保证书主体标识的唯一性,防止重名。

(7) 发布并维护作废证书列表。

(8) 对整个证书签发过程做日志记录。

(9) 向申请人发出通知。

其中最重要的是CA自己的一对密钥的管理,它必须确保其高度的机密性,防止他方伪造证书。CA的公钥在网上公开,因此整个网络系统必须保证完整性。CA的数字签名保证了证书(实质是持有者的公钥)的合法性和权威性。用户的公钥有两种产生方式:

第一种是用户自己生成密钥对,然后将公钥以安全的方式传送给CA,该过程必须保证用户公钥的验证性和完整性。

第二种是CA替用户生成密钥对,然后将其以安全的方式传送给用户,该过程必须确保密钥对的机密性,完整性和可验证性。该方式下由于用户的私钥为CA所产生,所以对CA的可信性有更高的要求。CA必须在事后销毁用户的私钥。

4. CA的安全性

电子商务中CA认证问题可能对商家产生巨大的威胁，如中央系统安全性被破坏，入侵者假冒成合法用户来改变用户数据（如商品送达地址）、解除用户订单或生成虚假订单；竞争者检索商品递送状况，不诚实的竞争者以他人的名义来订购商品，从而了解有关商品的递送状况和货物的库存情况；客户资料被竞争者获悉；被他人假冒而损害公司的信誉；不诚实的人建立与销售者服务器名字相同的另一个WWW服务器来假冒销售者；消费者提交订单后不付款；虚假订单；获取他人的机密数据，当某人想要了解另一人在销售商处的信誉时，他以另一人的名字向销售商订购昂贵的商品，然后观察销售商的行动，假如销售商认可该订单，则说明被观察者的信誉高，否则，则说明被观察者的信誉不高。

电子商务中CA认证问题也可能会对消费者产生威胁。入侵者可以通过多种方式和手段来构成为消费者的威胁，如虚假订单，一个假冒者可能会以客户的名字来订购商品，而且有可能收到商品，而此时客户却被要求付款或返还商品；有时，在要求客户付款后，销售商中的内部人员不将订单和钱转发给执行部门，因而使客户不能收到商品；机密性丧失，客户有可能将秘密的个人数据或自己的身份数据（如Pin、口令等）发送给冒充销售商的机构，这些信息也可能会在传递过程中被窃听；攻击者可能向销售商的服务器发送大量的虚假订单来穷竭它的资源，从而使合法用户不能得到正常的服务。

因此，安全问题一直是电子商务发展的一个关键问题。在银行、证券、政府办公和电子政务等大型网络系统中，大多采用加密卡、加密机等加密设备来实现数据加密、数字签名等安全服务，实现数据的机密性、完整性和不可否认性，很明显，作为数字证书签发与管理机构CA和CA系统本身的安全是电子商务获得成功的关键。

4.4　公钥基础设施

4.4.1　PKI简介

PKI是Public Key Infrastructure的缩写，意为公钥基础设施。简单地说，PKI技术就是利用公钥理论和技术建立的提供信息安全服务的基础设施。

PKI是信息安全基础设施的一个重要组成部分，是一种普遍适用的网络安全基础设施。PKI是20世纪80年代由美国学者提出来的概念。PKI在一定程度上可以解决绝大多数网络安全问题，并初步形成了一套完整的解决方案，它是基于公开密钥理论和技术建立起来的安全体系，是提供信息安全服务的具有普遍适用性的安全基础设施。该体系在统一的安全认证标准和规范基础上提供在线身份认证，是CA认证、数字证书、数字签名以及相关安全应用组件模块的集合。作为一种技术体系，PKI可以作为支持认证、完整性、机密性和不可否认性的技术基础，从技术上解决网上身份认证、信息完整性和抗抵赖等安全问题，为网络应用提供可靠的安全保障。但PKI绝不仅仅涉及技术层面的问题，还涉及电子政务、电子商务以及国家信息化的整体发展战略等多层面问题。PKI作为国家信息化的基础设施，是相关技术、应用、组织、规范和法律法规的总和，是一个宏观体系，其本身就体现了强大的国家实力。PKI的核心是要解决信息网络空间中的信任问题，确定信息网络空间中各种经济、军事和管理行为主体(包括组织和个人)身份的唯一性、真实性和合法性,保护信息网络空间中各种主体的安全利益。

因此,作为提供信息安全服务的公共基础设施,PKI是目前公认的保障网络社会安全的最佳体系。在我国,PKI建设在几年前就已开始启动,截至目前,金融、政府、电信等部门已经建立了30多家CA认证中心。如何推广PKI应用,加强系统之间、部门之间、国家之间PKI体系的互通互联,已经成为目前PKI建设亟待解决的重要问题。

4.4.2 PKI技术的信任服务及意义

1. PKI技术的信任服务

PKI是以公开密钥技术为基础,以数据的机密性、完整性和不可否认性为安全目的而构建的认证、授权、加密等硬件、软件的综合设施。

PKI安全平台能够提供智能化的信任与有效授权服务。其中,信任服务主要是解决在茫茫网海中如何确认"你是你、我是我、他是他",即交易者的真实身份的确认问题,PKI是在网络上建立信任体系最行之有效的技术。授权服务主要是解决在网络中"每个实体能干什么"即交易者权限问题。在虚拟的网络是对现实世界的模拟,必须建立这样一个适合网络环境的有效授权体系,而通过PKI建立授权管理基础设施是在网络上建立有效授权的最佳选择。

到目前为止,完善并正确实施PKI系统是全面解决所有网络交易和通信安全问题的最佳途径。根据美国国家标准技术局的描述,在网络通信和网络交易中,特别是在电子政务和电子商务交易中,最需要的安全保证包括4个方面:身份标识和认证、保密或隐私、数据完整性和不可否认性。PKI可以完全提供以上4个方面的保障,它所提供的服务主要包括以下3个方面。

1)认证

在现实生活中,认证采用的方式通常是两个人事前进行协商,确定一个秘密,然后,依据这个秘密进行相互认证。随着网络的扩大和用户的增加,事前协商秘密会变得非常复杂,特别是在电子政务中,经常会有新聘用和退休的情况。另外,在大规模的网络中,两两进行协商几乎是不可能的。透过一个密钥管理中心来协调也会有很大的困难,而且当网络规模巨大时,密钥管理中心甚至有可能成为网络通信的瓶颈。

PKI通过证书进行认证,认证时对方知道你就是你,但却无法知道你为什么是你。在这里,证书是一个可信的第三方证明,通过它,通信双方可以安全地进行互相认证,而不用担心对方是假冒的。

2)支持密钥管理

通过加密证书,通信双方可以协商一个秘密,而这个秘密可以作为通信加密的密钥。在需要通信时,可以在认证的基础上协商一个密钥。在大规模的网络中,特别是在电子政务中,密钥恢复也是密钥管理的一个重要方面,政府决不希望加密系统被犯罪分子窃取使用。当政府的个别职员背叛或利用加密系统进行反政府活动时,政府可以通过法定的手续解密其通信内容,保护政府的合法权益。PKI能够通过良好的密钥恢复能力,提供可信的、可管理的密钥恢复机制。PKI的普及应用能够保证在全社会范围内提供全面的密钥恢复与管理能力,保证网上活动的健康有序发展。

3)完整性与不可否认

完整性与不可否认是PKI提供的最基本的服务。一般来说,完整性也可以通过双方协商一个秘密来解决,但一方有意抵赖时,这种完整性就无法接受第三方的仲裁。而PKI提供的完整性是可以通过第三方仲裁的,并且这种可以由第三方进行仲裁的完整性是通信双方都不可否认的。例如,A发送一个合约给B,B可以要求A进行数字签名,签名后的合约不仅B可以验证其完整性,其他人也可以验证该合约确实是A签发的。而所有的人,包括B,都没有模仿A签署这个合约的能力。"不可否认"就是通过这样的PKI数字签名机制来提供服务的。当法律许可时,该"不可否认性"可以作为法律依据。正确使用时,PKI的安全性应该高于目前使用的纸面图章系统。

完善的PKI系统通过公钥算法以及安全的应用设备,基本上解决了网络社会中的绝大部分安全问题(可用性除外)。

2. PKI技术的意义

1)PKI可以构建一个可管、可控、安全的Internet

众所周知,传统的Internet是一个无中心的、不可控的、没有QoS(Quality Of Service)保证的、"尽力而为"(Best-effort)的网络。由于Internet具有统一的网络层和传输层协议,适合全球互联,且线路利用率高,成本低,安装使用方便等,因此,从它诞生的那一天起,就显示出了强大的生命力,并很快地传遍全球。

在传统的Internet中,为了解决安全接入的问题,人们采取了"口令字"等措施,但很容易被猜破,难以对抗有组织的集团性攻击。近年来,伴随宽带Internet技术和大规模集成电路技术的飞速发展,公钥加密技术有了其用武之地,加密、解密的开销已不再是其应用的障碍。因此,国际电信联盟(ITU)、国际标准化组织(ISO)、国际电工委员会(IEC)、Internet任务工作组(IETF)等密切合作,制定了一系列的有关PKI的技术标准,通过认证机制,建立证书服务系统,通过证书绑定每个网络实体的公钥,使网络的每个实体均可识别,从而有效地解决了网络上"你是谁"的问题,把宽带Internet在一定的安全域内变成了一个可控、可管、安全的网络。

2)PKI可以在Internet中构建一个完整的授权服务体系

PKI通过对数字证书进行扩展,在公钥证书的基础上,给特定的网络实体签发属性证书,用以表征实体的角色和属性的权力,从而解决了在大规模的网络应用中"你能干什么"的授权问题。这一特点对实施电子政务十分有利。因为电子政务从一定意义上讲,就是把现实的政务模拟到网上来实现。在传统的局域网中,虽然也可以按照不同的级别设置访问权限,但权限最高的往往不是这个部门的主要领导,而是网络的系统管理员,他什么都能看,什么都能改,这和政务现实是相悖的,也是过去一些领导不敢用办公自动化系统的原因之一。而利用PKI可以方便地构建授权服务系统,在需要保守秘密时,可以利用私钥的唯一性,保证有权限的人才能做某件事,其他人包括网络系统管理员也不能做未经授权的事;在需要大家都知道时,有关的人都能用公钥去验证某项批示是否确实出自某位领导之手,从而保证真实可靠,确切无误。

3) PKI 可以建设一个普适性好、安全性高的统一平台

PKI 遵循了一套完整的国际技术标准，可以对物理层、网络层和应用层进行系统的安全结构设计，构建统一的安全域。同时，它采用了基于扩展 XML 标准的元素级细粒度安全机制，换言之，就是可以在元素级实现签名和加密等功能，而不像传统的"门卫式"安全系统，只要进了门，就可以一览无余。而且，底层的安全中间件在保证为上层用户提供丰富的安全操作接口功能的同时，又能屏蔽掉安全机制中的一些具体的实现细节，因此，对防止非法用户的恶意攻击十分有利。此外，PKI 通过 Java 技术提供了可跨平台移植的应用系统代码，通过 XML 技术提供了可跨平台交换和移植的业务数据，在这样的一个 PKI 平台上，可以方便地建立一站式服务的软件中间平台，十分有利于多种应用系统的整合，从而大大地提高平台的普适性、安全性和可移植性。

4.4.3　PKI 的标准及体系结构

1. PKI 的标准

从整个 PKI 体系建立与发展的历程来看，与 PKI 相关的标准主要包括以下一些：

1) X.209(1988)ASN.1 基本编码规则的规范

ASN.1 是描述在网络上传输信息格式的标准方法。它有两部分：第一部分(ISO 8824/ITU X.208)描述信息内的数据、数据类型及序列格式，也就是数据的语法；第二部分(ISO 8825/ITU X.209)描述如何将各部分数据组成消息，也就是数据的基本编码规则。

ASN.1 原来是作为 X.409 的一部分而开发的，后来才独立地成为一个标准。这两个协议除了在 PKI 体系中被应用外，还被广泛应用于通信和计算机的其他领域。

2) X.500(1993)信息技术之开放系统互联：概念、模型及服务简述

X.500 是一套已经被国际标准化组织(ISO)接受的目录服务系统标准，它定义了一个机构如何在全局范围内共享其名字和与之相关的对象。X.500 是层次性的，其中的管理性域(机构、分支、部门和工作组)可以提供这些域内的用户和资源信息。在 PKI 体系中，X.500 被用来唯一标识一个实体，该实体可以是机构、组织、个人或一台服务器。X.500 被认为是实现目录服务的最佳途径，但 X.500 的实现需要较大的投资，并且比其他方式速度慢；而其优势具有信息模型、多功能和开放性。

3) X.509(1993)信息技术之开放系统互联：鉴别框架

X.509 是由国际电信联盟(ITU-T)制定的数字证书标准。在 X.500 确保用户名称唯一性的基础上，X.509 为 X.500 用户名称提供了通信实体的鉴别机制，并规定了实体鉴别过程中广泛适用的证书语法和数据接口。

X.509 的最初版本公布于 1988 年。X.509 证书由用户公共密钥和用户标识符组成。此外还包括版本号、证书序列号、CA 标识符、签名算法标识、签发者名称、证书有效期等信息。这一标准的最新版本是 X.509 V3，它定义了包含扩展信息的数字证书。该版数字证书提供了一个扩展信息字段，用来提供更多的灵活性及特殊应用环境下所需的信息传送。

4) PKCS 系列标准

由 RSA 实验室制定的 PKCS 系列标准，是一套针对 PKI 体系的加解密、签名、密钥交

换、分发格式及行为标准,该标准目前已经成为 PKI 体系中不可缺少的一部分。

5) OCSP 在线证书状态协议

OCSP(Online Certificatc Status Protocol)是 IETF 颁布的用于检查数字证书在某一交易时刻是否仍然有效的标准。该标准提供给 PKI 用户一条方便快捷的数字证书状态查询通道,使 PKI 体系能够更有效、更安全地在各个领域中被广泛应用。

6) LDAP 轻量级目录访问协议

LDAP 规范(RFC1487)简化了笨重的 X.500 目录访问协议,并且在功能性、数据表示、编码和传输方面都进行了相应的修改。1997 年,LDAP V3 成为 Internet 标准。目前,LDAP V3 已经在 PKI 体系中被广泛应用于证书信息发布、CRL 信息发布、CA 政策以及与信息发布相关的各个方面。

除了以上协议外,还有一些构建在 PKI 体系上的应用协议,这些协议是 PKI 体系在应用和普及化方面的代表作,包括 SET 协议和 SSL 协议。目前 PKI 体系中已经包含了众多的标准和标准协议,由于 PKI 技术的不断进步和完善,以及其应用的不断普及,将来还会有更多的标准和协议加入。

2. PKI 的体系结构

一个标准的 PKI 体系必须具备以下主要内容。

1) 认证机构 CA

CA 是 PKI 的核心执行机构,是 PKI 的主要组成部分。从广义上讲,CA 还应该包括证书申请注册机构 RA(Registration Authority),它是数字证书的申请注册、证书签发和管理机构。

2) 证书和证书库

证书是数字证书或电子证书的简称,它符合 X.509 标准,是网上实体身份的证明。证书是由具备权威性、可信任性和公正性的第三方机构签发的,因此,它是权威性的电子文档。证书库是 CA 颁发证书和撤销证书的集中存放地,它像网上的"白页"一样,是网上的公共信息库,可供公众进行开放式查询。一般来说,查询的目的有两个:其一是想得到与之通信实体的公钥,其二是要验证通信对方的证书是否已进入"黑名单"。证书库支持分布式存放,即可以采用数据库镜像技术,将 CA 签发的证书中与本组织有关的证书和证书撤销列表存放到本地,以提高证书的查询效率,减少向总目录查询的瓶颈。

3) 密钥备份及恢复

密钥备份及恢复是密钥管理的主要内容。用户由于某些原因将解密数据的密钥丢失,从而使已被加密的密文无法解开。为避免这种情况的发生,PKI 提供了密钥备份与密钥恢复机制:当用户证书生成时,加密密钥即被 CA 备份存储;当需要恢复时,用户只需向 CA 提出申请,CA 就会为用户自动进行恢复。

4) 密钥和证书的更新

一个证书的有效期是有限的,这种规定在理论上是基于当前公钥算法和密钥长度的可破译性分析;在实际应用中是由于长期使用同一个密钥有被破译的危险,因此,为了保证安全,证书和密钥必须有一定的更换频度。为此,PKI 对已发的证书必须有一个更换措施,这个过程称为"密钥更新或证书更新"。

证书更新一般由 PKI 系统自动完成，不需要用户干预。即在用户使用证书的过程中，PKI 也会自动到目录服务器中检查证书的有效期，当有效期结束之前，PKI/CA 会自动启动更新程序，生成一个新证书来代替旧证书。

5）证书历史档案

从以上密钥更新的过程不难看出，经过一段时间后，每一个用户都会形成多个旧证书和至少一个当前新证书。这一系列旧证书和相应的私钥就组成了用户密钥和证书的历史档案。记录整个密钥历史是非常重要的。例如，某用户几年前用自己的公钥加密的数据或者其他人用自己的公钥加密的数据无法用现在的私钥解密，那么该用户就必须从其密钥历史档案中，查找到几年前的私钥来解密数据。

6）客户端软件

为方便客户操作，解决 PKI 的应用问题，在客户端装有客户端软件，以实现数字签名、加密传输数据等功能。此外，客户端软件还负责在认证过程中，查询证书和相关证书的撤销信息以及进行证书路径处理、对特定文档提供时间戳请求等。

7）交叉认证

交叉认证就是多个 PKI 体系之间实现互操作。交叉认证实现的方法有两种：一种方法是桥接 CA，即用一个第三方 CA 作为桥，将多个 CA 连接起来，成为一个可信任的统一体；另一种方法是多个 CA 的根 CA（RCA）互相签发根证书，这样当不同 PKI 体系中的终端用户沿着不同的认证链检验认证到根时，就能达到互相信任的目的。

4.4.4 PKI 的应用

1. 虚拟专用网络（Virtual Private Network，VPN）

通常，企业在架构 VPN 时都会利用防火墙和访问控制技术来提高 VPN 的安全性，这只解决了很少一部分问题，而一个现代 VPN 所需要的安全保障，如认证、机密、完整、不可否认以及易用性等都需要采用更完善的安全技术。就技术而言，除了基于防火墙的 VPN 之外，还可以有其他的结构方式，如基于黑盒的 VPN、基于路由器的 VPN、基于远程访问的 VPN 或者基于软件的 VPN。现实中构造的 VPN 往往并不局限于一种单一的结构，而是趋向于采用混合结构方式，以达到最适合具体环境、最理想的效果。在实现上，VPN 的基本思想是采用秘密通信通道，用加密的方法来实现。具体协议一般有 PPTP、L2TP 和 IPSec 3 种。

其中，PPTP（Point-to-Point Tunneling Protocol）是点对点的协议，基于拨号使用的 PPP 协议使用 PAP 或 CHAP 之类的加密算法，或者使用 Microsoft 的点对点加密算法。而 L2TP（Layer 2 Tunneling Protocol）是 L2FP（Layer 2 Forwarding Protocol）和 PPTP 的结合，依赖 PPP 协议建立拨号连接，加密的方法也类似于 PPTP，但这是一个两层的协议，可以支持非 IP 协议数据报文的传输，如 ATM 或 X. 25，因此也可以说 L2TP 是 PPTP 在实际应用环境中的推广。

无论是 PPTP，还是 L2TP，它们对现代安全需求的支持都不够完善，应用范围也不够广泛。事实上，缺乏 PKI 技术所支持的数字证书，VPN 也就缺少了最重要的安全特性。简单地说，可以将数字证书看作是用户的护照，使得用户有权使用 VPN，证书还为用户的活动提供了审计机制。缺乏数字证书的 VPN 对认证、完整性和不可否认性的支持相对而言要差很多。

基于 PKI 技术的 IPSec 协议现在已经成为架构 VPN 的基础，它可以为路由器之间、防火墙之间或者路由器和防火墙之间提供经过加密和认证的通信。虽然它的实现会复杂一些，但其安全性比其他协议都完善得多。由于 IPSec 是 IP 层上的协议，因此很容易在全世界范围内形成一种规范，具有非常好的通用性，而且 IPSec 本身就支持面向未来的协议——IPv6。总之，IPSec 还是一个发展中的协议，随着成熟的公钥加密技术越来越多地嵌入到 IPSec 中，相信在未来几年内，该协议会在 VPN 世界里扮演越来越重要的角色。

2. 安全电子邮件

作为 Internet 上最有效的应用，电子邮件凭借其易用、低成本和高效已经成为现代商业中的一种标准信息交换工具。随着 Internet 的持续增长，商业机构或政府机构都开始用电子邮件交换一些秘密的或是有商业价值的信息，这就引出了一些安全方面的问题，包括：

（1）消息和附件可以在不为通信双方所知的情况下被读取、篡改或截掉。

（2）没有办法可以确定一封电子邮件是否真的来自某人，也就是说，发信者的身份可能被人伪造。

前一个问题是安全，后一个问题是信任，正是由于安全和信任的缺乏使得公司、机构一般都不用电子邮件交换关键的商务信息，虽然电子邮件本身有非常多的优点。

其实，电子邮件的安全需求也是机密、完整、认证和不可否认，而这些都可以利用 PKI 技术来获得。具体来说，利用数字证书和私钥，用户可以对所发的邮件进行数字签名，这样就可以获得认证、完整性和不可否认性，如果证书是由其所属公司或某一可信第三方颁发的，收到邮件的人就可以信任该邮件的来源，无论他是否认识发邮件的人；另一方面，在政策和法律允许的情况下，用加密的方法就可以保障信息的保密性。

目前发展很快的安全电子邮件协议是 S/MIME（The Secure Multipurpose Internet Mail Extension），这是一个允许发送加密和有签名邮件的协议。该协议的实现需要依赖于 PKI 技术。

3. Web 安全

浏览 Web 页面或许是人们最常用的访问 Internet 的方式。一般的浏览也许并不会让人产生不安全的感觉，可是当填写表单数据时，你有没有意识到自己的私人敏感信息可能被一些居心叵测的人截获，而如果你或你的公司要通过 Web 进行一些商业交易，又该如何保证交易的安全呢？

Web 上的交易可能带来的安全问题有诈骗、泄漏、篡改和攻击等形式。

为了透明地解决 Web 的安全问题，最合适的切入点是浏览器。现在，无论是 Internet Explorer 还是 Netscape Navigator，都支持 SSL 协议。这是一个在传输层和应用层之间的安全通信层，在两个实体进行通信之前，先要建立 SSL 连接，以此实现对应用层透明的安全通信。利用 PKI 技术，SSL 协议允许在浏览器和服务器之间进行加密通信。此外还可以利用数字证书保证通信安全，服务器端和浏览器端分别由可信的第三方颁发数字证书，这样在交易时，双方可以通过数字证书确认对方的身份。需要注意的是，SSL协议本身并不能提供对不可否认性的支持，这部分的工作必须由数字证书完成。

结合SSL协议和数字证书，PKI技术可以保证Web交易多方面的安全需求，使Web上的交易和面对面的交易一样安全。

4. 电子商务的应用

PKI技术是解决电子商务安全问题的关键，综合PKI的各种应用，可以建立一个可信任和足够安全的网络。这里有可信的认证中心，典型的如银行、政府或其他第三方。在通信中，利用数字证书可消除匿名带来的风险，利用加密技术可消除开放网络带来的风险，这样，商业交易就可以安全可靠地在网上进行。

网上商业行为只是PKI技术目前比较热门的一种应用，但是，PKI还是一门处于发展中的技术。例如，除了对身份认证的需求外，现在又提出了对交易时间戳的认证需求。PKI的应用前景也决不仅限于网上的商业行为，事实上，网络生活中的方方面面都有PKI的应用天地，不只在有线网络，甚至在无线通信中，PKI技术都已经得到了广泛的应用。

复　习　题

1. 网络加密方式包括哪些？
2. 简述对称与公钥加密技术的原理。
3. 实现数字签名应满足哪些要求，用公钥算法RSA如何实现数字签名？
4. 什么是CA？它具有哪些功能？
5. 简述PKI技术的意义。

思　考　题

1. 从适用场合、密钥长度、算法实现的效率等方面比较对称密码加密技术与公钥加密技术。
2. 比较SSL与SET协议的异同。
3. 申请一个数字证书，并进行安装和使用（如加密邮件）。
4. 分析CA认证中心在电子商务安全运作中的作用。

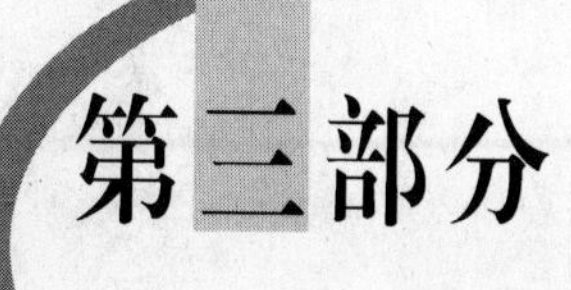

电子商务站点的安全风险与控制

第5章

网站的安全风险

本章教学目标

- 通过对网站信息安全的认识,了解计算机的犯罪行为。
- 掌握网站的安全控制手段。
- 了解常见的服务器的特征及其存在的风险。

本章关键术语

- 信息安全
- 计算机犯罪
- 访问控制
- 匿名服务器

5.1 信息安全与计算机犯罪

在网络世界中,网站的安全问题日益突出。由于电子商务活动的特殊性,对网站安全又提出了更多、更高的要求。如何建立一个安全、便捷的电子商务应用环境,对信息提供足够的保护,已经成为商家和用户都十分关心的话题。

5.1.1 网站的信息安全

网站所面临的安全问题很多,其中比较突出的有以下几个方面:拒绝服务攻击、闯入保密区域和计算机病毒。而闯入保密区域和计算机病毒是网站信息安全最为关键的问题,也成为网站的安全风险的主要问题。

1. 闯入保密区域

闯入保密区域指的是攻击者利用操作系统或安全的漏洞,获取普通用户不具有的权利,从而读取甚至修改网站保密区域中存放的信息。

非法读取网站的信息是网络黑客一直热衷的活动。早期的攻击者可能只是做些修改网页之类近似于恶作剧的破坏,但是,随着电子商务活动的开展,电子商务网站除了要提供普通的浏览信息外,还要处理大量的商务活动,这就需要 Web 服务器去访问存放着大量产品、客户和交易信息的数据库服务器,有些配置不标准的网站甚至把这些信息直接存放在Web服务器上。这些蕴涵着巨大商业利益的信息,成为当前闯入者的首选目标。另外,软件(系统软件和应用软件)为用户提供了使用系统的逻辑界面和手段,由于软件系统本身的脆弱性导致了系统潜在的隐患和威胁,也就是说,逻辑界面在相当大的程度上提供了信息系统的透明度。信息系统的这种开放方式和共享资源的环境,使得系统易受攻击和存在潜在的威胁。因此,对于数据库的管理就成为网站安全的关键(关于数据库安全管理和控制的有关内容可参考第8章),而软件脆弱性与程序系统结构密切相关,为了防范黑客和计算机病毒对网站信息系统的入侵和攻击,程序系统的完整性和安全性又是保证网站信息安全的另一个关键。那么,什么是程序系统的安全性和完整性呢?

(1) 程序系统安全性是程序系统自身不产生破坏和防范非授权入侵的能力。

(2) 由 n 个相互独立的程序体(可执行程序或数据文件)组成的集合,在时间为 T 的周期内集合保持不变性,则称程序系统是完整的。在 T 周期内,n 个程序体元素具有安全性,程序系统才具有安全性。任何一个程序体元素不安全,都将破坏程序系统完整性。因此,程序体元素的安全性是程序系统完整性的保证。

2. 计算机病毒

计算机病毒是一种在计算机系统运行过程中能够把自身精确复制或有修改地复制到其他程序体内的程序,它是一种人为编制的软件。1983年11月,Fred Cohen博士研制出一种在运行过程中可以复制自身的破坏性程序,Len Adleman将它命名为计算机病毒(Computer Viruses)。此后,计算机病毒迅速在世界各地蔓延。计算机病毒在中国出现于1988年春季。

从计算机病毒设计者的意图和病毒程序对计算机系统的破坏程度,已发现的计算机病毒大致可分为两类。

1) 恶作剧形式

例如IBM圣诞树病毒,可令计算机系统在圣诞节时显示问候的话语并在屏幕上出现圣诞树的画面,除占用一定的系统开销外,对系统其他方面不产生或产生较小的破坏性。有人将这种形式的计算机病毒称之为良性病毒,确切地讲,应该是破坏性较小的计算机病毒。

2) 恶性病毒

恶性病毒有明显目的或破坏目标的人为破坏,其破坏力和危害性都很大。最常见的恶性病毒往往是消除数据、删改文件或对磁盘进行格式化。计算机病毒可以中断一个大型计算机中心的正常工作或使一个计算机网络处于瘫痪状态,造成灾难性的后果。有时候通过病毒的感染、扩散,尽可能多地找到系统的安全漏洞,并进行攻击。目前,在网络上较为流行的病毒有如下4类:

(1) 追溯性病毒。追溯性病毒为特别凶恶的一类病毒家族,它企图破坏反病毒程序甚至将反病毒程序整体擦掉。该病毒家族包括CPW病毒家族和Firefly。

(2) 数据病毒。数据病毒是新一代病毒,采用一种新的袭击方式,或利用许多现代应用软件中使用的宏指令,或利用文件描述语言的命令结构。数据病毒感染通用的字处理软件(宏指令病毒)和视频格式文件(如JPEG病毒)。

(3) 特洛伊木马(Trojan Horse)。特洛伊木马是一种不同寻常的病毒。不同于大多数病毒,它们并不在已感染的系统中大量复制,而是被设计成不易被系统用户察觉的病毒。有些类型的病毒可自身删除,一旦做完自己的事情就将系统恢复到原状,比如列出口令名单,并向同伙发电子邮件等。

(4) 蠕虫(Worm)。蠕虫病毒是能通过计算机网络自身复制的一种病毒,它的感染力非常强。有些类型的蠕虫病毒被设计成不仅可以感染计算机系统,而且使系统接连不断遭受袭击。蠕虫病毒企图将病毒扩散到尽可能多的网络,只要能找到有安全漏洞的系统就进行攻击,破坏性极大。

有人将在节假日计算机上出现问候之类的计算机病毒称为良性病毒,Fred Cohen也曾在其文章中描述了一个压缩病毒,该病毒可压缩程序体的存储空间,以便节省存储空间,进而阐述某些病毒的良性作用,这种做法客观上纵容了病毒的传播和泛滥。根据目前国内和国际上计算机病毒传播的情况和计算机病毒朝恶性病毒发展的趋势,不应再将某些病毒称为良性病毒,其理由是:任何所谓良性病毒都要占用系统开销,即使IBM圣诞树在再生过程中也使系统运行速度明显下降,没有不占用系统开销的计算机病毒;任何所谓良性病毒都是对计算机系统的非授权入侵,是对系统正常工作的一种干扰和破坏。

计算机病毒的产生和全球性蔓延已经给计算机系统的安全造成了巨大的损害和威胁,充分暴露了信息系统本身的脆弱性和安全管理方面存在的问题。计算机病毒是计算机犯罪的一种形式,是人为对计算机非法入侵和破坏的一种手段。

5.1.2 反病毒管理

由于病毒的泛滥对网站的信息安全造成了极大的危害,所以网站信息系统安全的共同准则应包括对硬件与软件处理的规则,尽可能使病毒难以进入。在安全准则中,除了对人员进行必要的培训外,还应包括列出病毒活动的情况表。基于整个数据处理永久性防范设施的设计,反病毒管理包括:

- 数据通信管理。
- 软件来源管理。
- 客户访问与商业联系的管理,还应包括拟定系统化的措施来防范或对付病毒。

1. 病毒防范

病毒防范的第一步,是要查出病毒进入系统的所有方式,以尽快找到阻挡病毒侵袭的办法。通过使用适当的软件包,可免除系统潜在的风险。采取特别的备份方案可提供更多的保护。使用病毒扫描程序(每次引导系统时就自动对系统及文件扫描),也有助于减少感染病毒的机会。此外,应任命专职的反病毒管理员,以便所有的人都能知道谁在负责处理有关病毒事务。

2. 病毒响应计划

当发现病毒已进入时,正是采取病毒响应计划的时机。病毒响应计划的主要目的是利用每种可能的方法来彻底清除所有的病毒。欲从根本上清除病毒,就应首先找到病毒侵袭的方式。如果找不到病毒侵袭的路径,那么最好的办法就是设法使系统具有免疫力,且应对存储区域定期进行深入检查。

5.1.3 计算机犯罪

“计算机犯罪”(Computer Crime)一词，自从被提出以后一直存在着争议。事实上，利用计算机作为犯罪工具，是传统犯罪形态以外的另一种新的犯罪形态，其定义、特征等，应是犯罪学上的新课题。犯罪离不开刑法的制裁，因此，计算机犯罪也是刑法上的新课题。

1. 计算机犯罪定义

有学者认为，计算机犯罪指以下两种行为：以计算机为工具，从事欺骗、偷窃、隐瞒，以企图获取利益，对计算机本身造成威胁及以计算机作为勒索的目标。随着计算机犯罪行为的增多，现在比较一致的看法是，所谓“计算机犯罪”系指以计算机为工具，采用非法手段使自己获利或使他人遭受损失的犯罪行为。

2. 计算机犯罪的类型

计算机犯罪的行为种类繁多，且变异甚大，但归纳起来大概有以下 4 种类型：

1）破坏计算机(Computer Sabotage)

它是指以计算机作为犯罪行为的客体，加以暴力性或技术性的破坏。有学者将它定义为：“行为人以非法方式，故意破坏计算机硬件或软件，而使计算机系统失效的行为。”对软件的破坏主要指篡改、销毁或非法获取计算机的程序或数据，它涉及技术性及计算机本身的功能，普遍被学术界接受为计算机犯罪的一种形态。至于硬件的破坏，学术界争论比较大，有的认为仅适用于刑法的损毁罪，有的认为仍应属于计算机犯罪的一种形态。

2）窃用计算机

它是指无权使用计算机者擅自使用计算机。窃用行为是以计算机所能提供的服务为目标。如利用通信线路进行非法活动等。

3）滥用计算机

它是指以计算机为工具，利用计算机的特性达到欺诈、侵占等各种犯罪目的的行为。

4）破坏安全系统

它指以技术性的方法突破或破坏为计算机安全所采取的措施。

3. 计算机犯罪的特点

目前各国计算机犯罪主要集中在机密信息系统和金融系统两个方面。计算机犯罪是一种高技术犯罪活动，与传统的犯罪有很大不同，主要特点是：

(1) 破坏性大。

(2) 智慧型犯罪。

(3) 白领犯罪。所谓白领犯罪，是指社会上有相当名望或社会地位的人，在其职业活动上谋取不法利益的犯罪行为。

(4) 不易察知。

(5) 侦查困难。

4. 计算机犯罪的手段

根据对目前计算机犯罪案例的分析,计算机犯罪活动采用的手段也是多种多样的。针对网站的安全,计算机犯罪经常采用以下手段。

1) 数据欺骗(Data Diddling)

在计算机系统中,非法篡改输入/输出数据,其中包括在数据输入计算机和输入过程更改数据。有的采取假造或冒充的文件,利用存储、传输介质进行互换,篡改原始输入数据。

从信息流和传输界面的角度来讲,在每一个已装备了计算机系统,尤其是网站系统的企事业部门,都存在着用户可以接触或从事生成、记录、传输、编辑、检查、变更和转换送入系统中的数据,并能够在数据产生过程中进行修改。非法篡改输入/输出数据是最普通、最常见的计算机犯罪活动。

2) 特洛伊木马

这种方法是在程序中暗中存放秘密指令,使计算机在仍然能完成原先指定的任务的情况下,执行非授权的功能。特洛伊木马的关键是采用潜伏机制来执行非授权的功能,计算机病毒包括了特洛伊木马的功能。此外,计算机病毒还具有很强的非授权的再生机制。

3) 意大利香肠战术(Salami Technology)

色拉米(Salami)是指意大利式的香肠。意大利香肠战术是迫使对方做出一连串的细小让步,最后达到原定目标的一种战术。这是从大宗财产中偷取小额财产的一种计算机犯罪形式,形象的比喻如同取走一小片香肠,而人们并没有感到或发现盘子中香肠数量的减少。

意大利香肠战术犯罪方法在银行中同特洛伊木马方法结合,能随机地从几千、几万个账户中抽取零头,并把这笔钱转移到一个指定的账户上,经过一定时间后,其数额是相当可观的。在我国银行中已发现类似的计算机犯罪。

意大利香肠战术的关键是采取不易觉察的手段来进行非法活动。

4) 浏览(Browsing)

在系统页面上,利用合法使用手段在存储区搜索某些有兴趣或有潜在价值的东西,也有的利用合法访问系统某一指定部分文件的机会,趁机访问非授权文件,这些活动都是在正常操作掩护下的非法活动。

5) 端口攻击

网站与网络连接时,必然利用网络通信协议与外部取得联系,在连接过程中,连接的端口是相对稳定的,黑客也常常利用通信协议采用端口的固定性非法进入计算机系统,或破坏连接端口的通畅。

随着 Internet 在经济上的重要性日益增加,与此同时也出现了犯罪数量和人数以同一速度增加的现象。鉴于危险不断地增加,已到了刻不容缓采取行动的时刻,应立刻从 Internet 上的安全防范着手,并尽力把风险降到最低点。

5.2 访问控制(认证系统)中的安全风险

内部控制结构的一个关键部分是防止未授权进入网站的交易处理系统。如果一个交易处理系统借助于直接或间接与公开网络连接的设备,那么就要提高网站的安全控制水平。

网站访问控制策略是网站安全防范和保护的主要策略，它的主要任务是保证网站资源不被非法使用和非法访问。它也是维护网络系统安全、保护网络资源的重要手段。网站的主要访问控制策略有：入网访问控制、网络的权限控制、目录级安全控制、属性级安全控制、网络服务器安全控制、网络监测和锁定控制、网络端口和节点的安全控制和防火墙控制。

为什么攻击者能够成功侵袭网站（网络）？主要原因在于访问控制（认证）设置得不完备或者管理过程（包括使用技术）的不安全所导致的。所有认证系统的核心就是检查用户的身份，以及用户请求什么权力（权限＋标识＝认证）。网络登录时，最常用的方法就是输入用户ID（用户标识符）和口令，而口令的设置、管理和保护就成了网站访问控制的关键，因此，要求更高安全防护的访问控制系统，需要使用一次性口令。

5.2.1 口令的选择

在选择口令时，简单地遵守一定规则，就能够从整体上大大提高系统的安全性。很好选择的 hard 口令，要猜测出来几乎是不可能的，即使攻击者掌握了 passwd 文件，它也使社会性侵袭要想跟踪和窥视口令也极其困难。

通常，口令应做到：

(1) 即使使用很长的代码表也很难或不可能探出口令。

(2) 容易记忆。

(3) 定期变化。

(4) 存储在目标系统上，要得到很好的保护（加密/不能访问）。

图 5.1 显示了具有的防护规则，如能遵守这些规则，将使攻击者很难侵入系统。

每 3～6 个月更改一次口令
口令应由大小写字符组合
口令应包含数字与特殊的字符
选用便于记忆的简单缩写，像 tlj2BaS：*1
采用混合词
口令的长度至少应有 8 个字符，口令越长就越安全

图 5.1 选择口令规则

图 5.2 显示了应避免使用的口令。

- 名字。你的名字，你的朋友、亲戚或孩子的名字，名人的名字，地名，计算机系统名或汽车名。
- 数字。电话号码、生日、身份证号码等。
- 仅由一个字母构成。如 aaaa。
- 简单的组合。如 abc123（用户名＋123）。
- 键盘按键顺序。如 asdfg。
- 术语或感兴趣的议题。
- 可以从你的工作系统或环境看到的标识。
- 过去已经用过的口令。

图 5.2 应避免使用的口令

5.2.2 口令捕捉的常见方法

攻击者经常采用的 4 种不同方法进行口令捕捉。

1. 猜测法

许多情况下，进入计算机系统采用的最普遍、最快捷的方法是直接猜测登录名和口令密码，根据人们常用的注册名，比如：客户名、域名、服务器名等，试图找出相关的口令。许多研究表明，大部分计算机系统用户都很习惯用 soft（软）口令。反复出现在系统上典型的登录/口令密码包括 guest/service 和 guest/guest。像这种情况，有时账号也出现在用户手册中，当安装系统时，这些口令就被不假思索地复制。如果忘记擦掉这些口令，那么即使最没有经验的攻击者也能很容易地发现口令。

2. 利用 passwd 文件系统地猜测口令

要试图系统地查找口令，首先就要掌握 passwd 文件。尽管理论上该文件中的口令是用 DES 算法编码的，但特殊口令猜测程序还是能相对快地从 passwd 文件中捕捉到口令。特殊口令猜测程序，如 Cracker Jack，它也采用 DES 算法对简单文件进行加密，即能系统地对数以万计的单词的词汇表加密，产生的结果与 passwd 文件中的加密输入信号相比较，在很短的时间内就可以找出部分口令。造成这种情况的唯一原因是绝大多数的网站中，有些口令很容易被猜测到。

一般说来，若将特殊字符和大小字母结合一起组成口令，用猜测法或特殊口令猜测程序来捕捉口令将很难实现。不过，“道高一尺魔高一丈”，许多人利用冗长的代码表破译 passwd 文件，之所以成功应归结于今天 PC 强大的计算能力。加密 100 万个单词并完成与 passwd 文件代码的比较，用不到 1 小时。随着计算机能力的增强，猜测程序变得日益复杂，如 Cracker Jack 程序，已经从单纯的词汇表变化到大小字体的任意可能的组合，如果需要，还可以进行字母组的交换与置换。

3. 分析协议和滤出口令（利用嗅探程序）

找出口令和用户 ID 的第三种方法是监视 IP 协议层的数据分组。许多协议分析程序，有时是与操作系统一起提供，有时是作为不同计算机平台的免费软件，就有可能将标准网络的数据分析软件当作 LAN 的分析系统。攻击者常常企图把这样的分析程序偷偷装入到目标系统或引至程序中达到犯罪目的。所以，不要将这类分析程序（如 sniffer）留在服务器、网关及常利用的分析程序的用户系统中。

所有这类分析程序都能使网络接口卡陷入“混乱状态”。在该状态下，接口卡不仅接受确实发给它的数据分组，而且还接受网络上任意的数据分组。即使接口卡硬件未设计成可接受所有数据分组，但许多网络接口卡当网络负载超过 10%以上，也不会丢失大量数据。利用滤波器和触发器功能，就有可能过滤出 Internet 地址和数据分组内容（比如字符串 login 或 passwd），并在很短时间内收集许多加载的口令。

4. 用 TSR 程序和特洛伊木马来监视登录名和口令

另一种很危险的侵袭工具是在主存储区安装小程序，称为 TSR(Terminate and Stay Resident，终端驻留程序)。它处于后台活动，不断监视所有键盘输入并存储字符序列，如 login…或 passwd…。如果攻击者企图用欺骗来的访问控制密码修改文件，那么破坏程度将是巨大的。

特洛伊木马也是一种小程序，它也能进行口令的捕捉。这种程序表面上做一件事，其实掩盖了恶毒的意图。例如，常用而又简单的情况下，毫无觉察的用户也许引导了这样的程序而不是真正的 login，它做的正是操作系统所要做的事情，即要求用户输入 ID 和口令，并显示在屏幕上。当口令输入时，会显示类似如下信息：

```
Error：Incorrect Password
```

而此口令被存储，以电子邮件的形式发到匿名的邮件服务器中，程序本身已隐藏，所以不会引起人们的觉察。用户倒认为是出现键盘输入的错误，再重新注册——这一次执行的是真正的注册程序输入账号，并未意识到它们已经将注册可口令传给了攻击者。

5.2.3 口令文件的保护

攻击者使用口令解密程序之前，必须首先掌握 passwd 文件。因此永远不要让真正的口令文件进入匿名 Internet 的服务器，比如 FTP 或 Gopher 的文件范畴。

口令文件丢失的另一个方面是 NIS(网络信息服务)，它用于服务器和客户之间，传输配置的数据和 passwd 文件。这种服务在脆弱性系统中必须永远无效。

再一个保护口令的方法是“口令庇护”。真正的口令文件具有定位器，可定位到普通客户不能访问的文件中，并保存着口令以代替编码的口令域。

选择对密码文件的加密。加密方式有多种，如对称加密中的数据加密标准(DES)、三重加密(Triple Encryption)等。

总之，口令文件的保护应该充分使用网站的主要访问控制策略，尤其是目录级安全控制、属性级安全控制和网络服务器安全控制。这些知识在一般的 Webmaster 中都有介绍。

5.3 WWW、Gopher 及 FTP 信息服务的安全风险

由于 Internet 的迅速发展，从 20 世纪 90 年代起，信息业务的主要趋势已朝着用户界面良好的方向迈进，诸如 WWW 或 Gopher。从 1993 年起，当图形用户界面被引入 Internet，Gopher 和 WWW 客户发送文件的数量便迅速增多。Internet 上的众多信息源被转换成 Gopher 或 Web 服务器。现有的 FTP 文档服务器被集成在新型的服务器系统中或完全被 Gopher 或 Web 所替代。

上述服务的发展对网络与系统的安全带来一定程度的危险。Gopher 和 WWW 服务器的软件结构庞大而且复杂，存在着许多安全隐患，而且为专项服务规定的通信协议(如 HTTP 针对 WWW)也不适合传播保密性信息。

5.3.1 WWW 服务器的安全风险

WWW 是从 Internet 上获得信息的系统。WWW 是基于超文本的，而超文本是由特殊的表征关键字链接起来的。每个超文本链指示一个对象，但将该对象是什么及其被放在哪里的指针等的说明信息隐藏起来，其中指针格式为统一的资源定位器(URL)。HTTP 协议与页面描述性语言 HTML 均未提供防止攻击者入侵 WWW 的保护机制，它起初用作一种要求——响应协议，可以允许不同的平台和应用程序交换文件。在它的原始形式中，其主要目的是：

- 确定信息格式。
- 确定信息传输。
- 确定网络服务器和浏览器命令。

为了适应基于电子商务交易的应用程序进行有机交互的需要，只有带有加密与认证机制的 HTML 改进版本(SHTTP、SSL)才具有保护作用。另外，安装 WWW 服务器最基本的原则，即不应安装在根目录下面，同时提供尽量少的用户特权。

1. URL 的伪造

侵入 WWW 服务器系统常用的方法是修改 URL，使服务器能够传输如 etc/passwd 或 hosts 的系统文件。作为如 FTP 或 Gopher 业务的通信网关，URL 常常遭到侵袭。例如，通过改变 URL 所指的端口，使得该端口上的应用出现反常，从而造成安全隐患。各种 URL 格式如图 5.3 所示。

HTTP URL：http：//＜host＞：＜port＞/＜path＞?＜searchpart＞
Gopher URL：gopher：//＜host＞：＜port＞/＜gopher-path＞
FTP URL：ftp：//＜foo：@host：com/＞
mailto URL：mailto：＜rfc822-addr-spec＞
news URL：news：＜newsgroup-name＞
nntp URL：nntp：//＜host＞：＜port＞/＜newsgroup-name＞/＜article-number＞
telnet URL：telnet：//＜user＞：＜password＞@＜host＞：＜port＞/
wais URL：wais：//＜host＞：＜port＞/＜database＞
file URL：file：//＜host＞/＜path＞
prospero URL：prospero：//＜host＞：＜post＞/＜hsoname＞；＜field＞=＜value＞

图 5.3 各种 URL 格式

2. 对 CGI 的侵袭

1) CGI 技术

CGI 程序主要用来实现 Web 服务器、浏览器和外部服务程序间的交互，即 CGI 为 Web 浏览器请求 Web 服务器执行程序提供了一个简单的机制，可以自由访问系统资源并且将结果以 HTML 格式写回浏览器。图 5.4 显示了 CGI 的体系结构。

从 CGI 的体系结构中可以看出，浏览器和 Web 服务器之间的信息交互过程如下。

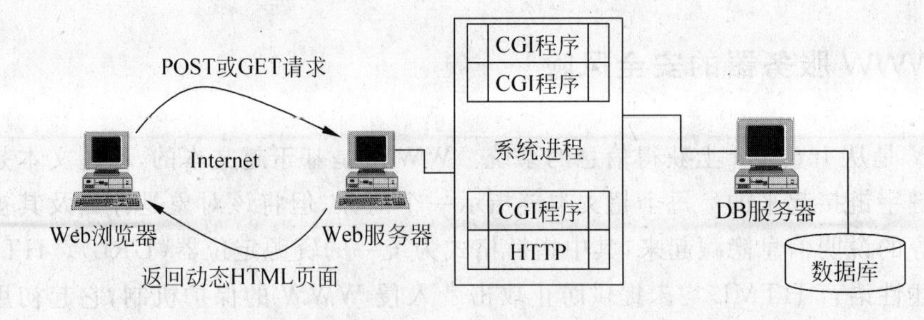

图 5.4 CGI 体系结构

(1) Web 浏览器请求 Web 服务器执行 CGI 应用程序。Web 浏览器可以用两种方式请求(POST 和 GET)。

(2) Web 服务器激活 CGI 应用程序,Web 服务器请求操作系统创建新进程来运行 CGI 应用程序。CGI 规定当创建 CGI 进程环境时,一定要设置一些 CGI 环境变量,这些环境变量中包含大量请求运行 CGI 程序的信息。

(3) CGI 应用程序在系统存储区作为一个单独的进程运行。CGI 应用程序可以访问关系数据库、文本文件、传真机等任何它有权访问和使用的资源。

(4) 当需要将结果返回给用户时,CGI 应用程序仅仅将结果写到它进程空间的标准输出中。任何写到标准输出的内容都传送到 Web 浏览器,因此 CGI 应用程序要发送和 HTTP 头格式相兼容的信息。

2) CGI 的侵袭

许多完善的 WWW 页面包含对激活状态的可执行软件的链接功能。例如,可启动引导搜索工具或在数据库中保存用户数据。WWW 服务器与这些程序间的通信按照公共网关接口,即 CGI 规范进行。CGI 不仅检查 WWW 服务器传向相应程序的变量与数据,而且检查返回服务器的处理结果。这些程序通常采用解释性语言 perl 或 tcl 编写,较少采用编译性语言(如 C 语言),其原因在于解释性语言比编译性语言不仅修改更为便捷,而且更容易适应不同的操作系统。

然而,应用解释性语言使得攻击者有空可钻。攻击者一旦得到 CGI 原文,就可以对它进行修改,从而使相关的 URL 执行任何命令。

5.3.2 Gopher 服务器的安全风险

Gopher 程序诞生于 1991 年,其成功地在 Internet 上传播的原因之一就是具有简单易学的用户界面。采用 Gopher 服务器的 Internet 系统,按照层次目录组织其数据以及指针。Gopher 菜单项可指向其他 Gopher 菜单、文件或可参考的其他服务与程序(telnet、WAIS 和搜索程序)。Gopher 系统对于结构化的文件服务器与扩展信息资料而言,是非常理想的。

1. Gopher 协议

Gopher 服务器协议并不复杂。基于 TCP 数据链路(Gopher 服务器端口 70),Gopher 协议完成的工作是将客户软件命令发送给服务器,并将服务器应答返回至客户。Gopher 客户为建立连接所需的唯一参数就是 Internet 地址与端口号(默认为 70)。服务器在应答来自客户的呼叫时开始启动,接着客户发出一个回车符。作为应答,服务器发出 Gopher 主菜单。该菜单包含许多回车换行结束的文本行。每行的第一个字符表示文中所述的对象为另一个子目录、文件或搜索服务(如图 5.5 所示)。

0	关于 Gopher 安全	/security/sec. txt	sec. thm. new. edu. 70
1	文章、标准	/papers	std. sec. pap. com. 70
1	新闻、事件	/news/news	sec. thm. new. edu. 70
7	Gopher 搜索	/bin/cgi/……	
1	……		

图 5.5 Gopher 协议的页面格式

第一个字符后面依次为 Tab、对象描述、第二个 Tab 及选择字符串。该字符串由客户软件先发给 Gopher 服务器,再由服务器发向目标。实际上,发送的字符串中常包含可供服务器很快发现对象的路径或文件名。

2. 侵袭 Gopher 服务器

利用 Gopher 服务器,潜在攻击者可采用多种方法进入网络。一种方法是令 Gopher 服务器发送如 etc/passwd 的系统文件。例如,有的 Gopher 软缉拿软件,能接收…/…/etc/passwd 这样的输入,并发出相关的口令文件。另一种方法是通过 Gopher 菜单调用程序。现代 Gopher 系统中,该功能为用户增加了如全文搜索、名字搜索及应用网关等业务,而攻击者很容易修改客户选择字符串,这样不仅能调用其所需的程序,而且可执行其他命令。例如,若在服务器上应用 Gopher 全文搜索功能查找 security 单词,但发来的客户选择字符串并不是 security,而是 security/cat/etc/passwd。这就造成一旦搜索到 security,就将列出口令文件。

3. 构造安全的 Gopher 服务器

在应用 Gopher 时,为了最大限度降低安全风险,应遵守如下规则:

(1) 坚持使用最新的 Gopher 服务器软件。

(2) 不应将 Gopher 置于根目录下,而应放在保护的 chroot 目录下(欲做到这一点,在引导 Gopher 时不采用_C 选项)。

(3) 引导 Gopher 软件应采用_u 选项,从而使 Gopher 软件的运行受控于运用该选项的特定用户(尽量具备较少特权),而不是"高级用户"。

(4) 最后,运用_l 选项激活 Gopher 的登录功能。通过定期检查,可发现异常或可疑的访问服务器企图。

5.3.3 匿名 FTP 服务器的安全风险

1. 匿名 FTP 服务器的安全风险

匿名 FTP 服务器所暴露的主要风险如下:

（1）FTP 服务器的写区域被盗窃软件占用。

（2）改动或删除 FTP 服务器软件。

（3）通过构造方式或软件错误访问系统软件与其内部信息。

（4）闯入内部网络。

2. 建立安全匿名 FTP 服务器的规则

（1）建立 FTP 目录 ftp,匿名 FTP 客户应无任何访问权限,仅高级用户拥有此访问权,从而保证仅高级用户才能改变访问权限。

（2）ftp 目录的访问权应置为 555,使其仅能读：

```
dr-xr-xr-x 8 root ftp 1024 Mar 5 3:20 ftp
```

（3）/etc 目录（占有者：高级用户,group：ftp）的访问权应置为 111,即这些文件可访问但不能列表：

```
dr: x-x-x 8 root ftp1024 Mar 5 3: 20 etc
```

另外,/etc/passwd 和/etc/group 文件的修改版本页应处于/etc/目录下是必要的。FTP 服务器软件需要这些文件,正像 DIR 命令一样,不仅显示文件目录,而且显示用户与组名。原则上,这些文件包含的信息应尽量少,同时不能包含每个用户的加密口令。修改口令与组文件的访问权限应置为 444,即仅高级用户可以访问。

```
-r-r-r 8 root ftp 1024 Mar 5 3:20 passwd
-r-r-r 8 root ftp 1024 Mar 5 3:20 group
```

（4）/bin 目录（占有者：高级用户,group：ftp）的访问权应置为 111,即这些文件可访问但不能列表：

```
d-r-r-r 8 root ftp 1024 Mar 5 3:20 bin
```

（5）/pub 目录（占有者：高级用户,group：ftp）的访问权应置为 555（仅读）：

```
dr-xr-xr-x 8 root ftp 1024 mar 53:20 pub
```

3. 建立 FTP 写区域

对发送至 FTP 服务器的客户文件建立写区域虽然困难,但在首次精确评估出风险后即可迅速完成。最安全的解决方法就是通过修改 FTP 服务器软件以维护下述的边界条件：

（1）限制来自或送往服务器的每次对话数据流。

（2）限制来自或送往服务器的整个数据流。

（3）运用扩展的监视（登录）功能快速检查错误使用相比修改服务器软件,还存在一种更为简单但安全性不足的方法,就是尽量掩盖写区域目录。为此,建立一个仅执行命令的目录,而实际内容并不显示出来。对于具有写特权的 FTP 客户建立“不可见”的子目录时,可采用该 incoming 目录。只有知道或猜测到名字的用户才能访问该目录。

复　习　题

1. 信息安全对网站安全的影响。
2. 计算机病毒特性与反病毒问题。
3. 口令设置、保存对网站访问控制的作用。
4. WWW、Gopher 和 FTP 站点的服务。

思　考　题

1. 什么是信息安全？如何有效地保证信息系统的安全？
2. 如何进行反病毒管理？
3. 捕捉口令有哪些常见的方法？
4. 如何安全设置口令？
5. 引起 WWW、Gopher 和 FTP 各种站点风险的原因是什么？
6. WWW、Gopher 和 FTP 各种站点各自存在的风险有哪些？

第 6 章

网站的安全控制

本章教学目标

- 了解系统的安全标准。
- 掌握各类网站的安全特性和安全配置。
- 通过了解防火墙的体系结构，熟悉防火墙的作用和选择性使用。
- 学会利用侵袭模拟器测试系统的安全。
- 掌握数据库安全所涉及的内容和网站数据库的安全控制。

本章关键术语

- 黄皮书
- 防火墙
- 侵袭模拟器
- 数据库安全控制

6.1 系统安全的标准与组织

随着众多团体对信息系统依赖的增加，安全因素变得愈加重要。国际、国内评估信息系统安全性的指导原则均可提供客观的、一致的安全标准。最先由美国国防部颁布的分类手册是黄皮书（TC-SEC-NCSC 可信计算机系统）。

6.1.1 黄皮书（TCSEC）

1983 年颁布的黄皮书（加上 1985 年的红皮书——TN1，可信的网络说明）根据一系列密切相关的标准将 IT 系统分为 D、C1、C2、B1、B2、B3 和 A1 共 7 个安全等级。

1. 黄皮书 D 系统

不符合 C1～A1 级安全要求标准的系统为 D 级，其安全水平最低。

2. 黄皮书 C 系统

C 级标准要求客户定义访问控制，即客户能够定义系统访问权限（如通过访问表）。

1）C1 系统

C1 系统是为处于同一安全水平线上的客户组而设计的，其唯一要求是客户与数据应分离。大部分 UNIX 系统满足 C1 标准。

2）C2 系统

在 C2 系统中，应建立客户定义的控制机制以监视与记录每一个客户的业务（如通过登录过程）。各客户需要独立标识，监视的数据应予以保护，防止越权访问。必须监视的业务如下：

（1）应用认证机构。

（2）删除目标。

（3）客户打开新目标（启动系统、打开文件等）。

UNIX 系统通常大部分满足 C2 标准。一些厂家的现行版本能全部满足 C2 级系统标准。

3. 黄皮书 B 系统

如同 C 类标准，B 类系统必须建立基于规则的安全装置。在此系统上，客户不能分配权限；仅系统管理者拥有该特权，但应遵循一定的规则。这些规则依据如下的数据进行分类：

（1）非保密。

（2）保密。

（3）秘密。

（4）机密。

要求每个目标明确具有上述安全水平之一。通过比较客户权限与目标安全水平，系统决定客户能否访问目标。

1）B1 系统

B1 标准系统必须满足以下要求：

（1）强制性访问控制。

（2）所有目标均为秘密水平。

（3）已知入侵系统方法。

（4）采用正规或非正规的安全模型规范。

（5）保密数据打印输出需可视化认可。

（6）系统管理者职权与责任全部应明确。

UNIX 系统需做大量的工作（主要是文件编制）才能达到该水平。某些 C2 水平的 UNIX 生产厂商也满足某些 B1 标准要求，称为不完全的 B1 水平。达到 B1 水平的操作系统例子有 AT&T 的 V/LMS 系统与 UNISYS 1100/1200 系列。

2）B2 系统

B2 安全标准要求更高，除 B1 标准外还应有：

（1）对所有从 IT 系统直接或间接访问的部件应有强制性访问控制。

（2）客户与 IT 系统间的通信线路应安全可靠。

（3）IT 系统能抵御外界电磁辐射。

（4）操作员和系统管理员职能分离，操作人员负责如启动系统、备份及维护程序系统任务,而系统管理员有权力接纳新的用户并执行安全检查。

(5) 所有设备应标明其最高与最低保密水平。

(6) 应具备安全模型的正式规范。

达到 B2 水平的商业操作系统较少,其中可用之一为 Honeywell 的 MULTICS。

3) B3 系统

通常 B3 系统需按规章设计和构造。UNIX 系统欲达到 B3 标准,就需要完全重新设计系统的内核。测试时,与安全功能无关的软件模块应全部去掉。除 B2 标准外,B3 还有如下具体要求:

(1) 访问表应包括拒绝用户的名字。

(2) IT 系统工作、响应和设计均须有十分详细的规则。

(3) 应有自动工具登录与报告安全相关事件。

(4) IT 系统应采用模块化设计,某些功能要由硬件实现。

(5) 应具备系统出现故障后恢复至原来状态的保证机制。

4. 黄皮书 A 系统

A 类系统与 B3 类系统功能完全一致,唯一的区别就是前者要求整体软件设计模型按照正式的规范实现。该规范用作软件完善实现的认证资料。除此之外,安全模型的一致性需经得住数学模型的检验。最后,应有保证机制以确保硬、软件按规定完成。A1 类系统的例子是 Honeywell 的 SCOMP。

国家计算机安全中心(NCSC)负责黄皮书标准的一致性检测与正规分类。从 B1 向上安全类每一至两年要评估一次。

6.1.2 欧洲的 ITSEC 标准目录

与美国的黄皮书一样,1991 年,欧洲的 ITSEC 标准目录将 IT 系统分为 7 个安全类(E0~E6),它们与黄皮书中的各类大致对应(表 6.1)。

表 6.1 ITSEC 与等价的黄皮书分类

分类	黄皮书分类	分类	黄皮书分类
E0	D	E4	B2
E1	C1	E5	B3
E2	C2	E6	A1
E3	B1		

满足某分类标准的系统大部分也适合另一类标准。计算机和网络安全最重要的标准与指南如图 6.1 所示。

另外,NIST(美国国家标准与技术协会)是美国贸易部的组成部分,其目的是推动开放系统标准和国际交流发展,从而鼓励商业界采用计算机。该协会设有计算机系统研究室,并由它主持定期的共用专题讨论会。从 1987 年开始,NIST 承担了为保密信息(虽然非秘密)开发安全标准的任务。根据顶层规划,NIST 协同 NSA(国家安全署)为美国市场研究加密标准。该项目已研究出有争议的、快速的加密芯片与 DSS 数字签名标准。

1983	美国国防部(DoD)黄皮书：互信任计算机系统评估(TCSEC)
1987	红皮书：互信任系统评估标准(TNI)的互信任网络诠释
1988	ISO7498/2 安全体系
1988	DP9595-7 安全管理服务定义
1989	IT 安全标准目录
1990	TSEC1.2(信息技术安全评估标准)关于信息系统安全的欧洲标准目录
1994	OSF(开放软件基金),DCE(分布式计算机环境)1.1

图 6.1　计算机和网络安全最重要的标准与指南

6.2　网站的安全配置

6.2.1　Windows NT 环境常用服务器的安装

1. Windows NT RIP 路由安装

1) RIP 协议

RIP 是路由信息协议，是目前在 TCP/IP 环境中应用最广泛的一种内部网关协议。RIP 是一种距离向量协议，它使用非常简单的度量方法来确定路由的好坏。距离向量协议的路由度量一般有两种方法：一种是按照距离值来计算，另一种是按照时间延迟来计算。RIP 采用距离来度量，它使用的距离值是源节点与目标节点之间的链路总数，称为站段数(Hop Count)。无论采用什么度量方法，距离向量算法都是基于下面的计算公式：

如果记 $M(I,J)$为节点 I 到节点 J 的最短距离，记 $m(I,K)$为节点 I 到相邻节点 K 的距离，则有

$$M(I,J) = \min\{m(I,J) + M(K,J)\}$$

其中 K 取 I 的所有邻站，以此求出最佳路径：$m(I,K)$是节点 I 自身所计算出来的估算值：而 $M(K,J)$则来自邻站 K 转交的路由表。

由于 Internet 是网络与网络之间的互联环境，因此 RIP 路由表的结构由以下 3 个部分组成。

(1) 目标网络地址：表示每个已知的 IP 子网号，注意不是每个主机的 IP 地址。

(2) 距离：这表示路由的长度，有效值为 1～15，16 表示无穷大(即不能到达)。

(3) 下一站的地址：这是该路由对应的 IP 报文到达目标网络的输出站点的 IP 地址。

RIP 使用 UDP 运输服务来发送和接收 RIP 分组，一个 RIP 服务进程通常使用 UDP 的 520 端口。RIP 分组为请求分组和响应分组两种。RIP 有主动与被动两种工作方式。一般来说，路由器或充当路由器的系统以主动方式工作，它们参与 Internet 路由信息的交换，即接收邻站的信息以及向邻站发送路由信息；而主机节点则以被动方式工作，它们仅接收 RIP 报文来更新自己的路由表，但不向外发送任何 RIP 报文。

RIP 使用了一些定时器(timer)来控制性能，包括路由更新定时器、路由超时和路由清空定时器。路由更新定时器值表示路由表周期性更新的时间间隔，通常设置为 30s。这样，

RIP将每隔30s以广播的形式向邻站发送一次路由信息报文，为了防止出现广播风暴，每当路由更新定时器复位时增加小的随机秒数，使其后续的报文做随机延时后发送。每个路由表表项都有相关的路由超时定时器，当路由超时定时器发生超时时，该路径就被标识为无效的，即相应的距离度量值就被设定为16，但仍保存在路由表中，直到路由刷新定时器超时才被清除掉。

随着OSPF和IS-IS等路由协议的出现，有许多人认为RIP已经过时了。事实上，对于很多小型互联网络而言，RIP易于配置、管理和实现，因此还在广泛使用。

2) Windows NT的路由设计原理

Windows NT版本4能够在网络适配器之间实现动态路由交换，也提供使用静态路由的能力。向主机路由表添加一条静态路由的命令格式为："route add 目标网络地址 mask 子网掩码 网关地址"(例如：route add 202.112.10.0 mask 255.255.255.0 202.112.11.2)。Windows NT服务器包含了多协议路由(MPR)功能，支持IP和IPX协议，可以实现网络间的连接。RIP的动态路由交换简化了路由信息管理，Windows NT服务器支持RIP协议。当安装了Windows NT服务器多协议路由并使RIP选项有效后，NT服务器就可以通过RIP对IP或IPX两种协议报文在各个都使用的网络适配器之间进行转发。

2. 域名服务器的安装

域名系统(Domain Name System，DNS)是Internet的基本服务之一，是不可缺少的，它的主要作用是在IP地址与域名之间的自动转换，以支持各种网络应用的需要。

1) 域名系统与域名服务器

从总体上看，域名系统是一个分布式数据库，在整个数据库结构中，被划分为许多个不同的区域，每个区域的信息都由称为域名服务器的程序维护，通过客户/服务器模式供解析程序查询。为了提高数据库信息的可用性与查询的效率，在系统中采用了数据库复制技术，使得同一个区域的数据在几个域名服务器中同时存储，并且相互之间保持一定的同步关系。另外采用了缓存技术，存储近期曾访问过的数据，大大提高了系统的性能。

域名服务器是以区域为单位存储数据，如果一个DNS服务器负责管辖一个或多个区域，就将DNS服务器称为这些区域的授权域名服务器。由授权域名服务器查询返回的数据是准确的，但是前面提到，为了提高性能，DNS通常由缓冲区存储近期访问过的信息，如果名字解析程序在查询时得到的是来自其他DNS服务器的缓存，此时的信息就称为非授权信息，即来自授权服务器的数据。由于数据的同步与更新通常有一个较长的时间，因此这些信息也就不一定是完全可靠的。

DNS系统中的服务器有不同的种类。

(1) 主名字服务器(Primary Name Server)：存储它所管辖的区域的域名信息，如果区域中的数据有所变化，这些更改应该保存到主名字服务器中。

(2) 辅助名字服务器(Secondary Name Server)：它所存储和维护的数据是来自其他的名字服务器的副本，是通过区域数据传输过程复制的。当辅助名字服务器启动时，会与其映像的所有的主名字服务器通信，从中复制域名数据，此后它将定期自动执行复制过程。使用辅助名字服务器提高了DNS系统的容错性能，同时减轻了主名字服务器的处理负担。

(3) 纯缓存名字服务器(Cache-only Name Server)：纯缓存名字服务器不负责管理任

何的区域,它仅仅把曾经查询过的数据复制在本地的高速缓存区,以便今后 DNS 工作站在查询相同数据时,能够快速地从高速缓存中取得该数据。

2) Windows NT DNS 服务器的安装

安装 Windows NT DNS 服务步骤如下:

(1) 首先应该安装与配置好 TCP/IP 协议。

(2) 打开"控制面板",双击"网络"图标,选择"服务"标签页,单击"添加"按钮。

(3) 在出现的对话框中选择"Microsoft DNS 服务器",单击"确定"按钮。

(4) 插入 Windows NT 安装光盘,按提示操作。

(5) 重新启动系统。

3. E-mail 服务器的安装

1) Exchange 系统规划

Exchange Server 是 Microsoft Backoffice 套件中的一个软件包,主要功能是实现企业级的电子消息交换系统,具有功能强大、扩展性好、便于管理与维护、较 NT 更为严密的安全性以及高性能的特点。

实施 Exchange 系统是一项非常复杂的工程,有必要进行细致规划。

(1) 确认用户需要。必须考虑用户的需求是什么,例如有多少用户使用系统,他们要求使用什么服务,如何最大可能地保证系统的用户友好性等。

(2) 确定网络拓扑结构。必须考虑机构中几个分支单位的地理位置,考察每个位置的用户需求、用户数量及所需的通信的通信量,以便决定如何最佳地把各个分支连接起来,同时还要确定网络的带宽需求,选择所使用的通信协议。

(3) 分析 Windows NT 域结构。一般情况下,NT 有如下几种域模型:单域型、主域型、多主域型、完全信任域型。考虑 NT 域模型的目的是选择与之对应的 Exchange 站点布局,以减轻系统管理的负担。一件非常重要的工作是确定站点数目以及站点之间的边界关系。站点之间的连接决定了站点之间的边界,可以使用下列 3 种连接方式:Exchange Server Site Connector、Remote Access Server Connector 和 X.400 Connector。

(4) 建立命名约定。统一的命名方法有助于维护系统的稳定性,方便用户记忆。应该尽量避免修改机构、站点和服务器的名称,因为对这些名称的任何改动都要求进行系统重装。此外,对于用户邮箱的命名页要求便于记忆与区分不同的服务器。在 Exchange Server 中,用户的 E-mail 地址的语法为:"o/ou/cn/cn",其中 o 是机构名;ou 是站点名;前一个 cn 是接收者容器,即包含邮箱的目录;后一个 cn 是接收者的邮箱名称。例如 ABC 公司上海分公司的一个 Wang 用户的地址为:o=ABC/ou=SHANGHAI/cn=recipients/cn=Wang。

(5) 计划首次安装。最后,按前面描述的步骤所得到的结果以及相应的要求设计首次系统安装过程,同时对这一系统原型进行详细、认真的测试。

2) Exchange Server 5.5 的安装

安装 Exchange Server,除了满足一些特定的软件环境(操作系统、协议应用和可能的密钥管理)外,还必须执行下列操作:

(1) 增加服务器的页面文件到至少比实际物理内存大 100MB。这可以使用"控制面板”中的“系统”配置里的“性能”标签页完成，单击虚拟内存的“更改”按钮后增加页面文件的大小，可以把页面文件分配在多个本地驱动器。

(2) 创建独立的 Exchange Server 服务账户。服务账户应该是域管理员全局组中的成员，要设置一个永不过期的口令，还必须拥有下列用户权限：“还原文件和目录”、“以服务登录”和“以操作系统方式操作”。如果未设置，那么安装程序会自动添加，并通知用户修改了权限。

然后就可以开始安装 Exchange Server 5.5，软件的简要安装步骤如下(这里假设新建一个站点)：

(1) 以管理员身份登录，插入 Exchange Server 安装光盘，运行\SERVER\SETUP\I386 目录中的 SETUP.EXE。

(2) 在 Microsoft Exchange Server Setup 对话框中单击 Accept 按钮接受用户许可证条约。

(3) 选择 Complete/Custom 安装类型，可供选择的类型有 Typical、Compact 和 Complete\Custom。

(4) 在 Microsoft Exchange Server Setup -Complete/Custom 对话框中单击 Continue 按钮。

(5) 当要求 CD Key 时，填入 10 位有效数字，然后单击 OK 按钮。

(6) 当要求确认已读过许可协议时，选中“我同意”选项，然后单击 OK 按钮。

(7) 在 Organization and Site 对话框中选择 Create a New Site 命令，输入组织和站点的名称信息，单击 OK 按钮。

(8) 确认要创建新的站点。

(9) 在 Site Services Account 对话框中，单击 Browse 按钮选择先前建立服务账户作为站点服务账户(默认值为当前用户，即管理员 Administrator)，然后输入其账户口令。

(10) Exchange 安装程序接着将复制文件到系统中，当安装完成时单击 Run Optimizer 按钮，运行 Microsoft Exchange Performance Optimizer(性能优化器)。

(11) 单击 Next 按钮接受默认值，性能优化器将开始分析硬盘信息，以确认 Exchange Server 文件存储的最佳位置，这些文件包括公共信息库、专用信息库、信息库日志、目录服务、目录服务日志和 MTA 使用的文件。

(12) 性能优化器对硬盘分析结束后，单击 Next 按钮，它将显示 Exchange Server 文件的存储位置的建议，单击 Next 按钮继续。

(13) 然后性能优化器提示将移动一些文件到新位置，并要求事先作好完整备份，单击 Next 按钮继续。

(14) 结束时单击“完成”按钮。

4. FTP 服务器的安装

架设一台 FTP 服务器其实很简单。首先，要保证计算机能上网，而且有不低于 ADSL 512 Kbps 的网络速度；其次，硬件性能要能满足需要；最后，需要安装 FTP 服务器端的软件，这类软件很多，可以使用微软的 IIS(Internet Information Server，Internet 信息服务系统)，也可以使用专业软件。不同的软件提供的功能不同，适应的需求和操作系统也不同。

一般来说,系统最低要求如下:

- CPU——Pentium III 450MHz 以上。
- 内存——256 MB SDRAM 以上。
- 带宽——ADSL 512Kbps 以上。

Windows XP 默认安装时不安装 IIS 组件,需要手工添加安装。进入控制面板,单击“添加/删除程序”命令,在打开的对话框中选择“添加/删除 Windows 组件”选项,在弹出的“Windows 组件向导”窗口中,将“Internet 信息服务(IIS)”项选中。在该选项前的“√”背景色是灰色的,这是因为 Windows XP 默认并不安装 FTP 服务组件。再单击右下角的“详细信息”按钮,在弹出的“Internet 信息服务(IIS)”窗口中,选中“文件传输协议(FTP)服务”选项后单击“确定”按钮即可。

安装完后需要重启。Windows NT/2000 和 Windows XP 的安装方法相同。

5. WWW 服务器的安装

在安装 IIS 的过程中,出现设置 IIS 的管理功能时,可以选择一个本地账户来管理 IIS,或者选择由远程账号管理 IIS,此时应输入 Administrator 账户及其口令。

(1) 如果选择了索引服务器(Index Server),则要求确认其索引的文件夹。默认的文件夹为\Inetpub。

(2) 如果选择了 SMTP 服务,则要求确认其存放 E-mail 的文件夹。默认的 E-mail 根文件夹为\Inetpub\Mailbox。在该文件夹中将创建一系列的子文件夹,如 mailbox。

(3) 如果选择了 NNTP 服务,则出现新闻服务器对话框,要求确认存取数据的文件夹。默认的文件夹为\Inetpub\nntpfile。

(4) 在对所有选择安装的组件的相关内容进行设置与确认之后,安装程序将把 IIS 的文件复制到硬盘上,从而完成整个安装过程。

(5) 在文件安装结束后,重新启动计算机以完成 IIS 的安装过程。

6.2.2 网站的安全配置

1. RIP 路由的安装配置

在 Windows NT 服务器上安装 RIP,要求服务器上至少有两块网络适配器。在 NT 服务器中安装 LAN 与 LAN 路由的具体步骤如下:

(1) 配置 TCP/IP 协议。

(2) 在控制面板中双击“网络”图标进入网络设置,选择“服务”标签页,单击“添加”按钮,并选择 RIP for Internet Protocol 服务。

(3) 安装系统提示插入 Windows NT 安装光盘服务程序。

(4) 完成后,单击“确认”按钮并重新启动系统。

最后还要配置系统的 RIP 工作方式。如果 RIP for IP 服务安装在只有一块网络适配器的 NT 计算机中,那么服务将自动处于被动方式。在该方式下,NT 服务器接收监听 RIP 广播并更新其路由表,但并不广播它的路由信息。如果在安装 RIP for IP 服务后添加了网络适配器，而且用户希望主机的 RIP 能广播路由信息，那么就必须修改注册表中的 SilentRip 参数的值，将其设置为 0(1 表示被动方式，0 表示主动方式)。SilentRip 参数在注册表中的位置是：

```
HKEY_LOACAL_MACHINE\System\CurrentControlSet\Services\IpRip\Parameters
```

可以利用注册表编辑器(regedt32. exe 或 regedit. exe)修改该参数值。

配置结束后，可以利用一些工具来测试。Windows NT 中提供了 4 个应用工具。

- ipconfig 命令：检查主机的 TCP/IP 配置，主要包括 IP 地址、子网掩码和默认网关。
- arp 命令：显示 IP 地址与 MAC 地址(网络适配器的硬件地址)的对照表。
- ping 命令：检查同主机之间的连通性。
- route 命令：路由表的维护工具，包括添加、删除和打印路由表的表项等。

2. 域名服务器的配置

启动 DNS 时，系统要读取本地的引导文件。在 Windows NT 中有两种解决方法。对于多数用户，如果不想了解复杂的资源记录的格式，则最好是使用 NT 的 DNS 服务所带的“域名服务管理器”来配置域名数据库，而一旦用户启动了“域名服务管理器”后，NT 就会使用默认的方法读取 DNS 服务定义，这对应于系统注册表的内容。在注册表中的 EableRegistryBoot 参数为 1 表示从注册表读取引导信息；若该参数为 0，则表示从引导文件读取引导信息，该参数在注册表中的位置是：

```
HKEY_LOCAL_MACHINES\SYSTEM\CurrentControlSet\Services\DNS\Parameters
```

而且对应的 DNS 设置信息将存储在注册表的下列位置：

```
HKEY_LOCAL_MACHINES\SYSTEM\CurrentControlSet\Services\DNS\zones
```

如果用户修改了 EableRegistryBoot 参数为 0，那么 NT 将从目录%Systemroot%\System32\DNS 中读取 boot 文件的内容来引导 DNS。其中%Systemroot%表示 Windows NT 的安装目录。

利用属性配置 DNS 的更详细内容，可参考有关的文献。

3. E-mail 服务器的安全配置

一般性地配置 E-mail 服务器是通过 Exchange Server 管理程序来进行的，比如配置 Exchange Server 支持中文、配置 Internet Mail 服务、配置 Internet 新闻组服务、新闻组的创建与删除、增加用户邮箱、配置分发表、配置定制接收者、配置公共文件夹等功能；而配置 Exchange Server 安全特性是建立在 Windows NT 的安全性基础上实现的，从而具有更高的安全性。Windows NT 的安全模型由 3 大模块组成：用户账号、域和信任关系。账户在“域用户管理器”中配置，域是在共享数据库的一组计算机组成，而信任关系允许一个域的用户可以访问另一个域中的共享数据。Exchange 的每个用户都必须有一个 Windows NT 的用户账户，Exchange 使用 NT 的安全体系对其用户进行验证。在创建用户邮箱时必须使用邮箱属性对话框中的 Primary windows NT Account 按钮设置或创建 Windows NT 的用户账户。

为了提高 Exchange 的安全性保护，特别是邮件传递的安全，可以通过密钥管理服务器，保证报文以加密的形式传递，确保消息的机密性，也可以利用数字签名方法来准确识别发送者和接收者。

4. FTP 服务器的配置

计算机重启后，FTP 服务器就开始运行了，但还要进行一些设置。单击“开始”→“所有程序”→“管理工具”→“Internet 信息服务”命令，进入“Internet 信息服务”对话框后，找到“默认 FTP 站点”选项，右击，在弹出的右键菜单中选择“属性”命令。在“属性”对话框中，可以设置 FTP 服务器的名称、IP、端口、访问账户、FTP 目录位置、用户进入 FTP 时接收到的消息等。

1）FTP 站点基本信息

进入“FTP 站点”标签页，其中的“描述”选项为该 FTP 站点的名称，用来称呼你的服务器，可以随意命令，比如“我的小站”；“IP 地址”为服务器的 IP，系统默认为“全部未分配”，一般不需改动，但如果在下拉列表框中有两个或两个以上的 IP 地址时，最好指定为公网 IP；“TCP 端口”一般仍设为默认的 21 端口；“连接”选项用来设置允许同时连接服务器的用户最大连接数；“连接超时”用来设置一个等待时间，如果连接到服务器的用户在线的时间超过等待时间而没有任何操作，服务器就会自动断开与该用户的连接。

2）设置账户及其权限

很多 FTP 站点都要求用户输入用户名和密码才能登录，这个用户名和密码就叫账户。不同的用户可使用相同的账户访问站点，同一个站点可设置多个账户，每个账户可拥有不同的权限，如有的可以上传和下载，而有的则只允许下载。

3）安全设定

进入“安全账户”标签页，有“允许匿名连接”和“仅允许匿名连接”两项，默认为“允许匿名连接”，此时 FTP 服务器提供匿名登录。“仅允许匿名连接”选项是用来防止用户使用有管理权限的账户进行访问的，选中该选项后，即使是 Administrator（管理员）账号也不能登录，FTP 只能通过服务器进行“本地访问”来管理。“FTP 站点操作员”选项用来添加或删除本 FTP 服务器具有一定权限的账户。IIS 与其他专业的 FTP 服务器软件不同，它基于 Windows 用户账号进行账户管理，本身并不能随意设定 FTP 服务器允许访问的账户，要添加或删除允许访问的账户，必须先在操作系统自带的“管理工具”中的“计算机管理”中去设置 Windows 用户账号，然后再通过“安全账户”标签页中的“FTP 站点操作员”选项添加或删除。但对于 Windows 2000 和 Windows XP 专业版，系统并不提供“FTP 站点操作员”账户添加与删除功能，只提供 Administrator 一个管理账号。

提示：匿名登录一般不要求用户输入用户名和密码即可登录成功，若需要，可用 annymous 作为用户名，以任意电子邮件地址作为密码来登录。

4）设置用户登录目录

最后设置 FTP 主目录（即用户登录 FTP 后的初始位置），进入“主目录”标签页，在“本地路径”中选择好 FTP 站点的根目录，并设置该目录的读取、写入、目录访问权限。“目录列表样式”中 UNIX 和 MS-DOS 的区别在于：假设将 E:\Ftp 设为站点根目录，则当用户登录

FTP后,前者会使主目录显示为"\",后者显示为"E:\Ftp"。

设置完成后,FTP服务器就算真正建成了。如果前面IP地址为218.1.1.1,则用户使用FTP客户端软件(用来登录FTP服务器的上传/下载软件,如Cute FTP、Flash FXP等,如无特别说明,这里所称FTP客户端软件均以Cute FTP Pro 2.0为例)时,主机处填写218.1.1.1,端口填写21,此服务器的地址表述为:FTP://218.1.1.1:21。IIS虽然安装简单,设置较简便,但功能不强,管理也很麻烦,尤其是连新建一个基本的授权访问账户都要进行繁杂的设置,而且IIS本身的安全性也比较差,容易受到诸如"红色代码"等专门针对IIS漏洞进行攻击的病毒侵袭,因而很多人都喜欢使用第三方的FTP服务器软件来架设。

5. WWW服务器的安全配置

Web站点的配置是通过属性表(页)来完成的,属性表提供了很多功能。其中与安全配置相关的功能也有不少,无法一一介绍。这里只介绍4个方面:修改Web服务器端口号、设置Web站点的安全特性、创建与共享新站点目录和配置Web服务的日志功能。

1) 修改Web服务器端口号

Web服务器使用HTTP协议,而HTTP又使用TCP的服务来传输信息。默认情况下,HTTP使用的TCP端口号为80;如果想使用其他端口号对客户提供Web服务,则应该重新设置TCP端口号。使用非标准端口号后也将要求用户在输入URL时必须同时输入端口号。设置端口号的步骤如下:

(1) 运行Internet服务管理器,打开"Web站点属性页"对话框。

(2) 选择"Web站点"标签页,在"TCP端口"文本框内输入一个新端口号值,注意不要使用其他服务已经占用的端口号值。

(3) 设置主页的默认页面。

2) 设置Web站点的安全特性

一般的公共Web站点上的公共域信息对外是开放的,因此不必对连接到这些站点的用户作认证,以控制其访问权限;但是如果站点中涉及敏感的数据信息,而这些信息只能对特定的用户开放,那么身份的鉴别工作就显得很重要了。可以从Web站点、文件或目录的属性对话框中来设置安全性,主要步骤如下:

(1) 运行Internet服务管理器。

(2) 右击将要配置的Web站点、文件或目录,选择"属性"命令,弹出对应的属性对话框。

(3) 在该对话框上选择"目录安全性"标签页,如果是"文件属性"对话框,则选择"文件安全性"标签页,注意此时的文件必须属于NTFS文件系统。

(4) 单击"匿名访问和验证控制"(Anonymous Access and Authentication Control)下的"编辑"按钮,打开"验证方法"对话框。此时,可以从下面选项中选择其中一种认证方法。

① "允许匿名访问":此时客户不需要提供用户名和口令就可以连接访问Web站点,还可以设置匿名的NT用户账号,默认账号为IUSR_＜计算机名＞,该账号默认时已经被赋予了"本地登录"权限。

② "基本验证":如果不使用匿名用户访问站点,又希望利用一个合法的Windows NT用户名和口令连接到Web站点,那么就可以选择该方法,但是这种方法的用户口令将以明

文形式传送。

③ Windows NT 挑战/反应：Windows NT Challenge/Response 功能是 NT 采用的进行用户身份鉴别的方法，在该认证过程中，客户和服务器之间交换的信息是经过加密的。

在 IIS4 中，如果获取并安装了一个服务器证书，那么也可以使用 SSL 方法来认证连接到 Web 站点的用户。

3) 创建与共享新站点目录

利用 Internet 服务管理器，可以创建与共享一个新站点目录(FTP 或 Web 站点)，这里以 Web 站点的创建为例介绍完成这个任务的步骤：

(1) 启动 Internet 服务管理器，右击左侧窗格目录树中的计算机名节点并选取“新增”到“Web 站点”命令，启动“新增 Web 站点向导”。

(2) 输入新 Web 站点说明后单击“下一步”按钮。

(3) 选择该站点要使用的 IP 地址和 TCP 端口号(默认值为 80)，如果使用 SSL，应该输入 SSL 使用的端口号(默认值为 443)，然后单击“下一步”按钮。

(4) 输入 Web 站点的主目录路径，并且选择是否允许对该 Web 站点作匿名访问，然后单击“下一步”按钮。

(5) 为该主目录设置访问权限，选择之后单击“完成”按钮就能创建该站点。共有 5 种访问权限。

① “允许读取访问”：默认时已被选定，表示允许用户读取或查看该目录中的内容。

② “允许脚本访问”：默认时已被选定，表示允许用户运行目录中的脚本。

③ “允许执行访问”：这个选项包含了“允许脚本访问”选项，表示允许用户执行目录中的文件。

④ “允许写入访问”：表示允许用户在目录中新建或更改入口。

⑤ “允许浏览目录”：表示允许用户查看目录的列表。

(6) 在运行向导完成创建新目录后，可以通过该目录的属性表对话框随时按需要修改目录的访问权限。

4) 配置 Web 服务的日志功能

在 IIS4 中，可以启用各种服务的日志功能。配置 Web 服务日志功能的步骤如下：

(1) 打开“Web 站点属性表”对话框，选择“Web 站点”标签页。

(2) 在其中选择“启用日志”选项，单击“活动日志格式”下拉列表框，从中选择一种记录格式类型。共有 4 种记录文件类型。

① Microsoft IIS Log Format：是一种固定的 ASCII 文件格式，记录的字段包括用户名、请求日期、请求时间、客户的 IP 地址、接收的字节数、HTTP 状态码等，记录文件内容以逗号分隔，分析起来较为简便。

② NCSA Common Log File Format：是由 NCSA(National Center for Supercomputing Applications，国家超级计算机应用中心)提出的一种固定的 ASCII 文件格式，记录的数据字段包括主机名、用户名、HTTP 状态码、请求类型以及服务器接收字节数等，记录的条目之间以空格分隔开来。

③ ODBC Logging：是一种记录到数据库中的固定格式。记录的字段包括客户的 IP 地址、用户名、请求日期、请求时间、HTTP 状态码、接收的字节、传送的字节、完成的操作以及

目标等。该方法要求建立一个数据库用于接收所记录的数据。

④ W3C Extended Log File Format：是一种 W3C 提出的自定义 ASCII 文件格式，是默认设置。记录的字段包括请求日期、请求时间、客户的 IP 地址、服务器的 IP 地址、服务器端口、HTTP 状态等。这种格式的数据以空格分隔。

（3）单击“属性”按钮为所选择的格式设置属性，包括日志文件存放位置、日志记录时间间隔以及日志记录包含的字段内容等。

6.3 防火墙的体系结构、分类与功能

6.3.1 防火墙的定义及其宗旨

防火墙系统是一种网络组成部件。它是连接内部与外部、专用网络与公用网络，如 Internet 的部件。防火墙系统能保障网络用户访问公用网络具有最低风险，也保护专用网络免遭外部袭击。欲做到这一点，防火墙必须是外部进入专用网络的唯一通道。根据用户的服务要求，保证一定的安全系数，防火墙系统通常由许多软件与硬件构成。防火墙系统是：

（1）把安全网络连接到不安全网络上。

（2）保护安全网络最大程度地访问不安全网络。

（3）将不安全网络转变为安全网络。

使用防火墙系统保护专用网络具有许多益处：

（1）所有风险区域都集中在单一系统即防火墙系统上，安全管理者就可针对网络的某个方面进行管理，而采用的安全措施对网络中的其他区域并不会有多大影响。

（2）监测与控制装置仅需要安装在防火墙系统中。

（3）内部网络与外部的一切联系都必须通过防火墙系统进行，因此，防火墙系统能够监视与控制所有联系过程。

6.3.2 防火墙的主要设计特征

防火墙系统是外部网络与内部网络（需受保护）之间的物理与逻辑界面。从外部来看，防火墙借助于不同的传输接口打开了进入内部网络的通道，比如：

（1）ISDN（综合业务数字网络）线。

（2）Modem（调制解调器）线。

（3）X.25 线/帧中继线。

（4）专用线。

通信接口支配着控制装置，允许内部与外部网络之间建立连接。完成上述功能的系统被称为访问控制系统。

目前使用的防火墙，有 3 种不同的访问控制系统，即信息包过滤器、线路中继器和应用网关。它们可单独分开使用，也可结合在一起共同使用。

1. 访问控制系统的信息包过滤器

信息包过滤器是根据以下属性来过滤信息包的系统：

(1) 发/收地址。

(2) 协议。

(3) 协议端口。

(4) 用户定义的位特征码。

保护网络的一种办法就是配置正确的过滤器。然而，由于网络的复杂性，过滤器表变得极其麻烦并容易出错。过滤器表静止的特性使服务项目(比如 FTP 式 X.11)不能被安全使用。因此，符合该原理的信息包过滤器常用作线路或应用中继式防火墙部件的前置滤波器。信息包过滤器用于 OSI(开放式系统互连)7 层模型中时，主要局限于在网络层过滤数据。

2. 访问控制系统的线路中继器

采用基于线路中继器的防火墙部件确实增强了网络的安全性。线路中继器能够保证用户安全使用基于 TCP/IP 通信协议上的应用软件，如 WWW、Gopher、Telnet 等，而不需要传送协议层上的任何指令。也就是说，线路中继器作为相关协议的代理，所有输入的连接在此结束，并被重新组成相对应的输出。该系统的缺陷是：在使用线路中继器工作之前，必须修改客户的应用软件。线路中继器用于 OSI 7 层模型中时，该中继器用于传输层。

3. 访问控制系统的应用网关

应用网关比线路中继器更超前一步。它可让人们使用应用软件，而不让通信链路穿过协议层上的防火墙系统。就涉及到的客户软件而言，其作用更像从事有关业务的服务器系统，而不需要修改客户系统。应用网关用于 OSI 7 层模型中，该应用网关用于应用层。

6.3.3 防火墙系统的体系结构

网络对外呈现的安全水平依赖于所用防火墙系统的体系结构。一般将防火墙的体系结构区分如下：

(1) 边界路由器。

(2) 带安全中间网络的边界路由器(筛选性子网、安全子网)。

(3) 带信息包过滤器的双归宿防御主机。

(4) 带线路中继器的双归宿防御主机。

(5) 带应用网关的双归宿防御主机。

(6) 带无防卫区域的(DMZ)双归宿防御主机。

(7) 级联的双归宿防御主机。

其中简单的边界路由器提供最低保护，级联的双归宿防御性主机提供最高保护。

1. 边界路由器

边界路由器或由启动的信息包过滤器的路由器系统构成，或由配置信息包过滤软件的双归宿防御性主机构成。其中仅由边界路由器构成的防火墙价格最为低廉,但同时也最不安全。

2. 带安全中间网络的边界路由器

利用安全子网可增强由边界路由器所提供的保护。这种带安全子网的边界路由器增加了边界路由器的配置,使呼叫仅能在专用的称为安全子网的配置间完成,故极好地保护了内部的计算机系统,如图 6.2 所示。

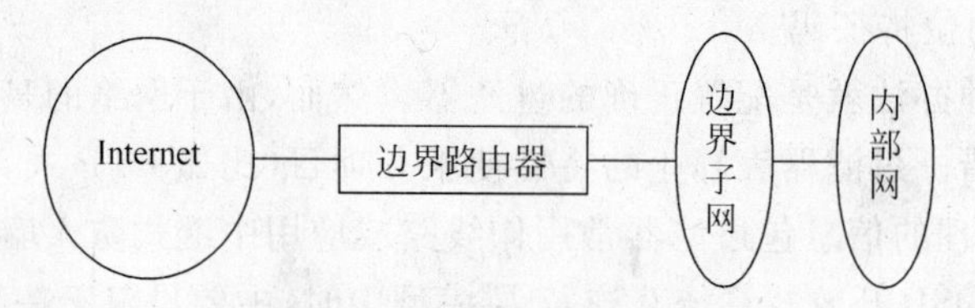

图 6.2　带安全子网的边界路由器

3. 双归宿防御主机

基于双归宿防御性主机的防火墙系统提供了比单个边界路由器防火墙系统更高的保护。防御性主机将内部、外部网络在应用层上连接起来,而不允许在协议层上连接(带信息包过滤的防御性主机除外)。

1) 防御性主机的工作原理

防御性主机是一种处于内部网络与潜在的可疑网络之间(Internet,连接商业团体、大学等)的计算机系统。防御性主机可配置信息包过滤器、线路中继器及应用网关,这些都是防火墙的核心。

(1) 多归宿主机。具有多个网络接口控制的计算机系统,称为多归宿主机。它们被广泛用于两个或更多 LAN(局域网)的系统中,或用于计算机的网桥或路由器系统中(图 6.3 和图 6.4)。

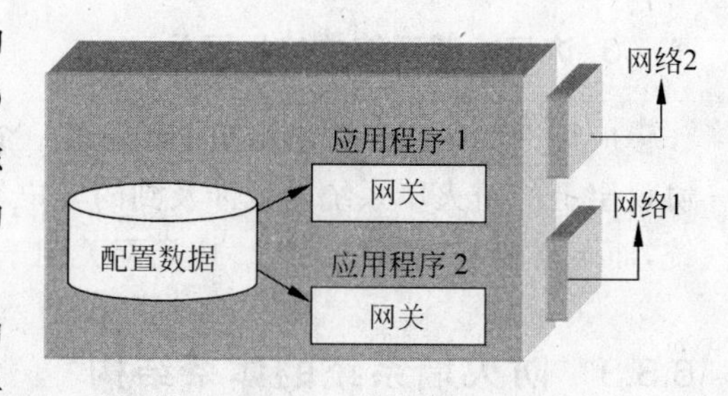

图 6.3　双归宿主机

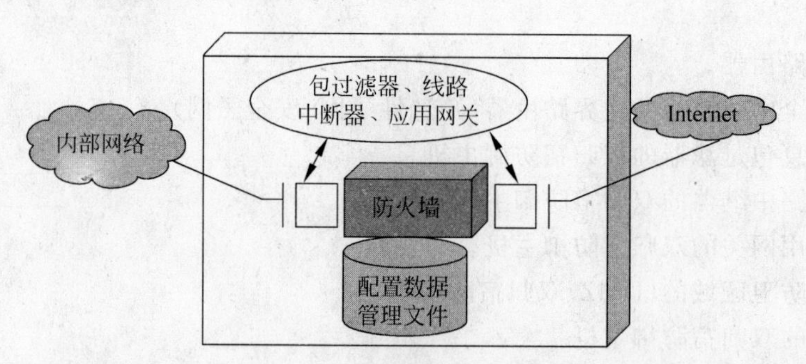

图 6.4　双归宿防御性主机

(2) 双归宿主机。双归宿主机为多归宿主机的特殊类型,是连接两个网络的计算机系统。该配置通常用于防御性主机。如果防御性主机能运行线路或应用中继软件,那么防火墙系统就能保护建立在通信协议层上(TCP、UDP)的呼叫。这使得系统能免受诸多侵袭工具的干扰。在某种程度上,该配置可认为是安全的。

(3) 撤销 IPFORWARDING。欲将双归宿主机用作防御性主机,必不可少的是需撤销 UNIX 核心部分的 IP 路由选择函数。因此,在使用以该系统为核心的防火墙系统之前,就必须启动操作系统 IPFORWARDING=1,重建 UNIX 核心部分。倘若没有这样,应用层上的任何防火墙装置都将不会发挥作用,因为 IP 信息包还有可能在最低层上通过。

2) 无防护区域(DMZ)的双归宿防御性主机

从安全角度考虑,信息服务器 WWW 或匿名的 FTP 应避免安装在防御性主机上。它们最好置于“无防卫区域”或 DMZ 上边界路由器与防御性主机之间。这意味着 DMZ 上的服务器系统明显面临着很高的风险,故称它们为“献身的主机”。尽管采取了尽可能好的保护措施,在保证能正常工作的情况下,应将它们的配置限制到最少,但这种防御性主机仍被认为“不可靠”,因为相比而言它们更容易遭受袭击。

3) 级联的双归宿防御性主机

使用“级联的双归宿防御性主机”,能做到最大的安全保护。级联的双归宿防御主机由边界路由器及两个或多个防御性主机构成。两个边界路由器与防御性主机的布局如图 6.5 所示。即使有人企图侵袭外部防御主机,内部的防御性主机仍起着保护作用。

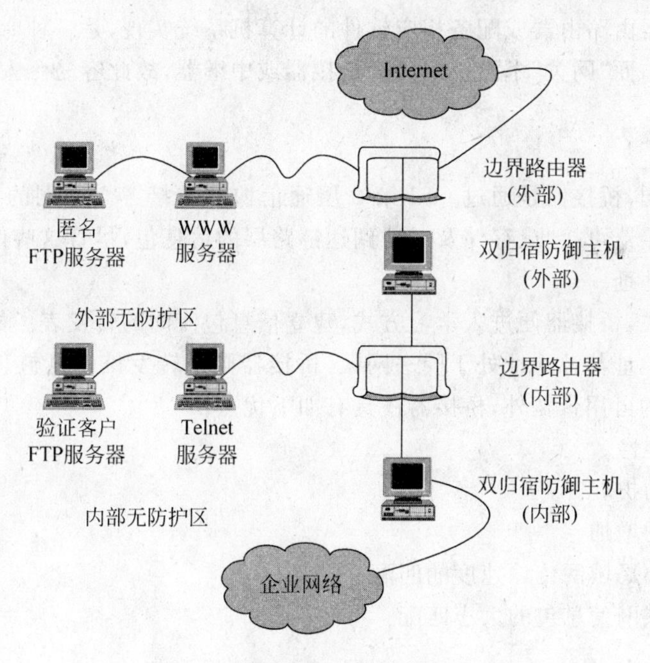

图 6.5 级联的双归宿防御性主机

4. 防火墙系统的控制与监视

与访问控制一样,防火墙系统的工作原理就是监视不寻常事件的发生,并及时报警给系统管理员。这都是利用特殊的控制与监视软件完成。监控系统应具备以下特点:

(1) 显示用户与服务器的连接。

(2) 当启动安全功能时给出显示。

(3) 有反复企图通过防火墙系统的情况时给出显示(不管内部或外部)。

防火墙系统上必须安装控制与监视系统,以及工作记录文件,以阻止未授权的访问,但决定监控系统有效程度的主要因素取决于配置的监控软件是否合理。在工作日志中选择记录的事件非常重要。若没有仔细选择,随意记录,那么用不了多久,防火墙系统的工作记录就会占用上百万字节。但选择需存储事件的主要困难是,很难事先预知哪些事件将会对安全破坏行为的分析有用。

防火墙系统的另一工作就是一直连续不断地监视自身文件系统的完整性,以实现自我保护。它们利用特殊的软件比如 Tripwire 完成此工作。这种特殊软件可对选择的文件产生特殊的校验和文件的特征,被监视文件的任何修改都可能被立刻识别出来。

6.3.4 基于信息包过滤器的防火墙

信息包过滤器系统能够检查数据包是否违反标准,并决定其是否被传递。原则上,信息包过滤器处于本地网与 Internet 之间,用于建立链路。只有配置正确,该过滤器将成为抵御外部入侵的第一道防线。它同其他系统(防御性主机、筛选性网络等)一起共同提高网络的自我保护能力。

信息包过滤器由路由器或配备相应软件的计算机系统实现,是一种专用网络部件,往往被解释为"网关"。而"网关"术语一般代表桥接器或中继器,故此容易令人误解。

1. 网络桥接器

与路由器不同,桥接器是通过 OSI 第 2 层通信协议连接各个子网的网络部件,与网络层协议无关。桥接器可接收、存储及过滤到达链路层的信息包,尽管这些信息包的转发依赖于每种网的实际地址。

一旦安装完成,桥接器便进入学习方式,建立信息包流向的转发表。如果转发表中某一个信息包的目的地址与源地址处于同一网区,桥接器则不转发该信息包。除利用分解负荷技术增加了系统的可用带宽外,桥接器还具有如下优点:

(1) 数据安全性。

(2) 局域网的扩展。

(3) 可靠性的增加。

(4) 不同拓扑局域网传输速度的匹配。

(5) 不同局域网信息包的大小匹配。

2. 通过路由器连接网络

与桥接器相反,路由器是通过 OSI 第 3 层连接各个子网的网络部件。它将信息包从网络层转发到目的子网。转发决策依赖于协议信息(网络地址、完整的高层协议等),理论上与实际网络结构无关。

既然路由器在网络层工作,就可运用各种协议的不同特点优化计算机网络。例如,可以阻止多点与广播类型信息包的传播。在大多数情况下,这将能大大削减系统的过量负荷。

路由器的主要优点归纳如下:

(1) 采用路由器可优化计算机网络以适应本地协议(对多点的访问与广播等的过滤)。

(2) 采用路由器可建立逻辑(虚拟)工作组。

3. 路由器作为信息包过滤器防火墙

路由器在网络协议层中具有过滤器与转发器的功能,所以也可作为防火墙使用。与之相反,桥接器仅过滤链路层的信息包而不能监视 OSI 第 3 层的信息包,故不能作为防火墙。

信息流不仅能根据协议地址(广播、站组或主机地址),而且能按照高层协议(与采纳的模型有关)参数进行过滤。对于 Internet 协议路由器,正是由 TCP 或 UDP 协议端口完成过滤。

计算机系统与相应的软件也能构成信息包过滤器。路由器采用特殊的 RISC 处理器进行优化以迅速做出转发决定并进行转发,但将它作为 Internet 信息包过滤器却没有必要,因为介于 64Kbps 到 2Mbps 的传输带宽的数据链路极其有限。被淘汰的工作站或过时的 PC 即可作为一个理想的 Internet 信息包过滤器。

计算机系统能否作为信息包过滤器的关键因素在于硬件是否可靠。在网络中,信息包过滤器为关键部件,如果出现故障或工作不可靠,将造成极为严重的后果。

4. 信息包过滤器的工作原理

下面以远程登录 Telnet 连接为例,说明信息包过滤器的工作过程。

Telnet 客户与服务器端口 23——默认的 Telnet 端口之间建立链路,与此同时发出本地操作系统分配的端口号。客户端口号常为“非优先端口”,因此它总大于 1023,并由 5 个参数来说明其链接性质(图 6.6)。

客户地址	客户端口	服务器地址	服务器端口	传输协议
126.34.1.2	1034	126.34.1.1	23	TCP

图 6.6　Telnet 连接特点

要禁止 Telnet 与 126.34.1.1 的(网关)系统连接,采用封闭式 TCP 协议与端口号 23,只需过滤出所有目的地址为 126.34.1.1 的 IP 信息包即可。

1) 输入过滤以防止地址欺骗

若仅把每一个消息的目的地端口作为信息包过滤系统唯一的过滤条件,则无法检测到 IP 欺骗信息包。也就是说,虚假源地址的信息包也可通过系统的防火墙。尽管并不是所有的路由器都能办得到,但采用输入过滤器(代替输出过滤器)的确能够防止这种欺骗现象,这一点正是由 TCP/IP 工作原理决定的。信息包流是全双工,即双向的。若路由器某端口在为信息包建立链接时,作为输入端口,只要后继有确认信息包,该端口即成为输出端口。作为真正的输入过滤器,系统就必须同时能过滤输入与输出端口,这意味着过滤器应能过滤源地址在本地地址区段的信息包,避免其到达面向 Internet 的外部端口(即,若信息包来自系统内部,则无法到达该端口)。这常用于防止具有欺骗性的 IP 信息包入侵。

2) 区分 TCP 的发送与应答信息包

组建过滤器的要点之一就是应区分建立链接站点发送与应答的 TCP 信息包。目的站可以通过对 TCP 信息包代码区的确认应答位置位(图 6.7),确认已收到一个消息包。因而收发双方存在应答现象。

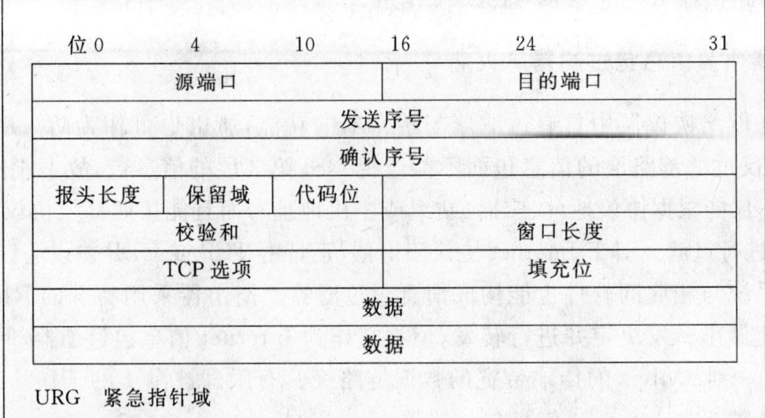

图 6.7 TCP 信息包的代码段

由此可断定，确认应答位(ACK)未置位的输入 TCP 信息包就是为了试图从外部建立链路，据此可以禁止它。相反，必须允许 ACK 位置位的信息包通过，以完成 TCP 的呼叫，其中包括 RST 位置位的信息包(当有严重错误事件发生时用于复位连接)。对于从外界向内部发送数据的连接如 FTP 服务，此类方案不适用。图 6.8 说明了建立 TCP 呼叫中的 SYN 与 ACK 标志。

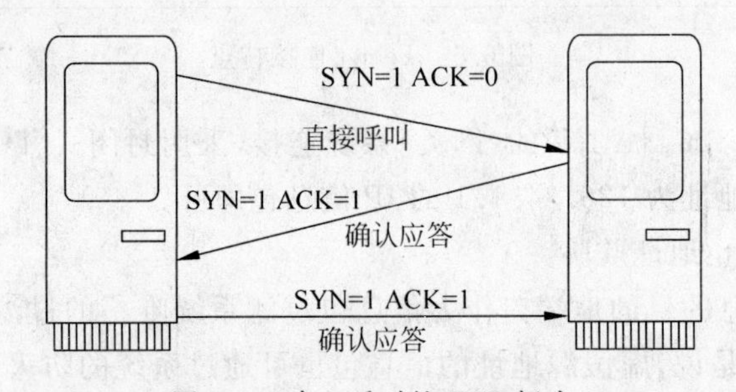

图 6.8 建立呼叫的 TCP 标志

发送与确认应答信息包的区分有助于避免严重的配置错误，其中以建立电子邮件服务最为典型。根据定义，优先权端口 25 用于 SMTP 协议。如果信息包过滤器对发送与确认应答的信息包不加区分，而且允许通过端口 25 由内部向外部发送信息包(即可发送电子邮件)，则端口 25 也可输入对本网的呼叫。这将给系统的安全造成隐患，因为入侵者有可能利用端口 25 进行操作。

若过滤器设置正确，便能做到仅让端口 25 的信息包输出，而阻止对该端口的呼叫输入。

3) 变换过滤条件——“路由器访问表”

通过修改所谓的“路由器访问表”(过滤表)的输入可变换过滤条件。一般该访问表包含以下输入项：

(1) 协议(如 TCP、UDP)。

(2) 发送/接收地址。

(3) 发送/接收端口。

上述各项对于接口或高层协议对象同样可行。

路由器接口(如以太网接口 1、以太网接口 3 等)为：

- 串行口(x.25 端口、ISDN 端口 2 等)。
- 路由协议。
- 高层服务(SNMP 等)。

通用的访问表句法是路由器制造商所采纳的 CISCO。由于其结构简单、功能强大，其他商家也采用该句法。访问表的登记项包括访问表号(1～99)、允许/禁止操作符、Internet 地址和一个任选的地址表征码(图 6.9)。

访问表(1～99)	允许/禁止	地址	(屏蔽)

图 6.9　CISCO 标准过滤器格式

扩展的过滤器格式还应包括协议、源地址及其表征码、目的地址及其表征码、一个逻辑比较符(gt 为大于、lt 为小于、eq 为等于和 neq 为不等于)与端口号(图 6.10)。

允许/禁止	ip/icmp/tcp/udp	源地址	源地址屏蔽
目的地址	目的地址屏蔽	gt/lt/eq/neq	端口号

图 6.10　扩展的 CISCO 格式

访问表号用于构造不同的过滤器输入，可为每个路由器的接口分配一个访问表号。该号规定的过滤条件与相应的接口一一对应。

允许/禁止操作符规定了是否转发或拒绝满足过滤条件的信息包(正/反过滤)。采用地址表征码，单个过滤输入能覆盖整个地址段。为了检测某信息包是否满足过滤表征码的条件，该包的 Internet 地址应当同过滤表征码的反码进行逻辑与操作。典型的访问表输入如图 6.11 所示。

访问表 4	允许	124.240.0.0	0.3.255.255

图 6.11　标准的过滤器格式输入

过滤表征码 0.3.255.255 的反码是 255.255.0.0(为完成逻辑运算，Internet 地址的每一个字节应转化为二进制形式，如 255 为 11111111，252 为 11111100 等)。

某输入信息包的地址是 124.254.143.12，首先与过滤表征码的反码进行逻辑与运算。

11111111　11111100　00000000　00000000 (0.3.255.255)

<u>01111100</u>　<u>00110110</u>　<u>10001111</u>　<u>00001100</u>

01111100　00110100　00000000　00000000　124.52.0.0

结果(124.52.0.0)与过滤条件 124.420.0.0 不符，所以该信息包将被拒绝。相反，另一地址 124.243.143.12 的信息包满足条件便可转发。

11111111　11111100　00000000　00000000 (0.3.255.255)

01111100　00110110　10001111　00001100

01111100　00110100　00000000　00000000　124.240.0.0

由此可见，表征码为 255，则 1～255 的数值均可满足过滤条件，即在该处表征码是虚拟透明的。相反，表征码为 0，则只有一个值(即过滤器的地址)是允许的。

5. 规划信息包过滤器的配置

在构造信息包过滤器之前，首先应明确各客户允许享受到的服务级别，接着需了解采用怎样的过滤方法实现既定的方针。尤其应当牢记某些不遵守预先定义端口的应用服务，如 x.11 与 FTP 就不能正确过滤。最后，必须将过滤的需求要点按所采用的路由器或过滤软件可识别的句法形式输入。

6. 建立过滤器的策略与模型

信息包过滤器的设计相当复杂，尤其主干网中信息包过滤器的设计需花费大量的时间和精力。CERT 协作中心建议对以下的服务进行过滤(表 6.2)。

表 6.2　CERT 建议的过滤端口号

服务类别	端口号
DNS	端口 53(TCP)
TFTP	端口 69(UDP)
Link	端口 87(TCP)
SunRPC&NFS	端口 111 与 2049(UDP 与 TCP)
BSD UNIX r_service	端口 512、513 与 514(TCP)
Lpd	端口 512(TCP)
UUcpd	端口 540(TCP)
开放窗口	端口 2000(UDP 与 TCP)
X 窗口	端口 6000＋(UDP 与 TCP)

1) FTP(普通文件传输协议)的过滤

对 UDP 端口 69 即标准 TFTP 端口的过滤，能够防止入侵者试图访问该安全敏感性服务。过去 TFTP 服务经常被入侵者使用，现在偶尔用它启动某些系统。

2) X-Windows 的过滤

X-Windows 是另一个高风险应用。若在本地网络的 X-Windows 运行环境中与另一个系统的应用进行对话，则必须有一条通向内部 X 服务器的连接线路经过信息包防火墙(x.11 协议认为，X 终端作为服务器，应用作为客户进程)。因为活动 X 服务器遭侵袭的风险太大，故为了保证网络适度安全，应去掉此类服务。TCP 端口 6000＋X 由 X-Windows 使用，其中 X 是现存 X 终端号，应当采用合适的过滤设施阻塞该端口。即使相反，内部应用程序从外部 X 终端得到的运行服务也存在某种程度风险。从本地网络向外部请求，正常链接毫无问题，攻击者可在对 X 客户透明的外部 X 终端上移动鼠标，它可能导致内部应用程序去打开其他进程。

3）FTP 的过滤

与 X-Windows 一样，FTP 应用即使由本地网络建立也需要另一入网线路经过信息包过滤器。为了完成此任务，FTP 客户进程需要在外部 FTP 服务器端口 21 与本地大于 1023 端口之间建立控制通道，同时需要建立从 FTP 服务器端口 20 至内部客户 FTP 进程端口的反方向数据通道。FTP 数据通道所用的入网线路到无优先权且端口号大于 1023 范围的端口上（这与客户操作系统向 FTP 客户进程分配端口有关）。由本地网络向外部的 FTP 客户进程，其过滤规则如下定义：

（1）从内部系统向外的信息包允许通过。

（2）端口 20 输入的应答信息包（确认应答标志 ACK＝1）允许通过。

（3）向端口号大于 1023 端口输出的信息包（无确认应答标志 ACK＝0）允许通过（这些信息包用于建立从外部 FTP 服务器到内部 FTP 客户的数据通路）。

上述构造对采用超过 1023（如 X-Windows）无优先权的端口进程无法提供保护服务，RFC 1579 描述了采用 FTP PASV（被动打开）命令实现的友好防火墙 FTP 协议。控制与数据通道均可从内部客户向外部输出连接，在建立好控制通道后，FTP 客户向 FTP 服务器发送 PASV 命令，便打开了客户用于建立数据通道的被动端口，并将该端口通过控制通道告知 FTP 客户。PASV 应答格式包含 3 种成分：服务器地址、参数 $P1$ 和 $P2$。利用公式 $256\times P1+P2$ 计算被动端口的端口号。图 6.12 给出了一个典型的例子。

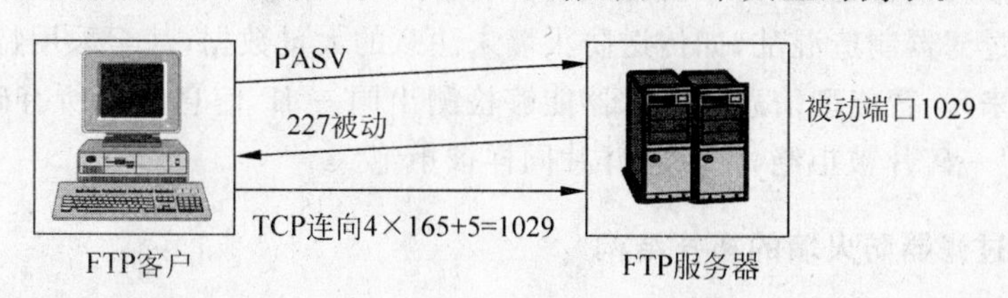

图 6.12　具有 PASV 命令（RFC 1579）的 FTP

```
227 passive i1,i2,i3,i4,P1,P2
```

FTP 客户通过服务器端口 $256\times P1+P2$ 建立链接，打开数据通道，于是便可传输数据。该方法避免了建立通过防火墙的入网线路，遗憾的是许多 FTP 客户尚不支持这一有用的 FTP 文件传输选项。

4）UDP 的过滤

因 UDP 连接的体系结构无顺序号确认应答信息包，故应考虑其安全风险。模拟 UDP 的确认应答信息包相对容易，除确认应答信息包外，UDP 输入信息包的过滤不可能像 TCP 一样，因为 UDP 无类似的标志。因而除非有更好的理由，否则最好禁止所有输出的 UDP 呼叫。这对 UDP 的服务如 NFS、NIS、TFTP 和 SNMP 并无任何严重信息影响，因为这些服务主要是为本地网络而设计的。尤其值得注意的是，应禁止路由信息协议 RIP。虽然 UDP 的 DNS 服务存在某些问题，但改变输入 RIP 信息包的内部路由毫无意义，它仅为潜在的入侵者打开了方便之门。

域名服务（DNS）信息包的过滤实现属最难解决的问题之一。一方面，DNS 服务器向外应筛选以保护网络内信息；另一方面，区域文件要与“二级 DNS 服务器”相互交换，而且本地客户所需要的外部 Internet 地址必须由协议的根 DNS 服务器回答。

DNS服务器采用TCP/IP的53号端口，DNS客户端口号超过1023且无优先权的端口。在本地名服务器与二级DNS服务器之间大量区域文件的传送需采用TCP端口53。在此过程中，根据需要，区域文件向二级服务器传送。遗憾的是，如此大量的区域文件传输不仅能被二级DNS服务器收到，同时入侵者也能利用它了解网络内的各个节点，因此应杜绝对TCP端口53的访问。过滤配置仅允许对已知的二级域名服务器进行访问。

增加安全性的又一途径就是采用两个DNS服务器，尽管价格昂贵，但也不得不如此。安装一个内部DNS服务器，它包含本地网络的所有区域文件，另外再安装一个处于Internet网关面向外部访问的“外露式”DNS服务器。该外露DNS服务器仅包含简化的区域文件，不包括内部的任何秘密信息。第二筛选内部DNS服务器用于解决内部地址的查询。该服务器接到有关外部的Internet地址的查询时，由它请求外部DNS服务器，将查询要求传给Internet的一个DNS根服务器。如此便保证了第二个DNS服务器仅保存简化的区域文件副本，避免了敏感信息的泄露。

(1) 其他有用的过滤行为包括过滤ICMP非直接类型消息、过滤ICMP不可到达型消息、过滤IP源路由信息包。

(2) 过滤碎片IP信息包：通常过滤IP碎片没有必要。含有端口地址的第一个信息包碎片一般均能被过滤掉，但若第一个信息包不存在，就无法使通过信息包过滤器的其他碎片重新组合成原来的信息包，目的站便将其再次丢弃。而与此相反，入侵者可采用假的IP碎片通过信息包过滤器制造混乱(如传送防火墙未注意的大量数据，甚至采用特殊软件将不完整碎片集中起来)。智能型信息包过滤器能够检测出同一IP信息包的所有碎片，即若包含某端口ID的第一碎片被拒绝，则其余碎片同样被拒绝。

7. 信息包过滤器防火墙的拓扑结构

信息包过滤器防火墙可采用各种配置结构。最终，理想的安全体系依赖于现有的永久性防范设施和背景条件(允许什么样的服务、多少客户可以访问等)。信息包过滤系统包括如下3种基本类型的防火墙。

1) 边界路由器

采用边界路由器方式实现的防火墙不仅能达到基本的最低水平安全线，而且能最简单、最廉价地将网络连接到Internet上。与其他防火墙体系比较，边界路由器也提供了最底层的安全。作为信息包过滤器的路由器直接安装在本地网络与Internet提供者的POP(出现点)之间。按照跨越防火墙访问所需的服务，可以设计面向不同服务的过滤配置方案。其中仅允许单方向呼叫(如从内向外)的过滤器称为二极管式过滤器，允许双向呼叫的过滤器则称为可渗透式过滤器(如图6.13所示)。

当网络互联，即使相邻网络网关互联时也应谨慎。否则，有可能通过其他路由器系统形成一条毫无控制的访问Internet的路径，还有可能为其他潜在的可疑网络开通道路。

虽然边界路由器作为防火墙具有便宜、简单等诸多优点，但也存在许多缺点。如边界路由器仅具有非常有限的监视与记录能力，则专用的路由器系统常常无法辨别与记录在禁止端口出现的潜在入侵者。作为过滤器，它仅能拒绝所规定的信息包，却无法监视哪些系统何时访问或服务于哪些网络。边界路由器作为防范网络遭受侵袭的唯一屏障，一旦其工作失败，则再无防御措施可言。采用信息包过滤器防火墙保证网络安全还存在缺点，应予考虑。

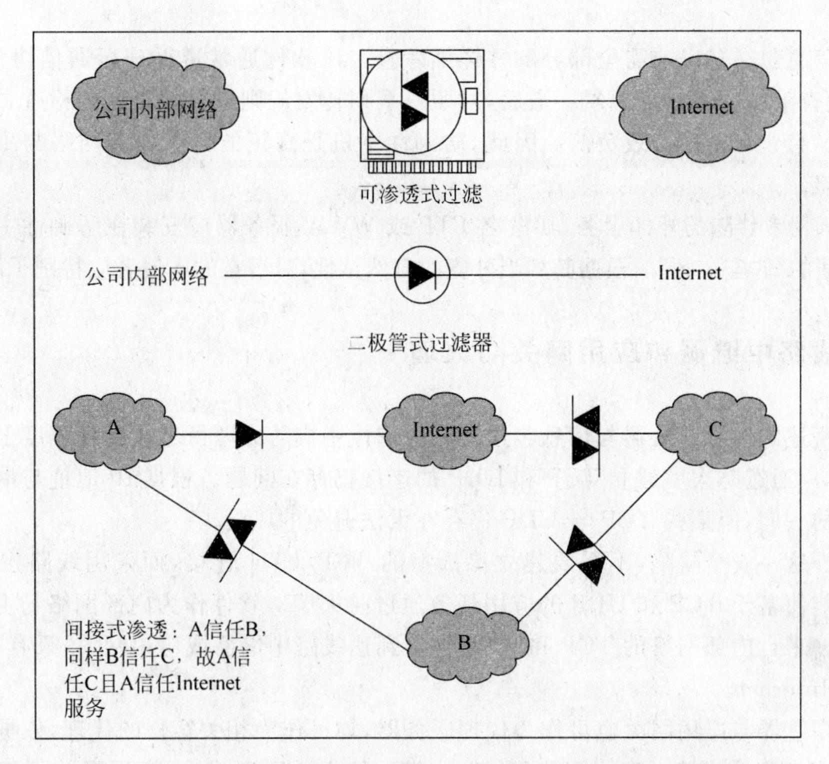

图 6.13 信息包过滤器防火墙——二极管式和可渗透式过滤器

因此，即使如上述认真构造过滤表，信息过滤器也还无法为某些服务提供保护。

2）筛选性子网即安全子网

边界路由器的改造可通过信息包过滤器连接到特殊的安全子网上实现。虽然访问Internet仍需通过路由器，但设计的访问表中路由器仅能抵达某些专用系统。识别这些系统将导致附加风险，可通过配置使其抵御可能的侵犯。这可通过去掉大部分网络服务功能或采用安全修补程序修改它们。另外，这些系统应具备认证机制并安装监视与记录软件。在子网体系中，从内或外访问Internet均需通过安全子网的某个主机，故必须通过对该子网的呼叫才能到达Internet或内部网络。将边界路由器与特殊安全系统结合大大提高了网络的安全性，但整机的安全问题仍无答案。配置如此外露系统只需少量非标准软件。

所有子网系统都需特殊配置，这不仅需要花费大量的时间和精力，而且也为潜在的入侵者提供了更多的入口点。作为最后的依靠，外露的信息包过滤器仍为单个故障点，因其故障会导致网络向外界入侵者打开大门。

3）双归宿过滤（信息包过滤防御性主机）

基于信息包过滤器的最安全防火墙体系为双归宿防御性主机。它由边界路由器加一个下游（Dawn Stream）的计算机化信息包过滤器即防御性主机构成。防御性主机与路由器基本相似，根据访问表中的属性过滤数据信息包。其属性如下：

• IP 地址。
• 协议。
• 端口号。

即使如此，防御性主机的信息包过滤软件比通用或局部边界路由器的功能还要强大。

每个输入信息包在转发前需全部分解并详细考查。该软件通常遵循现行通信协议(协议遵守者)并检查潜在的不稳定因素。最后,对照一系列转发规则进行信息包的检查,重新组包,但传递的信息包只采用有效负荷。因此,防御性主机是真正的介于内部网络与 Internet 之间的防火墙。

常与入侵者伴随的外部服务,如匿名 FTP 或 WWW 服务器应安装在防御性主机与边界路由器之间的"非安全区"。根据其相当外露的自然特性,对潜在的入侵者应特别予以考虑。

6.3.5 线路中继器和应用网关防火墙

前面所述的边界路由器与信息包过滤器防御性主机防火墙虽然在某种程度上保证了网络的安全,但通过防火墙建立 TCP 和 UDP 的连接仍存在问题。根据 IP 地址与端口过滤能控制呼叫的去向,但某些 TCP 与 UDP 仍存在无法避免的风险。

为弥补这一安全缺陷,不需要建立渗透型的 TCP/UDP 连接,而采用线路中继器和应用网关就能使基于 TCP 和 UDP 的应用任务通过防火墙。软件作为内部网络与 Internet 间的中继器。来自内部网络的 TCP 和 UDP 连接到达线路中继器或应用网关,只有重新配置,才能发给 Internet。

线路中继器与应用网关也可作为代理服务器,均可作为相关客户的代理,依据其指令建立 TCP 与 UDP 的连接。应用网关与线路中继器的主要区别就是,应用网关不仅对客户软件无任何修改要求,而且其认证与登录功能更强。

1. 线路中继器

线路中继器含有为相关应用与修改客户软件设置的中继服务器。因为要与线路中继器服务器而非代替外部目标签订初始协议,客户软件就必须满足此要求且符合相应的规定。在配置客户软件时,线路中继器地址应预先定义好。

一旦线路中继器服务器接收到第一个客户信息包,它就按照客户的实际需要建立起通向目的地的线路。只要允许,该服务器将内部网络客户的每个 TCP/UDP 信息包的有效负荷数据复制至其 Internet 的目的地,即使不依靠 TCP/UDP 协议,在应用层也可建立起通信路径。

1) SOCKS(SOCKets)

现行最常用的线路中继器服务器是由 David Koblas 设计的公共软件包 SOCKS(来自 Sockets)。SOCKS 服务器软件被安装在防御性主机上作为 TCP 的中继器(SOCKS 版本 5 同时支持 UDP 和新的地址格式 IPv6)。由于 SOCKS 不依赖于任何应用,所以它与任何业务一起能够不采用渗透 TCP 连接方式而通过防火墙。相反,客户应用应能够同 SOCKS 一起运行,或修改客户软件("SOCKSifying" it),安装代理器。代理器应用安装于服务器的上游,为 Unsocksified 客户程序与 SOCKS 服务器之间的接口(见图 6.14)。

图 6.14 SOCKS 工作方式

修改客户软件易于实现对 SOCKS 服务器的支持。在 Internet 中,有许多成熟的 SOCKSified 客户软件(Telnet、

FTP、finger、Whois、Gopher、MOSAIC 等)。

2) SOCKS 工作原理

客户需通过带有 SOCKS 服务器的防御性主机建立 TCP 连接，启动 SOCKS 服务器工作，只需在 inted. conf 文件中输入：

```
SOCKS Stream tcp nowait nobody /usr/local/etc/sockd sockd.
```

此时，Socks 服务器可处理如下两种命令：

(1) CONNECT。

(2) BIND 为了与外界系统通信，客户应用首先向 SOCKS 服务器发送连接请求命令，该命令格式如图 6.15 所示。

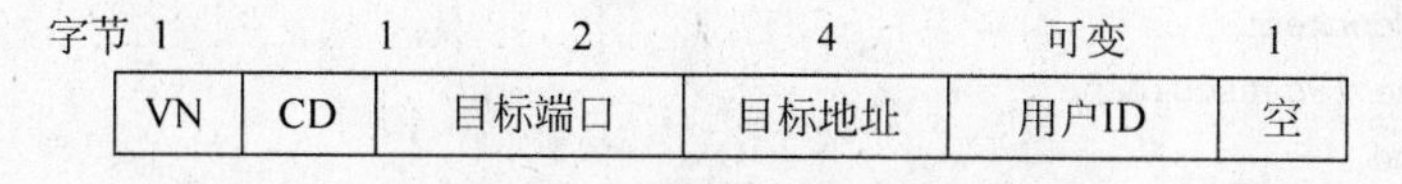

字节	1	1	2	4	可变	1
	VN	CD	目标端口	目标地址	用户ID	空

图 6.15　SOCKS 连接请求命令格式

VN 表示 SOCKS 版本号，CD 代表 SOCKS 的命令码(建立呼叫用 1)，DSTPORT 和 DSTIP 分别表示目的端口和客户的目的地址。SOCKS 服务器检查接收到的参数(应用识别协议 identd(RFC 1413)作为任选项)，将其与配置文件/etc/sockd. conf 进行比较，决定是否允许对目的系统的呼叫通过。若成功，则与目的系统之间建立 TCP 线路，并按如图 6.16 所示的方式，向客户发回一个应答信息包。

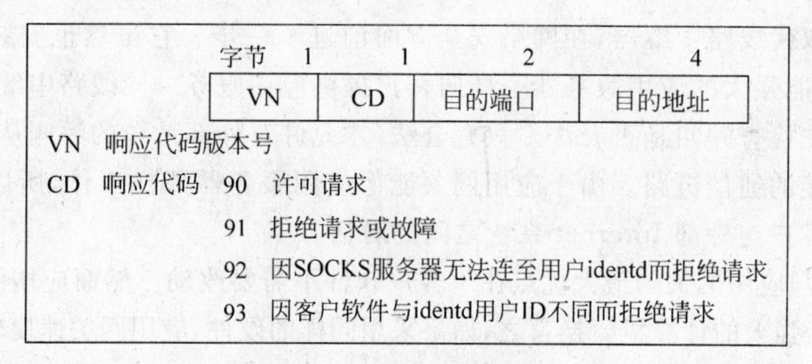

字节	1	1	2	4
	VN	CD	目的端口	目的地址

VN　响应代码版本号

CD　响应代码　90　许可请求

91　拒绝请求或故障

92　因SOCKS服务器无法连至用户identd而拒绝请求

93　因客户软件与identd用户ID不同而拒绝请求

图 6.16　SOCKS 应答

一旦 SOCKS 允许客户呼叫通过，服务器便能双向地发送有效的 TCP 信息包。这时客户仿佛是直接连接在目的系统上。

客户呼叫传出后，若希望有相反的应答呼叫(如 FTP 服务器用 FTP 连接数据通道方式)，就要用到 BIND 命令。在 BIND 命令中，客户发向 SOCKS 服务器的参数包括以内功用服务器的 IP 地址、建立第一次呼叫需要的目标端口和客户 ID(图 6.17)。

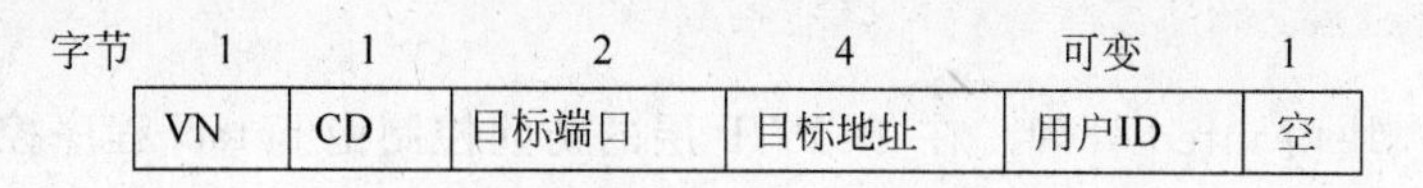

字节	1	1	2	4	可变	1
	VN	CD	目标端口	目标地址	用户ID	空

图 6.17　SOCKS BIND 命令格式

同样，VN 代表 SOCKS 版本号，命令码 CD 值为 2(BIND 请求)。SOCKS 服务器应答 BIND 命令格式与应答 CONNECT 一样。若传入的呼叫允许通过，SOCKS 服务器则建立起接收端口,将该端口号发给外界系统应用(DSTIP、DSTPORT),并等待外部呼叫通过。上述工作全部完成后,SOCKS 服务器才向客户发出第二个应答信息包,数据便开始传输。

3) SOCKSifying 客户软件

如果在 SOCKS 服务器上不能运行客户软件,那么只要有源代码就可以按如下步骤进行:

(1) 首先确定该软件是否采用 TCP 或 UDP 协议(grep SOCK_DGQRAM)。若字母有大小写之分,则需要用 SOCKS 版本 5.0 或更高的版本处理。

(2) 在主程序开始处插入行: SOCKSinit(argv[0])。

(3) 在所有 CC 行上增加

```
Dconnect = Rconnect
Dgetsockname = Rgetsockname
Dbind = Rbind
Daccept = Raccept
Dlisten = Rlisten
Dselect = Rselect
```

若有 make 文件,只需在 CFLAG 宏定义中插入以上定义即可。

(4) 链接 SOCKS 库与 ld 或最后的 cc 命令。

2. 应用网关

应用网关取代线路中继器,在网络安全方面前进了一步。它虽然也安装于防御性主机上,但却能像功能强大的应用服务器一样向客户提供应用服务。同线路中继器一样,应用网关实际上也首先检查呼叫是否合法。只有合法,才允许对外部系统的呼叫从防御性通过,协议层不存在直接的通信链路。由于应用网关能像应用服务器那样工作,所以它更能严密监视与登录内部客户与外部 Internet 系统之间的对话。

就客户而言,应用网关的最大优点在于客户软件不需要改动。然而应用网关比线路中继器需要功能更为强大的计算机。换言之,如果采用同样的硬件,应用网关速度较慢(图 6.18)。

来自信托信息系统(TIS)的 TIS 防火墙工具为一强大的应用网关软件包。虽然它并未公布于非商业应用,但它包括面向电子邮件的 6 个代理服务器: Telnet、远程登录、HTTP、FTP、Gopher、X.11 及 NNTP。

- ftp_gw。
- telnet_gw。
- rlogin_gw。
- http_gw。
- x_gw。

以上软件模块由 inted 管理。在 TCP/IP 层的访问控制由 netacl 程序控制,该程序也由 inted 支配。这意味着入网监控程序的呼叫能够对照访问表进行检查,必要时给予拒绝。在/etc/inetd.config 文件的某入口可用来安装 netacl。与通过 netacl 表项自动访问控制一样,netacl 工具也包括专用认证服务 authsrv。该认证服务依据公共口令、口令响应查询或智能卡,可建立起各种访问控制过程。中心认证文件用于管理认证机构覆盖哪些客户及业务。

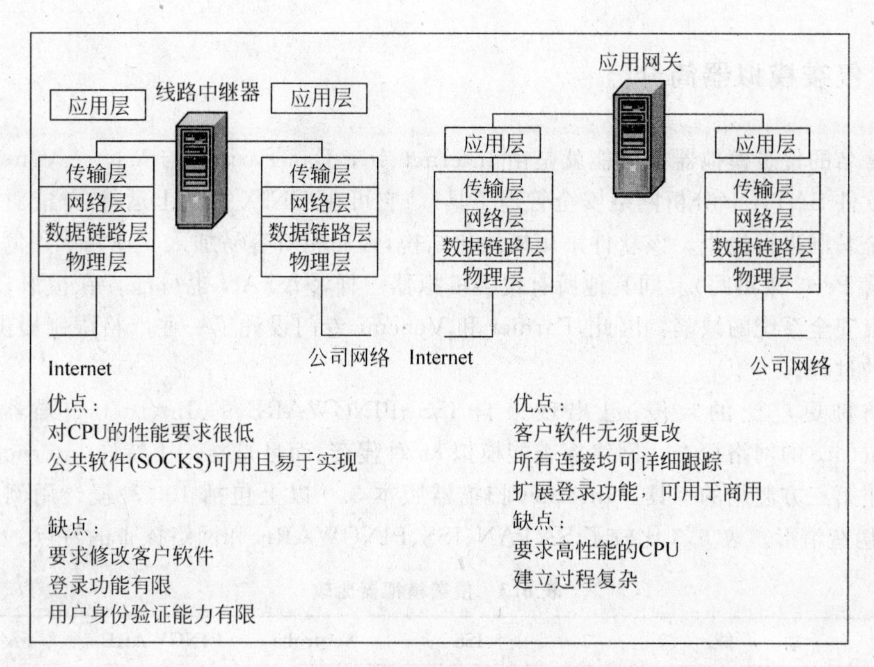

图 6.18　线路中继器与应用网关的比较

带有 smap 软件的 TIS 还能提供另外一种应用，即较从前更能安全地运行易遭伤害的 E-mail 服务器的 E-mail 软件。WWW 和 Gopher 服务的应用网关为 http_gw 程序，无须修改客户程序，只需在相应的客户菜单下输入 HTTP 网关的地址。TIS 软件运行于 UNIX 平台，最为经济的方案是由带两块网卡的 486/Pentium PC 加上 Linux 操作系统共同实现。

6.3.6　防火墙系统的局限性

防火墙的所有作用在于监视 OSI 2 层～7 层之间网络的活动状况。它们不能防止内部应用软件所携带的数据，也不能保护网络免受病毒或其他方式(协议哄骗)的袭击。有许多数据编码方案能有助于摆脱这类威胁。

防火墙对于内部计算机系统未授权的物理袭击，也不能提供安全的保证。欲阻止这类袭击，就需要：

(1) 无漏洞地访问控制系统。

(2) 确实真正保护关键性部件。

(3) 以光纤代替铜管导线(尤其是采用共享媒体技术)。

(4) 高度机密数据在发送前应加密。

6.4　侵袭模拟器

为测试和提高系统的安全性，可采用在计算机领域中入侵者开发、扩散使用的方法与工具。这就需要设计侵袭模拟器来系统地寻找安全漏洞并将其在报表中列出。

6.4.1 侵袭模拟器简介

最著名的侵袭模拟器很可能就是由 Internet 专家 Dan Farmer 与 Wietse Venema 研制的免费软件 SATAN(分析网络安全管理工具)。它可在 UNIX 平台上运行,并能对 10 种典型的安全漏洞进行检查。该软件采用模块化结构,因而相对容易加入其他测试用例(采用解释性语言 Perl5 来编写)。同其他所有侵袭模拟器一样,SATAN 也可能存在被潜在攻击者用来搜索安全系统的缺陷。因此,Farmer 和 Venema 专门设计了一些严格限制提供公共安全漏洞的过程。

为防御更广泛的入侵,已出现来自 ISS、PINGWARE 的 Internet 扫描器及来自 InfoStructure 的网络探查。网络探查能模拟 85 种侵袭,而且是唯一由特许 Internet 地址使用以防止第三方滥用的工具。Internet 扫描器版本 3.0 以上包括 100 种侵袭用例,其中有 IP 地址伪造情形。表 6.3 比较了 SATAN、ISS、PINGWARE 和网络探查的特点。

表 6.3 侵袭模拟器比较

功　能	ISS	Netprobe	PINGWARE	SATAN
通用功能				
可检测主机/小时	50	1000	180	15
对限用网络的滥用保护	否	是	—	否
文件测试报告	—	是	—	否
对 CERT/CIAC 的参照	是	是	—	是
远程操作测试				
Rsh 与 nhosts. equiv	是	是	是	是
Rex 功能激活	是	是	—	是
带有用户名 ZERO 的 Rsh 事务	—	是	是	—
X 服务器访问	是	是	是	是
文件传送测试 TFTP 安全环绕点	是	是	是	是
匿名 FTP 段保护	是	是	—	是
FTP 启动错误	是	是	是	—
WUFTP 绝对性激活	是	是	—	是
FTP 目录的口令验证	—	是	—	—
Gopher 记账	—	是	—	—
因栈溢出 HTTP 服务器而遭袭击	是	是	—	—
电子邮件测试				
采用旧式发送邮件版本	是	是	—	是
发送邮件的 DEBUG 与 WIZ 选项激活	是	是	是	是
发送邮件的译码选项激活	是	是	—	是
记账测试				
启动口令易猜测	—	是	—	否
默认 UNIX 记账	是	是	—	否
登录许可_f 选项	是	是	—	否
网络信息测试				
NFS 目录可被任何人读/写	是	是	是	是

续表

功　能	ISS	Netprobe	PINGWARE	SATAN
NFS 文件标志可猜测	是	否	—	—
NIS 主域名易猜测	是	是	—	是
NIS 能接收主机 Ypset	—	是	—	—
错误的 DNS 输入配置	—	是	—	—
其他测试				
Internet 蠕虫侵袭的安全隐患	—	是	—	—
端口映射器向前请求	是	是	—	是
信息程序激活	是	是	—	否
活动端口报告	是	否	—	是
UDP 炸弹	是	否	—	否

6.4.2 系统安全性检查软件

除了模拟来自外部袭击(远程侵袭)的侵袭模拟器外,还有许多检查自身所在系统安全漏洞的软件包。最为流行的两个模型为 COPS(计算机隐蔽和口令系统,Former/Spafford1990)和 Texas A&M 大学的安全包 TAMU-Figer。COPS 检查以下潜在的安全缺陷:

(1) 文件/目录特权。
(2) 软件口令。
(3) 内容、格式、口令安全性及文件组。
(4) 在/etc/rc 中的程序和文件。
(5) 现存的 root-SUID 文件及是否可写入。
(6) 重要文件上生成的 CRC 校验和。
(7) 主目录和启动文件能否被写入。
(8) 匿名 FTP 建立。
(9) 非限制的 TFTP、发送电子邮件的假破译、SUID-undecode 问题、Internet 和 read。
(10) 采用 CERT 建议比较程序版本。

COPS 的 42 个警告信息如表 6.4 所示。

表 6.4 COPS 的警告信息

编　号	说　明
0	foo 文件全球可写
	foo 文件组可读
1	foo 文件(以 com_file 格式)全球可写
	foo 文件(含在启动文件 foo_file2 中)全球可写
	foo 文件(in/etc/rc)全球可写
2	foo 目录全球可写
3	foo 目录全球可写且在根路径上

续表

编　号	说　明
4	在 foo 组中发现复制组例
5	foo_bar 组中存在复制用户
6	在线 xyz 组文件中存在非数字组 id:foo
7	在线 xyz 组文件空白
8	在线 xyz 组文件无 4 个域：foo
9	在线 xyz 组文件有非字符数字用户 id:foo
10	在线 xyz 组文件中有口令：foo
11	可猜出口令问题：foo 外壳、bar 口令 foo_bar
12	口令问题：空白口令、foo 外壳、无口令的在线 xyz 的 bar 的口令文件：foo
13	在 foo 口令中发现重复用户 id
14	在线 xyz 口令文件的用户 id=0
15	在线 xyz 口令文件有非字母数字登录：foo
16	在线 xyz 口令文件有无效登录目录：foo
17	在线 xyz 口令文件有非字母数字 id:foo
18	在线 xyz 口令文件有非法用户 id:foo
19	在线 xyz 口令文件无 7 个域：foo
20	在线 xyz 口令文件空白
21	NFS 文件系统无限制性外露
22	根目录未屏蔽
23	“.”(或现行目录)处于根路径
24	在 foo 文件上有“+”入口
25	在 foo 文件中 rexd 激活
26	用户 foo 文件条目为 xyz 模式
27	在 foo 主机上 tftyp 激活
28	在 foo 文件中 uudecode 激活
29	uudecode 创建了 setuid 文件
30	uudecode 为 setuid 文件
31	典型的具有 SUID 文件的根目录
32	用户：典型的 foo SUID 文件
33	在/etc/ftpusers 中存在 foo
34	匿名 ftp 工作需要用户 foo
35	ftp 的主目录不存在
36	～ftp/etc/passwd 与/etc/passwd 相同
37	foo 文件丢失
38	foo 文件应由 foo 用户拥有
39	～ftp 应为 555 模式
40	～ftp/. rhosts 应为空
41	在 foo 目录的 foo 文件中有不正确许可
42	非 ftp 目录的 foo 为全球可写

6.4.3 其他监视工具

1. TTY 监视器与 IP 监视器

应用免费的 TTY 监视器程序，可对系统正在监视软件的键盘输入进行记录与修正。商用版本 IP 监视器扩展了该功能，主要用于 IP 连接的监视。IP 监视器运用“有效吸入”的原理，即不仅能监视现存 IP 的连接，而且能接管(窃用)它们。这也是攻击者通过防火墙的一种方法。一旦同内部系统的连接合法建立，防火墙规定的控制机制通过，则攻击者就可占有此连接。IP 监视器对于系统管理者而言非常有用，但若落至入侵者手中，潜在的风险则是巨大的(http://WWW.engarde.com/)。

2. 系统完整性测试——行迹

行迹应用软件用于测试计算机系统存储介质上的文件与目录结构的完整性。当对系统上的文件有以下操作时，该软件能及时提醒系统管理者：

- 插入。
- 增加。
- 删除。

COPS 中的签名基于 CRC 校验和，而该校验和原本用于检查由硬件故障原因造成的文件问题，它相对容易被破坏、模仿及伪造，而行迹菜单特征码可使客户在如下的伪证明散列函数中进行选择：

- MD5。
- MD4。
- MD2。
- SHA(NIST 安全散列算法)。
- 4 遍 Snefru(Xerox 散列函数)。

它也支持 16 位和 32 位 CRC 校验和。

复 习 题

1. 根据安全标准进行指导网站建设及其应用系统配置。
2. 选择一个网站进行安全性配置。
3. 下载任意一个模拟侵袭器测试你所用的系统。

思 考 题

1. 设计一个简单的路由控制算法。
2. 分析你所采用的模拟侵袭器的优缺点。
3. 基于包过滤防火墙可以防止木马病毒的入侵吗?

第 7 章

操作系统安全与控制

本章教学目标

- 掌握操作系统的基础概念。
- 熟悉操作系统的功能。
- 了解主流操作系统的安全控制策略。

本章关键术语

- 操作系统
- 操作系统安全控制
- Windows、UNIX、Linux

7.1 操作系统及其安全控制措施

计算机系统是电子商务运行环境中一个重要的支撑平台，电子商务业务的顺利开展要依赖于一系列电子商务软件和相关的网络硬件（如服务器）的稳定运行，而这些电子商务软件如网页发布平台、服务器端业务程序软件、数据库管理系统软件等，都必须在相应的计算机系统下才能运行，实行与其他软硬件的链接，使得电子商务数据信息能够顺利地传输、处理和转换。

操作系统是一组用于控制、管理计算机系统中软、硬件资源，提高资源管理效率、方便用户使用计算机的程序集合，它是紧挨着硬件的第一层软件，提供其他软件的运行环境，可以将其看成是用户与硬件的接口，是整个计算机系统的控制和指挥中心，所以操作系统是电子商务环境中非常重要的系统软件。操作系统对维持计算机系统和电子商务的安全和稳定运行起着不可替代的重要作用，由于处于整个计算机系统中硬件和软件接口的特殊地位，使得操作系统成为各种攻击的主要目标。

7.1.1 操作系统的功能和安全控制

在电子商务环境中，操作系统作为计算机系统最重要的软件，其安全在整个信息安全领域内显得尤为重要。如果操作系统遭到入侵或破坏，会直接导致用户各种数据信息的丢失和破坏。因此，尽可能保障操作系统的安全运行，有效地防止各种针对操作系统的恶意攻击,避免用户的错误操作给操作系统带来的危害,就成为了电子商务安全的一个重要内容。

1. 操作系统功能

操作系统负责管理计算机系统的所有资源,并调度这些资源的使用。具体来说,其主要功能有处理机管理、存储管理、设备管理、文件管理、作业管理共5个方面。

2. 操作系统的保护对象

操作系统的保护对象一般包括可共享的数据、程序和文件;存储器;可共享的I/O设备,如磁盘、打印机等。

3. 操作系统的保护措施

为了保障计算机系统的安全运行,操作系统一般提供以下3种保护措施。

(1) 过滤保护:分析所有针对受保护对象的访问,过滤恶意攻击以及可能带来不安全因素的非法访问。

(2) 安全检测保护:对所有用户的操作进行分析,阻止那些超越权限的用户操作以及可能给操作系统带来不安全因素的用户操作。

(3) 隔离保护:在支持多进程和多线程的操作系统中,必须保证同时运行的多个进程和线程之间是相互隔离的,即各个进程和线程分别调用不同的系统资源,且每一个进程和线程都无法判断是否还有其他进程或线程在同时运行。一般的隔离保护措施有以下4种。

① 物理隔离:不同的进程和线程调用的系统资源在物理上是隔离的。

② 暂时隔离:在有特殊需要的时间段内,对某一个或某些进程或线程实施隔离,该时间段结束后解除隔离。

③ 软件隔离:在软件层面上对各个进程的访问权限实行控制和限制,以达到隔离的效果。

④ 加密隔离:采用加密算法对相应的对象进行加密。

7.1.2 操作系统的类型

由于计算机的应用领域不同,对于计算机操作系统的性能要求、使用方式也不相同。因此,形成了多种操作方式的操作系统,其基本类型有批处理系统、分时系统、实时系统、个人计算机操作系统、网络操作系统和分布式操作系统。

计算机网络是开展电子商务的基础平台,必须依靠计算机网络安全稳定,电子商务业务才能顺利开展实施,计算机网络中主要的被攻击对象就是工作站操作系统,所以本节主要讨论网络操作系统中的工作站操作系统,目前工作站中主要存在以下几类操作系统。

1. Windows 操作系统

Windows 操作系统是全球最大的软件开发商——Microsoft 公司开发的。Microsoft 公司的 Windows 系统在操作系统中占有绝对优势。主流 Windows 系统都可以用在工作站中,如 Windows NT 4.0、Windows 9x/ME/XP、Windows 2000 以及 Windows 2003 等。

2. UNIX操作系统

目前常用的UNIX系统版本主要有：UNIX SUR4.0、HP-UX11.0、Sun的Solaris 8.0等。UNIX系统支持网络文件系统服务，提供数据等应用，功能强大，最初是由AT&T和SCO公司推出的。中高端工作站一般都采用UNIX操作系统。

3. Linux操作系统

这是一种新型的网络操作系统，它的最大特点就是源代码开放，可以免费得到许多应用程序。目前也有中文版本的Linux，如REDHAT(红帽子)、红旗Linux等。在国内得到了用户的充分肯定，主要体现在它的安全性和稳定性方面，它与UNIX有许多类似之处。但目前这类操作系统主要应用于低端小型工作站中。

对特定计算环境的支持使得每一个操作系统都有适合于自己的工作场合，这就是系统对特定计算环境的支持。例如，Windows 2000 Professional适用于桌面计算机，Linux目前较适用于小型的网络，而Windows 2000 Server和UNIX则适用于大型服务器应用程序。因此，对于不同的应用领域，需要有目的地选择合适的操作系统。

7.2 Windows操作系统的安全管理

7.2.1 Windows操作系统简介

1980年3月，苹果公司的创始人史蒂夫·乔布斯在一次会议上介绍了他在硅谷施乐公司参观时发现的一项技术——图形用户界面(Graphic User Interface, GUI)技术，Microsoft公司原总裁比尔·盖茨听了后，也意识到这项技术的潜在价值，于是带领Microsoft公司开始了GUI软件——Windows的开发工作。

1985年，Microsoft公司正式发布了第一代窗口式多任务系统——Windows 1.0，由于当时硬件水平所限，Windows 1.0并没有获得预期的社会效果，也没有发挥出它的优势。但是，该操作系统的推出，却标志着PC开始进入了图形用户界面的时代。在图形用户界面的操作系统中，大部分操作对象都用相应的图标(Icon)来表示，这种操作界面形象直观，使计算机更贴近用户的心理特点和实际需求。

之后，Microsoft公司对Windows操作系统不断改进和完善，在1990年推出了引起轰动的Windows 3.0。后来又推出了Windows 3.1、Windows 3.2等版本，极大地丰富了其中多媒体功能。但是，这些版本的Windows操作系统都是由DOS引导的，还不是一个完全独立的系统。直到1995年8月Windows 95的问世，Windows操作系统才成为一个独立的32位操作系统。与Windows 3.x相比，Windows 95有了很大的改进，明显的一点是进一步完善了图形用户界面，使操作界面变得更加友好。而且，Windows 95系统环境下的应用软件都具有一致的窗口界面和操作方式，更便于用户的学习和使用。另外，Windows 95是一个多任务操作系统，它能够在同一个时间片中处理多个任务，充分利用了CPU的资源空间，并提高了应用程序的响应能力。同时，Windows 95还集成了网络功能和即插即用(Plug and Play)功能。

1998年6月,Microsoft公司推出了Windows 95的改进版——Windows 98,它是当时主流的操作系统。Windows 98仍然保留了Windows 95的操作风格,但在操作界面、联机帮助及辅助工具向导等方面都有了很大的改进。另外,它还增加了几个系统工具,用于自动检测硬盘、系统文件和配置信息,可以自动修复一些一般性的系统错误。Windows 98还内置了大量的驱动程序,基本上包括了市面上流行的各种品牌、各种型号硬件的最新驱动程序,而且硬件检测能力也有了很大的提高。同时,Windows 98提供了FAT32文件分配系统,可支持2GB以上的大分区,而对FAT16的硬盘,无须重新分区和格式化,直接用FAT32转换器就可以实现格式的转换。与Windows 95相比,Windows 98最显著的一个特点就是把Microsoft Internet浏览器技术整合到操作系统中,把最新的多媒体技术、网络技术和Internet/Intranet技术结合在一起,使访问网络更加方便快捷。

继Windows 98之后,Microsoft公司又陆续推出了Windows 2000、Windows XP、Windows NT系列和Vista系列等版本,使Windows操作系统更加完善。技术是在不断进步的,操作系统也是在不断更新的,没有哪个版本的操作系统是永恒的主流,因此,学习和使用某个操作系统的过程中应把握住它最基本的内容,并在此基础上进行大胆的尝试和创新,从而跟上它的发展步伐。

7.2.2 Windows操作系统安全控制

1. Windows 98/ME系统

对于Windows 98/ME这两种操作系统所受的网络攻击是比较少的,原因是其主要面对的是家庭用户,网络功能很弱,一般的服务器不会选择这两种操作系统,但是漏洞还是存在的。例如Windows 98的一个很著名的共享导致蓝屏的漏洞,当你共享一个分区(比如说c盘)时,只要在"运行"对话框中输入\\ip\c\con\con或者\\机器名\c\con\con就会导致蓝屏。这是由硬件冲突造成的,也是Windows 98的一个问题(bug),黑客也经常利用这些漏洞攻击计算机。解决的办法就是不共享或安装补丁程序。目前来看,Windows 98/ME等操作系统的安全防范主要就是针对那些级别较低的黑客,只要注意安装网络防火墙,防备木马之类病毒入侵就可以保证一定的安全。

2. Windows NT/2000/XP/2003系统

对于大多数网络服务器,一般就是基于Windows NT/2000等操作系统。Windows XP的安全性比较高,Windows 2003 Server从问世到现在只发现很少的几个漏洞。下面详细讨论一下Windows NT/2000的系统安装和配置问题。

1) 版本的选择

Windows NT/2000有各种语言的版本,对于国内用户来说主要是简体中文版和英文版本的,由于Windows操作系统是基于英文开发的,所以一般中文版的问题肯定要多于英文版,而且因为各种补丁是先发表英文版的,而中文版的往往要延迟一段时间,那么这样的延迟时间就可能给攻击者以可乘之机。因此在没有较大语言障碍的情况下建议使用英文版的操作系统。

2）正确安装操作系统

正确选择安装途径是保证安全的基础，尽量不采用网络安装，另外强烈建议不要采用升级安装，而是进行全新的安装，这样可以避免升级后带来的种种问题。

下面讨论硬盘的分区问题。如果硬盘只有一个分区，那么直接安装系统风险是很大的，例如：IIS缓冲溢出会影响整个系统的安全，一般建议分3个以上分区。第一个分区安装系统和日志，第二个分区放IIS，第三个分区放FTP，这样无论IIS或FTP出了安全问题都不会影响到这个系统。IIS和FTP分开主要是为了防止黑客入侵时上传程序并且从IIS运行。另外，对于Windows NT/2000硬盘分区最好选择为NTFS格式，因为NTFS格式的安全性能要远高于fat/fat32格式。NTFS比fat分区多了安全控制的功能，可以对不同的文件夹设置不同的访问权限，可以启用EFS(Encrypt File System)对文件进行加密，安全性增强。同时，在安装过程中最好根据系统的提示一步到位的格式化为NTFS格式，不要先格式化为fat32然后再转换到NTFS格式。

对于Windows 2000选择合适的时间接入网络也是一个需要重视的问题，因为Windows 2000在安装的时候有一个漏洞，当输入administrator的密码后，系统自动建立admin $的共享，但是没有使用刚才建立的密码来保护该共享。这种情况下任何人都可以进入系统。同时安装后，各种服务自动运行，此时的机器漏洞很多，非常危险，所以一定要在安装完系统，并且安装好各种补丁后再接入网络。

3）修改默认的安装路径

在安装操作系统时一般都会有默认路径，比如Windows 2000的默认路径为c:，这往往会存在安全隐患，因此，为了安全起见需要修改路径，比如“d:!@#”。这也能在一定的程度上保护系统。

无论是哪种操作系统，安装后都需要先装上补丁把系统给修补好，因为一些黑客常利用补丁程序的发布，发现操作系统的漏洞，并寻找出攻击途径，所以当补丁文件发布后一定及时更新，安装操作系统后及时安装补丁程序，但是补丁的安装一定要在所有需要安装的程序安装完毕后，再进行安装，否则会导致某些补丁不能正常发挥作用。

4）系统的配置

(1) 端口配置。

这是计算机的第一道屏障，端口配置是否合理直接影响到计算机的安全，一般打开需要的端口就可以了，配置方法：在网卡的属性中—tcp/ip—高级—选项—tcp/ip筛选，根据自己的需要配置。

(2) IIS配置。

IIS是众多组件中公认的漏洞最多的一个，而微软的IIS默认安装更加不安全，所以IIS配置是必须的一步。首先，删除系统盘符中的inetpub目录，然后在第二个盘中建一个Inetpub，或者换个名字，然后在IIS管理器中将主目录指向新的文件地址。其次，删掉IIS默认安装时的scripts等目录。根据自己的需要建立，最后备份IIS。

(3) 彻底删掉默认共享。

在Windows 2000中，默认有如下共享：C $、D $……，还有admin $、ipc $等，可以通过“计算机管理”→“共享”命令删除，但是这样做还不能从根本上解决问题，因为如果重新启动，这些共享就又都会出现。要完全解决这个问题可以采用以下方法：

打开“记事本”并输入：

```
netshareC $ /delete
netshareD $ /delete
```

根据自己的盘符输入，如果只有 c、d 两个盘符，那么上述命令就可以了，然后继续下面的输入：

```
netshareipc $ /delete
netshareadmin $ /delete
```

然后保存为 *.bat 文件，可以随意命名，保证后缀为 bat 即可，然后把该文件添加到启动选项，添加方法比较多，最简单的就是拖入开始—启动文件夹里即可。

(4) 账号策略。

① 首先系统开的账号要尽可能的少，因为每多一个账号，就会增加一分被暴力攻破的可能性，严格控制账号的权限。

② 重命名 administrator，改为一个不容易猜到的用户名，避免暴力破解。

③ 禁用 guest 账号，并且重命名为一个复杂的名字，设置一个复杂的口令，并且从 guest 组删除，防止黑客利用工具将 guest 提升到管理员组。

④ 建立健壮的口令，避免使用弱口令如：zhangsan、iloveyou 等。

⑤ 经常改变口令，检查账号。

(5) 安全日志。

可以在 Windows 2000 的本地安全策略——审核策略中打开相应的审核功能，推荐如下：

- 账户管理成功失败。
- 登录事件成功失败。
- 对象访问失败。
- 策略更改成功失败。
- 特权使用成功失败。
- 系统时间成功失败。
- 目录服务访问失败。
- 账户登录事件成功失败。

在“账户策略”→“密码策略”中设定：

- 密码复杂性要求启用。
- 密码长度最小值 8 位。
- 强制密码历史 3 次。
- 最长存留期 30 天。

在“账户策略”→“账户锁定”策略中设定：

- 账户锁定 3 次错误登录。
- 锁定时间 15 分钟。
- 复位锁定计数 30 分钟。

作为一个管理员，要学会定期的查看日志，并且善于发现入侵者的痕迹。

(6) 目录文件权限。

为了控制好服务器上用户的权限,同时也为了预防以后可能的入侵和溢出,必须设置目录和文件的访问权限。Windows NT 的访问权限分为读取、写入、执行、修改列目录和完全控制。设置时注意以下原则:

① 权限是累计的。如果一个用户同时属于两个组,那么他就有了这两个组所允许的所有权限。

② 拒绝的权限要比允许的权限高(拒绝策略会先执行)。如果一个用户属于一个被拒绝访问某个资源的组,那么不管其他的权限设置给他开放了多少权限,他也一定不能访问这个资源,所以要非常小心的设置,任何一个不当的拒绝都可能导致系统无法正常运行。

③ 文件权限比文件夹权限高。

④ 利用用户组来进行权限控制是一个成熟的系统管理员必须具有的良好习惯之一。

⑤ 仅给用户真正需要的权限,权限的最小化原则是安全的重要保障。

(7) 停掉所有不必要的服务。

可以参考操作系统服务方面的资料,根据自己的需要进行修改,例如 lanman server、Lanman workstation 服务,它提供网络链接和通信,RPC 支持、文件、打印以及命名管道共享,ipc $ 依赖于此服务,没有它远程主机将无法响应连接请求,比较危险,除非有特殊需要,否则应停止使用。

7.3 UNIX 操作系统的安全管理

7.3.1 UNIX 操作系统简介

UNIX 操作系统是一个多用户、多任务的操作系统,它自 1974 年问世以来,迅速在世界范围内得到推广。与一般的操作系统一样,UNIX 系统也运行在计算机系统的硬件和应用程序之间,负责管理硬件并向应用程序提供简单一致的调用界面,控制应用程序的正确执行。UNIX 与其他操作系统的不同之处主要有两点:

(1) UNIX 与其他操作系统的内部实现不同。

(2) UNIX 与其他操作系统的用户界面不同。

现在的 UNIX 实际上已经不是一个严格意义上的操作系统了。UNIX 可以分为两部分:它除了传统操作系统模块以外,还包括一组可供调用的系统库和一些基本应用程序。同计算机打交道的是 UNIX 的文件系统和进程控制模块,接着是 UNIX 系统提供的一组系统库,用于最顶层 UNIX 系统的标准应用程序和其他应用程序的调用运行。用户可以访问到标准 UNIX 系统的系统库和标准应用程序。这两部分组成了 UNIX 系统的用户界面,它们也形成了 UNIX 操作系统的概念。

UNIX 系统中进行硬件管理和进程控制的部分称为内核。UNIX 系统把每个硬件都看成是一个文件(称为设备文件),这样用户就可以用读写的方式来实现对硬件的访问。UNIX 文件系统管理用户对系统数据和设备的读写访问。UNIX 系统还通过内核为进程分配资源(包括 CPU 资源)并控制进程对硬件的访问。

除了提供内核来完成传统操作系统的功能外,UNIX 还为用户提供了一组系统库和标准应用。这一标准的界面不仅可以使应用程序进行方便的移植，还可以让用户方便地使用。标准界面的优点是应用的可移植性，即一个应用程序可以不加修改地运行在不同硬件结构的各种机器上。

7.3.2 UNIX 操作系统的版本简介

UNIX 经过多年的发展，存在着许多变体和版本。下面是常见的 UNIX 系统的各种变体和版本：

(1) UNIXWare。它的基础是 SVR4，主要运行在 X86(Intel 或者 100%可兼容)机器上。

(2) BSDI 网络服务器。它是 BSD 操作系统的一个商业版本。它继承了 BSD 操作系统，并且为其添加了许多新的网络功能。由于它能很好地支持网络，它主要被 ISP(Internet Service Providers)使用，所有的 X86(Intel 或 100%可兼容)机器上都可运行 BSDI。

(3) FreeBSD 和 NetBSD。它是 BSDI 网络服务器的免费版本。FreeBSD 作为网络服务器操作系统，可以提供稳定的、高效率的 WWW、DNS、FTP、E-mail 等服务，还可用来构建 NAT 服务器、路由器和防火墙。它们包含的许多强大的功能使 BSD 操作系统变得十分流行，但它缺乏商业团体的技术支持。FreeBSD 可在 X86 平台上运行。NetBSD 可在下列机器上运行：Dec、Alpha、Amiga、Atari、HP9000/300Series、X86、m86kMacintosh、SunSeries、DecVAX 等。

(4) SCO Open Server。它是 UNIX 的变体，它建立在 XENIX 的基础上。目前在 Internet/Intranet 上非常流行，在企业级服务器上占有一席之地。其技术支持较为出色，已经成为许多公司商业操作系统的选择。

(5) Linux。它是遵循 POSIX 规范开发的操作系统，保持了与 BSDUNIX 和 UNIXSystem Ⅴ的兼容。Linux 有很多发行版本，较流行的有 RedHat Linux、Debian Linux、SuSe Linux、Mandrake Linux、RedFlag Linux 等。Linux 具有 UNIX 的优点：稳定、可靠、安全，有强大的网络功能。在相关软件的支持下，可实现 WWW、FTP、DNS、DHCP、E-mail 等服务，还可作为路由器使用，利用 ipchains/iptables 可构建 NAT 及功能全面的防火墙。各种发行版本的 Linux 一般都可通过 Internet 免费下载得到。关于 Linux 的各种书籍也很多，可在一些网上书店搜索到大量 Linux 书籍的信息。

(6) 一些大型主机和工作站的生产厂家专门为它们的机器开发了 UNXI 版本，其中包括 Sun 公司的 Solaris 系统，IBM 公司的 AIX 和 HP 公司的 HP-UX。Solaris 是 Sun 公司开发和发布的企业级操作环境，有运行于 Intel 平台的 Solaris x86 系统，也有运行于 SPARC CPU 结构的系统。它起源于 BSD UNIX，但逐渐转移到了 System Ⅴ标准。在服务器市场上，Sun 的硬件平台具有高可用性和高可靠性，Solaris 是当今市场上处于支配地位的 UNIX 类操作系统。目前比较流行的运行于 X86 架构的计算机上的 Solaris 有 Solaris 8x86 和 Solaris 9x86 两个版本，它们都可以从 Sun 的官方网站下载，也可以从国内外其他一些站点免费下载。对于难以接触到 Sun SPARC 架构计算机的用户可以通过使用 Solaris x86 体验世界知名大厂的商业 UNIX 的风采。当然 Solaris x86 也可以用于实际生产应用的服务器。在遵守 Sun 的有关许可条款的情况下，可将 Solaris x86 免费用于学习研究或商业应用。

7.3.3 UNIX 操作系统安全控制

1. 安全管理内容

一般安全管理主要分为 4 个方面：

1）防止未授权存取

防止未授权存取是计算机安全最重要的问题，未被允许使用系统的人进入系统。用户安全意识、良好的口令管理（由系统管理员和用户双方配合）、登录活动记录和报告、用户和网络活动的周期检查等都是防止未授权存取的关键手段。

2）防止泄密

防止泄密也是计算机安全的一个重要问题，防止已授权或未授权的用户存取对方的重要信息。文件系统查账、su 登录和报告、用户安全意识、加密都是防止泄密的关键手段。

3）防止用户拒绝系统的管理

这一方面的安全应由操作系统来完成。一个系统不应被一个有意试图使用过多资源的用户损害，但是 UNIX 不能很好地限制用户对资源的使用。一个用户能够使用文件系统的整个磁盘空间，而 UNIX 基本不能阻止。因此要求系统管理员最好用 PS 命令、记账程序 df 和 du 周期地检查系统，以便查出过多占用 CUP 的进程和大量占用磁盘的文件。

4）防止丢失系统的完整性

防止丢失系统的完整性与一个好系统管理员的实际工作（例如，周期地备份文件系统；系统崩溃后运行 fsck 检查；修复文件系统；当有新用户时，检测该用户是否可能使系统崩溃的软件）和保持一个可靠的操作系统有关（即用户不能经常性地使系统崩溃）。

保证以上 4 个方面的安全管理，主要通过 3 个方面的工作来实现，即用户管理安全、文件系统管理安全和系统安全，下面就这 3 个方面的内容进行介绍。

2. 用户管理安全

对系统管理员来说，用户管理是其系统的日常管理中十分重要的部分。系统管理员在用户管理方面需要进行的主要工作：增加或删除用户、监视并控制用户在系统中的活动、定制用户在系统中的工作环境。系统管理员是通过“超级用户”（root）的账号来实现的。

1）用户口令管理

口令的建立和更换：用户可以使用命令 passwd 来建立和更换自己的登录口令，超级用户则可以使用 passwd 命令更改所有用户的登录口令或规定用户的登录口令的属性。

- passwd[name]：修改用户 name 的账号口令。
- passwd_s[_a]：显示所有用户的口令信息，超级用户使用。
- passwd_s[name]：显示用户 name 的口令信息，超级用户使用。
- passwd[_l|_d][_f][_nmin][_xmax][_wwarn]name。
- _l：锁住用户 name 的账号，超级用户使用。
- _d：删除某一用户的口令，超级用户使用。
- _f：使用户 name 的口令失效，强迫用户下次登录时更改口令，超级用户使用。

• _nmin：规定口令在 min 天后失效，超级用户使用。
• _xmax：规定用户口令寿命的最长天数，超级用户使用。
• _wwarn：设置在用户口令失效后的警告信息，超级用户使用。
• passwd 文件：UNIX 所有用户的清单时 passwd 文件，它位于/etc 目录下，文件的每一行定义一个用户，文件的属性是“只读”，属主是“超级用户”。

文件的每一行包含以下几项。

• 用户登录名。
• 经过加密处理的口令：以 x 显示加密后的口令，加密处理的口令放在/etc/shadow 文件中。
• uid 值：用户 ID，系统内唯一的标识用户名的数字。
• gid 值：组 ID，一个表示用户默认组号的值。该值对应/etc/group 中的一项。
• 个人信息：也称为 GOS 域，记录用户的个人信息。
• 登录目录：定义了用户的 home 目录或初始的工作目录。
• 登录 shell：用户在进行系统登录后最初可以使用的 shell。
• 例如，下面是 lyj 用户信息在 passwd 文件中的存储情况。

```
lyj：x：301：15：LiYongjian：/usr/lyj：/bin/sh
```

2）用户组管理

在 UNIX 中，用户组的引入是为了方便用户对文件和其他资源的共享，同时又保证系统的安全性。所谓用户组是指共同在 UNIX 系统中开发同一项目，因此共享文件和其他系统资源的用户的集合。

(1) Group 文件。

定义了 UNIX 系统中所有的用户组，它位于系统的/etc 目录下。文件的每一行定义一个用户组，格式为：

```
group_name：*：gid：additional_user
```

Group_name 中包含组的名称(文本格式)；“*”这一项是为了与老版本的 UNIX 兼容，没有实际意义。Gid 域是一个唯一标识组名的数字；additional_user 域包含了属于该组的用户名单。例如：

```
#cat/etc/group
sys::0：root,bin,sys,adm
root::0：rootdaemon::1：root,daemon
```

(2) 增加和删除用户组。

通过 groupadd 和 groupdel 命令，超级用户可以直接增加和删除用户组。这实际上是对/etc/group 文件的操作。

Groupadd 命令通过在 group 文件中增加一行来在系统中增加一个新的用户组，命令格式为：

```
groupadd[_ggid][_o]group_name
```

#groupadd-g200exam 增加 gid 为 200 的用户组 exam。

Groupdel 命令将删除 group 文件中的一行来删除系统中的一个用户组，命令格式为：

```
groupdelgroup_name
```

作为超级用户，系统管理员可以直接对/ect/group 文件进行编辑，实现用户组的增加和删除。

(3) 使用 scoadmin 工具。

除了使用命令外，可以使用 scoadmin 来执行该操作。

① 增加组：选择 scoadmin→accountmanager→addmanager 命令，然后输入相关内容。

② 删除组：选择 scoadmin→accountmanager 命令，选定用户组，再选择 deletegroup 命令。

(4) 修改用户组的属性。

使用 groupmod 命令可以修改用户组的性质及其在/etc/group 文件中的一些相关信息，命令格式为：

```
groupmod[_ggid][_o][_name]group
```

修改名为 group 的组的属性，该组必须已经存在。_g 用于修改组的 id，_n 用于修改组的名称，_o 表示组的 id 可以重复。

3) 用户管理

首先，在 UNIX 系统中增加一个用户需要以下几步：

(1) 定义用户账号的标识信息，包括用户登录名、uid、默认用户组名。

(2) 指定用户账号的原始口令。

(3) 指定用户的注册目录，并在该目录不存在时创建，同时将该目录的属主用户和组设为正要建立的用户及组。

(4) 将上述信息加入/etc/passwd 文件中。

要在 UNIX 系统中删除用户账号，只需将用户账号在/etc/passwd 中的信息删除即可。

利用系统的命令：增加用户账号的命令为 useradd，删除用户账号的命令为 userdel。

```
    useradd[_uuid[_ggroup][_Ggroup
[group…]][_ddir][_sshell][_ccomment][_m[_kskel_dir]][_finactive][_eexpire]loginname
    ueradd_D[_ggroup][_bbase_dir][_finactive][_eexpire]
```

其中：_g 定义用户默认的组；_G 定义用户可在的组；_d 定义用户登录目录；_s 定义用户使用的 shell 的绝对路径；_c 定义用户的个人信息；_m 若用户登录目录不存在，则创建；_k 规定所需的骨架信息(如 profile 文件)所在的目录；_e 规定账号使用的到期时间；_f 规定用户账号使用的最大时间；_b 系统默认的用户登录目录的父目录；_D 则显示参数设置。

其次，增加用户账号后，还需要使用 passwd 命令给它加上口令。

userdel[_r]loginname 表示当使用 r 参数时，在删除账号的同时，也从系统中删除它的登录目录。

(1) 使用 scoadmin 工具：除了使用命令外，可以使用 scoadmin 来执行该操作。要增加用户，可选择 scoadmin→accountmanager→adduser 命令，然后输入相关内容；要删除组，可选择 scoadmin→accountmanager 命令，选定用户，再选择 deleteuser 命令。

(2) 修改 passwd 文件：用户账号的信息存在/etc/passwd 文件中，因此可以直接对

passwd 文件进行操作,实现用户账号的增加和删除。

(3) 修改用户属性:系统管理员可以根据需要修改用户的属性。一是通过直接修改 /etc/passwd 文件,二是使用命令:

```
Usermod[_uuid[_ggroup][_Ggroup,[group…]][_ddir][_sshell][_ccomment][_m[_kskel_dir]][_finactive][_eexpire][_lnewloginname]loginname
```

各参数和 useradd 相同,其中_l 用于将修改用户的登录名为 newloginname。

4) 用户监控

UNIX 系统为收集系统中一般的信息或某个特定用户的信息提供了一些命令。系统利用这些命令收集的信息来监视用户,还可以进行安全性检查、性能分析或进行记账工作等。

(1) id 命令:id[_a]用于显示用户名与用户 id 以及用户组名和组 id; 选项_a 表示显示用户所有的组和组 id。

(2) uptime 命令:uptime[_w]用于显示系统当前时间,系统已经启动的时间,目前在系统中登录的用户的数量以及在过去 1 分钟、5 分钟、15 分钟内系统的平均负载等。

(3) w 命令:w[_fm][_h][_l|_s][user]或 w_u[_m]。

除了给出 uptime 的信息外,还给出正在系统中登录的用户的用户名(loginname)、每个用户终端使用的端口(tty)、用户登录使用的主机名(from)、用户登录的时间(login@)、用户的空闲时间(idle)、所有进程所占的有效的 CPU 时间(JCPU)、正在运行的进程清单以及当前执行的命令名(PCPUwhat)等。系统从空闲时间上可以判断出需要将哪一个用户退出。

使用_f 时,不显示 from 信息,使用_h,不显示 uptime 命令显示的信息以及标题栏; 使用_l 则以长格式显示信息,该参数可缺省; 使用_s 则以短格式显示信息,只显示 user、tty、from、idle 和 what 这几项内容; 使用_u,则等效于 uptime 命令。

- who 命令:给出目前在系统中的用户信息。命令格式为:

```
who[_uTlHqpdbrtas][file]
```

- Who-qnx[file]:指出每行显示的用户数为 x 个。
- Whoami:列出调用 who 的用户。
- WhoamI:列出调用 who 的用户。

其中:_u 只列出当前注册用户的信息; _T 在默认显示的基础上,再显示终端项 state 信息; _l 只显示系统在等待有人注册的中断线,此时的 name 子段显示通常为 LOGIN; _H 在正规输出的各字段上显示标题; _q 只显示当前注册的用户名和用户数; _p 列出当前正在活动的任何其他进程; _d 显示所有已经终止但是仍被 init 进程重新创建的进程; _b 指出最近重新引导的时间和日期; _r 指出 init 进程当前的运行级别; _t 指出超级用户通过 date 命令对系统始终的最后一次修改时间; _a 指打开所有的任选项; _s 指采用默认的任选项,显示 name、line 和 time 字段。

- lps 命令:给出正在运行的进程的信息。
- ltop 命令:与 ps 命令的输出类似,动态地显示正在运行的进程的信息。
- lfuser 命令:使用_u 参数的 fuser 命令可以给出使用某一指定的文件的用户及相关进程的进程 ID。
- ldf 命令和 du 命令:了解磁盘的使用情况,df 命令显示每个用户对磁盘的利用率,

du 命令显示用户文件占用的磁盘空间。

3. 文件系统安全

UNIX 内核有两个基本的子系统：文件子系统和进程控制子系统。UNIX 文件系统是 UNIX 系统的心脏部分，文件子系统负责文件的相关操作和管理进程；控制子系统则负责与进程相关的操作与管理，提供了层次结构的目录和文件。

1）内核文件子系统

内核文件子系统主要负责访问和管理系统及用户文件。UNIX 系统只是把文件看作是一组数据字节，对它们的解释是通过系统提供的某种结构进行的。

UNIX 内核文件子系统使用了 3 个数据结构来描述每一个文件以及访问文件的途径，它们分别是与具体进程相关的文件描述符表项、与内核相关的文件表项以及与每个文件相关的索引节点。

（1）文件描述符表：在内核中，对应于每个进程，都有一个文件描述符表，用来标识改进程要打开的所有文件。该表中的每一项对应一个进程打开的文件，每一项中有一个称为文件描述符(File Description)的整型数用来标识文件。

（2）文件表：文件表中的每一项对应于内核中打开的文件，主要描述用户对文件的访问权限及读写起始地址。

（3）索引节点(Index Node，又称 inode)：文件的具体信息是通过索引节点来描述的。根据所在位置的不同，inode 分为磁盘 inode 和内存 inode。

进程要访问文件，必须通过上述 3 种数据结构来进行，过程具体如下：进程先访问与它对应的文件描述符表，通过它访问文件表，进而访问 inode 表中与文件相关的 inode 表项，最后通过 inode 去访问文件。

2）文件类型

UNIX 系统中的文件类型有许多种，当用户使用 ls-lfilename 命令时，所列内容的第一项的第一位就标识了文件系统的类型。

（1）正规文件(Regular File)：又称为普通文件，在使用 ls-l 时，所列内容的第一项的第一位为“-”。系统中源码、文本和 shell 程序等都是正规文件。

(2)目录文件：在 UNIX 系统中，目录是一种特殊的文件，它的内容是所包含的文件的信息：文件的位置、大小、文件的创建时间等。使用 ls-l 时，第一项第一列的标识为 d。目录文件只能由操作系统或专门的程序来读取和修改，普通用户无法直接访问目录文件，只能读取目录文件的内容。

（3）套接字：socket 是 UNIX 系统中用于计算机之间相互通信的应用程序的接口，它将完成网络上的 I/O 操作。在 UNIX 系统中，socket 并不是一个真正的文件，但是它被抽象成一个文件，使用 ls-l 命令时，第一项第一位的标识为 s。

（4）设备文件(Device File)：UNIX 系统为了实现与外设相关的操作，提供设备文件专门负责内存与外设间的 I/O 操作。UNIX 系统中有两种设备文件：字符设备文件(Character Device File)和块设备文件(Block Device File)。字符设备文件用于与外设进行无缓冲的 I/O 操作，使用 ls-l 时，其第一项第一位标识为 e；块设备文件用于与外设进行有缓冲的 I/O 操作，使用 ls-l 时，其第一项的第一位标识为 b。一般来说，系统中的磁盘驱动器(包括硬盘和 CDROM)为块设备文件,磁带驱动器和终端驱动器为字符设备文件。键盘和显示器为系统的两个标准输入/输出的字符设备文件。

(5) 有名管道(FIFO 文件):UNIX 系统提供了使用管道实现进程间通信的方法。它是一个临时文件,严格遵守先进先出的原则,因此又称为 FIFO 文件。在使用 ls-l 时,第一项第一位的标识为 p。

(6) 链接(Link):系统中的链接是一个已经存在的文件的另一个名字,它不复制文件的内容。有两种链接方式:一种是硬链接(Hard Link);另一种是符号链接(Symbolic Link),又称软链接。硬链接和原有文件是存储在同一物理地址的两个不同的名字,因此硬链接是相互的;符号链接的内容只是一个所链接文件的文件名,在使用 ls-l 时,符号链接的第一项的第一位为 l。

3) 文件和目录的访问权限

命令 ls-l 可以列出文件或目录的访问权限。所谓访问权限是指用户是否具有对文件或目录进行读写和执行的权力。

文件和目录的访问权限分为 3 类。

(1) 属主的权限:定义了文件和目录属主可对其进行的操作。

(2) 同组用户的权限:定义了与属主在同组的其他成员可对其进行的操作。

(3) 其他用户的权限:定义了除去属主和同组的成员外,其他用户可对其进行的操作。

UNIX 系统按属主、同组用户和其他用户的顺序来验证对文件操作的用户的许可权。

在使用 ls-l 命令时,所列文件的第 1 项的第 2~4 位为文件属主的访问权限,第 5 和第 7 位为同组用户权限,第 8~10 位为其他用户的访问权限。

超级用户可以读、写和执行任何一个文件而忽略该文件的属主所规定的权限。

每一类访问权限都以一个八进制的数(取值为 0~7)来表示,八进制用 3 位表示,每位的含义如下。

- 第 1 位(r):值 0 或 1(定义读权限,为 1 时表示可读)。
- 第 2 位(w):值 0 或 1(定义写权限,为 1 时表示可写)。
- 第 3 位(x):值 0 或 1(定义执行权限,为 1 时表示可执行)。

例如,5(101)表示可读和可执行。

例如,对 testfile 文件的访问权限定义为:

- 属主可读、可写、可执行,为 111=7。
- 同组用户可读可执行,为 101=5。
- 其他用户不可访问,为 000=0。

因此可定义文件 testfile 的访问权限为 750。

4. 保持系统安全的措施

保持系统安全是对 UNIX 系统安全和管理知识的综合,主要包括以下内容:

(1) 保护系统中一些关键的薄弱环节。

- 系统是否有调制解调器?电话号码是否公布?
- 系统是否连接到网络?还有什么系统也连接到该网络?
- 系统管理员是否使用未知来源或来源不可靠的程序?

- 系统管理员是否将重要信息放在系统中?
- 系统的用户是熟悉系统使用的熟练人员还是新手?
- 用户是否很重视、关心安全问题?
- 用户的管理部门是否重视安全问题?

(2) 保持系统文件安全的完整性。检查所有系统文件的存取许可,任何具有 SUID 许可的程序都是非法者想上传替换的选择对象。

(3) 要特别注意设备文件的存取许可。

(4) 要审查用户目录中具有系统 ID/系统小组的 SUID/SGID 许可的文件。

(5) 在未检查用户的文件系统的 SUID/SGID 程序和设备文件之前,不要安装用户的文件系统。

(6) 将磁盘的备份存放在安全的地方。

(7) 设置口令时效。如果能存取 UNIX 的源码,则将加密口令和信息移到仅对 root 可读的文件中,并修改系统的口令处理子程序。这样可增加口令的安全。修改 passwd,使 passwd 能删去口令打头和结尾的数字,然后根据 spell 词典和/etc/passwd 中用户的个人信息,检查用户的新口令,也检查用户新口令中子串等于登录名的情况。如果新口令是 spell 词典中的单词,或/etc/passwd 中的入口项的某项值,或是登录名的子串,那么 passwd 将不允许用户改变口令。

(8) 记录本系统的用户及其授权使用的系统。

(9) 查出久未使用的登录账号,并取消该账号。

(10) 确保没有无口令的登录账号。

(11) 启动记账系统。

(12) 查出不寻常的系统使用情况,如大量占用磁盘、大量使用 CPU 时间、大量的进程、大量使用 su 的企图、大量无效的登录、大量的到某一系统的网络传输、奇怪的 uucp 请求等。

(13) 修改 shell,使其等待了一定时间而无任务时终止运行。

修改 login,使其打印出用户登录的最后时间,3 次无效登录后,则将通信线挂起,以便系统管理员能检查出是否有人试图非法进入系统。确保 login 不让 root 在除控制台外的任何地方登录。

(14) 修改 su,使得只有 root 能以过期口令通过 su 进入某一账号。

(15) 当安装来源不可靠的软件时,要检查源码和 makefile 文件,查看特殊的子程序调用或命令。

(16) 即使是安装来源可靠的软件,也要检查是否有 SUID(SGID)程序,确认这些许可的确是必要的。如果可能,不要让这些程序具有系统 ID(或组)的 SUID(SGID)许可,而应该建立一个新用户供该软件运行。

(17) 将重要数据保存在软盘或磁带上,并锁起来。

(18) 将 secure、perms 和任何其他做安全检查的 shell 程序存取许可设置为仅执行,更好的办法是将这些 shell 程序存于可拆卸的介质上。

(19) 只要系统有任何人都可调用的拨号线,系统就不可能真正安全。系统管理员可以很好地防止系统受到偶然的破坏。但是那些有耐心、有计划,知道自己在干什么的破坏者,对系统直接的、有预谋的攻击却常常能成功。

(20) 如果系统管理员认为系统已经泄密,则应当设法查出肇事者。若肇事者是本系统的用户,则应与用户的管理部门联系,并检查该用户的文件,查找任何可疑的文件,然后对该用户的登录小心地监督几个星期。如果肇事者不是本系统的用户,则可让本公司采取合法的措施,并要求所有的用户改变口令,让用户知道出了安全事故,用户应当检查自己的文件是否有被篡改的迹象。如果系统管理员认为系统软件已被更改了,就应当从原版系统带(或软盘)上重装入所有系统软件,保持系统安全比出现事故再弥补更好。

7.4 Linux 操作系统的安全管理

7.4.1 Linux 操作系统简介

Linux 操作系统核心最早是由芬兰的 Linus Torvalds 1991 年 8 月在芬兰赫尔辛基大学上学时发布的,后来经过众多世界顶尖的软件工程师的不断修改和完善,Linux 得以在全球普及,在服务器领域及个人桌面版得到越来越多的应用,在嵌入式开发方面更是具有其他操作系统无可比拟的优势,并以每年 100%的用户递增数量显示了 Linux 的强大力量。

Linux 是一套免费的 32 位多人多工的操作系统,运行方式同 UNIX 系统很像,但 Linux 系统的稳定性、多工能力与网络功能已是许多商业操作系统无法比拟的,Linux 还有一项最大的特色在于源代码完全公开,在符合 GNU GPL(General Public License)的原则下,任何人皆可自由取得、散布甚至修改源代码。

与其他操作系统相比,Linux 还具有以下特色:

(1) 采用阶层式目录结构,文件归类清楚、容易管理。

(2) 支持多种文件系统,如 Ext2FS、ISOFS 以及 Windows 的文件系统 FAT16、FAT32、NTFS 等。

(3) 具有可移植性,系统核心只有小于 10%的源代码采用汇编语言编写,其余均是采用 C 语言编写,因此具备高度移植性。

(4) 可与其他操作系统如 Windows 98/2000/XP 等并存于同一台计算机上。

7.4.2 主流 Linux 操作系统版本简介

就 Linux 的本质来说,它只是操作系统的核心,负责控制硬件、管理文件系统、程序进程等。Linux Kernel(内核)并不负责提供功能强大的应用程序,没有编译器、系统管理工具、网络工具、Office 套件、多媒体、绘图软件等,这样的系统也就无法发挥其强大功能,用户也无法利用这个系统工作,因此有人便提出以 Linux Kernel 为核心再集成搭配各种系统程序或应用工具程序组成一套完整的操作系统,经过如此组合的 Linux 套件即称为 Linux 发行版。

国外封装的 Linux 以 Red Hat(又称为"红帽 Linux")、OpenLinux、SuSE、TurboLinux 等最为成功:

(1) Red Hat。Red Hat 是个商业气息颇为浓厚的公司,不仅展现开创 Linux 商业软件的企图心,也于 1999 年在美国科技股为主的纳斯达克让公司股票成功上市,Red Hat 渐渐被奉为 Linux 商业界龙头。

Red Hat 是目前销售量最高、安装最简便、最适合初学者的 Linux 发行版，也是目前世界上最流行的 Linux 发行套件，它的市场营销、包装及服务做得相当不错，自行开发了 RPM 套件管理程序及 X 桌面环境 Gnome 的众多软件并将其源代码回馈给 Open Source Community。

也正是因为 Red Hat 的方便性，安装程序将系统的构架或软件安装方式全部做了包装，用户学到的都是 GUI 界面(图形用户界面)上输入一些设置值的粗浅知识，至于软件安装了哪些文件、安装到哪个文件目录、系统做了哪些设置，使用者则一无所知，一旦真正遇到系统程序发生问题时，要解决问题也就比较困难。

(2) OpenLinux。Caldera 将 OpenLinux 这套系统定位为容易使用与设置的发行版，以集成使用环境与最终用户办公环境，容易安装使用与简便管理为系统目标，有望成为最流行的公司团体桌面 Linux 操作系统，适合初学者使用，全部安装需要 1GB 的硬盘空间。

Caldera 有自行研发的图形界面的安装程序向导，安装过程可以玩俄罗斯方块，提供完整的 KDE 桌面环境，附赠功能强大的商业软件，如 StarOffice、图形界面的硬盘分割工具 Partition Magic 等。

(3) SuSE。SuSE 是欧洲最流行的 Linux 发行版，而且 SuSE 是软件国际化的先驱，让软件支持各国语种，贡献颇丰，SuSE 也是用 RPM 作为软件安装管理程序，不过 SuSE 并不适合新手使用，它提供了非常多的工具软件，全部安装需 4.5GB 的硬盘空间，安装过程也较为复杂。

(4) TurboLinux。TurboLinux 是日本公司制作的 Linux 发行版，其最大特色便是以日文版、中文简/繁体版、英文版 3 种形式发行，对软件国际化的推动经验丰富，安装的简易性与系统设置的难度与 Red Hat 差不多，且安装界面是汉化的，系统本身支持中文简体，在中国国内有广大的用户群。

(5) 红旗和中软 Linux。国内 Linux 发行版做的相对比较成功的是红旗和中软两个版本，其界面做得都非常美观，安装也比较容易，新版本逐渐屏蔽了一些底层的操作，适合于新手使用。两个版本都是源于中国科学院软件研究所承担的国家 863 计划的 Linux 项目，但无论稳定性与兼容性与国外的版本相比都有一定的差距，其操作界面和习惯与 Windows 越来越像，可提供一定技术支持和售后服务，适合国内做低价的操作系统解决方案。

7.4.3 Linux 操作系统安全控制

Linux 是 UNIX 的一种，所以在用户安全管理和文件系统安全管理方面也是类似的，可以参考前面相关章节。这里针对较为流行的 Red Hat Linux 系统系统的安全管理基本措施进行总结。

1. BIOS 安全

必须要在 BIOS 设置中设定一个 BIOS 密码，不接受软盘启动。这样可以阻止不怀好意的人用专门的启动盘启动你的 Linux 系统，并避免别人更改 BIOS 设置，如更改软盘启动设置或不弹出密码框直接启动服务器等。

2. LILO 安全

在“/etc/lilo.conf”文件中添加 3 个参数：time-out、restricted 和 password。这些选项会在启动时间(如“linux single”)转到启动转载程序过程中，要求提供密码。

步骤 1：编辑 lilo.conf 文件(/etc/lilo.conf)，添加和更改这 3 个选项：

```
boot = /dev/hda
map = /boot/map
install = /boot/boot.b
time-out = 00 #change this line to 00
prompt
Default = linux
restricted #add this line
password = <password> #add this line and put your password
image = /boot/vmlinuz-2.2.14-12
label = linux
initrd = /boot/initrd-2.2.14-12.img
root = /dev/hda6
read-only
```

步骤 2：由于其中的密码未加密，“/etc/lilo.conf”文件只对根用户为可读。

```
[root@kapil /]# chmod 600 /etc/lilo.conf(不再为全局可读)
```

步骤 3：做了上述修改后，更新配置文件“/etc/lilo.conf”。

```
[Root@kapil /]# /sbin/lilo -v(更新 lilo.conf 文件)
```

步骤 4：还有一个方法使“/etc/lilo.conf”更安全，那就是用 chattr 命令将其设为不可更改。

```
[root@kapil /]# chattr + i /etc/lilo.conf
```

它将阻止任何对 lilo.conf 文件的更改，无论是否故意。

普通用户主要关注 lilo.conf 的配置，关于 lilo 安全的更多信息，请参考操作系统中 LILO 的详细操作说明。

3. 禁用所有专门账号

在 lp、sync、shutdown、halt、news、uucp、operator、games、gopher 等系统中，将不使用的所有默认用户账号和群组账号删除。

要删除用户账号，可使用

```
[root@kapil /]# userdel LP
```

要删除群组账号，可使用

```
[root@kapil /]# groupdel LP
```

4. 选择恰当的密码

选择密码时要遵循密码长度原则：安装 Linux 系统时默认的最短密码长度为 5 个字

符。这个长度还不够，应该增为 8 个。要改为 8 个字符，必须编辑 login. defs 文件（/etc/login. defs），将

```
PASS_MIN_LEN 5
```

改为：

```
PASS_MIN_LEN 8
```

login. defs 是登录程序的配置文件。

5. 启用盲区密码支持

请启用盲区密码功能。要实现这一点，可使用“/usr/sbin/authconfig”实用程序。如果想把系统中现有的密码和群组改为盲区密码和群组，则应分别用 pwconv 和 grpconv 命令。

6. 根账户管理

在 UNIX 系统中，根账户具有最高权限。如果系统管理员在离开系统时忘了从根系统注销，系统应该能够自动从 shell 中注销。那么，就需要设置一个特殊的 Linux 变量 TMOUT，用于设定时间。

编辑“/etc/profile”文件，在

```
"HISTFILESIZE = "
```

之后添加

```
TMOUT = 3600
```

为“TMOUT＝”输入的值代表 1 小时的秒数（60×60＝3600 秒）。

在“/etc/profile”文件中加了这一行后，任何用户使用该系统时有 1 小时的休止状态，将自动执行注销操作。如果用户要对该变量进行分别设定，则可以在. bashrc 文件中定义自动注销的时间。

修改了该参数后，必须退出并重新登录（为根账户），更改才能生效。

7. 禁止普通用户对控制台的所有访问

应该禁止服务器上的普通用户对关闭、重启、挂起等控制台级别程序的访问。运行如下命令：

```
[root@kapil /]# rm -f /etc/security/console.apps/<servicename>
```

其中<servicename>为禁止访问的程序名称。

8. 禁用和卸载所有不使用的服务

对所有不使用的服务，应该禁用并卸载，这样可以少些麻烦。查看“/etc/inetd. conf”文件，在不需要的项目行前加＃号，即改为注释语句，就可以禁用它们了。然后给 inetd 过程发送一个 SIGHUP 命令，对 inetd. conf 文件进行更新。步骤如下：

步骤 1：将“/etc/inetd. conf”文件许可改为 600，使其只对根用户为可读写。

```
[Root@kapil /]# chmod 600 /etc/inetd.conf
```

步骤 2：确保“/etc/inetd.conf”文件的所有者为根用户。

步骤 3：编辑 inetd.conf 文件(/etc/inetd.conf)，禁用如下服务：

ftp、telnet、shell、login、exec、talk、ntalk、imap、pop-2、pop-3、finger、auth，等等。如果不打算用，那么禁用这些服务可以减少风险。

步骤 4：给 inetd 过程发送 HUP 信号：

```
[root@kapil /]# killall -HUP inetd
```

步骤 5：将“/etc/inetd.conf”文件设为不可更改，chattr 命令可以使任何人都无法对其进行修改：

```
[root@kapil /]# chattr + i /etc/inetd.conf
```

唯一可以设置或清除该属性的用户只有根用户。要修改 inetd.conf 文件，必须去掉不可更改标记：

```
[root@kapil /]# chattr -i /etc/inetd.conf
```

9. TCP_WRAPPERS 管理

通过 TCP_WRAPPERS，可以使服务器更好地抵制外部侵入。最好的办法是拒绝所有主机：在“/etc/hosts.deny”文件中加入“ALL：ALL@ALL，PARANOID”，然后在“/etc/hosts.allow”列出允许访问的主机。TCP_WRAPPERS 受控于两个文件，搜索时停在第一个匹配的地方。

```
/etc/hosts.allow
/etc/hosts.deny
```

步骤 1：编辑 hosts.deny 文件(/etc/hosts.deny)，加入如下行：

```
# Deny access to everyone.
ALL：ALL@ALL,PARANOID
```

上述语句的意思是，除非在 allow 文件中说明允许访问，所有服务、所有主机都被拒绝。

步骤 2：编辑 hosts.allow 文件(/etc/hosts.allow)，例如在文件中添加如下行：

```
ftp：202.54.15.99 foo.com
```

对于客户机来说：202.54.15.99 为 IP 地址，foo.com 为允许使用 ftp 的一个客户机。

步骤 3：tcpdchk 程序是 tcpd wrapper 配置的检查程序。它对 tcpd wrapper 的配置进行检查，并报告所发现的潜在的和实际存在的问题。配置完成后，运行 tcpdchk 程序：

```
[Root@kapil /]# tcpdchk
```

10. 不要显示系统发行文件

当别人远程登录时，不应该显示系统发行文件。做法是在“/etc/inetd.conf”文件中更改 telnet 选项：

```
telnet stream tcp nowait root /usr/sbin/tcpd in.telnetd
```

改为：

```
telnet stream tcp nowait root /usr/sbin/tcpd in.telnetd -h
```

在末尾加“-h”标记使后台程序不显示任何系统信息，而只给用户提供一个 login：提示符。

1）更改“/etc/host.conf”文件

“/etc/host.conf”文件用来指定如何解析名称的方法。编辑 host.conf 文件（/etc/host.conf），添加如下各行：

```
# Lookup names via DNS first then fall back to /etc/hosts.
order bind,hosts
# We have machines with multiple IP addresses.
multi on
# Check for IP address spoofing.
nospoof on
```

第一个选项首先通过 DNS 解析主机名称，然后解析主机文件。multi 选项用于确定“/etc/hosts”文件中的主机是否有多个 IP 地址（多接口以太网）。

nospoof 选项指明该机器不允许假信息。

2）为“/etc/services”文件免疫

必须为“/etc/services”文件进行磁盘免疫，以避免对文件未经授权的删除或添加。应使用如下命令：

```
[root@kapil /]# chattr + i /etc/services
```

11. 不接受从不同控制台的根用户登录

“/etc/securetty”文件可以指定 root 用户允许从哪个 TTY 设备登录。编辑“/etc/securetty”文件，在不需要的 tty 前面加#号，禁用这些设备。

12. 禁止任何人使用 su 命令

su 命令（Substitute User，替代用户）可以使你成为系统的现有用户。如果不希望别人使用 su 进入根账户，或者对某些用户限制使用 su 命令，则在“/etc/pam.d/”目录的 su 配置文件顶部加上下文中给出的两行代码。

编辑 su 文件（/etc/pam.d/su），在文件顶部添加如下两行：

```
auth sufficient /lib/security/pam_rootok.so debug
auth required /lib/security/Pam_wheel.so group = wheel
```

意思是，只有 wheel 组的成员可以用 su 命令；其中还包括了日志。可以在 wheel 组中添加允许使用该命令的用户。

13. shell 日志

shell 可将 500 个旧命令存储在“～/.bash_history”文件中（其中“～/”代表主目录），这样可以便于重复前面的长命令。系统中的每个账号用户在各自的主目录中都有这个.bash_ history 文件。为安全起见，应使 shell 存储较少的命令，并在注销用户时将其删除。

步骤 1："/etc/profile"文件中的 HISTFILESIZE 和 HISTSIZE 行决定了系统中所有用户的. bash_history 文件可容纳的旧命令个数。建议将"/etc/profile"文件中的 HISTFILESIZE 和 HISTSIZE 设为比较小的数，比如 30。

编辑 profile 文件(/etc/profile)，并更改：

```
HISTFILESIZE = 30
HISTSIZE = 30
```

步骤 2：系统管理员还应在"/etc/skel/. bash_logout"文件中加进"rm -f $HOME/. bash_history"行，这样就可以在每次用户退出时删除. bash_history 文件。

编辑 . bash_logout 文件(/etc/skel/. bash_logout)，并添加如下行：

```
rm -f $HOME/.bash_history
```

禁用 Control-Alt-Delete 键盘关机命令。

只要在该行前面加"#"，改为注释行。在"/etc/inittab"文件中找到：

```
ca::ctrlaltdel:/sbin/shutdown -t3 -r now
```

改为：

```
#ca::ctrlaltdel:/sbin/shutdown -t3 -r now
```

然后，为使更改生效，在提示符下输入：

```
[root@kapil /]# /sbin/init q
```

修正脚本文件在"/etc/rc. d/init. d"目录下的权限。

对脚本文件的权限进行修正，脚本文件用以决定启动时需要运行的所有正常过程的开启和停止。添加：

```
[root@kapil/]# chmod -R 700 /etc/rc.d/init.d/*
```

这条语句指的是，只有根用户允许在该目录下使用 Read、Write 和 Execute 脚本文件。

14. 隐藏系统信息

默认情况下，当用户登录到 Linux 中时，会显示 Linux 发行名称、版本、内核版本以及服务器名称。这些已经足够让黑客获取服务器的信息了。正确的做法是只为用户显示"Login："提示符。

步骤 1：编辑"/etc/rc. d/rc. local" 文件，并将#标在下列行的前面。

```
# This will overwrite /etc/issue at every boot. So,make any changes you
# want to make to /etc/issue here or you will lose them when you reboot.
#echo "" > /etc/issue
#echo "$R" >> /etc/issue
#echo "Kernel $(uname -r) on $a $(uname -m)" >> /etc/issue
#
#cp -f /etc/issue /etc/issue.net
#echo >> /etc/issue
```

步骤 2：然后在“/etc”目录下删除 issue.net 和 issue 文件。

```
[root@kapil /]# rm -f /etc/issue
[root@kapil /]# rm -f /etc/issue.net
```

禁用通常不用的 SUID/SGID 程序。

如果设为 SUID 根用户，普通用户也可以作为根用户运行程序。系统管理员应该减少 SUID/GUID 程序的使用，并禁用那些不需要的程序。

要从根用户的程序中搜索所有包含 s 字符的文件，可使用命令：

```
[root@kapil]# find / -type f \(-perm -04000 -o -perm -02000 \) \-exec ls -lg {} \;
```

要在搜索到的程序中禁用 suid 程序，可输入如下命令：

```
[root@kapil /]# chmod a-s [program]
```

按照上述的一些安全指南，系统管理员就可以达到基本的系统安全要求。上述的操作是一个连续的过程。系统管理员必须保持它们的连续性。

复 习 题

1. 练习安装 Windows 操作系统和 Linux 操作系统，比较异同。
2. 对 Windows 2003 Server 系统进行安全性配置。
3. 对 Linux 操作系统进行安全性配置。
4. 比较 Linux 和 UNIX 操作系统安全控制措施的异同。

思 考 题

1. 分析 Windows 操作系统、Linux 和 UNIX 操作系统，并对其安全性进行比较。
2. 分析是否存在绝对安全的操作系统。
3. 分析操作系统主要易受攻击的设置有哪些？
4. 尝试运用组策略对 Windows 2003 Server 系统的工作站进行配置，同时分析其安全性。

第8章

数据库管理系统安全与控制

本章教学目标

- 掌握数据库管理系统的基础概念。
- 熟悉数据库管理系统的功能。
- 了解数据库管理系统的安全需求。
- 掌握数据库管理系统的安全管理。

本章关键术语

- 数据库管理系统
- 数据库安全管理框架
- 数据库管理系统风险控制

8.1 数据库管理系统简述

电子商务业务涉及大量数据信息的传输、处理和存储,数据管理技术和数据库管理系统是实现电子商务信息处理的基础和条件,是电子商务的关键支撑技术之一,电子商务所涉及的数据信息都存储在数据库中,数据库管理员也通过数据库管理系统进行数据库的维护工作,数据库受到侵害直接会导致电子商务业务信息泄漏、更改或破坏。数据库的安全性(Security)是指保护数据库避免不合法的使用,以免数据泄漏、更改或破坏。保护数据库的安全,除了DBMS之外,还要有工作环境和人员的管理、操作系统和网络的授权使用和安全管理等,本章阐述内容就是数据库管理系统安全及其相关理论。

8.1.1 数据库系统含义和功能

1. 基本概念

1) 数据库(Database,DB)

数据库是依照某种数据模型组织起来并存放在二级存储器中的数据集合。这种数据集合具有如下特点:尽可能不重复,以最优方式为某个特定组织的多种应用服务,其数据结构独立于使用它的应用程序,对数据的增、删、改和检索由软件统一进行管理和控制。从发展的历史看,数据库是数据管理的高级阶段,它是由文件管理系统发展起来的。

2）数据库系统(Database System,DBS)

数据库系统是一个实际可运行的存储、维护和为应用系统提供数据的软件系统，是存储介质、处理对象和管理系统的集合体。它通常由软件、数据库和数据管理员组成。其软件主要包括操作系统、各种宿主语言、实用程序以及数据库管理系统。数据库由数据库管理系统统一管理，数据的插入、修改和检索均要通过数据库管理系统进行。数据管理员负责创建、监控和维护整个数据库，使数据能被任何有权使用的人有效使用。数据库管理员一般是由业务水平较高、资历较深的人员担任。

3）数据库管理系统(Database Management System,DBMS)

数据库管理系统是一种操纵和管理数据库的大型软件，是用于建立、使用和维护数据库，简称DBMS。数据库管理系统是位于用户与操作系统(OS)之间的一层数据管理软件，它对数据库进行统一的管理和控制，以保证数据库的安全性和完整性。用户通过DBMS访问数据库中的数据，数据库管理员也通过DBMS进行数据库的维护工作。它提供了多种功能，可使多个应用程序和用户用不同的方法同时或在不同时刻去建立、修改和询问数据库。

2. 数据库管理系统的主要功能

1）模式翻译

数据库管理系统提供了数据定义语言(DDL)，用它书写的数据库模式被翻译为内部表示，数据库的逻辑结构、完整性约束和物理存储结构保存在内部的数据字典中。数据库的各种数据操作(如查找、修改、插入和删除等)和数据库的维护管理都是以数据库模式为依据的。

2）应用程序的编译

把包含着访问数据库语句的应用程序编译成在DBMS支持下可运行的目标程序。

3）交互式查询

提供易使用的交互式查询语言，如SQL,DBMS负责执行查询命令，并将查询结果显示在屏幕上。

4）数据的组织与存取

提供数据在外部存储设备上的物理组织与存取方法。

5）事务运行管理

提供事务运行管理及运行日志、事务运行的安全性监控和数据完整性检查、事务的并发控制及系统恢复等功能。

6）数据库的维护

为数据库管理员提供软件支持，包括数据安全控制、完整性保障、数据库备份、数据库重组以及性能监控等维护工具。

基于关系模型的数据库管理系统已日臻完善，并已作为商品化软件广泛应用于各行各业。它在客户/服务器结构的分布式多用户环境中的应用，使数据库系统的应用得到了进一步扩展。随着新型数据模型及数据管理的实现技术的推进，可以预期DBMS软件的性能还将得到更新和完善，应用领域也将进一步拓宽。

数据库管理系统是为了适应信息化社会对数据管理技术的需求，在近十多年来迅速发展起来的一门新兴学科。

8.1.2 发展历史和主要产品

1. 数据库管理系统发展历史

数据库系统的萌芽出现于20世纪60年代。当时计算机开始广泛应用于数据管理,对数据的共享提出了越来越高的要求。传统的文件系统已经不能满足人们的需要。能够统一管理和共享数据的数据库管理系统应运而生。数据模型是数据库系统的核心和基础,各种DBMS软件都是基于某种数据模型的。所以通常也按照数据模型的特点将传统数据库系统分成网状数据库、层次数据库和关系数据库3类。

最早出现的网状DBMS是美国通用电气公司的Bachman等人在1961年开发成功的IDS(Integrated Data Store)。1961年通用电气公司(General Electric Co.)的Charles Bachman成功地开发出世界上第一个网状DBMS也是第一个数据库管理系统——集成数据存储(Integrated Data Store,IDS),奠定了网状数据库的基础,并在当时得到了广泛的发行和应用。IDS具有数据模式和日志的特征。但它只能在GE主机上运行,并且数据库只有一个文件,数据库中所有的表必须通过手工编码来生成。

之后,通用电气公司的一个客户——BF Goodrich Chemical公司最终不得不重写了整个系统。并将重写后的系统命名为集成数据管理系统(IDMS)。

网状数据库模型对于层次和非层次结构的事物都能比较自然地模拟,在关系数据库出现之前,网状DBMS要比层次DBMS用得更广泛。在数据库发展史上,网状数据库占有重要地位。

层次型DBMS是紧随网络型数据库而出现的。最著名、最典型的层次数据库系统是IBM公司在1968年开发的IMS(Information Management System),这是一种适合其主机的层次数据库。这是IBM公司研制的最早的大型数据库系统程序产品。从20世纪60年代末产生起,如今已经发展到IMSV6,提供群集、*N*路数据共享、消息队列共享等先进特性的支持。这个具有30年历史的数据库产品在如今的WWW应用连接、商务智能应用中扮演着新的角色。

1973年,Cullinane公司(也就是后来的Cullinet软件公司)开始出售Goodrich公司的IDMS改进版本,并且逐渐成为当时世界上最大的软件公司。

网状数据库和层次数据库已经很好地解决了数据的集中和共享问题,但是在数据独立性和抽象级别上仍有很大欠缺。用户在对这两种数据库进行存取时,仍然需要明确数据的存储结构,指出存取路径。后来出现的关系数据库较好地解决了这些问题。

1970年,IBM的研究员E. F. Codd博士在刊物*Communication of the ACM*上发表了一篇名为A Relational Model of Data for Large Shared Data Banks的论文,提出了关系模型的概念,奠定了关系模型的理论基础。尽管之前在1968年Childs已经提出了面向集合的模型,然而这篇论文被普遍认为是数据库系统发展历史上具有划时代意义的里程碑。Codd的心愿是为数据库建立一个优美的数据模型。后来Codd又陆续发表了多篇文章,论述了范式理论和衡量关系系统的12条标准,用数学理论奠定了关系数据库的基础。关系模型有严格的数学基础，抽象级别比较高，而且简单清晰，便于理解和使用。但是当时也有人认为关系模型是理想化的数据模型，用来实现DBMS是不现实的，尤其担心关系数据库的性能难以接受，更有人视其为当时正在进行中的网状数据库规范化工作的严重威胁。为了促进对问题的理解，1974年ACM牵头组织了一次研讨会，会上开展了一场分别以Codd和Bachman为首的支持和反对关系数据库两派之间的辩论。这次著名的辩论推动了关系数据库的发展，使其最终成为现代数据库产品的主流。

1970年关系模型建立之后，IBM公司在SanJose实验室增加了更多的研究人员研究这个项目，这个项目就是著名的System R。其目标是论证一个全功能关系DBMS的可行性。该项目结束于1979年，完成了第一个实现SQL的DBMS。然而IBM对IMS的承诺阻止了SystemR的投产，一直到1980年SystemR才作为一个产品正式推向市场。IBM对其产品化的步伐缓慢有3个原因：IBM重视信誉，重视质量，尽量减少故障；IBM是个大公司，层级体系庞大；IBM内部已经有层次数据库产品，相关人员不积极，甚至反对。

然而同时，1973年加州大学伯克利分校的Michael Stone braker和Eugene Wong利用SystemR已发布的信息开始开发自己的关系数据库系统Ingres。他们开发的Ingres项目最后由Oracle公司、Ingres公司以及硅谷的其他厂商产品化。后来，SystemR和Ingres系统双双获得ACM的1988年“软件系统奖”。

1976年霍尼韦尔公司(Honeywell)开发了第一个商用关系数据库系统——Multics Relational Data Store。关系型数据库系统以关系代数为坚实的理论基础，经过几十年的发展和实际应用，技术越来越成熟和完善。其代表产品有Oracle、IBM公司的DB2、Microsoft公司的SQL Server以及Informix、ADABASD等。

2. 主流数据库管理系统简介

1）Access

Access是Microsoft公司于1994年推出的微机数据库管理系统。它具有界面友好、易学易用、开发简单、接口灵活等特点，是典型的新一代桌面数据库管理系统。其主要功能如下：

(1) 完善地管理各种数据库对象，具有强大的数据组织、用户管理、安全检查等功能。

(2) 强大的数据处理功能。在一个工作组级别的网络环境中，使用Access开发的多用户数据库管理系统具有传统的XBASE(DBASE、FoxBASE的统称)数据库系统所无法实现的客户/服务器(Client/Server)结构和相应的数据库安全机制，Access具备了许多先进的大型数据库管理系统所具备的特征，如事务处理和出错回滚能力等。

(3) 可以方便地生成各种数据对象，利用存储的数据建立窗体和报表，可视性好。

(4) 作为Office套件的一部分，可以与Office集成，实现无缝连接。

(5) 能够利用Web检索和发布数据，实现与Internet的连接。

Access主要适用于中小型应用系统，或作为客户/服务器系统中的客户端数据库。

2）MySQL

MySQL是最受欢迎的开源SQL数据库管理系统，它由MySQLAB开发、发布和支持。MySQLAB是一家基于MySQL开发人员的商业公司，它是一家使用了一种成功的商业模式来结合开源价值和方法论的第二代开源公司。MySQL是MySQLAB的注册商标。

MySQL是一个快速的、多线程、多用户和健壮的SQL数据库服务器。MySQL服务器支持关键任务、重负载生产系统的使用，也可以将它嵌入到一个大配置(Mass-Deployed)的软件中去。MySQL网站(http://www.mysql.com)提供了关于MySQL和MySQLAB的最新的消息。MySQL是一个数据库管理系统，是一个结构化的数据集合。它可以是从一个简单的销售表到一个美术馆、或者一个社团网络的庞大的信息集合。如果要添加、访问和处理存储在一个计算机数据库中的数据，就需要一个像MySQL这样的数据库管理系统。从计算机可以很好地处理大量的数据以来，数据库管理系统就在计算机处理中和独立应用程序或其他部分应用程序一样扮演着一个重要的角色。MySQL是一个关系数据库管理系统。关系数据库把数据存放在分立的表格中，这比把所有数据存放在一个大仓库中要好得多，这样做将增加速度和灵活性。MySQL中的SQL代表Structured Query Language(结构化查询语言)。SQL是用于访问数据库的最通用的标准语言，它是由ANSI/ISO定义的SQL标准。自1986年SQL标准发展以来，已经存在多个版本：SQL-86、SQL-92、SQL：1999、SQL：2003，其中SQL：2003是该标准的当前版本。

MySQL是开源的，开源意味着任何人都可以使用和修改该软件，任何人都可以从Internet上下载和使用MySQL，而不需要支付任何费用。也可以研究其源代码，并根据需要修改它。

MySQL使用GPL(GNU General Public License，通用公共许可)，在http://www.fsf.org/licenses中定义了在不同的场合对软件可以或不可以做什么。如果GPL不好用或者想把MySQL的源代码集成到一个商业应用中去，可以向MySQLAB购买一个商业许可版本。MySQL服务器是一个快的、可靠的和易于使用的数据库服务器。

MySQL服务器还包含了一个由用户紧密合作开发的实用特性集。可以在MySQLAB的http://www.mysql.com/it-resources/benchmarks/上找到MySQL服务器和其他数据库管理系统的性能比较。MySQL服务器已经成功用于高要求生产环境多年。尽管MySQL仍在开发过程中，但它已经提供一个丰富和极其有用的功能集。它的连接性、速度和安全性使MySQL非常适合访问在Internet上的数据库。MySQL服务器可工作在客户/服务器或嵌入式系统中，MySQL数据库服务器是一个客户/服务器系统，它由多线程SQL服务器组成，支持不同的后端、多个不同的客户程序和库、管理工具和广泛的应用程序接口(API)。

MySQL也可以是一个嵌入的多线程库，可以把它连接到应用中而得到一个又小又快且易于管理的产品。目前有大量的MySQL软件可以使用，一般都可以找到适合的已经支持MySQL数据库服务器的软件和语言。

3) SQL Server

SQL Server是由Sybase、Microsoft、Ashton-Tate联合开发的OS/2系统上的数据库系统，1988年正式投入使用，1990年Ashton-Tate公司退出开发，1994年Sybase也将重点转移到UNIX版本上的SQL Server开发，而Microsoft则致力于将其推向Windows NT平台。1996年SQL Server 6.5诞生，1998年SQL Server 7.0发布，直到2000年，著名的SQL Server 2000发布。

SQL Server是Microsoft公司开发的一款关系型数据库管理系统的产品，具有成本低、易上手、工具全等优点。适用于大型或超大型数据库服务器端。SQL Server 2005是目前的最新版本，Microsoft 的软件的特点是版本分得细，可适合各种使用者不同的需要。其中 Express 版是免费的。它所使用的是增强型 T-SQL 语言。

当前的最新版本是 SQL Server 2005，它的一个新特点是实现了关系型数据库系统对图像数据的处理，另外还有很多改进，如安全选项、连接设置等。

4）Oracle

这是 Oracle 公司研制的一种关系型数据库管理系统，是一个协调服务器和用于支持任务决定型应用程序的开放型 RDBMS。它可以支持多种不同的硬件和操作系统平台，从台式机到大型机和超级计算机，为各种硬件结构提供高度的可伸缩性，支持对称多处理器、群集多处理器、大规模处理器等，并提供广泛的国际语言支持。

Oracle 是一个多用户系统，能自动从批处理或在线环境的系统故障中恢复运行。系统提供了一个完整的软件开发工具 Developer 2000，包括交互式应用程序生成器、报表打印软件、字处理软件以及集中式数据字典，用户可以利用这些工具生成自己的应用程序。Oracle 以二维表的形式表示数据，并提供了 SQL（结构式查询语言），可完成数据查询、操作、定义和控制等基本数据库管理功能。Oracle 具有很好的可移植性，通过它的通信功能，微型计算机上的程序可以同小型机乃至大型机上的 Oracle 系统通信，并且能相互传递数据。

Oracle 属于大型数据库系统，主要适用于大、中、小型应用系统，或作为客户/服务器系统中服务器端的数据库系统。据统计目前超大型通信、民航及银行证券等信息、交易系统 80％采用了 Oracle 作为后台数据库服务器。

5）Sybase

1984 年，Mark B. Hiffman 和 Robert Epstern 创建了 Sybase 公司，并在 1987 年推出了 Sybase 数据库产品。Sybase 主要有 3 种版本：一是 UNIX 操作系统下运行的版本，二是 Novell Netware 环境下运行的版本，三是 Windows NT 环境下运行的版本。对 UNIX 操作系统目前广泛应用的为 SYBASE 10 及 SYABSE 11 for SCO UNIX。

Sybase 数据库的特点包括 3 个：

（1）它是基于客户/服务器体系结构的数据库。

一般的关系数据库都是基于主/从式模型的。在主/从式的结构中，所有的应用都运行在一台机器上。用户只是通过终端发命令或简单地查看应用运行的结果。而在客户/服务器结构中，应用被分在了多台机器上运行。一台机器是另一个系统的客户，或是另外一些机器的服务器。这些机器通过局域网或广域网联接起来。

（2）它是真正开放的数据库。

由于采用了客户/服务器结构，应用被分在了多台机器上运行。更进一步地，运行在客户端的应用不必是 Sybase 公司的产品。对于一般的关系数据库，为了让其他语言编写的应用能够访问数据库，提供了预编译。Sybase 数据库，不只是简单地提供了预编译，而且公开了应用程序接口 DB-LIB，鼓励第三方编写 DB-LIB 接口。由于开放的客户 DB-LIB 允许在不同的平台使用完全相同的调用，因而使得访问 DB-LIB 的应用程序很容易从一个平台向另一个平台移植。

（3）它是一种高性能的数据库。

Sybase 真正吸引人的地方还是它的高性能。体现在以下几方面：

① 可编程数据库，通过提供存储过程，创建了一个可编程数据库。存储过程允许用户编写自己的数据库子例程。这些子例程是经过预编译的，因此不必为每次调用都进行编译、优化、生成查询规划，因而查询速度要快得多。

② 事件驱动的触发器，触发器是一种特殊的存储过程。通过触发器可以启动另一个存储过程，从而确保数据库的完整性。

③ 多线索化，Sybase 数据库的体系结构的另一个创新之处就是多线索化。一般的数据库都依靠操作系统来管理与数据库的连接。当有多个用户连接时，系统的性能会大幅度下降。Sybase 数据库不让操作系统来管理进程，把与数据库的连接当作自己的一部分来管理。

此外，Sybase 的数据库引擎还代替操作系统来管理一部分硬件资源，如端口、内存、硬盘，绕过了操作系统这一环节，从而提高了性能。

6）DB2

DB2 就是 IBM 开发的一种大型关系型数据库平台，它支持多用户或应用程序在同一条 SQL 语句中查询不同 database 甚至不同 DBMS 中的数据。目前，DB2 有如下一些版本：比如 DB2 for UNIX、DB2 for Windows、DB2 for AS/400、DB2 for OS/390 等，它支持从 PC 到 UNIX，从中小型机到大型机；从 IBM 到非 IBM(HP 及 Sun UNIX 系统等)各种操作平台。他既可以在主机上以主/从方式独立运行，也可以在客户/服务器环境中运行。其中服务平台可以是 OS/00、AIX、OS/、HP-UNIX、Sun Solaris 等操作系统，客户机平台可以是 OS/或 Windows、DOS、AIX、HP-UX、Sun Solaris 等操作系统。

8.2 数据库管理系统安全需求

8.2.1 数据库安全管理框架

随着计算机技术的飞速发展，数据库的应用更加广泛，并深入到各个领域，但随之而来就产生了数据的安全问题。各种应用系统的数据库中大量数据的安全问题、敏感数据的防窃取和防篡改问题，越来越引起人们的高度重视。数据库系统作为信息的聚集体，是计算机信息系统的核心部件，其安全性至关重要，关系到企业兴衰、国家安全。因此，如何有效地保证数据库系统的安全，实现数据的保密性、完整性和有效性，已经成为业界探索研究的重要课题之一。

数据库系统的安全除依赖自身内部的安全机制外，还与外部网络环境、应用环境、从业人员素质等因素息息相关，因此，从广义上讲，数据库系统的安全框架可以划分为 3 个层次：

(1) 网络系统层次。

(2) 宿主操作系统层次。

(3) 数据库管理系统层次。

这 3 个层次构筑成了数据库系统的安全体系，它们与数据安全的关系是逐步紧密的，防范的重要性也逐层加强，从外到内、由表及里保证数据的安全。

网络系统和宿主操作系统的安全管理在前面的章节中已有讲述,本节主要阐述数据库管理系统层次的安全需求。

8.2.2 数据库的安全需求

1. 数据库管理系统的安全性

对于数据库系统管理而言,安全性主要包括3个方面。

1) 数据库完整性

数据库完整性包括物理完整性和逻辑完整性。物理完整性指由于计算机硬件故障、软件错误、操作员的失误造成运行事务非正常中断,影响数据的正确性,为保证数据库中的数据都能从错误状态恢复到某种逻辑一致的状态,数据库管理系统中必须有恢复系统。逻辑完整性是指确保数据库中数据的一致,正确性以及符合企业规则的一种思想,是使无序数据条理化,确保正确的数据被存放在正确位置的一种手段,要满足完整性约束。

2) 数据库保密性

主要是指防止数据库数据信息泄露,只有授权用户才可以访问数据信息,用于防止未授权用户访问或复制数据,通常是通过加密技术来实现保密性。

3) 数据库可用性

保障数据库的正常操作流程顺利进行。

2. 数据库安全管理

基于以上3个方面,数据库安全管理具体要求包括以下几点:

(1) 防止不适当访问。这是本书首要关注和讨论的一点,主要指只对授权的合法用户给予访问权限。

(2) 分级保护。依据数据敏感级别分立多级进行保护,在包含敏感和非敏感混合数据的数据库中,就需要严格控制对敏感数据的访问请求,只能是经过授权的用户才有权进行某些操作,并且不允许其权利的传播或转让。

(3) 防止推断性攻击。防止从非保密信息中获得保密数据,尤其对于统计型数据库。

(4) 数据库的存取安全性。该需求涉及防止更改数据内容的非授权访问、病毒入侵、蓄意破坏或是系统级错误和故障等,这主要由通过系统控制以及备份与恢复机制执行并完成保护工作。

(5) 数据的操作完整性。在并行事务的模式下,保持数据的逻辑一致性,通常采用并行管理器和加锁机制完成。

(6) 数据的语义完整性。确保对数据在允许的范围之内修改,以保持数据的一致完整性。

(7) 数据库加密保护。使数据不易被非法用户索取和使用。

(8) 审计功能。提供数据的物理完整性,并记录下对数据的所有存取访问,根据结果进行分析与追踪。

8.3　数据库管理系统安全控制

数据库系统中的数据是由DBMS统一管理和控制的，为了适应数据共享的环境，DBMS必须提供数据的安全性、完整性、并发控制和数据库恢复等数据保护能力，以保证数据库中数据的安全可靠和正确有效。

8.3.1　安全性控制

数据库的安全性是指保护数据库，防止因用户非法使用数据库造成数据泄露、更改或破坏。

1. 安全性控制的一般方法

安全性控制就是要尽可能地杜绝所有可能的数据库非法访问，不管它们是有意还是无意的。图8.1给出了安全模型。

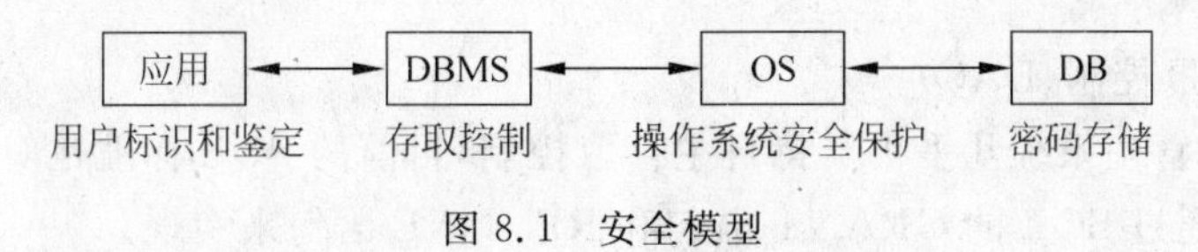

图8.1　安全模型

在图8.1中，用户要求进入计算机系统时，系统首先根据输入的用户标识进行用户身份鉴定，只有合法的用户才准许进入计算机系统。对已经进入系统的用户，DBMS还要进行存取控制，只允许用户进行合法的搓澡。操作系统一级也会有自己的保护措施。数据最后还可以以密码形式存储到数据库中。

1）用户标识和鉴定

用户标识和鉴定是数据库系统提供的最外层安全保护措施。其基础内容包括：

(1) 身份验证。数据库的安全性不仅要防止敏感数据被窥探，而且要防止用户进行任何干扰数据库的操作。数据库系统安全管理的第一步就是在用户进入信息系统时的用户身份验证。数据库管理系统提供相应安全认证机制，可创建数据库账户，任何用户向数据库提出的操作都必须强制通过系统的安全检查。

(2) 口令管理。设置运行口令是最常见的方法。好的口令是防止系统被滥用的第一道防线。但在多数数据库系统提供的安全标准中，没有机制能够保证某个用户设置的密码是强壮的，这就需要用户具有较强的风险防范意识，对全部的密码列表加强管理和进行安全检查。必须对一些数据库系统内置的口令做一个全面的评估，以加强口令的强壮性，对口令的文件进行保护；尽量减少将口令存于注册表，同时，限制注册表中该项的读取权限；限制过多的以数据库管理员账号登录数据库服务器连接，这样就可以降低口令被攻击的机会；再者，可以在客户/服务器和服务器/服务器的连接配置间使用加密的口令。这样就能充分保证口令的安全，减少被攻击的机会。

(3) 角色管理。角色是一组系统级或对象级权限的集合。用户可以给角色赋予指定的权限，然后将角色赋予相应的用户。一个应用程序可能有几个不同的角色，每个角色赋予不同的权限以实现不同的使用权。用户与角色的关系是多对多的对应关系，这种关系可以满足用户多种权限设置。用户与角色的设置由系统管理员统一管理，在添加用户时输入该用户自身信息后，确定该用户的操作权限。具体操作权限的设置由存取控制来完成。

2）存取控制

数据库安全性所关心的主要是DBMS的存取控制机制。数据库安全最重要的是确保只授权给有资格的用户访问数据库的权限，同时令所有未被授权的人员无法接近数据，这主要通过数据库系统的存取控制机制实现。

存取控制机制主要包括两部分：

第一，定义用户权限，并将用户权限登记到数据字典中。

第二，合法权限检查，每当用户发出存取数据库的操作请求后（请求一般应包括操作类型、操作对象和操作用户等信息），DBMS查找数据字典，根据安全规则进行合法权限检查，若用户的操作请求超出了定义的权限，系统将拒绝执行此操作。

用户权限定义和合法权检查机制一起组成了DBMS的安全子系统，当前大型的DBMS一般都支持C2级中的自主存取控制(DAC)，有些DBMS同时还支持B1级中的强制存取控制(MAC)。

（1）自主存取控制(DAC)。

大型数据库管理系统几乎都支持自主存取控制，目前的SQL标准也对自主存取控制提供支持，这主要通过SQL的GRANT语句和REVOKE语句来实现。

用户权限是由两个要素组成：数据对象和操作类型。定义一个用户的存取权限就是要定义这个用户可以在哪些数据对象上进行哪些类型的操作。在数据库系统中，定义存取权限称为授权(Authorization)。

在用户权限定义中，数据对象范围越小，授权子系统就越灵活。例如上面的授权定义可精细到字段级，而有的系统只能对关系授权。授权粒度越细，授权子系统就越灵活，但系统定义与检查权限的开销也会相应增大。

衡量授权子系统精巧程度的另一个尺度是能否提供与数据值有关的授权。上面的授权定义是独立于数据值的，即用户能否对某类数据对象执行的操作与数据值无关，完全由数据名决定。反之，若授权依赖于数据对象的内容，则称为是与数据值有关的授权。

有的系统还允许存取谓词中引用系统变量，如一天中的某个时刻、某台终端设备号。这样用户只能在某台终端、某段时间内存取有关数据，这就是与时间和地点有关的存取权限。另外，我们还可以在存取谓词中引用系统变量。如终端设备号、系统时钟等，这就是与时间地点有关的存取权限，这样用户只能在某段时间内，某台终端上存取有关数据。

自主存取控制能够通过授权机制有效地控制其他用户对敏感数据的存取。但是由于用户对数据的存取权限是“自主”的，用户可以自由地决定将数据的存取权限授予何人、决定是否也将“授权”的权限授予别人。在这种授权机制下，仍可能存在数据的“无意泄露”。

（2）强制存取控制(MAC)。

所谓MAC是指系统为保证更高程度的安全性，按照TDI/TCSEC标准中安全策略的要求，所采取的强制存取检查手段。它不是用户能直接感知或进行控制的。MAC适用于那些对数据有严格而固定密级分类的部门，例如军事部门或政府部门。

在 MAC 中，DBMS 所管理的全部实体被分为主体和客体两大类。主体是系统中的活动实体，既包括 DBMS 所管理的实际用户，也包括代表用户的各进程。客体是系统中的被动实体，是受主体操纵的，包括文件、基表、索引、视图等。对于主体和客体，DBMS 可为其每个实例(值)指派一个敏感度标记(Label)。

敏感度标记被分成若干级别，例如绝密(Top Secret)、机密(Secret)、可信(Confidential)、公开(Public)等。主体的敏感度标记称为许可证级别(Clearance Level)，客体的敏感度标记称为密级(Classification Level)。MAC 机制就是通过对比主体的 Label 和客体的 Label，最终确定主体是否能够存取客体。

当某一用户(或一主体)以标记 label 注册入系统时，系统要求他对任何客体的存取必须遵循如下规则：第一，仅当主体的许可证级别大于或等于客体的密级时，该主体才能读取相应的客体；第二，仅当主体的许可证级别等于客体的密级时，该主体才能写相应的客体。

3) 定义视图

进行存取权限的控制，不仅可以通过授权与收回权力来实现，还可以通过定义用户的外模式来提供一定的安全保护功能。在关系系统中，就是为不同的用户定义不同的视图，通过视图机制把要保密的数据对无权存取这些数据的用户隐藏起来，从而自动对数据提供一定程度的安全保护。但视图机制更主要的功能在于提供数据独立性，其安全保护功能不大精细，往往远不能达到应用系统的要求，因此，在实际应用中通常是视图机制与授权机制配合使用，首先用视图机制屏蔽掉一部分保密数据，然后在视图上面再进一步定义存取权限。

4) 审计

用户识别和鉴定、存取控制、视图等安全性措施均为强制性机制，将用户操作权限在规定安全范围内。但实际上任何系统的安全性措施都不可能是完美无缺的，蓄意盗窃、破坏数据的人总是会想方设法打破控制。所以，当数据相当敏感或者对数据的处理极为重要时，就必须以审计技术作为预防手段，监测可能的不合法作为。

审计追踪使用的是一个专用文件或数据库，系统自动将用户对数据库的所有操作记录在上面，利用审计追踪的信息，就能重现导致数据库现有状况的一系列事件，以找出非法存取数据的人。

5) 数据加密

对于高度敏感性数据，例如财务数据、军事数据、国家机密，除以上安全性措施外，还可以采用数据加密技术。以密码形式存储和传输数据。这样企图通过不正常渠道获取数据，例如，利用系统安全措施的漏洞非法访问数据，或者在通信线路上窃取数据，那么只能看到一些无法辨认的二进制代码。

数据库加密方式主要有 3 种：

(1) 文件加密。将涉及重要信息的文件进行加密，使用时解密，不使用时再加密。

(2) 记录加密。与文件加密类似，但加密的对象是记录而不是文件。

(3) 字段加密。直接对数据库的最小单位进行加密。

数据加密是防止数据库中数据在存储和传输中失密的有效手段。加密的基本思想是根据一定的算法将原始数据(术语为明文，Plaintext)变换为不可直接识别的格式(术语为密文，Ciphertext)，从而使得不知道解密算法的人无法获知数据的内容。

数据加密方法主要有两种(前面已有阐述)：一种是对称钥匙加密，另外一种就是非对称加密。

2. Oracle 数据库的安全性措施

网站内部的数据库一般采用 Oracle 或 SQL Server。在此，以 Oracle 为例，说明常用数据库的安全措施。Oracle 的安全措施主要有 3 个方面：一是用户标识和鉴定；二是系统提供安全授权和检查机制，规定用户权限，在用户操作时，进行合法性检查，以确保数据库的安全性；三是使用审计技术，记录用户行为，当有违法操作时，能用审计信息查出不合法操作的用户、时间和内容等。除此之外，Oracle 还允许用户通过触发器灵活定义自己的安全性措施。

1) Oracle 的用户标识和鉴定

在 Oracle 中，最外层的安全性措施是让用户标识自己的名字，然后由系统进行核实，Oracle 允许用户标识重复 3 次，如果 3 次仍未通过，则系统自动退出。

2) Oracle 的授权与检查机制

Oracle 的授权和检查机制与前面的存取控制的一般方法基本符合，但有其自己的特点。

Oracle 的权限包括系统权限和数据库对象的权限，采用非集中式的授权机制，即 DBA 负责授予与回收系统的权限，每个用户授予与回收自己创建的数据库对象的权限。

(1) 系统权限。Oracle 提供了 80 多种系统权限，如创建会话、表视图、用户等。DBA 在创建一个用户时需要将其中的一些权限授予该用户。

Oracle 支持角色的概念。所谓角色就是一组系统权限的集合，目的在于简化权限管理。Oracle 除了允许 DBA 定义角色外，还提供了一些预定义的角色，如 CONNECT、RESOURCE。

CONNECT 角色允许用户登录数据库，并执行数据查询和操纵。

RESOURCE 角色允许用户创建表，由于创建表的用户将拥有该表，因此具有对该表的任何权限。

(2) 数据库对象的权限。在 Oracle 中，可以授权的数据库对象包括基本表、视图、序列、同义词、存储过程、函数等，其中最重要的是基本表。

对于基本表 Oracle 支持 3 级的安全性：表级、行级和列级。有关基本表的使用和控制细节可以参考有关的 Oracle 书籍。

3) Oracle 的审计技术

在 Oracle 中，审计分为用户级审计和系统级审计。用户级审计是任何 Oracle 用户可设置的审计，主要是用户针对自己创建的数据库表或视图进行审计，记录所有用户对这些表或视图的一切成功和/或不成功的访问要求以及各种类型的 SQL 操作。系统级审计只能由 DBA 进行，可以监测成功或失败的登录要求、监测 GRANT 和 REVOKE 操作以及其他数据库权限下的操作。

Oracle 的审计功能很灵活，是否使用审计，对哪些表进行审计，对哪些操作进行审计等，都可以由用户自由选择。

4) 用户定义的安全性措施

除了系统级的安全性措施外，Oracle 还允许用户用数据库触发器定义特殊的更复杂的用户级安全措施，还可以利用触发器进一步细化审计规则，使审计操作的粒度更细。

8.3.2　完整性控制

数据库的完整性是指数据的正确性和相容性。数据库是否具备完整性关系到数据库能否真实地反映现实世界，或者说，网站内部真实的内容，因此维护数据库的完整性是非常重要的。

数据的完整性与安全性是数据库保护的两个不同方面。安全性是防止用户非法使用数据库，包括恶意破坏数据和越权存取数据。完整性则是防止合法用户使用数据库时向数据库中加入不合语义的数据。也就是说，安全性措施的防范对象是非法用户和非法操作，完整性措施的防范对象是不合语义的数据。

为维护数据库的完整性，DBMS必须提供一种机制来检查数据库中的数据，看是否满足语义规定的条件。这些加在数据之上的语义约束成为数据库完整性约束条件，它们作为模式的一部分存入数据库中。而DBMS中检查数据满足完整性条件的机制成为完整性检查。

由于完整性是针对合法用户对数据的不适当操作，因此，从网站管理的角度来说，目标是面向内部员工的管理。也就是说，可以利用完整性约束条件，如静态列级约束、静态元组约束、静态关系约束、动态列级约束、动态元组约束和动态关系约束等条件性约束的使用来保证内部员工对数据库操作的正确性。也可以通过完整性控制来实现内部员工的合法性操作，此时，网站管理员可以利用DBMS的完整性控制机制，即使用的有3个方面的手段来进行：

(1) 定义功能，即提供定义完整性约束条件的机制。

(2) 检查功能，即检查用户发出的操作请求是否违背了完整性约束条件。

(3) 如果发现用户的操作请求使数据违背了约束条件，则采取一定的动作来保证数据的完整性。

8.3.3　并发控制

数据库是一个共享资源，可以由多个用户使用。这些用户程序可以一个一个地串行执行，每个时刻只有一个用户程序运行，执行对数据库的存取，其他用户程序必须等到这个用户程序结束以后才能对数据库存取。但是，如果一个用户程序涉及大量数据的输入/输出交换，则数据库系统的大部分时间处于闲置状态。因此，为了充分利用数据库资源，发挥数据库共享资源的特点，应该允许多个用户并行地存取数据库。但这样就会产生多个用户程序并发存取同一数据的情况，若对并发操作不加控制就可能会存取和存储不正确的数据，破坏数据库的一致性。所以数据库管理系统必须提供并发控制机制。并发控制机制的好坏是衡量一个数据库管理系统性能的重要标志。

在网站管理策略中，对数据库的并发控制机制经常采用的技术是封锁。所谓封锁就是事务(数据库的逻辑工作单位，是用户定义的一组操作序列)T在对某个数据对象，例如，在对表、记录等进行操作之前，先向系统发出请求，对其加锁。加锁后事务T就对该数据对象有了一定的控制，在事务T释放它的锁之前，其他的事务不能更新此数据对象。为了更清楚地了解封锁，下面再进一步对它进行介绍。

基本的封锁类型有两种：排他锁(Exclusive Lock，简记为X锁)和共享锁(Share Lock，简记为S锁)。

排他锁又称为写锁。若事务T对数据对象A加上X锁，则只允许T读取和修改A，其他任何事务都不能再对A加任何类型的锁，直到T释放A上的锁。配合适合的封锁协议，这样就可以保证其他事务在T释放A上的锁之前不能再读取和修改A。

共享锁又称读锁。若事务T对象A加上S锁，则其他事务只能再对A加S锁，而不能加X锁，直到T释放A上的S锁。这就保证了其他事务可以读A，但在T释放A上的S锁之前不能对A做任何修改。

排他锁与共享锁的控制方式可以用图8.2的相容矩阵来表示。

在图8.2的封锁类型相容矩阵中，最左边一列表示事务T1已经获得的数据对象上的锁的类型，其中横线表示没有加锁。最上面一行表示另一事务T2对同一数据对象发出的封锁请求。T2的封锁请求能否被满足用Y和N表示，其中N表示事务T2的封锁要求与T1已持有的锁冲突，T2的请求被拒绝。

T1 \ T2	X	S	—
X	N	N	Y
S	N	Y	Y
—	Y	Y	Y

注：Y=Yes，表示相容的请求；N=No，表示不相容的请求

图8.2 封锁类型的相容矩阵

8.3.4 数据库恢复策略

为了保证各种故障发生后，数据库中的数据都能从错误状态恢复到某种逻辑一致的状态，数据库管理系统中恢复子系统是必不可少的。如果数据库系统运行中发生故障，有些事务尚未完成就被迫中断，这些未完成事务对数据库所做的修改有一部分已写入物理数据库。这时数据库就处于一种不正确的状态，或者说是不一致的状态，就需要DBMS的恢复子系统，根据故障类型采取相应的措施，将数据库恢复到某种一致的状态。

数据库运行过程中可能发生的故障主要有3类：事务故障、系统故障和介质故障。不同的故障其恢复方法也不一样。

1. 故障及其类型

1) 事务故障

事务是数据库的基本运行单位。一个事务中包含的操作要么全部完成，要么全部不做。事务在运行过程中由于种种原因，如受到内部的误操作或外部的攻击，使事务未运行至正常终止点就夭折了，这种情况称为事务故障。发生故障时，夭折的事务可能把对数据库的部分修改写入磁盘，恢复程序要在不影响其他事务运行的情况下，强行回滚(Rollback)该事务，即清除该事务对数据库的所有修改，使得这个事务像根本没有启动过一样，这类恢复操作称

为事务撤销(Undo)。

2）系统故障

系统故障是指系统在运行过程中,由于某种原因,如操作系统或 DBMS 代码错误、操作员操作失误、特定类型的硬件错误等造成系统停止运行,致使所有正在运行的事务都以非正常方式终止。这时内存中数据库缓冲区的信息全部丢失,但存储在外部存储设备上的数据未受影响,这种情况称为系统故障。发生系统故障时,一些尚未完成的事务的结果可能已经送入物理数据库,为保证数据一致性,需要清除这些事务对数据库的所有修改。但由于无法确定究竟哪些事务已更新过数据库,因此系统重新启动后,恢复程序要强行撤销所有未完成事务,使这些事务像没有运行一样。另一方面,发生系统故障时,有些已完成事务提交的结果可能还有一部分甚至全部留在缓冲区,尚未写入到磁盘上的数据库中,系统故障使得这些事务对数据库的修改部分或全部丢失,这也会使数据库处于不一致状态,因此应将这些事务已提交的结果重新写入数据库。同样,由于无法确定哪些事务的提交结果尚未写入物理数据库,所以系统重新启动后,恢复程序除需要撤销所有未完成事务外,还需要重做所有已提交的事务,以使数据库真正恢复到一致状态。

3）介质故障

系统在运行过程中,由于某种硬件故障,使存储在外存中的数据部分丢失或全部丢失。这种情况称为介质故障。发生介质故障后,存储在磁盘上的数据被破坏,这时需要装入介质故障前某个时刻的数据副本,并重做自此时开始的所有成功的事务,将这些事务已提交的结果重新记入数据库。当然,在大部分网站都有实时备份,因此,当主服务器出现故障时,可以从备份服务器中导入数据,或者从实时热备份磁盘中获得相应的数据。

2. 恢复的实现策略和技术

恢复就是利用存储在系统其他地方的冗余数据来恢复数据库中被破坏的或不正确的数据。因此,恢复机制涉及的两个关键的问题是：第一,如何建立冗余数据；第二,如何利用这些冗余数据实施数据库恢复。

建立冗余数据库最常用的技术是数据转储和登录日志文件。通常在一个数据库系统中,这两种方法是一起使用的。

1）数据转储

转储是指 DBA 将整个数据库复制到磁带或另一个磁盘上保存起来的过程。这些备用的数据文本称为后备副本,这种过程一般用于介质故障的使用。转储是网站中数据库恢复的常用技术。但重装后后备副本只能将数据库恢复到转储的状态,要想恢复到故障发生的状态,必须重新运行自转储以后的所有更新事务。为了说明问题,以图 8.3 为例。

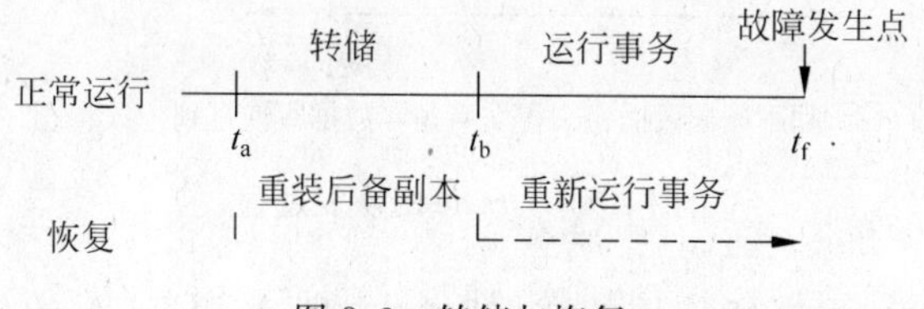

图 8.3 转储与恢复

在图 8.3 中,系统在 t_a 时刻停止运行事务进行数据库转储,在 t_b 时刻转储完毕,得到 t_b 时刻的数据库一致性副本。系统运行到 t_f 时刻发生故障,这时,为恢复数据库,必须首先由 DBA 重装数据库后备副本,将数据库恢复至 t_b 时刻的状态,然后重新运行自 t_b 时刻至 t_f 时刻的所有更新事务,或根据日志文件(Log File)将这些事务对数据库重新写入数据库,这样就可以把数据库恢复到故障前某一时刻的一致状态。

数据转储操作可以是动态的,也可以是静态的。动态转储是指转储操作与用户事务并发进行,转储期间允许读数据库进行存取或修改。静态转储是在系统中无运行事务时进行的转储操作,即数据库处于一致性状态,而转储期间不允许(或不存在)对数据库的任何存取、修改活动。显然,静态转储得到的一定是一个具有数据一致性的副本。这种方式是当前的网站最常用的恢复手段,因为这种做法简单,但是恢复过程降低了数据库的可用性,导致网站的性能降低。

2) 登记日志文件

日志文件是用来记录事务对数据库的更新操作的文件。不同数据库系统的日志文件格式并不完全一样。概括起来日志文件主要有两种格式:以记录为单位的日志文件和以数据块为单位的日志文件。

在 Oracle 5 中,日志文件以块为单位,也就是说,Oracle 的恢复操作并不是基于操作,而是基于数据块。Oracle 将更新前的旧值与更新后的新值分别放在两个不同的日志文件中。记录数据库更新前的旧值的日志文件称为数据库前像文件(Before Image,BI),记录数据库更新后的新值的日志文件称为数据库的后像文件(After Image,AI)。由于 BI 文件关系到能否将数据库恢复到一致性状态,因此 BI 文件是必需的。而 AI 文件的作用仅是尽可能地将数据库向前推进,减少必须重新运行的事务程序,所以在 Oracle 中 AI 文件是任选的。图 8.4 表示了 Oracle 数据库利用日志文件的恢复过程。

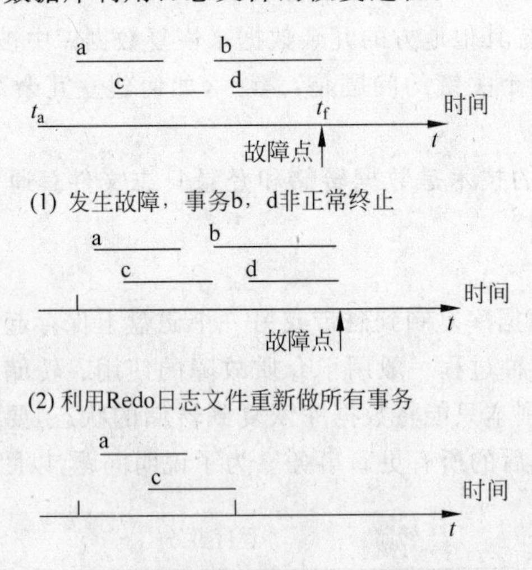

图 8.4 Oracle 的恢复过程

对于网站的数据库,根据所使用的数据库的类型,利用 DBA 的相关功能和特点,对数据库进行有效的管理,以保证数据库的安全。如果数据库只包含成功事务提交的结果,就说数据库处于一致性状态。保证数据一致性是对数据库的最基本要求。事务是数据库的逻辑工作单位，只要DBMS能够保证系统中一切事务的一致性和持续性，也就保证了数据库处于一致状态。数据库转储和登记日志文件是恢复中最经常使用的技术，就是录用在后备副本和日志文件中的冗余数据来重新建立数据库，以保证网站的数据库安全。

复　习　题

1. 比较自主存取控制与强制存取控制的异同。
2. 练习安装和使用SQL Server 2000和Oracle 9i数据库管理系统。
3. 对Oracle数据库管理系统进行安全性配置。
4. 对Oracle数据库管理系统进行备份与恢复设置操作练习。

思　考　题

1. 分析网络系统、操作系统和数据库管理系统安全性关系。
2. 分析引发数据库管理系统故障的原因。
3. 分析数据库系统完整性与安全性的关系。
4. 分析日志文件对数据库管理系统安全的重要性。

第 9 章

不安全系统中的商务风险与管理

本章教学目标

- 了解不安全网络和企业内部网络相关的风险。
- 掌握商业交易过程中数据传输风险和风险控制手段。
- 掌握风险管理模式和顺序过程。
- 理解智能代理与电子商务的关系及其影响。

本章关键术语

- 不安全网络
- 风险管理模式
- 第三方保证
- 智能代理

互联网与电子商务不仅为各种规模的公司提供了无尽的前景与商机，也为消费者提供了便利。但是这些好处的获得，无论对商家还是消费者，都伴随着一定的风险。其中的一些风险在前面的一些章节中已经讨论过。遗憾的是，电子商务的迅速发展诱使许多企业在还没有完全搞清楚其所带来的问题以及如何控制时，就扑入它的怀抱。另外，一些急于"点击"购买自己所需要产品的消费者发现他们的权益在不安全的系统中很容易受到侵犯。媒体有关商家、消费者风险的报道，有时过度渲染，致使许多有意参与电子商务活动的商家和消费者变得格外小心而畏缩不前。为此，本章将更具体地探讨商家与消费者所面临的风险。

9.1 与不安全通信网络相关的风险

本节讲述接入不安全网络，尤其是 Internet 从事一系列商务(如外部电子邮件、内部地理上相分隔的部门间的电子邮件、市场营销、电子销售和采购系统)所面临的风险。

9.1.1 消费者所面临的风险

Internet 并未被大多数使用者看作是一个能够使用信用卡进行商业交易的安全之地。这种不安全感主要是因为媒体大量的有关信息被 Internet 黑客窃取的报道，以及 Internet

本身的特点和商业运作有关。

1. 虚假的或恶意的网站

恶意网站(Malicious Web Site)一般都是为窃取访问者的身份证信息与口令、窃取信用卡信息、偷窥访问者的硬盘或从访问者硬盘中上载文件而设立的。

窃取访问者的身份证信息与口令的手段是设立一个恶意的网站,要求使用者"注册"并给出一个口令。口令是使用者自愿给出的,只有在这同一口令被使用者同时应用于许多不同事务时,如信用卡等与工作有关的口令时,才可能对使用者造成危害。因此,在各种与Internet相关的事务中,一定要坚持使用不同的口令。

窃取访问者信用卡信息的手段是设立一个"虚假"网站,暂时装成做正规生意的样子,如"节日大酬宾"活动,许诺可以在某个节日来临时将货物发送到全国范围内的指定位置。这个网站可以在节日之前的任何时间设立,搜集信用卡信息,然后在节日来临时关闭。节日来临之前,没有人会去投诉,当人们在节日后发觉上当时,这个网站已经关闭了。当然,这种诡计并非只出现在Internet上,但是与真正地收拾东西并从住处逃走相比,在网上诱骗了一大群消费者之后"消失"要更容易。

恶意的网站还有另外一个窃取信用卡、身份证信息、口令以及其他信息的手段,这就是通过"虫子"的使用,它可以监听并复录访问者的所有通话,这种方式更难以对付。这类袭击有时被称为前后夹击(Man in the Middle Attacks)。诸如"贝尔实验室虫子"、"新加坡虫子"及"圣·巴巴拉虫子",这类的"虫子"都可通过某一执行过程的改变让某个恶意网站的JavaScript网页——在被访问之后——浏览并获取任何传递到访问者随后访问的网站上的信息。其基本做法是连接一个几乎不可见的窗口,可以只由一个像素构成,这个窗口在访问其他网站时始终是打开的。这种类型的"虫子"最难对付的方面就是,即使网站用加密套接层保护,它仍然可以窃取网站的信息。

偷窥访问者的硬盘或从访问者硬盘中上载文件是通过"弗雷堡虫子"之类的虫子而得手的,这种"虫子"可以利用网络浏览器软件中的文件上载孔(File Upload Hole)。它们也使用了一种由恶意网站建立的几乎不可见的帧(网络浏览器的一屏显示可分为不同区域,这些区域被称为帧)。当访问者浏览这个网站时,一个JavaScript程序就开始读取访问者的硬盘,借助文件共享技术,任何文件名已知的文件都可以被上载到Internet上的任意一个网站。在这里,文件名必须是已知的。在安全方面令人遗憾的问题是,计算机中驻留着许多普通文件,而类似coofies.txt这样的文件可能会自愿提供出存储在其中的未经加密的口令数据,当然,口令数据是很少经加密存储的。只有文本文件、映像文件以及HTML文件才能被外人浏览并上载。这些文件虽然可以被浏览和上载,但当它们仍在访问者的硬盘上时,是不能够被改动的。

2. 从销售代理及Internet服务商(ISP)处窃取用户数据

用户在Internet上购买商品与服务,包括通过ISP接入Internet,由于电子现金支付还未开展,因此一般都采用信用卡付款方式。信用卡信息为销售代理或ISP保存。对于用户来说,不幸的是,黑客们偶尔会成功地闯入销售代理或ISP的系统,获取用户的信用卡数据。对于这种泄密,消费者确实无能为力,除非他在网络上根本不使用任何信用卡信息。但这种风险也是相对的，用信用卡做其他事时，也会有风险，因为公司储存非网络上用户信用卡信息的数据库也有可能被黑客闯入并窃取。

3. 隐私与 Cookie 的使用

Internet 上的隐私(Privacy)问题为许多人所关注。现在专门为此成立了许多联合组织，它们对 Internet 上的隐私问题进行监督和传播有关这一问题的信息，并积极地鼓动有关部门采取更有力的隐私保护措施。

一个访问者的什么信息被保留呢？答案在于这个访问者自己透露了多少信息，在于如何设置其网络浏览器选项。Cookie 能让网络服务器提高工作效率，为重复到访其网站的访问者提供更快的网络响应时间，还能够确切地查询有多少不同的用户(与频繁到访的用户不同)访问了网站。然而，Cookie 的使用引起了隐私权组织的强烈反对，他们认为网站不应该保留任何有关对其网站浏览活动的信息。

根据用户所用的不同的网络浏览器，Cookie 可以放在一个文件或几个不同的文件中。对于许多网站来说，存在其中的信息只是一个唯一身份号码，以便网站能够查询首次访问者与重复访问者的数量，图 9.1 显示了这一过程。

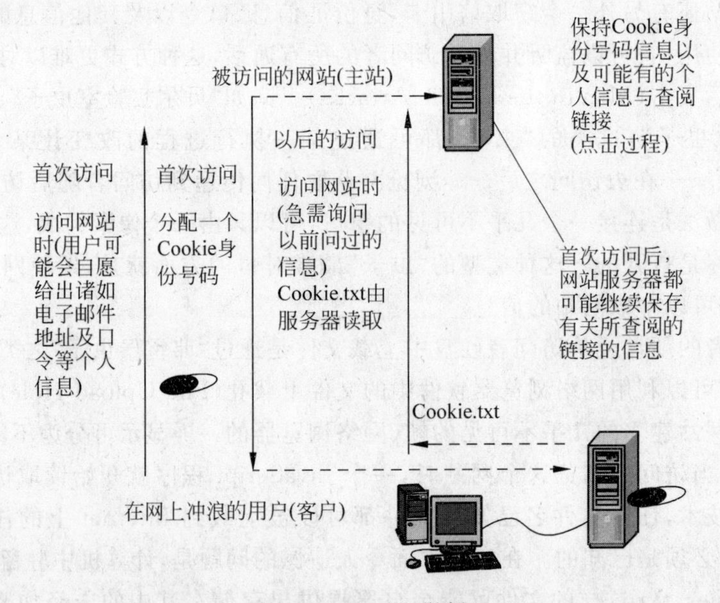

图 9.1　Cookie 举例

当用户首次访问某个网站时，被访问网站会给这个用户分配一个身份代码，并创建一个 Cookie，放在访问者的永久性存储设备，如硬盘上。在 Cookie 写入访问者硬盘的过程中，访问者硬盘中的文件不会被浏览、改动或上载。在这种情况下，其他信息，如访问者身份及口令也会放到这个 Cookie 文件中，但这种情况发生的前提是访问者在填表时提供了这部分信息。这部分信息有些网站会对其加密，但并不是所有的网站都这样做。Cookie 文件是一个文本文件，很容易被浏览。虽然这种情况很少发生，但如果确有一个未经加密的口令放在这个文件里，那么就潜在着该文件被某种恶意机制浏览从而导致泄密的危险。

在网站服务器上，分配的身份号码被保存下来。在许多情况下，这就是保存下来的所有信息，如访问次数、本次访问的时间长度、点击的各项内容以及访问者所给出的用户选项数据也被保存在一个网站服务器的数据库中。隐私权组织关注的就是为市场营销或其他目的而进行的此类数据存储的建立与出售。

Cookie存在的主要理由是它提高了效率。在访问者以后访问网站的时候，通过读取Cookie，服务器无须重复发问，就可以得到任何存储在上面的有关访问者的信息。例如，Cookie可以在一个周期依次处理多个广告，避免了某一广告的重复。此外，网站服务器并非一定要将任何访问者的选项信息存在其计算机中，因此，还存在着把数据存放在访问者计算机中的可能。

Cookie能持续多久呢？正如食用的Cookie(Cookie的原意是"小甜饼")一样，计算机产生的Cookie也有其指定的过期时间。根据不同的网站的目的，大多数的网站要么将过期时间定得很短(只有一两个小时)，要么将过期时间定得很长(好几年)。

访问者所全然不知道的是，他可能会不经意地链接到一个营销公司，这种公司也会给访问者发Cookie。这种链接机制引起了人们的激烈争论，隐私权组织正试图将这类未经请求的链接定为不合法。图9.2显示了营销公司发出Cookie的大致过程。

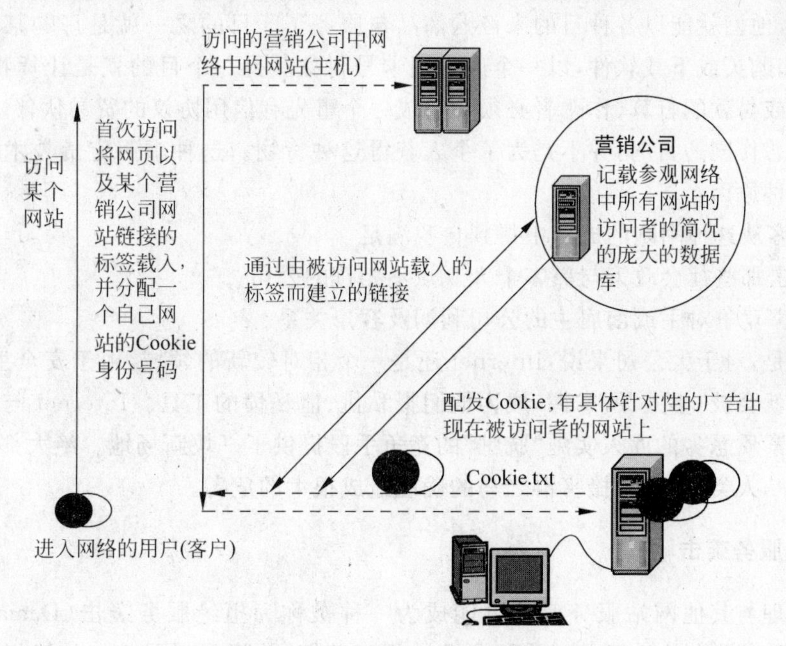

图9.2　隐私、Cookie与营销公司

当用户访问营销公司网络体系中的某个网站时，得到访问请求的网页被载入访问者的网络浏览器。但是，嵌套在该网页中还有一些用于图像标签，访问者浏览器与营销公司服务器的映像标签(Image Tag)，通过这些映像标签，访问者与营销之间的直接链接便被建立起来。这样，营销公司就可以发出它自己的Cookie了，并且每个Cookie也具有唯一的身份号码。建立这样的链接之后，营销公司就能够获取访问者所提供的任何信息。一些营销公司的网络规模超过50万个网站，试想它们能够获取的信息量该是多么惊人。

分配这类Cookie的目的是向被访问的网站发放定制的广告图像及链接。这些Cookie包含着一个个具体用户的购买模式与爱好，这些信息可用来吸引用户点击某个广告。这种定制的广告就是这些营销公司出售的商品。

在用户对隐私的呼吁下，新近版本的网络浏览器新增了功能，可以让用户定制自己的选项，将之设为拒绝接受 Cookie 或接受 Cookie 前征求用户允许。然而，如果你不接受它的 Cookie，许多网站就不允许你进入！如果你想不为人知地重复访问一个网站，你可以编辑你的 Cookie 文件，不留痕迹地将其中的信息删掉。

9.1.2 销售代理所面临的风险

人们想到 Internet 的风险时，一般会想到对消费者的风险。其实，销售代理也面临着风险，而这正是许多组织在 Internet 上还仍未实现从做广告到做生意的飞跃的原因。

1. 客户假冒

销售代理面临的风险之一是客户与他们所自称的身份不一致，这种情况又称为**假冒**(Impersonation)。假客户是如何给销售代理系统造成混乱的呢？如果假客户把自己装扮成合法客户，他们就能以各种目的来订购商品与服务了。目的之一就是订购某种免费服务或商品，比如购买或下载软件，以一个假信用卡号付款。另一个目的就是让货物发出，而没有任何接货或付款的打算(作恶者必须要扮成一个事先有信用协议的贸易伙伴)。第二种情况纯粹出于恶作剧的目的，并不是为了个人获得这种货物。这种虚假定货技术的恶意使用可以出自种种原因：

(1) 黑客从这种闹剧的成功中得到自我满足。

(2) 打击那些社会政策与黑客个人观点不相符的公司。

(3) 损害竞争对手或前雇主的公司利润及客户关系。

遗憾的是，对于大公司来说，Internet 还是一个相对较新的领域，由于安全上的漏洞，一些新的机制就会被“小人”所掌握，成为他们报私仇、泄私愤的工具。Internet 与电子商务也为那些竞争素质恶劣的商人实施“肮脏”的竞争手段提供了一块新场地。绝大部分的商界人士不属于这一人类，但一小撮害群之马的确能造成很大的危害。

2. 拒绝服务袭击

销售代理与其他网站服务商都可能成为一种被称为拒绝服务袭击(Denial of Service Attacks)的恶意袭击的目标。拒绝服务袭击用于破坏、关闭或削弱某一计算机或网络的资源。这种袭击的目的就是通过使目标网站的通信端口与记忆缓冲区满溢，而达到阻止合法信息与合法连接服务要求的接收。这种类型的袭击日趋增多，因为实施这种攻击的方法与程序码现在已经在黑客网站上公开。另外，这种袭击方法非常难以追查作恶者，因为他们运用了如 IP 电子欺骗法之类的地址隐藏技术，而且，Internet 服务供应商的过剩，也使作恶者很容易获得一个 IP 地址。

现存的拒绝服务袭击的种类很多，而新的种类还在不断产生。在一种名为 SYN 溢出的拒绝服务袭击中，袭击者通过一个 SYN(Synchronization，“同步”)数据包请求与目标建立一个连接。接收到的数据包网站，如图 9.3 所示例子中的目标，以一个 SYN/ACK (Synchronization/Acknowledgement，“同步/确认”)数据包应答。此时此刻，该链接保持着半开的状态。目标计算机的记忆缓冲区保存着这条信息,等待命令初始服务器回复 ACK 数据包,以完成联接。而最终步骤的 ACK 数据包是永远也不会发出的,这样,该链接就始终保持着半开的状态。如果大量的这类 SYN 数据包被发往目标网站,那么网站的记忆缓冲区就会被占满,合法用户的 SYN 数据包就无法进入。图 9.3 显示了 SYN 溢出的过程。

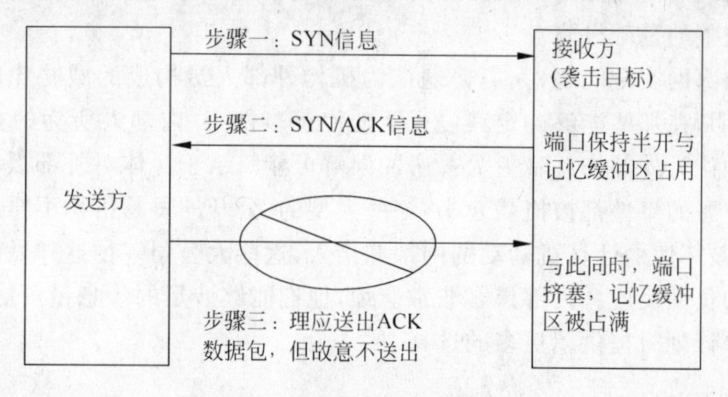

图 9.3 SYN 溢出举例

其他种类的拒绝服务袭击,有从计算机中删除启动文件,使之无法启动的;有的删除某个网络服务器的页面,等等。为什么有人要发起这种类型的袭击呢?其实,这种袭击也是出于各种原因,有政治目的,也有的是作为一种大规模袭击的一个组成部分。拒绝服务袭击也可以用来关闭某位黑客想要欺诈的服务器,比如,黑客可能会为了获得 PIN 或信用卡号而对一家银行的服务器作恶。

拒绝服务袭击特别难以防范。这种袭击的主要损失是系统不能正常运行而耽误了时间,而且系统很容易就可以通过重新启动的方式而恢复运行。但对于 Internet 上的许多公司来说,时间的损失就意味着销售量的损失,也就是收入的损失。

3. 数据的失窃

以前,重要的数据,如客户名单及工程蓝图等,都会上锁保管。如果哪些人想从公司里窃取文件,他必须亲临公司所在地并设法进入,还必须打开装有所需信息的文件柜。这种行动需要一定的胆量,特别是当公司设有警卫时。偷窃者不得不揣度一下他会不会正好被某人撞上,或者被荷枪实弹的警卫追赶。但对于那些以数字化形式存储的、并连接到公共通信网络线路的数据文件来说,偷窃者就可能在不离开自己舒服的居室的情况下,将之窃走。而且,窃贼可以远隔千里或者远隔重洋作案。另外,如果窃贼害怕暴露,那么他只要马上断开连接,就很难查到他的踪影。因此,电子数据的失窃是许多公司面临的严重问题。数据失窃的风险可以通过一些防范技术的运用而降低,这些问题在以后的章节里将会再介绍。

9.2 与企业内部网相关的风险

对于许多大型企业而言,公司企业内部网的维护与安全已经变得像一只难驯的野兽一般棘手。在一些大型企业中,能够及时了解企业内部网的数目及其确切位置就是一个不小的难题。波音公司在对其企业内部网的内部调查搜索中,发现了由至少 2300 个主企业内部网站所主控的100多万个网页，而且可能这次搜索并没有把所有的企业内部网、服务器及网页都找到。企业内部网的这种迅速扩大是成本低廉与安装相对简单所造成的。遗憾的是，许多企业内部网都存在着严重的安全问题，因为它们没有信息技术部门提供支持。一些公司因为个别部门决意安装低成本的企业内部网而面临风险，因为它可能缺乏足够的资源来支持这种不够完整的基础设施。

针对企业内部网安全问题，人们普遍认为机构外部人员构成的威胁比内部的大；事实上，有关调查表明，在那些能够确定其侵入源的侵袭事件中，内部人所为的在数量上要多于外部人员。这种认为外部作恶者更为普遍的误解可能归结于媒体对外部黑客作恶的大量报道。许多内部作恶的事件都被掩盖起来，一些大型的、公开的贸易机构不愿起诉它们所抓获的进行恶意的、破坏性的计算机活动的内部知情人，这些大公司害怕这样做会引起公众对其内部管理水平的负面反应。内部黑客非常麻烦，他们能够涉足的信息量可能非常巨大，这就为其在设计作恶计划时提供了更多的选择。

9.2.1 离职员工的破坏活动

离职员工真会对以前的雇主及其计算机系统进行报复性活动吗？1998年的CSI/FBI调查显示，89%的公司认为心怀不满的员工会进行这类袭击。人们只要看一下这些新闻报道，就会知道这类袭击不仅会发生，而且已经发生。

在一起案例中，一位员工因举止粗鲁、表现不好而被解雇。不久，他就被指控使8个文件服务器陷入瘫痪并删掉了其中的数据，损失估计超过10万美元。因为该公司施行了非常规范的安全防范措施，所以这名员工的用户身份号码在他被辞退的当天就被立即中止使用；然而，调查人员认为它可能使用了一名同事的口令和身份号码。FBI搜查他的住处，发现了包括机密规划文件、工资资料以及内部计算机分析资料的秘密公司文件。他们还发现了一摞黑客与计算机破坏操作指南，包括如何编写可以“彻底粉碎”操作系统的“特洛伊木马”程序的说明。

可以想象，那些怀着不满情绪离职的员工非常麻烦，因为他们了解公司的情况，他们有能力搜集公司的大量信息。在许多报道的案例中，当某位员工疑心甚至毫无根据地猜想他要丢掉工作时，就会提前开始搜集内部资料，所以，经常能在他们手上发现与其业务毫不相干的公司文件。

9.2.2 在职员工的威胁

在职员工也会给企业的计算机系统造成严重破坏。上述讨论的涉及离职员工的安全问题也适用于在职员工，区别在于动机的不同。对于在职员工来说，他们侵入的动机不是因为仇恨，或许只是在于能够未经授权地看到一些数据资料的快感。但是，也有人是想将客户信息卖给地下组织或公司的竞争对手，从而获得一笔额外收入；还有人是要直接侵吞公司财产。

在职员工的窃案都发生在哪个阶层呢？人们普遍认为这种窃案一般都发生在低层员工身上。事实上，中层管理人员因此而被起诉的最为常见。然而，最严格的控制机制一般却都是针对低层员工的。因为，管理层员工有时会得到过多的用户身份号码与口令信息，而且还具有内部控制越权许可。如果既定的程序得不到遵守，或未经正常的许可就被轻易地使用，那么适度的职能分工与内部控制机制就变得毫无意义。

1. 嗅探器

大多数企业内部网都经过设置而使之与连接的计算机公用一个通信渠道。这个通信渠道负责一切数据的传输，这些数据包括(但并不只限于)消息、文件、用户身份及口令。如果这些信息由一条共享渠道传输，就存在着被另一个计算机站点截取的可能，这就是嗅探。这个问题日趋严重。如今，裸露的互联网连接缆线越来越多地出现在办公楼中，而且，还存为手提计算机与日后增加用户预留了接口，这些接口往往极少有安全措施。

嗅探器软件可以免费从 Internet 下载，也可以在流行的商业软件中找到。如果一名用户有了这种软件并能联入在办公楼中随处可见的缆线中的一条，他就有嗅探或获取未经授权数据的可能。作恶者自己的工作用计算机，装上合适的软件，就能完成这一行动。

接入企业内部网并装好合适的软件之后，作恶者所要做的就是舒服地坐在椅子上等待同事们发秘密文件了。这些文件有的是明码文件格式，如文件传输协议(FTP)及远程登录口令，当然也会有文本文件。如果所有的数据都是在一个**虚拟专用网络**(Virtual Private Network，VPN)里传输，那么这些数据就是安全的，除非你采用**话路密钥**(Session Key)。话路密钥是加密/解密的换算规则，用于为一条具体的信息编码/解码。作恶者如果从以前的数据中找出话路密钥，他就能破译加密过的信息。一些嗅探器只能让使用者嗅探经过他自己计算机的数据，而有些则能让作恶者看到所有从他所在的分支网上传输的数据。交换网络(Switched Network)可以沿着不同的路径发送信息包，因此能够防止信息包的全部截获。

嗅探器的确被合法地用于网络管理员对网络活动的监控，而这种商业网络软件也仍为执行这类任务而继续存在着。但由于这种软件的不合法使用而可能为公司招致的风险问题已经引起人们的普遍关注。因此，市场便出现了一些嗅探器探测软件。然而，这些嗅探器软件并非十分完善。一些较新版本的商业网络嗅探器能够发现是否网络中安装有同种软件在运行。虽然它能帮助发现一些未经授权的用户，但却无法发现使用其他种类网络嗅探器的黑客。遗憾的是，因为网络都是为促进信息与外围设备的共享而设计的，所以共享信息非法截取的控制功能对软件开发公司来说是个难题。

2. 数据下载

允许员工的计算机与位于系统中心的数据库连接的企业内部网增加了员工非法进入与复制数据的风险。设计合理的使用准入控制表(User Access Control Tables)会有助于防止员工进入非授权数据库。这张表要表明每个或每个层次使用者的进入、浏览及编写权限。但是，员工们经常以各种理由相互帮忙而共用口令。轻信别人与之共享自己的口令的员工很可能会为对方进入并下载包含贸易秘密或其他有价值的数据敞开大门。另外，应该对所有秘密及利害关系重大的资料的进入、下载或打印进行记录。可以隔一段时间给员工们一份这样的记录汇总，要求他们核实是否进行过记录中的资料处理工作，这的确为审计提供了方便。

3. 电子邮件假冒

电子邮件假冒(E-mail Spoofing)就是作恶者(可能来自企业内部,也可能来自企业外部)假冒另一个合法企业内部网用户。电子邮件假冒在许多网络环境中进行起来相对比较容易,作恶者只需要在许多电子邮件中改掉自己的身份,误导收件人认为发件人是别人就行。大多数人都会相信电子邮件页首部分的姓名与用户身份信息。

令人担心的是,作恶者假冒另一名用户的原因之一可能是他想假冒系统管理者来获取敏感信息,这种手段称为“社交伎俩”。

4. 社交伎俩

最近几年,出现了一种闯入计算机系统的新手段,这种手段被称为社交伎俩(Social Engineering)。社交伎俩是非法闯入者利用一些员工乐于助人的心理,获得口令、网络操作系统以及防火墙设置数据的手段。“人”被玩弄社交伎俩的家伙们看作是控制安全中最薄弱的一环。他们利用的是人类愿意信任别人的倾向于乐于助人的本质,有时,玩弄社交伎俩的家伙还会利用人们的愤怒或同情来获取信息。

社交伎俩家们最常用的获取信息的手段之一是打电话。他可以假冒成一名维修员,假冒成一名比对方直接上司的职位高得多的管理人员,或直接向“服务”台询问信息。如果公司电话设有外线来电以及电话身份确认系统,就可以有效地警示员工来电究竟是内线还是外线。还应注意决不要通过电话传达敏感或秘密信息。此外,用户决不能将口令告诉其他用户,即使对方声称自己是管理员也不行。没有任何问题需要管理员通过获得用户的口令而解决。公司应该制定计算机安全规程,明确教育员工什么类型的信息属于敏感信息及秘密信息。

9.3 贸易伙伴间商业交易数据传输中的风险

9.3.1 企业内部网、企业外部网及互联网之间的关系

企业外部网是从事合作业务的贸易伙伴之间,包括供应商、客户、流通服务商及任何其他商家,利用 Internet 技术连接在一起的集团网络。企业外部网与互联网的区别何在?对这个问题提供一个清楚的答案并不容易。企业外部网可以使用互联网的路径与互联网服务供应商(ISP)传送数据。互联网服务供应商就是通过提供互联网接入服务而赢利的公司。对于企业外部网,我们可以给出一个清楚的回答,但也不得不承认这一回答的模糊性。当然,对于这些关系,如果从拓扑结构上来考虑,可从大量的参考书上获得解释,这里不再赘述。

为什么公司要投资组建企业外部网?对企业外部网的兴趣与投资逐步升温的原因之一是公司系统可以方便地与互联网的界面对接。对于想要开发与改进与其他公司通信联系的公司来说,公开的标准、能够在不同的硬件平台使用不同的数据库系统与网络浏览器是大有益处的。

9.3.2 数据截取

在经过 Internet 的数据传输问题上，无论是在形成企业外部网连接的两个公司之间，还是在个体用户与网上销售代理或服务商之间，数据截获都是一个很大的顾虑。图 9.4 显示了公司通过互联网传送数据所面临的风险。鉴于信息在传输时都被分成数据包，而各个数据包又会沿着不同的路径到达其终点，所以最有价值的数据截取点就是信息的入网与出网点。

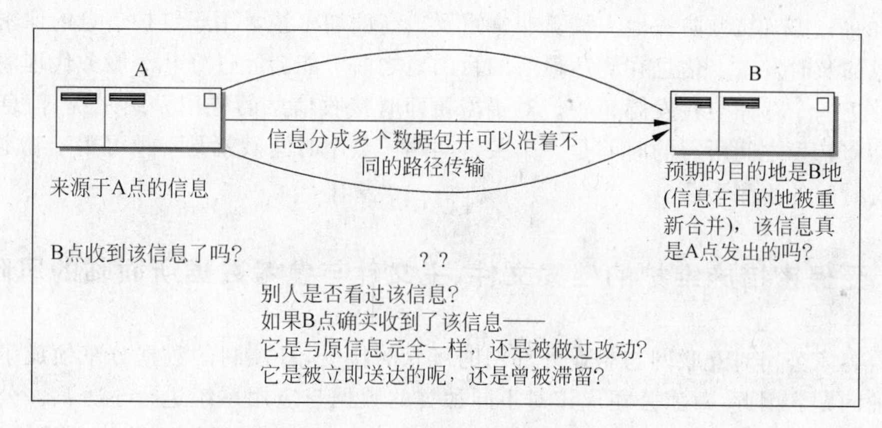

图 9.4 通过 Internet 传送的信息所面临的风险

1. 信息来源验证

信息接收人需要确定他收到的信息，确实是由信息所标明的发件人发出的。伪造的信息如何给公司造成危险呢？假信息如果用于仿造订货单，则会给生产计划带来巨大影响。它可以用于伪装合法用户索要秘密资料。它还可以用于向员工发布假指令。比如，一个恶意闯入者伪装成公司主管销售的经理给公司的销售人员发电子邮件，他就可能会影响销售人员所奉行的销售策略。如果闯入者是公司的竞争对手，他就能恶意地利用这个机会，从中牟利。闯入者还可以发邮件改变与客户的会晤时间，使销售人员迟到或缺席。

确定收到的信息是由他所声称的发件人本人发出的，这一点非常重要。在电子商务交易中，认可是一个关键因素。认可是指对一封电子邮件的来源、接收以及内容的证实。比如，收到订单的贸易伙伴想要证实(如果需要的话)这个订单确实由买方发出。如果买方以声称他并没有订货为名拒绝接货或拒绝付款，这种证实就能发挥作用了。用于鉴别发件人的验证、数字签名以及认可服务等技术，都可用来保证发件人就是信件所自称的发件人本人。

2. 发送证明

信件的发件人需要确定信息被预期的收件人收到。如果公司的订购单或产品信息单被截获，公司的客户关系与利润率就可能受到损失。高级信息保护服务，如发送证明或收件回复、认可服务以及时间标戳等技术，都可用于保证信息被预期的收件人收到。

3. 信息的完整性与信息的非法浏览

如果预期的收件人确实收到了信息，那么是不是与原发信息完全一样呢？换句话说，原信息是否被做过改动？如果发自销售经理的真实信息被改动，而这份信息还是来自销售经理，而且它仍为预期的收件人收到，但需要减价的产品却被改变了。在这里，信息来源以及发送证明技术可能都没有问题，但信息的内容却被改动了。数字摘要、数字签名、加密等技术可以分别用于维护信息的完整性、来源确定以及保密性。

另一个问题是信息是否被其他人浏览过，即便没有做过改动。对于包含敏感资料（如协议报价）的信息来说，预防被他人浏览非常重要。高度加密技术用于维护信息的保密性。

信息的及时发送。信息在到达最后的目的地之前可能会经过好几个服务代理商。它还可能被放进一个存储与转发邮箱中。对于需要即时接收信息的应用系统来说，信息在邮箱中的存储与转发之间所需的时间是一个关键问题。数字时间戳就是一种可用于确定信息发出的真实时间的检测手段。

9.3.3 受保密措施维护的档案文件、主文件与参考数据所面临的风险

随着各家公司对互联网与企业外部网的概念的接受，有控制的数据分享便成了人们必须面对的问题。因此，每家公司应该对不同种类的数据与应用系统进行了分离。公司决定哪些资源需要进行保护被称为风险评估。通过这一过程，公司把资源分成各种敏感级别；资源的分类确定之后，才可以着手制定安全计划。但是很多公司往往在还没有弄清楚各种分类资源究竟有多敏感之前，就开始对数据、网络、程序等资源进行加密处理，这种“落后”的做法一般都会白费时间和金钱。

假如一名黑客闯入了系统，他都能造成什么危害呢？最为可能的危害是：

- 毁坏数据——恶意的作恶者会删除重要交易或主文件数据，意图是破坏公司的运营。
- 改动数据——恶意的作恶者会改动数据。有时这种改动会在一段时间内觉察不出，这就有可能给公司带来损失。比如，如果作恶者改动了价格文件，那么订货时可能会不知不觉地以错误的价格与贸易伙伴们成交。因为交易并没有丧失，所以不会有任何提示来警告管理人员价格错了，这可能要一直等到某个人复审发票，对交易价格提出疑问的时候，才能发现。
- 未经授权使用数据——作恶者会利用数据赢得对其竞争对手的主动。比如，看到了对手的合同报价数据，就能让自己的公司更为确切地预测对手为某份合同的报价，然后将自己的报价压低一点，以赢得合同。
- 改动应用程序——作恶者会改动一个程序，从而导致它的错误运算。

9.4 风险管理模式

风险本身并不是一个坏事，风险是发展必然带来的因素，而失败往往又是增长知识的重要因素。但我们必须学会在风险潜在的负面影响与其所带来的潜在效益之间把握平衡。

用来减少损失或伤害的可能性的方法就是人们所称的风险管理。风险管理有一套方法，旨在：

(1) 评估可能导致不良后果的将来事件发生的可能。

(2) 实施能够应对这些风险的有成本效益的策略。

这个定义包含了几个关键因素。第一是将来事件的评估；第二是对于将来未知的、有时甚至根本就不可知的事件的预测；第三是一旦将来可能发生的事件的总体架构得到明确，就可出台一套预防与监测措施。对于潜在风险及其发生的可能性的大小的详尽分析，必须与要采取的相关预防与监测措施的成本结合起来。所以在风险降低上要把握合适的度。

第3章已经谈过关于风险的问题，本节还要强调的是在公司的商务运作中，许多公司并没有对其计算机系统的有关风险进行全面分析。有关调查结果显示，只有16%被调查的公司就其可能面临的民事责任进行过风险分析，这些民事责任来自于：

(1) 客户与委托人。

(2) 生意伙伴。

(3) 持股人。

(4) 其他任何因网络遭到侵袭或计算机系统被非法使用而遭受损失的一方。

9.4.1 风险管理模式

一般来说，风险管理要么以一种主动的策略去实施，要么以一种被动的策略去实施。吃过官司、因技术故障而蒙受过巨大损失或安全系统遭到过侵犯的公司可能更容易意识到实施有效的风险管理的必要性。其他公司会直接或间接地目睹此类事件发生在其他公司头上，从而意识到避免这种局面的必要性。为此，对于电子商务来说安全是一个经常要提起的问题，尤其是在各个公司纷纷采用C/S(客户机/服务器)结构和网络相关技术以期在竞争中抢占先机或赢取更高利润的时候，更应该考虑一下其系统所面临的运作和金融风险。

图9.5描述了一种风险管理模式(Risk Management Paradigm)。该模式是一个连续的过程，它的设计是基于这样一种认识，即风险管理是一个连续不断的过程，不是一年、两年的事。第一步就是要检查内部与外部环境，在形成问题之前发现信息技术风险。关键是要采取主动行为，而不是被动做出反应。在某些情况下，做出被动反应是不可避免的，但这一模式的目标之一就是要尽量减少被动反应，寻找主动的方案。

一旦找出了风险，第二步就是要分析这些风险。必须研究它们发生的可能性及潜在的影响。必须对所有被发现的风险进行分类(妨害运作的风险、窃取数据的风险、丢失数据的风险等)并按照急缓程度列出先后顺序。对风险分类和排列顺序之后，必须对公司的可用资源进行评估，并制定一项计划。在很多情况下，对系统的控制可能要求最高管理层寻找额外的资源。可喜的是，很多企业已经开始在资本预算决策过程中看到系统与信息技术项目的重要性了。

一旦一个计划进入了实施和运作阶段，必须对其过程的每一个阶段进行监控。必须对风险指标(Risk Indicator)进行监控。实施与运作过程中任何偏离原计划的做法都应被密切关注。

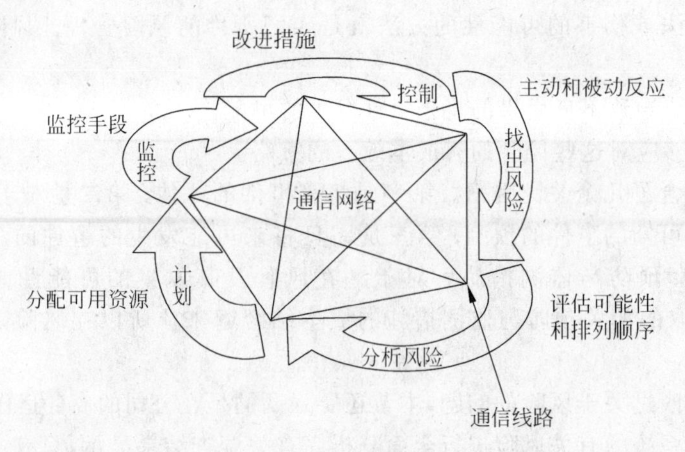

图 9.5　风险管理模式

最后一个阶段是使用从监控阶段获得的数据对风险管理的计划和控制进行评估,看是否有偏差。可以通过研制大型监控系统来发现对一项计划或标准的偏离情况,但如果监控数据没有被用来纠正偏差,那么监控阶段所做的努力也就白费了。因此,对于偏差应进行彻底的调查和分析。

9.4.2　电子商务风险类型

电子商务是新的商业模式,也就有新商业的特征。作为新的商业模式,其风险类型罗列如下。

1. 完整性风险

完整性风险(Integrity Risk)大多来自应用系统,应用系统可对商业数据进行输入、处理、归纳和存储等。当系统现在障碍时,就可以造成数据未经授权而被使用或数据不完整、不准确而造成风险。它主要在系统以下部分表现出来:

- **用户界面(User Interface)**。必须给予正确的设定,有足够的限定,以确保只有有效数据才能进入系统,并且这些数据是完整的。
- **处理(Processing)**。使系统有能力控制处理各种数据,以保证数据的处理完整性和及时性。病毒对系统数据处理的完整性造成特别的威胁,这类威胁能对关键业务程序造成巨大的冲击。
- **错误处理(Error Processing)**。系统应用适当的程序和其他系统方法来确保任何进入系统的数据都受到检测,并已做了修改。系统应可以准确、完整、及时地处理错误数据。对错误数据的检测能力在金融业中显得十分重要。
- **界面(Interface)**。应有系统预警显示,以确保各种数据准确完整地传输。
- **变化处理(Change Management)**。通过对变化有处理能力的流程,应用系统的任何改变均能传输并予以实行。
- **数据(Data)**。数据管理和控制,既包括处理数据的安全和完整,也包括对数据库和数据结构的有效管理。数据的不完整可能由于程序错误引起,如用不正确的程序来处理数据，或发生管理程序错误的现象。

2. 接入风险（Access Risk）

接入网络时，数据或信息存取不当导致接入风险。这种风险来自网络和电子商务的不断发展。由于黑客和电子欺诈行为的存在，人们要保护自己的系统免受干扰，就必须设法保护电话线路、网络缆线和计算机，以便尽力对数据和信息进行保密。存取风险是由于不合理的责任分工造成的风险，如未经授权的人进入数据库带来了风险，或违反信息保密法律规则引起的相关风险。接入风险可能在如下方面表现出来：

- **业务流程（Business Process）**。企业确定某一个业务流程运作方式。
- **应用软件（Application）**。采用相应的应用软件，提供给用户完成工作所需要的安全接入方式，并限制对安全有破坏的接入，如欺骗行为；避免由于员工接触过多的信息导致对数据意外或无意的改动。
- **数据和数据管理（Data and Management）**。为用户提供接入特殊数据或数据库通路的网络环境。
- **流程的环境（Processing Environment）**。一般指不恰当地进入主计算机业务流程处理环境和获取该环境中存储的程序和数据。
- **网络（Network）**。接入网络联系用户和流程环境。接入风险是由于不恰当地进入网络所造成的。
- **硬件设备（Physical）**。保护设备不受破坏、偷窃或不恰当地接触。

3. 基础设施风险

基础设施风险（Infrastructure Risk）指企业不具备完整的信息技术基础设施而造成的风险。这种基础设施是指能够以低成本、高效率的方式，构建信息技术的商业应用模式，它包括信息技术基础。信息技术基础设施主要包括硬件、网络、软件、人员和程序。

系统的完整是定义、开发、维护和运作处理信息环境和应用系统正常运作必备的，所以它对商业运作产生的影响最大，存在风险也最大。

基础设施风险有下列内容：

- **组织计划（Organization Planning）**。基础设施对在商业流程中所采用的信息技术进行清楚的界定和阐述，确保企业经理层对信息技术的应用计划有足够的支持，并有充分的人才和流程计划，以确保系统实施的成功。
- **应用系统的定义和开发（Application Systems Definition and Deployment）**。基础设施要保证应用系统满足业务和用户的需要，就必须决定是购买整个应用系统解决方案，还是用按客户需求开发出来的新的解决方案。应用系统的所有变动应遵守一定的结构规则，以确保与关键控制点保持连续和一致。例如，典型的结构要求所有变化必须事前被用户所验证和通过。
- **逻辑安全和安全管理（Logical Security and Security Administration）**。基础设施应确保企业足以应付接入风险。要建立、维护和监督内部安全综合系统，该系统在数据和信息的完整性和保密性方面要符合管理层的政策。
- **计算机和网络操作（Computer and Network Operation）**。基础设施应确保信息系统

和相关的网络环境是在管理层政策下，在安全和受保护的环境下运作。计算机操作人员对信息处理的责任应该是被明确界定、衡量和监督的。通常，计算机技术人员的主动性行为也可衡量和监视计算机和网络运行，确保系统为用户提供满意的、持续的支持。

- **数据和数据库管理(Data and Database Management)**。基础设施应确保那些用于支持应用系统和终端所需要的数据和数据库，既有相互的内部统一性，又有定义的连贯性，这可以满足企业的商务需要和减少潜在的资源闲置。
- **核心业务数据恢复(Business Data Center Recovery)**。基础设施应确保企业中各种核心业务数据的灾难性恢复，以确保商业计划的充分实施，保证满足用户在需要时可得到相关技术支持。

4. 获得性风险

获得性风险(Availability Risk)是指企业在获得数据时的风险，如破坏者经常利用邮件轰炸来阻碍服务，或者对服务系统提出虚假请求，这给网络用户提供服务带来了一种危险。金融服务业是典型的依赖于准确、及时信息而运作的行业，在这方面的风险较大。所以企业要有一个有效的方式来管理价格风险、流动性风险和信用风险，必须具备特定的系统。这种系统要使需求者对所需信息实时可用、随时可得，并能进行评价。这种系统应当严格控制数据，防止未经授权的存取改变数据。

获得性风险表现在如下方面：

- 通过事先对行为的监督和对系统问题的解决，能够避免此类风险。如硬盘的存储能力对信息系统来说是很重要的，可以不断予以监督确保它足以支持企业商务流程的运作。
- 获得性风险与系统的短期中断相关联。对此，可运用备份和恢复技术使中断影响的范围最小化。例如，大多数企业已经认识到每天至少一次对关键数据进行备份的重要性，这样在处理过程中丢失数据的影响能被控制在上一个备份以后的数据的范围内。
- 获得性风险与信息处理过程长时间中断也有关联，其重点是诸如备份与应急计划等控制手段。

5. 其他与商务相关的风险

信息策略和商务策略整合后，还产生了一些与此相关的风险，这也是作为管理者应加以注意的部分，因为它们可能对企业商务产生不利影响。

1）正确性风险(Validity Risk)

这种风险包括决策过程中所需信息是否正确的风险，除此之外，还涉及到经营运行过程中的信息的正确性风险，如企业员工不能及时获得所需要的正确信息的风险。正确性风险问题对金融业也极为重要。例如，银行机构通过实时系统运用利息率和风险报告等工具来监控利率波动的风险。如果时间不准确，那么这些工具所提供的信息就毫无用处。另外，信息技术系统提供的管理方面的数据报告，如果不准确，可能导致领导者的决策失误。

2) 效率风险(Efficiency Risk)

对应用程序的选择应有效率性。如果把技术引入到商务流程中,又不能产生出效率,那就没有任何意义。所以,规划应考虑效率的风险。企业系统基础设施应包括商业策略保持一致的信息技术策略,信息技术策略与商业策略的整合应很明确,以实现管理层商业目标。

3) 周期性风险(Cycle Time Risk)

这是指商务活动的周期性,如果商务周期过长,如供应链过长导致商务周期过长,企业效益就会受影响。信息技术策略应应用到商务流程中去,应促使商务周期缩短。但是,在具体实施过程中,可能由于信息技术基础设施不足,或由于系统原因,使商务周期延长,达不到原来所希望的商务目标。所以,在商务流程中采用信息技术,对周期性问题应当事先考虑清楚。

4) 报废风险(Obsolescence Risk)

企业库存常常是由信息技术系统来管理。为了有效地管理库存和避免报废或过剩,业务上要求数据完整、准确、及时。由于系统的问题可能影响数据的正确传输,引起库存的报废。这也是信息系统的风险之一。

5) 业务中断风险(Business Interruption Risk)

企业的业务有一个连续的过程,应用软件的操作主要依赖于信息系统。因此,信息系统的应急计划应是整个商业延续计划的一部分,灾难恢复计划应该是商业计划的一部分,以避免业务中断的风险。

6) 产品失败风险(Product Fail Risk)

正确的产品信息来自企业的内部网和信息系统,如果一个企业监督和记录次品数据不准确,就可能造成产品的失败。在应用系统控制生产流程时,这方面的风险应给予足够的重视。另外,利用产品销售的反馈信息,企业能发现用户对产品的意见,通过获得这类信息,企业因此可以管理产品失败风险,以及有关顾客服务和声誉的风险。

9.4.3 内部控制体系

内部控制被定义为一个发展中的程序。内部控制的要素包括控制环境、风险评估、控制行为、信息和沟通以及监控等。

1. 控制环境

控制环境体现并且影响着企业文化,是内部控制的另外4种要素的基础。根据COSO(Committee of Sponsoring Organizations of the Tread Way Commission)报告以及信息技术评估代表性问题,控制环境包括以下因素:

- 品行、职业道德和能力。
- 董事会的指导及关注程度。
- 管理层的管理哲学与经营风格。
- 权力和责任的分配。
- 人力资源政策和措施。

2. 风险评估

风险评估是设计、评价内部控制体系的一个重要组成部分。在企业层次上，需要考虑的风险有：

- 外部因素。包括新科技的发展、竞争对手新的市场策略、不利的法规变动、自然灾害、不利的经济环境和国外市场。
- 内部因素。包括信息处理操作的中断，无效的人员雇用和培训措施，管理责任的变动，防止员工获取公司资产的控制措施不足，高级管理层的缺乏自信或工作不力，对于每一个具体的业务活动来说，风险主要包括停机和违反安全规定。

3. 控制行为

COSO大体上把信息系统控制分为两组：综合控制（General Control）和应用控制（Application Control），图9.6列举了这两组控制的内容。由于应用控制的数量和种类因公司、行业的不同而有所差别，所以图9.6列举的内容还不够详尽。事实上，这两组控制相互影响，如果综合控制不当，应用控制就会出现问题。可见，综合控制对于应用控制安全准确的运转起着十分重要的作用。在电子商务活动中，设计良好的综合控制可以降低风险。如今，越来越多的公司将其应用系统与电子商务网络连为一体。

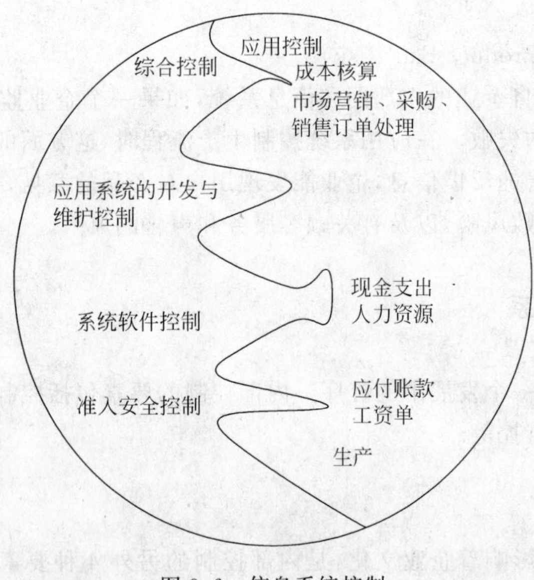

图9.6 信息系统控制

4. 信息与沟通

信息技术人员可能会因为致力于一个正在开发的项目而忽视对目前正在运行或维护的系统的监控。良好的沟通渠道可以确保反馈信息及时传达给相关主管人员，在安全评估各层次之间，计划与执行各阶段之间，都应该有沟通渠道。如果没有交流或交流不充分，这种模式的优点也会大打折扣。

5. 监控

高效的监控应该是一个不断进行的过程，而不是某一个孤立事件。如果发现问题，而指定人员由于工作繁忙无法做出反应，公司的安全政策与实际做法之间就会出现安全漏洞，在这种情况下，实行响应报告制度是十分必要的。响应报告制度要求有关人员记录下他们针对报告的情况所采取的具体措施。例如，访问某网站的平均等待时间为3s，标准误差为0.3s，如果平均等待时间变为4.2s，有关人员就应向网站管理员递交一份报告。网站管理员应该就此填写一份响应措施报告，表明他已经得知这个问题，并写明解决这一问题需采取的补救措施或补救计划。

9.4.4　内部控制在风险管理中的作用

除了传统的独立审计职能外，作为新的会计师职能，内部控制的作用范围正在日趋扩充到整个电子商务行业，尤其在信息系统。普华永道是能够提供这类服务的代表，它有一个全球风险管理服务(GRMS)分部，它可以提供下列服务。

1. 战略性风险管理

该项服务帮助高级管理人员确认、评价、管理以及监控制他们的公司在追求其目标的过程中所面临的风险。

2. 金融风险管理

该项服务开发和评估内部风险管理能力，涉及的问题包括风险意识、管理决策程序、系统、措施与控制、组织、政策以及管理报告等。

3. 运作与系统风险管理

该项服务帮助客户卓有成效地运作技术性很强的商业交易。它主要有以下的业务：

(1) 控制措施和保险服务。主要为进行重要项目改进的公司设计和实施控制措施，并提供独立的控制措施监证以确认控制措施按计划实施。

(2) 运作风险服务。全球风险管理服务框架里的运作风险是指商家因财政危机、法律法规限制和其他导致股份贬值的运作失误，造成无法承担对利益相关者的义务的风险。该项服务内容包括——商务持续计划，运作风险管理、措施和报告，财务程序审核能力，承包商履约能力，信息技术价值信息。

4. 技术风险服务

该项服务为公司提供有效的与信息和通信技术的运用、管理和开发相关的风险分析服务。该服务包括以下业务：

(1) 资源保护服务。包括技术风险评估、安全评估服务、安全系统防渗透能力测试服务、安全设计服务、安全控制服务、安全措施实施服务、互联网安全服务、技术基础设施检查、技术控制检查和机密性检查。

(2) 通信与网络服务。

(3) 电子商务技术性服务。

5. 具体部署服务

这项服务的目的是为了帮助公司在建立新的系统时做出正确的选择，以不超出预算的支出，达到预期目的。该项服务主要包括：

(1) 成套系统的选择和安装。

(2) 数据控制。

6. 环境服务

该项服务为了帮助公司正确评估其在环境问题上造成的影响、面临的风险和机会，并就环境问题提出长远规划与战略。

上述服务项目并不包括全球风险管理服务的全部。许多项服务都有许多其他的服务。上述所列出项目都是大会计师事务所提供的一些主要服务，其目的在于说明风险管理服务项目广泛性。公司内部控制结构对上述各项服务十分重要。不管这些服务是由公司内部职员实施，还是由咨询公司提供，内部控制机制始终应该是电子商务信息系统计划建设的核心。

9.5 控制风险与实施计划

9.5.1 控制支出不足与控制支出风险

控制支出不足(Control Weakness)一词用来形容实施控制的成本小于预期利润的情况。**控制支出风险**(Control Risk)一词则用来形容额外控制的预期利润可能不会超过实施和保持这些控制的成本的情况。一个为人们普遍接受的观点是，风险是不可能完全被消除的。**剩余风险**(Residual Risk)，即永远存在的风险，来源于诸如完全不可预期的事件或大规模的串通舞弊行为等情况，这些情况通常是无法防备的。这种剩余风险通常被称为固有控制风险。图 9.7 描述了风险与费用的关系。底部的“固有风险”所指的是额外的控制投资也不可能消除的那一类风险。固有风险的高低是人们的一种判断，不同的公司有不同的观点。图中“控制支出不足”的部分所代表的是相对于现有控制的费用而言的高风险，它表明从费用-利润的角度来说为减少而额外投资的进行是值得的。

图 9.7 中被称为“控制支出风险”的部分所代表的是：费用高昂的控制已经存在，风险已被大幅度减少并被控制在最小限度，可以实施有效的额外控制的余地越来越小。介于“控制支出不足”与“控制支出风险”之间的灰色部分代表的是额外控制的相对利润不大明朗的情况。处在这一范围内的控制显然需要进行周密的分析和判断。不同的公司对风险有不同的看法和策略，因此，它们对待灰色部分的控制支出风险部分的控制问题的方法各有不同。

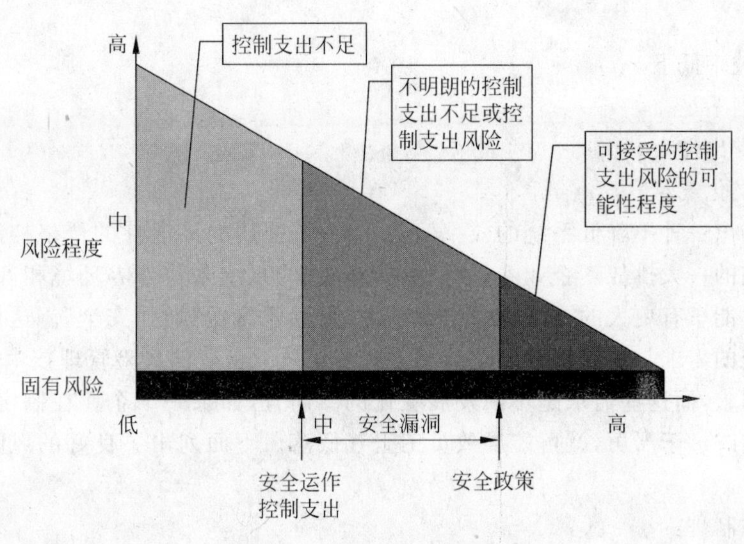

图 9.7　风险程度与相关费用

1. 安全漏洞

当公司制定了风险控制政策和程序，但在实践中并没有遵守时就可能出现“安全漏洞”。共用密码、使用软盘而不事先查毒、发现有可疑的系统入侵者而不立即报告，在没有断开与互联网连接的情况下对网络服务器进行维护等做法，从表面上看都只是细小的违反公司规定的行为，但它们都可能造成巨大的损失。不完善的或过时的规定与程序，不完善的文化管理，以及缺乏足够的资源正确实施一项计划等，都可能造成风险漏洞。

2. 文化管理

对于人的因素的控制被称为社会控制，对于这些控制的管理则被称为**文化管理**(Cultural Management)。对于信息技术从业人员来说，风险管理中的人的因素是麻烦最大的一个方面。人的因素的主要风险在于：

- 错误的判断。
- 无意的失误。
- 欺诈行为。
- 病毒破坏。

经过周密研究、表达明确、得到最高管理层支持的政策与程序是制定有关信息技术风险的文化基调的有效机制。雇员应被告知什么行为是正确的，什么行为是不正确的，并定期提醒他们这些政策。有的公司让雇员阅读有关政策并在有关声明上签名，表明他们知道这些政策并愿意遵守它们。有的公司一旦发现其雇员违反这些政策还会对他们进行处罚。

3. 过分严格的控制

图 9.7 表明一定的控制支出风险是可以接受的。考虑到系统存在着大量的风险和威胁，非常严格的控制似乎是我们追求的终极目标。但是，这种非常严格的控制也有其负面影

响，比如：

- 运作效率低下。
- 灵活度不足。
- 控制支出过大。
- 负面文化气氛。

如何设计出一种不降低系统的效率，不影响系统使用的灵活性的严格控制手段是系统设计者们面临的一大挑战。企业希望有“更加开放”的系统来与外界环境相互作用，也希望在读取数据时能享有更大的灵活性。与此同时，企业还希望“加强安全”。这样就形成了对更开放的系统的需求与更严格的安全结果之间的矛盾。良好的风险管理技术需要满足商业企业的战略需求，而这些需求是不断发展变化的。而且，如果一个企业在制定政策、程序及相关处罚规定时过于严厉，就可能导致员工士气低落。下面列出了良好的风险管理控制的一些特点。

最好的控制是：

- 多重的——将被动控制与主动控制、正式控制与非正式控制结合在一起(如，口令加审查、政策加共识)。
- 一致的——如，高层管理人员充当遵守政策的表率，言辞禁止外加防止违禁行为的实际措施。
- 表达明确的书面政策——得到广泛传达和实施，这样的书面政策在追究法律责任时也是非常必要的。
- 公平的——政策的制定必须从公平的角度出发，对于公司中的每一个人都适用。
- 既不过于具体也不过于严格。过于具体和过于严格都会增加控制支出，影响有效的运作，助长不信任和不道德的行为。
- 不会取代对雇员的信任——应有助于一种企业文化，在这种文化中良好的表现会得到尊重和奖励，同时风险管理被视为是所有人的任务。
- 帮助性的而不是对抗性的、惩罚性的。
- 双向沟通的——提供有关风险、事故以及控制的改进余地等方面的交流
- 有助于整个机构的经验积累的(从过去的经历中)。

9.5.2 灾害拯救计划

设计最好的系统也避免不了自然灾害。因此，所有的公司应该制定一个**灾害拯救计划**(Disaster Recovery Plan)，其目的是为了在因不可预见的人或自然灾害发生而造成操作中断时能恢复操作。自然灾害(Natural Disaster)包括火灾、洪水、龙卷风、地震和狂风雷电。人为灾害(Man-Made Disaster)包括病毒、硬件故障、认为破坏和失误。

最近几年有一种倾向，就是将偶然发生事件及灾害拯救计划任务交给专门的机构。这些机构可以给公司提供硬件、软件和服务，它们可以进行风险分析并设计解决方案，一旦服务中断或灾害发生，它们可以随时提供解决方案。

当然，公司可以自己评估、计划和维持自己的偶发事件及灾害拯救计划，只是费用很高。维持多个具备软硬件设施的业务场所的费用是很昂贵的。如果公司在其他地方的业务场所

有类似的业务运作平台，它可以制定一个高效率、低成本的灾害拯救计划，将业务从灾害地区转移到公司的另一个分部。

1. 灾害拯救计划的目标

完善的拯救应涉及以下目标：

- 评估薄弱环节。
- 防止和减少风险。
- 设计出高效益、低成本的解决方案。
- 最大限度地减少业务中断，保障业务的继续进行。
- 提供被选的互联网接入模式。
- 恢复丢失的数据。
- 提供灾害拯救的步骤。
- 训练雇员熟悉灾害拯救步骤。

在设计计划时，应把降低业务中断的隐患及保证业务的连续性作为主要目标。如果公司的电子商务应用系统对公司业务利害关系重大，那么它必须有备用的ISP、网络服务器以及必要的数据库与网络应用程序，这些设施必须随时备好，一旦有需要立即就能投入使用。灾害拯救计划的顺利实施，需要最高管理层的支持，因为这类计划可能要用到公司大量的人才和财力资源。另外，灾难拯救计划要随其代替或辅助的业务的改变而更新。过期的计划在刚产生时可能很出色，但如果它已不能如实反映现实情况，那么当灾害发生时，它会毫无用处或用处不大。

2. 备用第二地址

服务器的连续性是评判灾害拯救计划好坏的关键因素。如果公司原地址不能服务，那么就需要第二地址来继续服务。

1）互助协定

互助协定(Mutual Aid)是指两个或多个公司达成的灾害发生时互享资源的协定。要使该协定行之有效，前提是：

- 每一家公司都必须具有额外的生产能力，或必须能够降低其业务量，以对另一家发生灾害的公司提供帮助。
- 各公司的业务平台必须兼容。
- 所有签约方不能都受到灾害的影响。
- 公司之间具有很高的信任度。

这种方法因为在合并两家或更多公司业务时会出现意想不到的问题，所以现在已经不多采用了。

2）冷站(外壳站)/即时发货

公司(或几家公司合作)设置一个**冷站**(Cold Site)时，要租用房屋并进行相应设计，以供安装计算机设备。但计算机没有真的安装在里面。一旦灾害发生，预先签约的**即时发货**(Crate and Ship)商将迅速(通常在12～24小时内)将硬件和软件设施安装到位。这种方式比互助协定成本高，但只要即时发货商可靠，它就不太容易出问题。如果多家公司共用一处冷站，而所发生的自然灾害影响到了好几家公司，就会出现冷站空间容不下多种业务运转所需的人员与设备的问题。

3）热站

公司设置了热站（Hot Site），就有了一个功能齐备的灾害拯救运作中心。一家公司可以建立自己的热站，也可以预订一个热站服务。热站服务机构一般都备有多种平台。前面提到使用冷站在自然灾害情况下的问题也适用于热站。如果以外购的方式设置热站，灾害拯救计划的设计人员需要对该外购商在同一地理区域内的客户数量作出评估。镜像（Mirror）是一种用于备份数据的技术，它连同热站一起使用，就可形成非常有效的灾害防范。因为数据不仅可在镜像生成的环境里处理，还可以在备份环境里处理。灾害发生后，随时可以启用镜像的站点。

9.6 电子商务的第三方保证

什么是电子商务的第三方？广义地说，是电子商务交易双方以外的部门或机构。第三方主要是完成商务背景的处理，起到商务运作中的标准制定、合法性确认、影响机制和纠纷解决等作用，以降低电子商务运作中双方交易的风险，这些就是电子商务的第三方保证。

9.6.1 标准制定

标准制定的内容主要是考虑商品信息表达和贸易协议。实施了多年的 EDI 已经形成了一些企业与企业之间，或者不同行业和部门之间传递报文的文字模板，但是对于范围更广、模式越来越多的基于 Internet 的电子商务而言，需要更为严格、更为专业化的、统一的标准。为了降低交易的风险，标准制定必须涵盖交易的全过程，主要包括数据安全、商业政策、交易处理完整性、数据私密和网站标记等。

1. 数据安全

针对于商务的数据安全问题有：

（1）交易双方的数据安全性。

（2）交易双方的网站安全性。

（3）交易过程中输入和输出该企业时候的数据安全性。

企业保持的数据应当得到保护，以防止未经授权的获取和篡改，以及非故意的伤害。换句话说，应该有标准确定商务交易双方对数据安全问题的基本认定和等级认定，对数据存储、数据表现形式、数据出入等问题形成规范。

2. 商业政策

商业政策主要是考虑交易过程之间共同遵守的商业规范。不过，在实务形式上，主要考虑某企业所声明的或所披露的内容，在不违反电子商务法律规范的前提下，它们主要包括：

（1）收费与支付政策。

（2）退货政策。

(3) 收取税款政策。

(4) 附加的政策信息。

3. 交易处理完整性

交易处理完整性(Transaction Processing Integrity)指根据协议方法处理交易事务的准确性。在基于 Internet 的电子商务状态下,交易伙伴应当能得到有关交易处理完整性的某种程度的保证。一些基本的交易处理完整性问题罗列如下:

(1) 公司有什么制度可以确保交易活动是按照所披露的方式进行的?

(2) 公司如何确保不"丢失"所发出的订单?

(3) 公司如何确保准确地处理账单和账户信息?

(4) 有什么控制手段可以确保公司会准确、及时地支付账款?

(5) 公司有没有控制制度来确保它能正确地发送存货项目和数量?

(6) 公司如何有效地告知交易伙伴关于商品的质量情况?

4. 数据私密

数据私密(Data Privacy)是指企业收集的关于它们的客户的数量信息的机密性。对于网站而言,所收集的关于非"客户"的访问者的数据及如何运用数据信息也是一个问题。数据私密主要的基本问题是:

(1) 企业的隐私政策是什么?

(2) 企业希望保存以及保存着的信息是什么?

(3) 企业将如何利用所收集的信息?

(4) 企业是否会在顾客不允许或不知情的情况下分享或出售顾客信息?

(5) 顾客是否能核对数据并修改或删除之?

(6) 公司的隐私政策被连续地遵守和执行如何确保?

5. 网站标记

网站标记主要是对网站的商业实务、信用保证和技术领域的安全性进行标记。这些内容必须由第三方进行评估得出,这种第三方可以是赢利性机构,也可以是非赢利性机构。

第三方在进行评估时,对于商业实务应该有一套公开的商务准则。这些准则涵盖了交易的全过程,比如,订购完成框架、送货方法、支付条件和机制、退货政策、商品状态等。我国还没有典型的网站标记,有关详细部分可以参考类似 WebTrust(网络信任)和 TRUSTe 组织的相关信息。

信用保证主要是提供数字化的证明方案,以达成可信任的商务和沟通。提供信用保证应该具有对网站之间信息传输加密的能力,并提供有关数据来源和目的地的认证,也颁发相应的证书。典型的信用保证可参照 Ver-Sign 公司的方式,比如,旨在认证商业站点的证书必须满足以下条件:

(1) 有关企业个体信息的第三方证明,包括企业个体的名称、地址、电话号码,以及任何其他适当的与行业有关的信息。

(2) 网络信息中心之间的域名确认。

(3) 出口控制确认,以确保在既定的商业用途中密码的使用是适当的、合法的。

技术领域的安全性指的是为客户提供必须的安全项目的详细清单,也包括网站实体的评价和指导性建议。基本内容有:

- 网站的图解。
- 网站标识信息。
- 域名服务信息和配置。
- 协议配置。
- 运营系统维护。
- 实物安全保护装置。
- 逻辑安全保护装置。

9.6.2 合法性确认

合法性确认决定了在电子商务世界里如何声明一项贸易协议是有效的。它关系到在电子世界里如何立法,才能保证贸易活动的顺利开展。

正如 ebXML 成为一种新的 B to B 电子商务交易标准一样,不但要满足形成一个完整的电子商务交易框架模块,还要得到电子商务领域的广泛重视,并进行推广。为了避免因少数公司的不法行为给整个行业带来的不良影响,企业也可能联手制定行业标准、协议,这些标准、协议应当是行业商品应该达到促使消费者作出购买产品的积极决策的量化或质化的标准或协议,促进交易的健康发展。为了做到合法性的确认,必须在符合电子商务法律规范的框架下,还要包括:

- 建立行业支持这种规范的认证。
- 外部中介机构促使认证过程的合法化。
- 公司的优良承诺保证交易执行,减少或杜绝“柠檬”问题。

9.6.3 影响机制

影响机制能够刺激交易双方履行义务,以减少交易双方的风险。声誉影响是一种常见的影响机制,大多数企业总是希望保持自己的声誉。然而,电子商务却向声誉影响的作用提出了挑战。因为在网络环境下,个别用户甚至个人都可以随意地利用这种影响机制,来影响一个企业的声誉,而且,它们所产生的影响并不一定客观公正。

信息不对称促使交易的成功。区别自己的产品与竞争者生产的低质量产品或服务的方法,就是要通过提高产品质量和服务质量来建立信誉。如果一个公司能够建立起这样的信誉,那么它就能够减少自己在不对称信息的病态效应中暴露的机会。

一旦一个公司建立起了生产高质量产品和服务的信誉,它就会继续维护这种信誉,以期用自己的努力吸引更多的回头客。

借助信息中间媒介(Information Intermediaries)的服务和网站标记可以有效地刺激影响机制。信息中间媒介指的是专门从事于不同行业生产的产品和服务的质量进行评估的公司或组织。这种组织对消费者交易双方有很大的促进作用。

9.6.4 解决纠纷

解决纠纷的手段主要有直接谈判、诉诸法律或者采用武力等。传统的纠纷解决机制和纠纷所带来的影响是局部的，而在电子商务环境下，尤其是在 Internet 环境下，纠纷的解决将是世界范围的，其影响范围也很广泛。

解决纠纷的机构或组织，除了传统法律机构外，网上法庭、认证机构、网站标记组织等，应该在各自的范围内促使纠纷的解决。

9.7 智能代理与电子商务

智能代理技术属于人工智能领域。这种技术分类法普遍面临的两个共同的问题是：为市场宣传的需要而过度使用或滥用这一术语，夸大这种技术所能带来的好处和结果。本节将介绍这一深受媒介关注的领域并试图将目前可行的应用同不现实的一面区分开来。

9.7.1 智能代理的定义

智能代理是一种辅助使用者并代表其行动的软件。智能代理的工作原理就是让使用者向代理软件分派(Delegate)他们本来可以自己执行的任务。代理可以像助理一样自动执行重复任务，记住你忘记的事情，智能化地总结复杂的数据，向你学习，甚至并向你建议。

互联网可以被看作是一个巨大的、分布式的信息资源，其连接系统是由许多有着各种不同目标和日程的组织和机构设计和执行的。互联网的增长及其所包含的相应的巨大信息量给使用者带来了一个**信息过载**(Information Overload)问题。当人们收到太多的信息以至于不能充分处理它们时，就会发生信息过载，结果是许多信息就会被或者用一种不很理解的方式进行处理。许多热衷于互联网的人希望智能代理技术将能够帮助他们解决信息过载问题，而且还希望智能代理技术能通过更高效率地协调买卖双方，帮助未来电子商务的增长。

单一代理(Single Agent)系统是一个将问题域压缩在其中的系统。单一代理系统没有设置其他代理连接；而多代理系统在设计和检测方面则要复杂得多，但是它们能为电子商务的应用提供更大的潜力，因为多个系统的代理之间的交互是可能的。一个多代理环境使得代理之间合作变得非常有必要，合作涉及对代理之间的指令的“处理”。代理要求和传递数据的方式可能包括可执行文件的应用，这种方式被编入了每一个代理模块。人们正在应用并进一步发展代理技术，去满足需要。

9.7.2 智能代理的能力

智能代理能够执行许多功能。吉尔伯特(Gilbert，1997)定义了3个主要标准：代理、智能、移动性。智能标准可以表示多重特点，可以进一步分成3个子类。

1. 代理

能够进行自主行动的程度；所谓自主行动是不需要人或者其他代理直接干预就可以执行的行动。代理可以控制在它的系统内执行的行为，也就是说，没有其他代理所施加的行为，其他代理可以要求某种行为，但是要由代理本身决定是否同意并允许此行为。

2. 智能

能够理解其自身内部状态和外部环境的程度。智能水平可以根据其反应、适应、采取主动的能力进一步分类。

- 反应。代理应观察并对环境和相关外部环境做出反应。
- 适应。代理探察用户环境和相关外部环境变化的能力。
- 主动。代理应该能够通过首先认清一个发展中达成目标的需要，来决定何时有必要采取新的不同的"有意图的"行为。

3. 灵活性

代理的灵活性(也称为代理的交际性)是指软件在不同机器之间移动并在外部计算机上执行某些工作的能力。必要时，代理应该能与其他代理和人互相作用，不但执行它们自己的工作，而且帮助其他代理和人执行其工作。

并非所有的代理都必须表现出所有这些特点。智能代理可能具有另一个并不被普遍认为是其"特点"的特点，即表达情绪(Emotion)或个性(Personality)的能力。这一特色主要包括在用户界面中，在这里代理与用户以一种被认为是"人性"的方式相互作用。对开发者的挑战在于惹怒或者俯就另一个用户。Microsoft 公司试图通过向其用户提供多种"办公助理"软件以供下载来解决这个潜在的冲突，这些办公助理确实有一些代理的特点，但并不属于"真正"的智能代理。

持续性(Persistence)是被用于描述智能代理的另一个属性。一个持续的代理是"从不睡觉"而且能不间断运行的。不间断运行不一定意味着一年 365 天、一天 24 小时，而是对于问题域的相关时间框架而言。

代理复杂程度。代理系统拥有某些特点的程度可称为它们的复杂程度。图 9.8 说明了由 Jennings 和 Woolridge 提出的代理系统分类。最低一级是**低级代理**(Gopher Agent)，它可以在一个定义明确的领域发挥作用，在这一领域可以清楚地意识特定的规则和假设，可以执行的任务相对是比较简单的。其中的一些由低级代理执行的任务与其他领域的人工智能如专家系统进行的任务是类似的。可以根据灵活性区分低级代理和专家系统。一个可以在

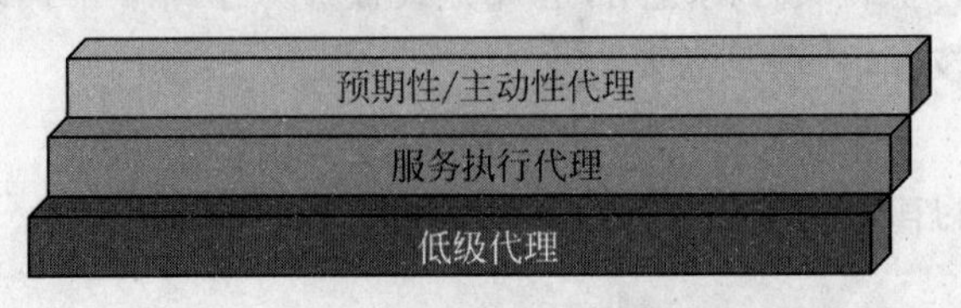

图 9.8　代理的复杂程度

某个特定的网站上搜寻所要求的信息或指定的产品,并根据访问者的概貌向访问者提出建议的代理,即是一个低级代理的例子。

第二级代理是**服务执行代理**(Serve-Performing Agent),这一类代理也能在一个定义明确的领域发挥作用,但它还能进行可能需要和其他代理协商与合作的更为繁重的工作。例如,在给出成绩记录、先决条件、可选择的班级以及名额已满的班级和部门列表的情况下,能够帮助学生选择合适的课程代理,即是一个服务执行代理。

最复杂的一级代理是**预期性/主动性代理**(Predictive/Proactive Agent),该类代理能够通过评估环境并选择最佳一套行为方式,从而更加主动地发挥作用。这些代理可以以一种更灵活的方式进行工作,并且可以比低级或服务执行代理作出范围更广的判断。例如,能够检索所需原材料的价格,持续监控原材料的价格以及原材料的可获得性,并根据计划的库存水平、生产时间表、最佳价格策略与存货成本作出购买决定的代理,即是一个预期性/主动性代理。

9.7.3 代理组合

多代理系统由互相作用的代理组成。为了有效地行使其职责,这些具有互操作性的代理的设计,一定要让它们能够达成其目标,同时还能协助其他代理完成它们的目标。多个代理一起工作来达成多样的,又是独立目标的系统和环境称为**代理组合**(Agent Society)。设计代理组合时头脑中至少要记住以下 5 个特点。

1. 系统的开放性(Openness)

系统的**开放性**指的是系统对环境的动态变化做出反应的能力。由于互联网是不断发展的,代理组合必须很灵活,否则它们将很快过时,其价值也会日趋减少。

2. 组合的复杂性(Complexity of Society)

组合的复杂性包括任务被分解为可管理单元的方式,这种单元与面向对象设计中的对象类似。这典型地体现在必须为执行特殊任务设计**模块代理**(Modular Agent)。这种设计要求代理之间的合作,以便恰当地管理代理的相互依赖性。组合的复杂性所涵盖的范围,既包括必须相互作用的内部代理的结构,也包括系统外部的必须互相作用的代理。

3. 界面(Interfacing)技术

界面技术帮助组合中不同的代理相互连接和交流。在一个组合中,自动或半自动的代理或节点必须使用一致认可的界面。DARPA(美国国防高级研究计划署)的外部界面工作组提出了代理间互操作所必需的 4 个层次的协议:

- 传输——代理发送和接收信息的方式。
- 语言——信息的意义。
- 政策——代理间构建它们对话的方式。
- 结构——系统使用协议联接的对话。

随着代理技术开始集中于每一个层次所使用的方法,代理的互操作性将逐步提高。流行的交流代表语言是知识询问与操纵语言(KQML)和知识交换格式(KIF)。Java KQML(JKQML)已经被开发出来,并且运用于用子程序编写的移动代理中,称为aglets。

4. 代理间的协商(Negotiation)

代理间的协商是组合的一个关键因素,而且用于协商的方法能够影响代理所做决定的质量和优化程度。代理间的协商指的是代理与代理之间交流和提出一系列行为的能力。由一个代理提出的任何行为可能被其他代理接受或拒绝。如果拒绝发生,那么代理可能提出另一个行为;这一过程直到一个双方都接受的行为被提出或者所有可接受的选择都用完才停止。在一个组合里,能为涉及的双方提供最佳方法的协商技术是很必要的,这可能包括有效的协商执行方式。

5. 代理应用的数据内部控制(Internal Controls)

代理应用的数据内部控制以及代理包含的实际知识基础是组合的另一个特点。在代理技术中,也存在同样的控制问题,只有一点不同:数据经常被一个外部的实体——代理——所要求。必须采取必要的安全措施,以确保数据以一个正确的方法被外部代理访问或传向外部代理。因为移动代理经常在机器之间移动,所以另外一个问题是储存在代理软件代码中的知识基础的安全。知识基础需要得到保护,以便不被暴露给有恶意的站点、其他代理或个人。

9.7.4 智能代理与电子商务

智能代理可能通过很多途径影响电子商务。它们可能是:

(1) 帮助实体更有效、更高效地找到它们的目标顾客,包括为了营销目的以及运送商品或信息服务。

(2) 帮助顾客更有效、更高效地搜集产品信息并进行价格和产品特点的比较。

(3) 向顾客提供更用户化的服务。

(4) 帮助企业更有效、更高效地观察环境,以便与新的发展同步。

(5) 为企业开发新的地区市场。

(6) 提高电子交易谈判的速度和效率。

迄今为止,在某些领域中实际代理系统实施的发展速度比在其他领域中要更快一些,如那些负责搜索在线内容和信息的代理,以及那些负责根据行为决定用户概貌的代理,就比其他领域,如企业对企业谈判代理发展更加迅速。另外,智能代理有影响价值链每一个阶段的潜力,如图9.9所示。图中所画的框架将智能代理视为面向对象的装置,这种装置像胶水一样将新的电子商务领域粘结在一起。从事电子商务交易的买方和卖方都将使用智能代理。卖方可以使用智能代理与原材料及外购零部件供应商、批发商、零售商以及消费者进行商业交流,图9.9中表示的是一个目标,它不会在一夜之间达到,但在未来的几年则很有可能达到。

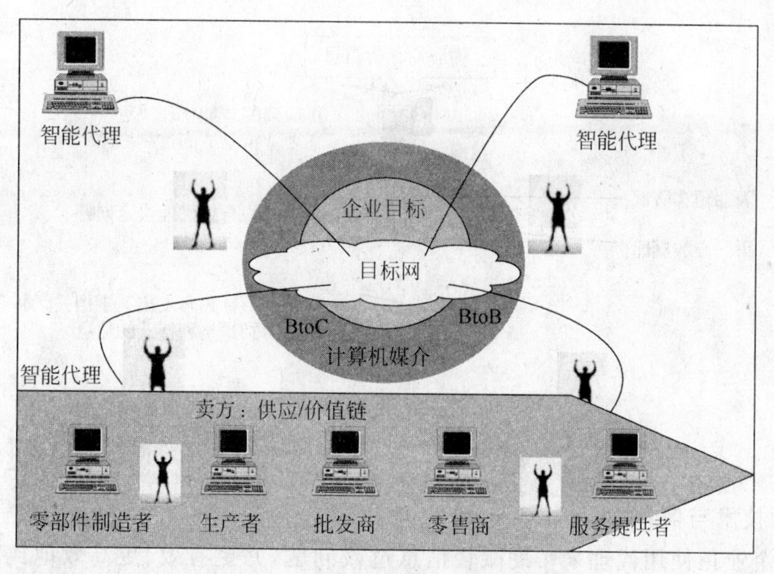

图 9.9 应用智能代理的电子商务

1. 在线信息链

供应商与顾客之间的信息分布是互联网的最大优势之一。如图 9.9 所描述的那样，信息共享与智能代理的交互组合是电子商务的驱动力量。图 9.10 所表示的是在线信息链(Online Information Chain)。在线信息链包括两个主要概念：推动和拉动技术。

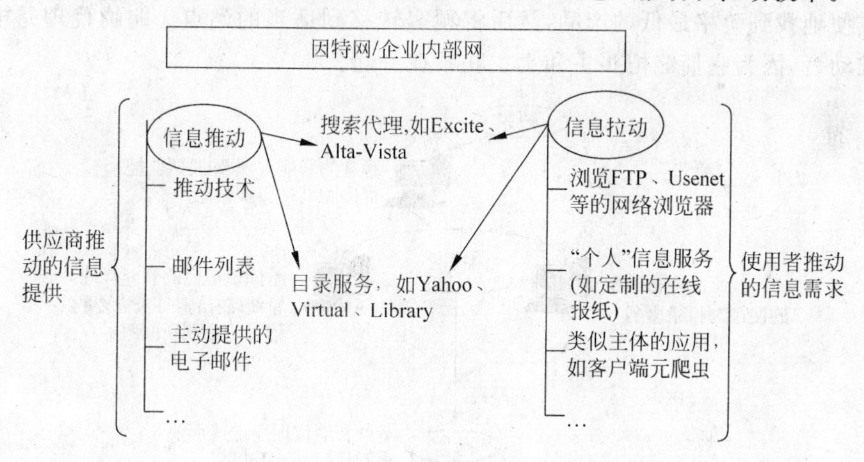

图 9.10 在线信息链

1) 推动技术和营销

公司正在使用代理技术来更有效和更高效地找到连接在互联网上的顾客。推动技术是为了满足供应商的需要而发展的，它能够直接向顾客发送定制的信息。不幸的是，推动技术已经被滥用并受到了许多批评和负面报道，这些批评称这种技术导致了垃圾邮件或兜售邮件的剧增，正是这些邮件阻塞了邮箱并加剧了信息过载的问题。如果得到负责任的、专业的、考虑周到的使用，那么**推动技术**(Push Technology)能够培养很好的顾客关系。图 9.11 描述了一个智能代理推动技术的例子。

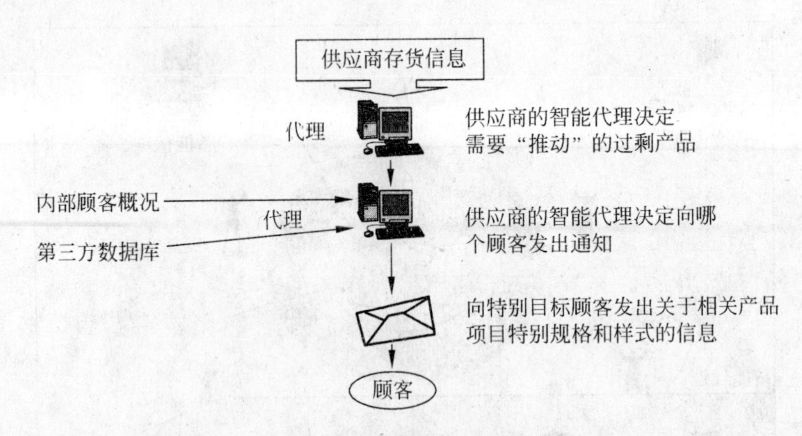

图 9.11 推动智能代理的例子

2）拉动技术与信息和服务需求

顾客和企业正使用代理来帮助减轻信息过载问题，并更有效、更高效地比较产品/服务信息。图 9.12 描述了消费者对智能代理的几种可能应用。第一种用法是使用互联网上找到的、能有助于用户缩小包含其所需信息的站点数量的**搜索代理**（Search Agent）。搜索代理经常被称为 bots，即机器人的缩写。根据 Commerce Net/Nielson Media Research 1997 年对互联网人口统计和电子商务的研究，71％的互联网经常访问者依靠搜索引擎来查找站点，智能**资源搜索代理**（Metasearch Agent）现在能用来为用户咨询多种搜索引擎，在信息搜索范围中撒一张更宽、更有效的网。现在还有大量的比较购买智能代理，购物代理能够帮助顾客更方便地找到价格最低的产品，然后将顾客转移到适当的站点。购物代理是电子商务的伟大推动者，因为它们能把买主和卖主联系在一起。

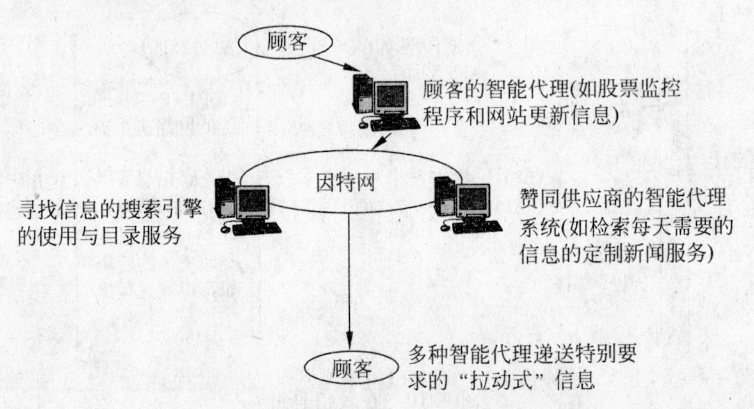

图 9.12 推动智能代理的例子

企业也能使用智能代理技术不间断地仔细观测环境。这类代理能警告管理层不断变化的环境和环境中所发生的事件。例如，一位专攻专利法的律师能使用拉动技巧来不断地追踪多个站点，一旦有诸如新的有关专利的法审案件或法庭判决，就及时提醒他。如果律师需要进行特定的法律搜索，那么他可以使用一个智能资源搜索代理。许多对顾客和企业很有价值的“拉动”技巧不是免费服务，要收取费用。使用智能代理的“拉动”技巧正在创造新的电子产品和服务。

2. 新的地区市场

智能代理能有助于企业在更广泛的地区营销他们的产品，原因有两个：

(1) 智能代理能在不同的地区不间断地工作。

(2) 智能代理能用各种程序设计所使用的语言交流。

这些益处允许企业在营销和出售他们的产品时，没有必要雇用会使用多国语言的销售和支持员工进行昼夜服务。另外，网上方便的、低成本的营销也能使小企业能和大公司在更平等的竞技场上竞争。到目前为止。国际智能代理（不同于搜索和元搜索代理）的使用还很少，但是潜力很大。

3. BtoB 交易谈判

影响基于智能代理的 BtoB 交易谈判的因素有 3 个：

(1) 智能代理交互机制的发展。

(2) 外部智能代理数据访问的安全。

(3) 智能代理所使用的交易模式的适合性和可信度。

最后一项可能是在其他方面取得进展后仍然存在的最大阻碍。即使最前卫的管理层也不会对把交易谈判的任务交给一个计算机程序，不管这种程序多么复杂，仍会持保留态度。在出现这种情况之前，必须发生文化上的变化，而且这种变化通常不可能很快发生。

9.7.5 代理的局限性

代理并不是为了解决问题而将分散的系统融合在一起的灵丹妙药。代理技术的拥护者总是过于热情地描述代理应用的潜力，至少在近期内过于乐观。这些拥护者总是绘制这样一幅略显不真实的图画：人类将依靠代理来进行大多数的——如果不说全部的话——工作。然而我们仍然需要中间人，但是它们的角色可能是完成智能的任务，而代理则进行更多的信息搜集和更新工作。然而，这并不是说代理不能进行一些带有智能特点的工作。它们的确有这种能力，而且将继续拥有这种能力，但是在有限的、高度组织化的领域内。

代理技术有其有前途的一面，但也有它的局限性。Jennings 和 Woolridge（1998 年）指出了代理模式的 3 种局限。

(1) 没有总体**系统控制器**（System Controller）。代理技术对下列系统并不合适：必须维持全球限制的系统，必须保障实时反应的系统，必须比开死锁或活锁的系统。

(2) **非全球视角**（Global Perspective）观点。代理的当地情况决定了代理的行为。从全球的观点来看，代理可能因其"狭隘的视野"而做出次优的决策。多代理系统必须提高合作和谈判技术，以便能产生更多的最佳全球决策。

(3) **信任**（Trust）和**委托**（Delegation）。个体必须信任代理所使用的基本技术和代理的实际知识基础，以便能放心地把工作委托给代理。另外，代理任务的界限必须和用户偏爱的适宜区相一致。代理必须在过多地咨询用户与不同用户咨询而超越它的权力之间寻求平衡。另外，在模拟环境下测试代理并不一定能提供有关以下问题的足够的反馈，即在实时、多代理的环境下，代理将会如何运行？这样，有时候只有当代理在实际环境运用中发现缺点后，才能再进行诊断性的测试和代理的改进。

在实现连接代理组合之前，必须克服两个障碍。一个障碍是缺乏代理的发展标准，这些标准将允许代理进行无缝对接。在这个问题的背后存在着另一个问题，即参与多代理组合的其他代理对数据库进行多余的访问。许多代理开发者认为这是一个更重要的问题。

9.7.6 代理与安全

代理具有灵活的特点，而这种灵活性带来了安全问题。要求在远程计算机上执行程序的灵活的代理对安全系统提出了挑战。在代理模块中出现恶性代码的危险是存在的。管理者必须意识到允许代理组合运行的系统所面临的风险。如果设置恰当，系统只允许“授权”的代理进入驻留于公司主机上的本地代理组合。这种授权意味着某些形式的授权过程对代理而言是必要的。代理能够有来自类似于个人和企业的受信第三方的数字证明，这种可能性是存在的。在建立起适当的、可以进行代理鉴别和鉴定的基础设施之前，管理者都应该小心地评估其客户的代理组合。

复 习 题

1. 什么是 Cookie？
2. 嗅探器正反两面的用途有哪些？
3. 互联网传送信息的风险有哪些？
4. 智能代理的风险是什么？

思 考 题

1. 风险管理模式的过程是如何表现的？
2. 讨论 Cookie 对电子商务交易的影响。
3. 讨论 Cookie 的道德和不道德用途。
4. 智能代理的使用对电子商务模式有针对性吗？

国际电子商务立法大事记

1. 联合国贸法会（UNCTRAL）

- 1995 年提出了“计算机记录的法律价值”的报告
- 1992 年制定了《国际贷记传输示范法》
- 1996 年联大通过了其起草的《电子商务示范法》
- 1997 年制定了“电子商务未来工作计划”，重点研究电子签名、认证机构及其相关的法律问题
- 2000 年制定了《电子签名法统一规则》，将提交联大讨论通过

2. 国际商会（ICC）

- 1997 年 11 月发布了《国际数字化安全商务应用指南》
- 国际商会银行委员会正在制定《银行间支付规则草案》

3. 欧盟（EU）

- 1997 年提出了《欧洲电子商务行动方案》
- 1998 年又颁布了《关于信息社会服务的透明机制的指令》
- 1999 年通过了《关于建立有关部门电子签名共同法律框架的指令》
- 正在制定《欧洲电子签名标准草案》
- 1999 年欧洲议会公布了《关于统一市场电子商务的一些法律问题的建议》
- 欧盟《关于内部市场中与电子商务有关的若干法律问题的指令》（草案）
- 根据欧洲议会的计划，将于 2000 年底完成有关电子商务立法项目

4. 经济合作与发展组织（OECD）

- 1997 年发表了《克服全球电子商务障碍》的文件
- 1998 年 10 月就电子商务召开了部长级会议

5. 美国等美洲国家立法概况

1）美国

- 1997 年克林顿政府公布了《全球电子商务框架》

- 1997 年和 1998 年美国国会分别通过了《税务重组与改革方案》和《减少政府纸面法案》两部与电子商务相关的法律文件
- 2000 年 6 月国会两院一致通过了总统签署的《电子签名法》
- 1995 年犹他州颁布了《数字签名法》
- 到 2000 年 4 月，美国已有 46 个州颁发了百余部关于电子商务的法律
- 《数字千年版权法》(1998 年)
- 《反域名抢注消费者保护法》(2000 年)
- 《统一计算机信息交易法》
- 《统一电子交易法》(1999.7)
- 《国际与国内商务电子签章法》(2000)
- 《全球电子商务政策框架》(1996.12)
- 美国等八国：《全球信息社会冲绳宪章》(2000.7)
- 律师协会数字签名指南

2）加拿大

- 1999 年 3 月 15 日加拿大统一法律委员会提出了《统一电子商务法(草案)》
- 1999 年起草了《个人信息保护与电子文件法案》

3）阿根廷

- 1998 年制定了《关于阿根廷政府内的认证机构的规定》
- 1998 年制定了《公务部门公钥体制标准的总统令》
- 1998 年颁布了《通过因特网填报所得税的总统令》
- 阿根廷司法部电子签名法委员会还正在起草、审议《电子签名法》

6. 欧洲主要国家立法概况

1）英国

- 1996 年—1999 年提出了五份关于电子商务的立法动议

2）法国

- 1997 年 8 月法国首相向国家委员会提交了一份题为《因特网的发展所提出的法律问题的报告》

3）意大利

- 1997 年制定了《意大利数字签名法》
- 1999 年制定了《数字签名技术规则》

4）丹麦

- 提出了《数字签名法草案》

5）德国

- 1997 年 8 月制定了《信息与通讯服务法》

6）俄罗斯

- 1995 年 1 月颁布了《俄罗斯联邦信息法》

7）芬兰

- 运输与通讯部制定的《国家加密政策与加密报告指南》

8）荷兰

• 1998年3月提出了《电子商务行动指南》

7. 亚太地区主要国家立法概况

1）新加坡

• 1998年制定并颁布了《电子商务法》
• 1999年制定了《电子交易（认证机构）规则》和《认证机构安全方针》

2）韩国

• 1997年7月《电子商务基本法》正式生效
• 并制定了《电子签名法》

3）马来西亚

• 1997年制定了《数字签名法》

4）日本

• 2000年颁布了《数字签名规则》

5）澳大利亚

• 1996年6月颁布了《电子交易法案》

6）新西兰

• 1998年新西兰法律委员会出版了《电子商务第一部分：法律与企业社区指南》

7）印度

• 1998年颁布了《电子商务支持法》

附录B

国内有关电子商务的颁布与实施

- 《中国公用计算机互联网国际联网管理办法》(1996 年 4 月 3 日)
- 《计算机信息网络国际联网出入口信道管理办法》(1996 年 4 月 9 日)
- 《中华人民共和国计算机信息网络国际联网管理暂行规定》(1997 年 5 月 20 日)
- 《中国金桥信息网公众多媒体信息服务管理办法》(1998 年 3 月)
- 《中华人民共和国计算机信息网络国际联网管理暂行规定实施办法》(1998 年 3 月 6 日)
- 《关于加强通过信息网络向公众传播广播电影电视类节目管理的通告》(1999 年 10 月)
- 香港特别行政区颁布了《香港电子交易条例》(2000 年)
- 网上证券委托暂行管理办法(2000 年 3 月 30 日)
- 证券公司网上委托业务核准程序(2000 年 4 月 29 日)
- 药品电子商务试点监督管理办法(2000 年 6 月 26 日)
- 教育网站和网校暂行管理办法(2000 年 6 月 29 日)
- 经营性网站备案登记管理暂行办法(北京 2000 年 9 月 1 日)
- 网站名称注册管理暂行办法实施细则(北京 2000 年 9 月 1 日)
- 网站名称注册管理暂行办法(北京 2000 年 9 月 1 日)
- 《互联网信息服务管理办法》(2000 年 9 月 25 日)
- 互联网站从事登载新闻业务管理暂行规定(2000 年 11 月 7 日)
- 互联网电子公告服务管理规定(2000 年 11 月 7 日)
- 北京市互联网站从事登载新闻业务审批及管理工作程序(2000 年 11 月 10 日)
- 最高人民法院关于审理涉及计算机网络著作权纠纷案件适用法律若干问题的解释(2000 年 11 月 22 日)
- 《维护互联网安全的决定》(2000 年 12 月 28 日)
- 全国人民代表大会常务委员会在 2000 年 12 月 28 日通过的《全国人民代表大会常务委员会关于维护互联网安全的决定》
- (台湾地区)2001 年 11 月的《电子签章法》
- 互联网医疗卫生信息服务管理办法(2001 年 1 月 8 日)
- 互联网药品信息服务管理暂行规定(2001 年 2 月 1 日)

- 互联网上网服务营业场所管理办法(2001 年 4 月 3 日)
- [地方法规]北京市网络广告管理暂行办法(2001 年 4 月 10 日)
- 网上银行业务管理暂行办法(2001 年 7 月 9 日)
- 关于开展“网吧”等互联网上网服务营业场所专项治理的通知(2002 年 6 月 29 日)
- 互联网出版管理暂行规定(2002 年 8 月 1 日)
- 互联网等信息网络传播视听节目管理办法(2003 年 2 月 10 日)
- 互联网文化管理暂行规定(2003 年 7 月 1 日)
- 《中华人民共和国电子签名法》(2005 年 04 月 1 日)
- 互联网药品信息服务管理办法(2004 年 5 月 28 日)
- 互联网站禁止传播淫秽、色情等不良信息自律规范(2004 年 6 月 10 日)
- 中国互联网行业自律公约(2004 年 6 月 19 日)
- 新闻总署保护知识产权行动实施方案(2004 年 9 月)
- 最高人民法院、最高人民检察院关于办理利用互联网、移动通讯终端、声讯台制作、复制、出版、贩卖、传播淫秽电子信息刑事案件具体应用法律若干问题的解释(2004 年 9 月 6)
- 《互联网 IP 地址备案管理办法》(自 2005 年 3 月 20 日起施行)
- 非经营性互联网信息服务备案管理办法(2005 年 3 月 20 日)
- 《电子认证服务管理办法》(自 2005 年 4 月 1 日起施行)

附录C 与网络安全有关的请求说明(RFC)索引

有关网络安全主要的 RFC

- RFC 1810 IJ. Touch 著，“关于 MD5 性能的报告”，1995 年 7 月(7 页)
- RFC 1828 PS P. Mvetzger 与 W. Simpson 著，“使用密钥 MD5 的 IP 认证”，1995 年 8 月(5 页)
- RFC 1827 PS R. Atkinson 著，“IP 封装性安全负荷(ESP)”，1995 年 8 月(12 页)
- RFC 1826 PS R. Atkinson 著，“IP 认证报头”，1995 年 9 月(13 页)
- RFC 1825 PS R. Atkinson 著，“用于 Internet 协议上的安全体系结构”，1995 年 9 月(22 页)
- RFC 1824 I H. Danisch 著，“成指数关系的安全系统 TESS：将一种基于密码技术的标识协议用于认证的密钥交换中”，(E. I. S. S. 1995 年 4 月报告)，1995 年(21 页)
- RFC 1492 C. Finset 著，“一种访问控制协议，有时称为 TACACS”，1993 年 7 月(4 页)
- RFC 1511 J. Linn 著，“公用认证技术的综述”，1993 年 9 月(2 页)
- RFC 1751 D. McDonald 著，“熟识的 128 位密钥公约”，1994 年 12 月(15 页)
- RFC 1507 C. Kaufman 著，“DASS-分布式安全认证服务”，1993 年 9 月(119 页)
- RFC 1472 F. Kastenholz 著，“点对点协议安全管理对象的确定”，1993 年 6 月(12 页)
- RFC 1004 D. L. Mills 著，“一种分布式协议认证方案”，1987 年 4 月(8 页)
- RFC 1108 M. St. Johns 著，“有关 Internet 协议的安全选项”
- RFC 1509 J. Wray 著，“通用安全服务 API：C-捆绑式”，1993 年 9 月(48 页)
- RFC 1508 J. Linn 著，“通用的安全服务应用程序界面”，1993 年 9 月(49 页)
- RFC 1281 R. D. Pethia，S. Crocker 与 B. Y. Fraser 著，“Internet 上的蠕虫病毒”，1989 年 12 月(33 页)
- RFC 1135 M. St. Johns 著，“标识协议”，1993 年 2 月(8 页)[RFC 912 and RFC931 已过时]
- RFC 1414 M. St. Johns 与 M. Rose 著，“标识符 MIB”，1993 年 2 月(7 页)
- RFC 1731 J. Myers 著，“IMAP4 认证机制”，(6 页)

- RFC 1272 C. Mill,D. Hirsh 与 G. Ruth 著,"Internet 上的记账系统:背景",1991 年 11 月(16 页)
- RFC 1704 N. Haller 与 R. Atkinson 著,"Internet 上的认证系统",1994 年 10 月(17 页),说明[状态:信息码]
- RFC 1510 J. Kohl 与 Neumann 著,"Kerberos 网络认证服务(V5)"1993 年 9 月,112 页
- RFC 1805 A. Rubin 著,"独立定位的数据/软件综合性协议",1995 年 6 月,6 页,说明[状态:信息码]
- RFC 1319 B. Kaliski 著,"MD2 报文——汇集算法",1992 年 4 月,17 页
- RFC 1320 B. Kivest 著,"MD4 报文——汇集算法",1992 年 4 月,20 页
- RFC 1321 B. Kivest 著,"MD5 报文——汇集算法",1992 年 4 月,21 页
- RFC 1455 D. Eastlake 著,"物理链接服务的安全类型",1993 年 5 月,6 页
- RFC 1734 J. Myers 著,"POP3 认证命令",5 页
- RFC 1334 B. Lloyd 与 W. Simpson 著,"PPP 认证协议",1992 年 10 月,16 页
- RFC1335 J. Curran 与 A. Marine 著,"关于网络信息中心数据库的保密性与准确性讨论",1992 年 8 月,4 页[FYI 15]
- RFC 1421 J. Linn 著,"关于 Internet 电子邮件保密性的提高:Part I:报文加密与认证过程",1993 年 2 月,4 页[RFC 989、RFC 1040 与 RFC 1113 已过时]
- RFC 1422 S. T. Kent 与 J. Linn 著,"关于 Internet 电子邮件保密性的提高:Part II:基于密钥管理的证书",1993 年 2 月,32 页[RFC 1114 已过时]
- RFC 1423 D. Balenson 著,"关于 Internet 电子邮件保密性的提高:Part III:算法、模式与标识符",1993 年 2 月,14 页[RFC 1115 已过时]
- RFC 1424 B. Kaliski 著,"关于 Internet 电子邮件保密性的提高:Part IV:密钥证书与相关的服务",1993 年 2 月,3 页
- RFC 1170 R. Fougent 著,"公用密钥标准与许可证",1991 年 1 月,2 页
- RFC 1750 D. Eastlake,S. Crocker 与 J. Schiller 著,"网络安全的随意建议",1994 年 10 月,52 页
- RFC 1636 R. Braden,D. Clark,S. Crocker 与 C. Huitema 著,"关于 Internet 安全体系结构 IAB 的报告",1994 年 6 月,52 页[状态:信息码]
- RFC 1675 S. Bellovin 著,"涉及 Internet 协议的安全问题",1994 年 8 月,2 页[状态:信息码]
- RFC 1457 R. Housley 著,"用于 Internet 协议上安全标记的帧格式",1993 年 5 月,14 页
- RFC 1108 S. Kent 著,"Internet 协议的安全选项",1991 年 11 月,17 页[RFC 1038 已过时]
- RFC 1535 E. Gavron 著,"与大量采用 DNS 软件有关的安全问题及相关的建议",1993 年 10 月,5 页
- RFC 1446 J. Galvin 与 K. McCloghrie 著,"关于简单网络管理协议版本 2(SNMPv2)的安全协议",1993 年 4 月,51 页

- RFC 1710　D. Hidden 著,"简单 Internet 协议的白皮书",1994 年 10 月,23 页[状态:信息码]
- RFC 1244　P. Holbrook 与 J. Reynolds 著,"安全手册",1991 年 7 月,101 页[FYI8]
- RFC 1760　N. Haller 著,"一次性口令系统 S/KEY",1995 年 2 月,12 页
- RFC 1352　J. Galvin, K. McCloghrie 与 J. Davin 著,"SNMP 安全协议",1992 年 7 月,41 页
- RFC 1411　D. Borman 著,"Telent 认证:Kerberos 版本 4",1993 年 1 月,4 页
- RFC 1416　D. Borman 著,"Telent 认证选项",1993 年 2 月,2 页[RFC 1409 已过时]
- RFC 1412　K. Alagappan 著,"Telent 认证:SPX",1993 年 1 月,4 页

参考文献

[1] 程龙，杨海兰．电子商务安全．北京：经济科学出版社，2002

[2] 邵兵家，刘炯艳等．电子商务概论．北京：高等教育出版社，2003

[3] 张润彤．电子商务概论．北京：电子工业出版社，2003

[4] 李明柱．电脑十万个为什么——网络安全．上海：上海交通大学出版社，2002

[5] 兰宜生．新编电子商务概论．北京：中国财政经济出版社，2001

[6] Vesna Hassler 著，钟鸣，杨义先等译．电子商务安全基础．北京：人民邮电出版社，2001

[7] Simson Garfinkel with Gene Spafford 著，何健辉，刘祥亚等译．Web 安全与电子商务．北京：中国电力出版社，2001

[8] 伊藤敏幸(日)著，牛连强，付博文译．图说网络安全．北京：科学出版社，2003

[9] 张炯明．安全电子商务实用技术．北京：清华大学出版社，2002

[10] 翁贤明．电子商务信息安全．浙江：浙江大学出版社，2003

[11] Anonymous 等著，朱鲁华，李志等译．最高安全机密．北京：机械工业出版社，2003

[12] 刘法勤．电子商务安全论纲．经济论坛，2003

[13] 雷信生．电子商务安全技术．北京：国防工业出版社，2002

[14] Marc Farley 等著，李明之等译．网络安全与数据完整性指南．北京：机械工业出版社，1998

[15] 张耀，卢涛等．加密解密与网络安全技术．北京：冶金工业出版社，2002

[16] Greg Holden 著，黄开枝等译．网络防御与安全对策．北京：清华大学出版社，2004

[17] 寺田真敏，萱岛信(日)著，王庆译．TCP/IP 网络安全篇．北京：科学出版社，2003

[18] [美]Othmar Kyas 著，王霞等译．网络安全技术——风险分析、策略与防火墙．北京：中国水利出版社，1998

[19] 陈兵．网络安全与电子商务．北京：北京大学出版社，2002

[20] Derek Atkins 著，严伟等译．Internet 安全专业参考手册．北京：机械工业出版社，1998

[21] 许榕生，蒋文保．电子商务安全与保密．北京：中国电力出版社，2001

[22] 北京启明星辰信息技术有限公司．网络信息安全技术基础．北京：电子工业出版社，2002

[23] 王广义，武传胜．FTP 的安全问题．鞍山钢铁学院学报，2001.4(24)

[24] 王九菊，郭学理．如何防止黑客利用 telnet 或 rlogin 攻击 Linux 系统．微型机与应用，2002

[25] 姚茂群．WWW 的安全威胁及解决办法．计算机时代，2000

[26] 周化祥，李智伟．网络及电子商务安全．北京：中国电力出版社，2004

[27] 卢开澄．计算机系统安全．重庆：重庆出版社，2002

[28] 朱文余．计算机密码应用基础．北京：科学出版社，2000

[29] 张福德．电子商务安全认证实用技术．北京：中国对外经济贸易出版社，2003

[30] 书缘工作室．电子商务安全．北京：人民邮电出版社，2001

[31] 林枫等．电子商务安全技术及应用．北京：北京航空航天大学出版社，2001

[32] 冯登国．计算机通信网络安全．北京：清华大学出版社，2001

[33] 陈如刚，杨小虎．电子商务安全协议．浙江：浙江大学出版社，2000

[34] 关振胜．公钥基础设施 PKI 与认证机构 CA．北京：电子工业出版社，2002

[35] 张荣华．对称算法(一)DES 算法时间．中国信息安全组织

[36] 曹毅，贺卫红．RSA 公钥密码体制在数字签名中的应用．微机发展．2003

[37] 赵纪雷．公钥基础设施 PKI 技术与应用发展．黑客防线 www.hacker.com.cn

[38] 朱彦军．DES 算法及其在 VC++ 6.0 下的实现． VC 知识库 http://www.VCKBASE.com

[39] 谷和启.公钥基础设施 PKI 技术与应用发展.计算机应用,2003
[40] 玛丽莲·格林斯坦,托德·M·法因曼著,谢淳,于军,李霞译.电子商务安全与风险管理.北京:华夏出版社,2001
[41] 赵林度.电子商务理论与实务.北京:人民邮电出版社,2001
[42] 毛品.网站管理员.北京:电子工业出版社,2000
[43] [美]Naganad Doraswamy,Dan Harkins 著,京京工作室译.新一代因特网安全标准.北京:机械工业出版社.2000
[44] 肖萍,王超学.电子商务网站设计与管理.南京:东南大学出版社,2002
[45] 杨坚争.电子商务基础与应用.西安:西安电子科技大学出版社,2004
[46] 曹文君主编,陆刚,凌力,丁岳伟编著.互联网应用理论与实践教程.成都:电子科技大学出版社,2001
[47] 王纪平,李大军.电子商务法律法规.北京:清华大学出版社,2004
[48] 蒋志培,孔嘉等.网络与电子商务法.北京:法律出版社,2001
[49] 李适时.各国电子商务法.北京:中国法制出版社,2003
[50] 杨坚争,高富平等.电子商务法教程.北京:高等教育出版社,2001
[51] 杨坚争.电子商务立法:现状与趋势.沪江电子商务网,2004
[52] 张雨林.我国网络隐私权的法律适用与保护现状.中国网络律师网,2003
[53] 李德成.网络隐私制度.www.chinaeclaw.com,2003
[54] 赵丽梅.链接引发的法律问题探析.中国网络律师,2003
[55] 杨春宝.域名及其管理若干法律问题研究.法律桥(www.law-bridge.net),2004
[56] 魏浩征.域名侵权纠纷法律问题研究.www.chinaeclaw.com
[57] 温希波.电子商务发展对税收的挑战.www.blogchina.com
[58] 刘丽英.电子商务税收法律问题.www.corplawinfo.com,2004
[59] 曾言.电子商务税收征管的法律分析.www.wtolaw.gov.cn,2004
[60] Windows 2000 Server 操作系统的安全防范.《青岛建筑工程学院学报》.[J],曹秀玉 1,李兰 2,张亚先 3,2005(2)
[61] 实现操作系统安全的几种策略,《计算机与数字工程》,[J],朱亚殊,朱荆州,2005,(1)
[62] 隔离网闸 Linux 操作系统的安全设计,《计算机与数字工程》,[J],涂维嘉,田忠和,2005,(1)
[63] 基于 Windows 2000 操作系统的安全措施.《山东气象》,[J],张平,2005,(1)
[64] "基于 Oracle 的数据库安全策略",《现代情报》,[J],谢东,2006,(1)
[65] "Oracle9i 数据库安全管理机制剖析",《信息技术》,[J],王新民,王飞,2002,(12)
[66] "Oracle 数据库的安全及备份恢复",《电脑知识与技术》,[J],李海波,2004,(11)
[67] "SQL Server 2000 安全验证的故障诊断与分析",《计算机与数字工程》,[J],江南,常春,2005,(4)
[68] 网络数据库安全机制研究.计算机应用研究.[J],钱菁,2003,(7)
[69] 远程数据库访问与数据传输安全技术研究.计算机应用与软件.[J],郝黎明,杨树堂,陆松年,2006,(3)
[70] 完全解析 Windows 操作系统安全模式.计算机与网络.[J],安海峰,2005,(23)
[71] Marcus. Goncalves.《防火墙技术指南》.北京:机械工业出版社,2000
[72] 杨锦川,张熙,龚鹏飞等. 电脑安全 X 档案——防毒、反黑、数据恢复指南. 昆明:云南人民出版社,2004
[73] 贾晶,陈元,王丽娜. 信息系统的安全与保密[M]. 北京:清华大学出版社,1999
[74] 萨师煊,王珊.数据库系统概论.第三版.北京:高等教育出版社,1983
[75] 天极网,http://www.aspsky.net
[76] 法律教育网,http://www.Chinalawedu.com.htm
[77] 猎头网,http://www.lietou.cc
[78] 电子商务指南,http://www.web136.net
[79] 中国网侠联盟,http://www.hackhome.com

读者意见反馈

亲爱的读者：

感谢您一直以来对清华版计算机教材的支持和爱护。为了今后为您提供更优秀的教材，请您抽出宝贵的时间来填写下面的意见反馈表，以便我们更好地对本教材做进一步改进。同时如果您在使用本教材的过程中遇到了什么问题，或者有什么好的建议，也请您来信告诉我们。

地址：北京市海淀区双清路学研大厦 A 座 602 室 计算机与信息分社营销室 收
邮编：100084　　电子邮箱：jsjjc@tup. tsinghua. edu. cn
电话：010-62770175-4608/4409　　邮购电话：010-62786544

教材名称：电子商务安全与管理
ISBN 978-7-302-18309-9

个人资料

姓名：________ 年龄：______ 所在院校/专业：____________
文化程度：______ 通信地址：____________________
联系电话：______ 电子信箱：____________________

您使用本书是作为：□指定教材 □选用教材 □辅导教材 □自学教材

您对本书封面设计的满意度：
□很满意 □满意 □一般 □不满意 改进建议____________

您对本书印刷质量的满意度：
□很满意 □满意 □一般 □不满意 改进建议____________

您对本书的总体满意度：
从语言质量角度看 □很满意 □满意 □一般 □不满意
从科技含量角度看 □很满意 □满意 □一般 □不满意

本书最令您满意的是：
□指导明确 □内容充实 □讲解详尽 □实例丰富

您认为本书在哪些地方应进行修改？(可附页)

____

____

您希望本书在哪些方面进行改进？(可附页)

____

____

电子教案支持

敬爱的教师：

为了配合本课程的教学需要，本教材配有配套的电子教案(素材)，有需求的教师可以与我们联系，我们将向使用本教材进行教学的教师免费赠送电子教案(素材)，希望有助于教学活动的开展。相关信息请拨打电话 010-62776969 或发送电子邮件至 jsjjc@tup. tsinghua. edu. cn 咨询，也可以到清华大学出版社主页(http://www. tup. com. cn 或 http://www. tup. tsinghua. edu. cn)上查询。

高等学校教材·信息管理与信息系统
系列书目

ISBN	书名	作者	定价
9787302144649	Oracle 数据库管理及应用开发教程	吴京慧、杜宾、杨波	39.00
9787302144366	信息检索与分析利用	谢德体、陈蔚杰、徐晓琳	18.50
9787302136750	电子商务概论	朱少林等	29.00
9787302136255	电子商务实现技术	吴泽俊	36.00
9787302136248	多媒体技术与应用	阮新新	29.00
9787302136101	电子商务安全技术	张爱菊	24.00
9787302136095	SQL Server 数据库管理与开发	肖慎勇等	36.00
9787302136088	电子商务系统规划与设计	骆正华	32.00
9787302135067	审计知识工程	陈耿等	23.00
9787302128069	会计信息系统实务教程	陈福军等	49.00
9787302127079	IT 项目建设与管理精选案例分析	杨坚争等	24.00
9787302124290	信息系统开发与 IT 项目管理	曹汉平	34.00
9787302118930	信息管理导论	宋克振等	39.00
9787302116561	电子商务技术基础	张宝明等	27.00
9787302115830	信息资源管理	张凯等	29.00
9787302109778	经济信息管理	刘腾红	29.00
9787302108184	现代 IT 服务管理 ——基于 ITIL 的最佳实践	曹汉平等	25.00
9787302106371	网络信息系统的分析设计与评价 ——理论·方法·案例	赵玮等	42.00